文学档案
背后的故事

故纸堆中有芳华

慕津锋 ---------- 著

人民日报出版社

北京

图书在版编目（CIP）数据

文学档案背后的故事：故纸堆中有芳华 / 慕津锋著 .
北京：人民日报出版社，2024. 8. -- ISBN 978-7-5115-8389-5

Ⅰ . Ⅰ209.6

中国国家版本馆 CIP 数据核字第 2024GS0243 号

书　　名：文学档案背后的故事：故纸堆中有芳华
WENXUEDANGAN BEIHOUDE GUSHI: GUZHIDUIZHONG YOUFANGHUA

作　　者：慕津锋

出 版 人：刘华新
责任编辑：白新月　张炜煜
版式设计：元泰书装

出版发行：人民日报出版社
社　　址：北京金台西路 2 号
邮政编码：100733
发行热线：（010）65369509　　65369512　　65363531　　65363528
邮购热线：（010）65369530　　65363527
编辑热线：（010）65369514
网　　址：www.peopledailypress.com
经　　销：新华书店
印　　刷：北京博海升彩色印刷有限公司
法律顾问：北京科宇律师事务所 010-83622312

开　　本：710mm×1000mm　　1/16
字　　数：320 千字
印　　张：22
版　　次：2024 年 11 月第 1 版
印　　次：2024 年 11 月第 1 次印刷

书　　号：ISBN 978-7-5115-8389-5
定　　价：68.00 元

如有印装质量问题，请与本社调换，电话：（010）65369463

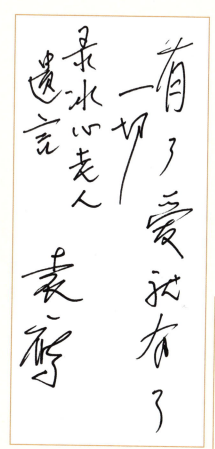

袁鹰于 2011 年 11 月底 12 月初题词：
有了爱就有了一切
——录冰心老人遗言。

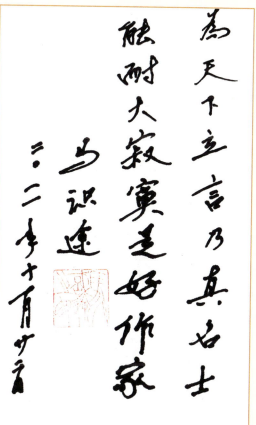

马识途于 2011 年 11 月题词：
为天下立言乃真名士，
能耐大寂寞是好作家。

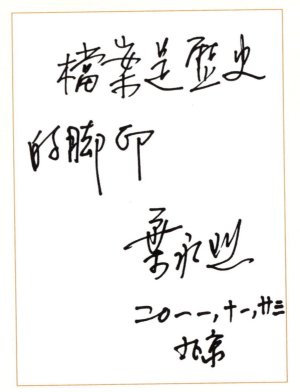

叶永烈于 2011 年 11 月题词：档案是历史的脚印。

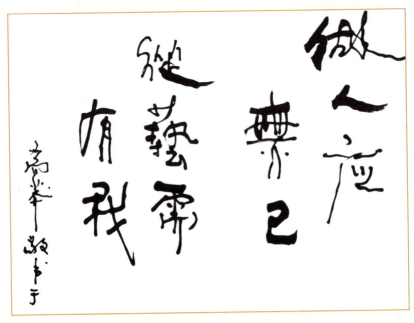

高莽于 2011 年 11 月题词：做人应无己，从艺需有我。

前　言

　　1985 年 5 月，在巴金、冰心、叶圣陶等老一辈著名作家的倡议下，中国现代文学馆经国家批准在北京成立。经过近 40 年的发展，作为中国作家协会主管的公益一类事业单位，中国现代文学馆已成为集文学资料中心、文学展览中心、文学研究中心、文学交流中心于一身的有国际影响力的国家一级博物馆。作为目前世界上规模最大的文学专业博物馆，这里收藏了近 93 万件 ① 现当代作家著作、手稿、书信、日记、字画、照片、期刊等文物。这些文物中很大一部分历经岁月沧桑，能保存下来实属不易。每一件文物，其背后都有着精彩的故事。有些可能被历史熟知，有些则在历史的长河中已慢慢被遮蔽、湮没与忽略。

　　本书讲述的作家故事，通过"让文物说话"的方式展开。我们试图通过这些珍贵文物来传承中国的历史文明，让读者通过文物承载的历史信息，记得起历史沧桑，看得见岁月流痕，留得住文化根脉。

---

　　① 　数据截至 2023 年 12 月底。

目　录

书信篇

郭沫若致徐迟的一封信

郭沫若（1892—1978），原名开贞，字鼎堂，号尚武，四川乐山人。我国著名诗人、古文字学家、考古学家、社会活动家。代表作有诗集《女神》《前茅》、话剧《屈原》《蔡文姬》《孔雀胆》、学术著作《中国古代社会研究》《甲骨文字研究》等。

徐迟（1914—1996），原名商寿，浙江湖州人。我国著名诗人、作家。代表作有报告文学《哥德巴赫猜想》《地质之光》《祁连山下》《生命之树常绿》、诗集《二十岁人》等。

在中国现代文学馆"徐迟文库"中，有一封1960年12月14日郭沫若写给徐迟的毛笔信。该信被郭老用毛笔书写在中国科学院信纸之上，郭老的行草俊雅飘逸，笔力爽劲洒脱。该信分为五个部分，共595个字。全信共有两处较大添加（新加"全书二十卷，有七十万字左右""但后三卷是另一位女诗人续写的")、一处改动（"序事诗"改为"叙事诗"），还有一处涂抹（将"很多诗句真雅驯"中的"真"涂抹掉，改为"非常"）。信的全文如下：

徐迟同志：

您九日信接到了，我非常高兴。我要替您保存起来，如果您要是继续不断地写下去，写到一定分量，那就会成为一部大著作了。

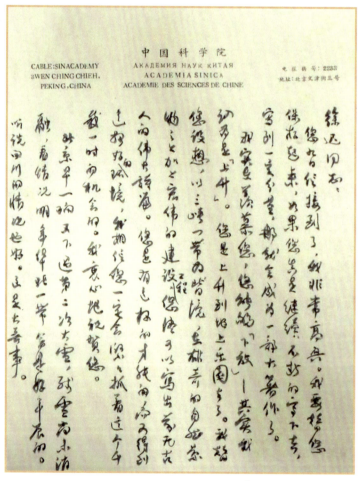

郭沫若写给徐迟的毛笔信 ①

----

① 本书图片均由中国现代文学馆提供，此后不标注。

　　我实在羡慕您，您能够"下放"——其实我认为是"上升"。您是上升到地上乐园去了。我替您设想，以三峡一带为背景，在雄奇的自然景物之上加上宏伟的建设工程，您终可以写出前无古人的伟大诗篇。您是有这样的才能的，而又得到这极好的环境，我相信您一定会紧紧抓着这个千载一时的机会的。我衷心地祝贺您。

　　北京早一晌又下过第二次大雪，残雪尚未消融，看情况明年华北一带会是好年景的。听说四川的情况也好。这是大喜事。

　　关于司汤达和巴尔扎克，近来我倒读了他们好些著作，我比较喜欢司汤达。他们两位都是有名的现实主义者，但在我看来，其实也是伟大的浪漫主义者。看巴尔扎克把自己和斯葛达归为一类，不是就可以了然了吗？他们的小说情节，每每出人意表。但他们的方法是有科学性的，很合乎逻辑。他们很可以说是把现实主义和浪漫主义结合起来了。

　　我现在由于一个偶然的机会再看《再生缘》，全书二十卷，有七十万字左右，这是乾隆中年一位二十岁左右的女作家，杭州人陈端生写的一部弹词（七言体的长篇叙事诗）。但后三卷是另一位女诗人续写的。陈的很多诗句非常雅驯，令人惊异。这书在北京旧书店买不到了，我是从北京图书馆借阅的。武汉不知能购得到吗？我要请您帮帮忙。如能购得，费用当汇出。但版本希望是道光年间的，如有钞本，当然更好。

郭沫若

十二·十四

　　郭老在信中前两段所谈到的"如果您要是继续不断地写下去，写到一定分量，那就会成为一部大著作了……您能够'下放'——其实我认为是'上升'……我替您设想，以三峡一带为背景，在雄奇的自然景物之上加上宏伟的建设工程，您终可以写出前无古人的伟大诗篇"，其实与徐迟 60 年代初的一次重大工作变动有关。

1960年底，为积极响应中国作协"送一批作家下放到工农兵和各方面的建设生活中去"的运动，徐迟被中组部任命为湖北省文联副主席、作协副主席，并被指派到长江流域规划办公室深入生活，准备参与三峡大坝的筹建与建设工作。组织要求他将自己的所见所闻用文学予以展现。当时，徐迟也确实准备写一部以三峡为背景、以三峡大坝建设为主题的鸿篇巨制。徐迟在编完1960年《诗刊》10月号后，便举家前往湖北。到达武汉后，徐迟全身心投入与三峡大坝筹建有关的新工作中。当时，三峡大坝的初步规划是要建设成为世界上装机容量最大的水电站。这一雄伟蓝图，让具有诗人浪漫气质的徐迟激动不已。他准备以自己的满怀激情，向带有美丽梦幻色彩的"三峡大坝"奋勇前行。从徐迟12月9日的来信中，郭老真切地感受到了徐迟身上那种重新焕发出的积极向上、昂扬奋斗的创作激情，这对一个作家、一个诗人是何等重要，郭老由衷地为徐迟感到高兴。

1960年徐迟离开北京到湖北，不是悲惨地"下放"，而是一种真正的"解脱"，一种郭老信中所说的"上升"。自《诗刊》1957年创建，各种政治运动接连不断，中国作家协会更是运动中心。作为《诗刊》副主编的徐迟，每次运动一来便无处可躲。从1957年上半年到1959年，反右派斗争、作家下放劳动锻炼一年活动，政治运动一个接着一个。看着自己曾经的朋友、同事、诗友在反右派斗争中纷纷被打成右派，境遇凄惨，自己还要不断地被要求参加各种批判他们的

徐迟

政治会议，这让徐迟从内心感到茫然与恐惧。他渐渐表现出对《诗刊》工作的某种不适应，这让作协领导感到徐迟不安心工作，他们开始不断地寻找他的替代者，徐迟对此心知肚明，他从内心希望赶紧离开这是非之地。这时，中国作协领导郭小川与徐迟进行了一次谈话：文代会结束后，作协要送一批作家下去，到工农兵和各方面的建设生活中间去。像徐迟这样的作家，有两种选择：一是想留在北京，就只能做评论工作；二是继续当专业作家，但必须离开北京，到地方。徐迟听后当即表示："我要创作！我不想写评论。"当时，恰好有两个省提出要徐迟过去工作，一个是江苏，那里即将在南京兴建第二座长江大桥；另一个是湖北，中央正准备举全国之力在长江宜昌段修建三峡大坝，周恩来任指挥长，林一山任副指挥长。林一山可是徐迟的老朋友，1956 年他们因为方纪结识于武汉长江流域规划办公室。当时林一山用了大半天的时间，给徐迟描绘了未来长江三峡大坝的雄伟身姿和对新中国发展的重大意义。徐迟对林一山的描绘如痴如醉，对未来的三峡大坝更是心生向往。在与方纪一起漫游三峡期间，徐迟更是为三峡自然景观的雄奇与壮阔而陶醉。1960 年，徐迟得知国家要把三峡大坝由梦想变为现实，而且是老友林一山主持工作，如果自己能"下放"到那里，不仅可以亲身参与这项伟大工程的建设，还能专心从事自己钟爱的文学创作，重新找回属于自己的世界。想到这些，徐迟内心怎能不激动？这样，他开始有了离开北京的想法。

徐迟离开北京，还有一个对他而言最重要的原因，那就是他的妻子陈松希望徐迟能带着全家离开北京，到外地去工作、生活。陈松之所以有这种想法，源于 1960 年她迫于单位压力"主动"要求到四川江津（现为重庆市江津区）下放锻炼。但在"下放锻炼"中，因为一些无法说明的政治压力，以及当地工作劳动强度过大、食物严重匮乏，没过多久陈松就在江津患病，身体非常虚弱，精神状态非常差。得知此事后，徐迟通过郭小川将妻子调回北京。回京后的陈松，在休养期间总是悄悄地告诉徐迟，希望一家人能离开北京，到哪里都行，只要不在北京就好。她也拒绝在北京做手术，希望能到外地去治疗。为了妻子，也为了自己，徐迟决定调离北京前往湖北。

谈到举家离京时的感受，徐迟在自传体小说《江南小镇》中有过细致描写："我真的乘坐了爱因斯坦最喜欢应用的升降机，而下降了！一路顺风的，从人民的首都下降，经过河北、河南，飘飘然进入湖北，到了长江中游的一座城市……我极尽了我的革命浪漫主义的梦幻，走出了北京，要从圆心，走向田园……我于心无所惭愧，我行我素。"可见，离开北京后，徐迟是多么的愉悦与轻松。

郭老在信的最后一段还与徐迟谈论："我现在由于一个偶然的机会再看《再生缘》，全书

郭沫若

二十卷……杭州人陈端生写的一部弹词（七言体的长篇叙事诗）。但后三卷是另一位女诗人续写的。陈的很多诗句非常雅驯……"在这一部分，郭老谈到因为一个偶然的机会让他与《再生缘》结下了不解之缘。这个"偶然的机会"指的是 1960 年 12 月初，中华书局负责人金灿然将时任中山大学教授陈寅恪 1954 年创作完成的《论〈再生缘〉》送给郭沫若看。郭老惊讶像陈寅恪这样雅人深致的老诗人，竟如此欣赏这部弹词，这会是一部怎样的书？郭老于是"以补课的心情，来开始了《再生缘》的阅读"。没想到郭老自己拿起这部书竟也很难再放下。为了更好地研究该书，郭老 1960 年 12 月通过北京图书馆工作人员，借到了道光三十年三益堂《再生缘》的翻刻本，但该版本"错字连篇，脱页满卷"。郭老对该版并不是很满意，他希望能找到该书的初刻本或抄本。1961 年 4 月初，北京图书馆工作人员在郑振铎捐赠的藏书中

发现了一部 20 卷《再生缘》抄本，郭老再次借来阅读。同年 5 月下旬，作家阿英又借给郭沫若一套道光二年宝仁堂刊行的《再生缘》。从 1960 年 12 月到 1962 年 1 月，短短一年时间，郭老共搜集到《再生缘》的 3 种版本（三益堂版、郑藏版、宝仁堂版），"就这样，从去年十二月以来，到最后核校完毕为止，我算把《再生缘》反复读了四遍"①。

其后，郭老发表了 9 篇论文谈论《再生缘》。通过研究，郭老认为"道光三十年版本是通行二十卷本。前十七卷是乾隆朝代的女作家陈端生（1751—1790？）所作；因原作未完，后三卷乃是另一女作家梁德绳字楚生（1771—1847）所续补……郑藏抄本亦为二十卷，前十七卷与刻本相同，后三卷则与梁楚生续补本全异，是另一人所续补……可能也是一位女子"。郭老在阅读与研究《再生缘》的过程中，对《再生缘》及其作者陈端生都给予了高度评价："陈端生的确是一位杰出作家，她的《再生缘》比《天雨花》好。如果要和《红楼梦》相比，与其说'南花北梦'倒不如说'南缘北梦'。"② "我每读一遍都感觉到津津有味，证明了陈寅恪的评价是正确的。他把它比之于印度、希腊的古史诗，那是从诗的形式来说的。如果从叙事的生动严密、波浪层出，从人物的性格塑造、心理描写上来说，我觉得陈端生的本领比之十八九世纪英法的大作家们，如英国的司考特（Scott，1771—1832）、法国的斯汤达（Stendhal，1783—1842）和巴尔塞克（Balzac，1799—1850），实际上也未遑多让。他们三位都比她要稍晚一些，都是在成熟的年龄以散文的形式来从事创作的，而陈端生则不然，她用的是诗歌形式，而开始创作时只有十八九岁。这应该说是更加难能可贵的。"③

为了更好地研究《再生缘》，郭老不仅 1961 年实地寻访陈端生出生地——杭州西湖柳浪闻莺对面的"勾山樵舍"；而且还两度前往广州拜访陈寅恪，一次是 1961 年 3 月 13 日由冯乃超陪同前往，一次是 1961 年 11 月

---

① 郭沫若：《序〈再生缘〉前十七卷校订本》，《光明日报》1961 年 8 月 7 日。
② 郭沫若：《再谈〈再生缘〉的作者陈端生》，《光明日报》1961 年 6 月 8 日。
③ 郭沫若：《序〈再生缘〉前十七卷校订本》，《光明日报》1961 年 8 月 7 日。

15 日与陈寅恪一起深入探讨、考证了陈端生的身世。随着不断阅读、研究，郭沫若对《再生缘》愈加"痴迷"，1962 年初前往古巴访问时，他更是将《再生缘》带在身边，随时品读。郭老认为："这的确是一部值得重视的文学遗产，而却长久地被人遗忘了。不仅《再生缘》被人看成废纸，作为蠹鱼和老鼠的殖民地，连陈端生的存在也好像石沉大海一样，迹近湮灭者已经一百多年。无怪乎陈寅恪先生要那样地感伤而至于流泪：'彤管声名终寂寂，青丘金鼓又振振。论诗我亦弹词体，怅望千秋泪湿巾。'这不是没有理由的。"①

由于手中的《再生缘》都是他人之物，郭老非常希望能买到一部属于自己的《再生缘》。但该书在北京旧书店已无法买到，所以他才在信中请徐迟帮忙："武汉不知能购得到吗？我要请您帮帮忙。如能购得，费用当汇出。但版本希望是道光年间的，如有钞本，当然更好。"

就是这样一封书信，虽然写信者与收信者早已离我们远去，但属于他们的历史印迹却在书信中得到真实的保留与延续，让我们得以了解他们的往事。

---

① 郭沫若：《序〈再生缘〉前十七卷校订本》，《光明日报》1961 年 8 月 7 日。

郭沫若向冯至推荐老友李春潮

冯至（1905—1993），原名冯承植，河北涿州人。我国现代著名诗人、学者。代表作有诗集《昨日之歌》《北游及其他》《十四行集》等。

冯至兄：

我的朋友李春潮同志，他很愿意知道德国文坛的情形，特别是最近关于歌德与浮士德的评价，特为介绍，请接谈，并介绍些有关资料。您在这方面是有研究的，望您帮忙。如更有适当的朋友，并望特为介绍。此致敬礼！

郭沫若

三·七

这是中国现代文学馆"冯至文库"中珍藏的一封郭沫若书信。在信中，

郭沫若书信信封

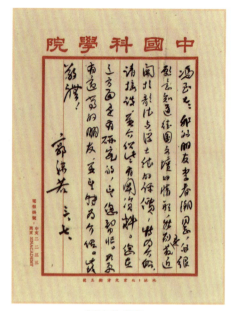

郭沫若书信

郭沫若将自己的朋友李春潮推荐给冯至认识。因李春潮喜欢德国文学，尤其是歌德的《浮士德》，郭沫若希望冯至能给李春潮讲讲这方面的知识，并推荐一些资料和这方面的专家给他（李春潮译著《歌德诗选》日文版，并在 1945 年曾创作《怀歌德》）。

李春潮，1913 年出生于陕西户县（今西安市鄠邑区）。1932 年秋，李春潮在北京大学和日文专科学校读书，由于向《冷风》杂志投稿，揭露黑暗当局腐败统治，遭追捕逃亡到上海。1936 年，他孤身赴日

冯至

本留学，先后在早稻田大学、帝国大学等校读书。其间，结识进步青年作家蒲风、王亚平、贾植芳等人。李春潮喜爱文艺作品，思想进步，经常阅读

马列主义书刊，参加了文海文艺社，编印《文海》月刊。《文海》杂志经常发表对时局不满的文章，仅出了两期，就被停刊。1936年12月底，日本当局以"疯人"罪名，将李春潮关押收监于东京"疯人院"。后经郭沫若及留日同学多方营救出院，不久回到国内。1952年，李春潮调广州中南局宣传部工作。不久，调任广西人民委员会文教办公室副主任、党组书记兼教育厅副厅长，工作成绩突出，受到《人民日报》表扬。李春潮还从事诗歌创作和民歌的编辑工作，著有《黎炎诗集》《战地之

1937年郭沫若在日本须和田宅前

歌》；编辑有《山歌联唱》一、二、三集；译著有日文版《歌德诗选》《雪莱诗选》。

通过阅读该信，可以看出作为文坛泰斗的郭沫若对于提携、帮助自己这位老友的心情，为让李春潮对德国文学、歌德、浮士德有更多了解，郭沫若不仅亲自出面将李春潮推荐给中国研究德国文学、歌德的专家冯至，希望冯至能为他讲讲；而且还希望他再介绍一些研究专家给李春潮认识，可见他们的交情很深。

1936年，郭沫若与李春潮相识于日本，对于这段交往，李春潮好友李华飞在《在东京亲聆郭老三次讲话》中有过描述：

1936年春节期间，由春潮、华飞、子豪、永麟、虹冤五人在东京目黑町华飞、永麟的住所川村"贷间"开始筹备，决定各自征求成员，自费出刊，业推春潮、华飞去市川市邀请郭沫若先生参加成

立会，并给刊物命名。

成立会在御茶之水附近一家"中华料理店"召开，郭老大约九时许就来了，我们二十多个文学青年鼓掌欢迎，春潮主持不拘形式的座谈，然后请郭老讲话，我担任记录。郭老命名刊物叫《文海》："海，波澜壮阔，容纳百家。"大家听的欢呼起来。接着转入正题，他说："关于'国防文学'与'民族革命战争的大众文学'这两个口号的论争，在国内的刊物上，已经发表过不少的文章，现在象已经成了过去了。在个人方面说起来，还是保持着《文学界》（1卷3期）上面那篇文章的意见，想来各位早已看过。'国防文学'这口号之提出，自然它有一定根据的。它的好处，除了一听就牢记清楚之外，还能给我们一个极深刻的印象……"①

1912 年的郭沫若

郭沫若对当时中国文坛两个口号的争论做了具体详细的分析，给当时在日本留学的中国文学青年上了一堂生动的政治课。

---

① 李华飞：《在东京亲聆郭老三次讲话》，《郭沫若学刊》1993 年第 1 期。

《文海》在创刊号中刊载了一篇郭沫若的《关于天赋》和李春潮"反驳"郭沫若的文章《郭沫若先生"七请"理论的再认识》(以下简称《再认识》)。《七请》是郭沫若先生发表在《杂文》(后改名《质文》)第四期上的一篇关于诗歌创作的文章。1935年前后,中国留日学生盛极一时,单东京一地就三四千人,组成的进步文化团体十余个。当时寄居在日本的郭沫若如潜龙得水,不顾日本便衣的监视,活跃于各种讲坛,并配合国内蓬勃兴起的"国防文学",给《杂文》等刊物写了大量文章。当时有人写信向郭先生请教诗歌问题,后发表在《杂文》第三号上,标题为《"关于诗的问题"的两封信》,此信一发表便引起了一些评论家的批评。郭沫若阅后,立即推出一篇较系统的诗论《七请》予以回应。李春潮看后,对李华飞表示他要写一篇反驳郭沫若的文章。李华飞在《郭沫若在日本二三事》中,对此曾有详细描述:

> 同学李春潮看了拍案叫绝,可是再次阅读后,跑来向覃子豪和我说:"诗论写得好,也很全面。可还有漏洞,我要写文章驳他!"
> 我和子豪大笑:"你敢在太岁头上动土?"
> 春潮把烟尾巴向地一掷:"别瞧不起人!"
> 第二天上午李春潮拿着一大叠稿子来登门:"走,找郭先生去!"我看看他熬红的双眼,阅读了题为《郭沫若先生"七请"理论再认识》的万多字文章,对其刻苦钻研的精神,不禁肃然起敬。[①]

李华飞在该文中,对于郭沫若的《七请》进行了较为详细的阐述:

一、文学上思想性的重要。"意识是第一着,有了意识,无论用什么方法,无论用什么形式,无论取什么材料都好。"郭的这个观点,当时"曾惹起一番议论",因为,像这样引申发展,岂不是

---

① 李华飞:《郭沫若在日本二三事》,《文史杂志》1988年第3期。

会"导致标语口号的诗了"。

二、新文学的基本要求。郭说:"我写那几句话时,是兼顾着文艺的政治与艺术价值两方面来说的。新时代的文艺非有前进的意识根本不成功。"所以,"意识是第一着"。"有了意识又有很好的技巧或者是发明新的方法,那自然是最好。"这里说的"基本要求",无非更加强调了"思想性的重要"。

三、艺术的技巧问题和作家的能动精神问题。郭说,他自己是素来尊重技巧的人。而技巧是包括在他那几句话(注:即意识是第一着)里面的。春潮认为"意识是否可以包括技巧或代替它呢?还值得进一步探讨"。

四、意识的修养问题。郭说:"意识并不是不修养不努力便可获得的东西,获得了之后不继续修养,不继续努力,也不能保存,而会丧失的。"春潮认为所谓"修养"与"努力",可能意味着社会实践,那样应予肯定。

五、艺术家的天赋问题。郭在文中以"一个文人"为例,列成图式:

天赋 + 教育 + 努力 + 实践 = 一个文人。

春潮认为从这个公式看出,郭沫若虽没明显提出七分天才,三分努力的主张,却把天赋摆在"一个文人"的首位,毫无疑问强调天才。春潮完全不同意这一看法,将郭的公式倒转过来:

实践 + 教育 + 努力 + 天赋 = 一个文人。

六、文学上宗派主义的清算和标语口号诗的新解释。30年代,苏共中央因鉴于普罗文学艺术的飞跃发展,狭隘的文学团体不能适应形势的需要,提出关于文学艺术团体的再组织的提案,接着举行进步作家的大联合,决定社会主义的现实主义是苏联文学艺术及文学批评的基本方针。郭当时受的影响较大,他在《七请》中主张:"大家也应该紧紧地携起手来,清算文坛上狭隘的宗派观念,和俱乐部主义，建立起统一的文艺战线。"

七、文艺与其它几个部门的不可分性，与小说、诗歌表现主题的区别。郭说："文学中的几个部分，诗、小说、戏剧、杂文，各种形式几乎各有职能，就和音乐、绘画、建筑、雕刻之各个分化了一样。他们有他们的通性，然而各有他们的个性。"

郭沫若，摄于日本冈山

李春潮在他万余言的《再认识》中，对《七请》的"六请"洋洋洒洒作了补充的阐述，惟独对第五"请"持相反态度。①

正是因为李春潮的反驳和他执意前往郭沫若住处与之交流的想法，才有了不久后他们对郭沫若的拜访，以及郭沫若《关于天赋》一文的创作。对于那次拜访，李华飞也在该文中有着较为详细的描述：

我和春潮以及他一位陕西老乡，搭"高架电车"转往千叶县的市郊公共车，赶往市川市郭府。郭沫若傲岸地接过那叠厚稿，脸色随着对文稿的翻阅而解冻，逐渐流出笑容："春潮，你把我的文章读得很仔细，领会也很深啊！"

"我只读了两遍。"春潮得意地狠狠抽了口烟。

"他是专攻文艺理论的。"我从旁插话。

"不错、不错。你有几处阐明恰到好处。个别地方我还有保留。

---

① 李华飞：《郭沫若在日本二三事》，《文史杂志》1988 年第 3 期。

至于天赋问题，想写篇短文，不妨让我再补说几句。"

"郭先生关于谈天赋的文章，春潮的《再认识》，我们打算在《文海》第 1 期上同时发表可以吗？"我抓住这个良机提出请求。郭沫若爽明地说："完全可以。春潮的稿子留下，过两天你们一齐来取。"

告别的时候，在郭先生住宅的庭院里，我为郭沫若、李春潮、王君、郭志鸿（郭的小儿子）摄影留念。①

虽然有关李春潮和郭沫若的交往记载并不多，但从此信可知，李春潮和郭沫若在新中国成立后，还是时有联系。据李春潮子女回忆：

一九五六年，正当父亲年盛力强，创作力无比兴旺时，他希望写一部长篇抒情叙事诗……他还希望对郭沫若同志的诗歌创作，从《女神》到《新华颂》九部诗集以及其他诗作进行深入研究，写出一系列的探讨文章。②

1955 年，李春潮因受所谓胡风反党集团一案贾植芳问题牵连，受到审讯，1956 年 3 月 3 日去世。

随着时间的推移，这位喜欢歌德、喜欢写诗的郭沫若小友李春潮，渐渐被人们遗忘。在历史的长河中，他像一朵小小的浪花，早已被卷走，但他为新中国、为自己的文学梦想所做出的努力，我们不应忘记。谨以此文，纪念这位文学逝者。

---

① 李华飞：《郭沫若在日本二三事》，《文史杂志》1988 年第 3 期。
② 建·军·平：《希望之歌——怀念我们的父亲李迪生》，《广西文学》1981 年第 4 期。
注：李春潮又名李春芳、李迪生（涤生）、黎炎；该文由李春潮子女所作，发表时署名为"建·军·平"。

沈从文与巴金的真挚之交

沈从文（1902—1988），我国著名作家，原名沈岳焕，字崇文，湖南凤凰人。代表作有《长河》《边城》《中国古代服饰研究》等。

巴金（1904—2005），我国著名作家，原名李尧棠，字芾甘，四川成都人。代表作有《家》《春》《秋》《寒夜》《随想录》等。

从文：

信收到好些天了。天天对自己说要写信给你，却始终没有机会动笔。这两个月我相当忙……

……我知道你不会怪我。事实上我始终没有忘记过你们。前两个月我和家宝常见面，我们谈起你，觉得在朋友中待人最好、最热心帮忙人的只有你，至少你是第一个。这是真话。尤其在现在，一般人把自己利益看得比什么都重的时候，使人更怀念你……

……

　　这是著名作家巴金20世纪40年代初在重庆写给好友沈从文的一封书信。该信现收藏在中国现代文学馆书信库中。

　　在信中，巴金向好友沈从文讲述了自己最近忙于为文化生活出版社看校样，修改那些"疙里疙瘩的译文"。那时，巴金的生活极不安定。重庆时常遭到日军飞机的轰炸而引起大火，导致文生社重庆书店被烧毁，巴金在大火中只抢出几十副纸型。巴金在信中还询问了沈从文有关他书稿的事情，并表示自己可以帮助沈从文寻找那些发表过文章的旧杂志，希望以后能帮好友把文章收集齐后再找机会出版。

　　该信写得自然、情真，在自己的生活因抗日战争而陷入最艰难的时候，巴金依旧对好友充满着深深的牵挂，这份友情让人感动。谈及两位作家的交往，还要追溯到1932年。

　　1932年暑假，正在青岛大学任教的沈从文从青岛来到上海。当时的沈从

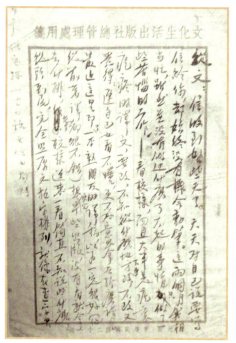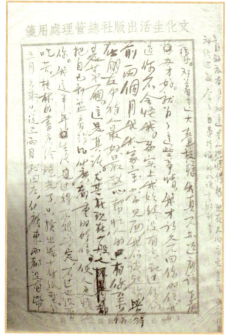

巴金致沈从文书信

1927 年，巴金摄于法国巴黎　　　1935 年，巴金在日本横滨

文正在疯狂追求苏州张氏四姐妹中的三姐张兆和，他此次来上海只是路过，打算过几天就去苏州张家亲自拜访张兆和的家人。而巴金也从法国留学回来不久，正住在上海环龙路舅父家中。那时，南京《创作月刊》的主编汪曼择恰好来上海组稿，他邀请巴金和沈从文在一家俄国餐馆吃饭，这是巴金与沈从文的第一次见面。虽是初次见面，但沈从文与巴金谈得很是融洽。晚餐结束后，沈从文热情地邀请巴金到自己的旅馆继续闲谈。沈从文当时刚刚创作完一部短篇小说集，书稿就带在身边，他在聊天中表示自己很想用书稿换点稿费。很快，巴金就联系了一家书局。随后，巴金陪着沈从文到闸北新中国书局商谈出版事宜。洽谈很顺利，在巴金的帮助下，沈从文很快就把稿子卖了出去，书局也马上付了稿费。过了四五个月，沈从文的《虎雏》便印刷出版了。

　　这次结识，巴金给沈从文留下了极为深刻的印象，两人可谓一见如故。因为是第一次去苏州张家，沈从文很想在上海给张兆和准备一些外文书作为礼物，但自己的外语水平有限，他实在不知该如何选择。于是他便"毫不客气"地委托新朋友巴金替他挑选外国文学名著。巴金愉快地答应了这个"请求"。在多方比较后，巴金为张兆和特地挑选了一套英文版《契诃夫小说集》，这是当时最权威的译本。据说张兆和收到礼物后异常欣喜。

在上海分别时，沈从文诚恳地邀请巴金到青岛去玩。本来巴金要去北平，但想到能与这位很是聊得来的新友再次见面，于是便推迟了行期，先去了青岛。

巴金到青岛后，沈从文把自己的屋子让给了巴金，自己住到别处去。两人常在一起聊天，有话就谈，无话便沉默不语，一切都是那么随意，就像相识几十年的老朋友。两人中，沈从文更沉默寡言。当他听说巴金也不喜欢在公开场合讲话时，便讲了自己第一次在大学讲课的情景。当时课堂里坐满了学生，沈从文走上讲台，那么多年轻的眼睛望着他，他却一句话也讲不出来，只好在黑板上写了五个字"请等五分钟"。巴金听后笑了。

在青岛住了一个星期后，巴金决定去北平。离开青岛时，沈从文写了两个朋友的地址给巴金，让他到北平可以去找这两个朋友，不用介绍，只提沈从文的名字，他们就会接待他。到北平后，巴金由于认识的人不多，还真去找了这两人，说是沈从文介绍的，他们热情地接待了巴金。

因受国内时局影响，国立青岛大学校长杨振声辞职去了北平，沈从文与杨校长关系很好，也随他离开了。不久，沈从文和张兆和在北平喜结连理。巴金在上海听到这个喜讯，赶忙发了一封贺电：幸福无量。收到贺电，沈从文非常高兴。他写信邀请巴金到他北平新家做客。巴金想念朋友，收到信后便去了北平。出了北平车站，巴金坐人力车去了府右街达子营，但他却没记住沈从文家的门牌号。当时的巴金只提了一个藤包，里面只有一件西装上衣、两三本书和一些小东西。还好，最后巴金顺利打听到沈家。当他敲开门后，沈从文见到是好友巴金，他微笑着紧紧握住巴金的手说："你来了。"然后，便把巴金迎进客厅，将自己的新婚夫人张兆和、妻妹张充和介绍给巴金认识。

沈从文的新家并不是很大，一个小院、一个小客厅、一个小书房、三间小小正房，却非常安静。沈从文把巴金安顿在自己的书房，房内只有一张书桌和一张床，但非常干净、整洁。巴金在沈家住了几个月，两人一个屋里，一个屋外，各写各的，互不干扰，有时说几句闲话，有时便相对沉默。巴金在这里完成了著名的"爱情三部曲"中的《雷》及《电》的一部分；而沈从文正在创作《边城》，同时还要在天津《国闻周报》连载《记丁玲女士》(后改名为《记丁玲》)。当时沈从文还兼任天津《大公报》文艺副刊主编，他这个主编其实是编辑、写稿、组稿、看稿一肩挑。沈从文家中常有专家、教授、作家和学生来访，这里渐渐成了北平一个重要的文学据点。写作之余，巴金有时也会来到客厅，和沈从文的朋友们谈天说地，交流思想和创作体会，他在沈从文家中

1934 年写《边城》时的沈从文

的日子过得舒适又充实。那时的沈从文也偶尔向巴金约稿。没过多久，巴金便给了一篇自己的文作。文章刊发后，沈从文将原稿还给巴金。这时，巴金发现自己之前写稿时钢笔墨水很是浅淡，字迹其实很不易辨认。但沈从文却用毛笔一笔一画填写得清清楚楚。由此可见，沈从文对朋友是多么热忱，对工作是多么认真，这让年轻的巴金极为感动。

之后不久，巴金在北平的另一个好友靳以想让巴金帮忙一起办《文学季刊》。那时，靳以已在景山三座门大街租了房子。为了更好地办刊，靳以想要巴金搬过去和他一起住。在达子营 28 号院住了几个月后，巴金离开了沈家。

虽然巴金和沈从文平日都很忙，但同处一座城中，还是有机会经常见面的。沈从文经常对巴金的作品提出意见，也劝他不要浪费时间；巴金也常去

沈家吃饭，还和沈从文开玩笑说自己是他们家的食客。

后来巴金动身回上海时，沈从文夫妇到前门车站送行。沈从文握着巴金的手说："你还再来吗？"巴金开口吐出一个"我"字时，声音有些哑了，他从内心来说并不愿意在这个时候离开北京的朋友们。

这一别，两人很久未见。但沈从文却一直关注着巴金的文学创作，并及时提出自己的见解。1934 年，巴金写了一篇小说《沉落》，发表后沈从文看了便写信"质问"道："写文章难道是为着泄气？"巴金看后也有些激动，马上回信说："我写文章没有一次不是为着泄气。"沈从文回信开诚布公地谈了自己的看法："什么米大的小事也使你动火，把小东西也当成了敌人。我觉得你感情的浪费真极可惜。"

虽然巴金并没有放弃自己的主张，他也想通过辩论说服沈从文，但当他冷静下来仔细琢磨好友的建议后，也认为沈从文是为了他好。由此，巴金视沈从文为"敬爱的畏友"，他从心底衷心感谢这位老大哥对他的关心。

1937 年，随着抗日战争的全面爆发，沈从文夫妇辗转从北平去了云南昆明西南联大教书。巴金则先后在上海、广州、桂林等地继续自己的文学创作。后因女友萧珊考入云南西南联大读书，1940 年暑假，巴金从上海去昆明，第二年又去了昆明，

1935 年沈从文夫妇和长子沈龙朱及妹妹沈岳萌

在昆明过了两个暑假。正是在这两段时间，沈从文与巴金在呈贡、昆明再次相见。每次见面，他们都会到小饭店里吃饭，沈从文吃饭不讲究，一碗米线，有时加一个西红柿，打一个鸡蛋，就很满足了。在炮声隆隆、烽烟四起的战乱年代，他们异常珍惜相聚的时光。他们同游过西山龙门，也一路跑过警报，看见炸弹落下后的浓烟，也看到过田野中血淋淋的尸体。

当 1941 年巴金再次来到云南时，沈从文邀请他到自己昆明龙街的家中做客。有一天，他们带着沈从文的长子——七岁的沈龙朱一起去滇池。当时，日本飞机正飞去昆明轰炸，经过滇池。没过多久，敌机折返回来，飞得很低。当沈从文三人正躺在草地上沉浸于自然的美景时，忽然一架飞机在他们头顶上方波动了一下，扔了一颗炸弹下来。沈从文赶紧叫巴金和儿子龙朱翻过身趴下，然后将自己的身体死死地捂在他们身上。瞬间，轰隆一声，炸弹爆炸了。不久，他们得知当地一个插秧的农妇被炸死了。原来，这颗炸弹在昆明城里头没有从飞机上脱开钩，到了这儿脱开钩，掉了下来。

在这之后，巴金离开昆明回到重庆。

对沈从文，巴金内心有着极其深厚的情义。1988 年 5 月 10 日，沈从文在北京去世。远在上海的巴金在病中收到电报，回忆起诸多往事，第二天才发去唁电：

> 病中惊悉从文逝世，十分悲痛……我失去一位正直善良的朋友，他留下的精神财富不会消失。我们三十、四十年代相聚的情景还历历在目……我永远忘不了你们一家。请保重。

话语之中，我们能真切感受到巴金对于沈从文的去世，是那样的悲痛与哀伤。

巴金与卞之琳不曾忘记的"十年之约"

卞之琳（1910—2000），笔名季陵、薛林等，江苏南通人。我国著名诗人。代表作有《断章》《三秋草》《鱼目集》等。

1994 年 5 月 6 日，在美丽的西子湖畔，巴金先生在《巴金全集》第二十四卷扉页上写下了《西湖之梦——写给端端》一文。在文中，巴老向外孙女端端讲起了一个"十年之约"的往事。

想说的话很多，我只再说一件事。一九三七年我来西湖不止一次，两次，大概在第三次，卞之琳和师陀两位去天目山，我送他们到杭州。我回上海的前一天，我们三个人在杭州天香楼吃饭，大家谈得很高兴，我就讲了过去在日本报上看到的故事。

两位好友被迫分开，临行相约十年后某日某时在一个地方会见。十年后的那一天到了，留在东京的朋友已经结婚，他的妻子见他要认真践约，便竭力劝阻。但没有用！就在那天早晨他来到约定的地点，首都著名的桥头。他等了好久，不见人来，他感到失望了。忽然听见有人问话，一个送电报的人拿着一份电报问他是不是他的名字。他接过电报看，上面写着："我生病，不能来东京践约，请原谅。请写信来，告诉我你的地址，我仍是孤零零的一个人。"收报人的地址是：某年某月某时在东京某桥头徘徊的人。电报到了收报人的手里。友情之火在燃烧。

师陀当时还不曾用这个名字……他笑着说："我们也订个约，十年后在这里见面吧。"我说："好，就在杭州天香楼，菜单也有了：鱼头豆腐、龙井虾仁、东坡肉、西湖鱼……"

十年之后我并未去杭州，天香楼之约早已忘得一干二净。之琳去英国讲学。师陀在剧校教书，相当忙碌，时而香港，时而浙江，似乎在追求什么……

此时的巴老，已是90岁的耄耋老人。"十年之约"中的好友师陀已于6年前病故，另一位好友卞之琳也已是一位84岁百病缠身的老者，每天还要尽力照顾自己病重的妻子青林。不知巴老在那天想起这个约定，想起两位好友，是怎样的一个心境。

每次读到"十年之后我并未去杭州，天香楼之约早已忘得一干二净"，我总在想，生死不过一线之间的十四年抗战，他们都

巴金

历尽艰辛走了过来，为什么十年之约到来时，他们却能将它忘得一干二净？如果他们能够再次相约西子湖畔的天香楼，那曾写过"你站在桥上看风景，看风景的人在楼上看你。明月装饰了你的窗子，你装饰了别人的梦"的诗人卞之琳会给我们留下怎样的诗篇？大作家巴金和创作出《谷》《无望村的馆主》的师陀又会写下怎样的篇章？

不久前，我在文学馆书信库整理资料时，偶然看到一封卞之琳早年写给巴金的书信，信中所讲却真实地表明：时隔十年，巴金与卞之琳依旧清楚地记得1937年的"天香楼之约"，而且二人还对"十年之约"的具体日期有着不同的记忆。这让我很是诧异，难道是巴老的记忆出现偏差？

信的全文如下：

巴金：

懒了这么久，昨晚才一气抄出正误表十五六份，附一部分在这里，请你为我随书分配一下。再给我自购十六本吧。三本请寄或带交其美路新陆邮五号周煦良处（正误表我直接附去）。其余熟人如已将书拿去，就再补送正误表（表中只是列出已发现的我较在乎的错误而

卞之琳致巴金书信

已）。只是太麻烦你了。《浪子回家》封面上作者名字与书名请注意叫他们多隔开一点，书名能再大就好。十年的约会终于不得践行，真是可哀。我记得清清楚楚是五月二十五日，你若说是四月廿五日，那就是今天了。你们路近何妨去杭州玩几天，你跟靳以都把太太带去也就凑足四个人了。住得很闷，我今天下午去北平过周末。匆匆。祝好。

之琳

卞之琳在信中并没有落款时间，根据信中所提"《浪子回家》""十年之约""你若说是四月廿五日，那就是今天了"这三个重要信息分析，该信应写于 1947 年 4 月 25 日。因为这里所说的《浪子回家》指的是 1947 年 6 月上海文化生活出版社再版的卞之琳翻译集《浪子回家集》；"十年之约"指的是巴金、卞之琳、师陀 1937 年春末在杭州西湖天香楼吃饭时定下的"十年后，三人再次聚首天香楼"的约定。

在信中，卞之琳主要讲了两件事：

一、卞之琳对文生社再版《浪子回家》（最后书名定为《浪子回家集》）提出两点建议。

1. 卞之琳请巴金代自己给重要朋友寄此新书时，随附自己花了一个晚上制作的文生社 1947 年准备再版的《浪子回家集》正误表。

2. 卞之琳建议巴金在出书时，"《浪子回家》封面上作者名字与书名请注意叫他们多隔开一点，书名能再大就好"。

《浪子回家》

二、卞之琳对于 1937 年三人在杭州西湖边曾经所定的"十年之约"不能实现，表示了遗憾，并对"十年之约"的具体时间提出了与巴金不同的意见。"十年的约会终于不得践行，真是可哀。我记得清清楚楚是五月二十五日，你若说是四月廿五日，那就是今天了。"

1937 年初，卞之琳为胡适领导的中华教育文化基金会编译委员会译完纪德的《赝币制造者》后，得到了一笔足以维持半年生活的稿费。随后他便到江浙、上海访友。同年春，师陀与巴金、靳以、黄源和许粤华前往杭州游玩，因急着写稿，师陀便留在西湖孤山俞楼，没有回上海。不久，卞之琳追访好友师陀到杭州，住到西湖西北岸的陶社。那段时间，二人常常在西湖边见面、喝酒、聊天。不久，二人在杭州看到《大公报》发表的萧乾同年 5 月前往雁荡山旅行的游记《雁荡行》，他们一时兴起，亦决定近期前往雁荡山旅行。身在上海的巴金得知二人计划后，即兴赶往西湖看望他们。在巴金回上海的前一天，三人在西湖有名的天香楼聚餐。天香楼是杭州名店，店名取自初唐诗人宋之问《灵隐寺》一诗中的诗句"桂子月中落，天香云外飘"，当时曾有此一说："要划船，西湖六码头；要吃菜，杭州天香楼。"席间所发生的故事，正如巴老在《西湖之梦——写给端端》中所述。

"天香楼之约"不久，师陀与卞之琳先回到上海，随后从上海前往雁荡山旅行。旅行期间，"七七事变""八一三事变"相继爆发，中华民族开始了长达八年的全民族抗战。三位作家也以自己的笔为刀枪积极投身于这场事关民族生死存亡的战争之中。在艰苦的抗战中，他们遭受过日军的轰炸、扫射，失去过朋友与亲人，但从未放弃，他们一直坚守着中国人的抗战决心。1945年 8 月，日本帝国主义宣布投降，最艰难的岁月终于熬过去了。但当"十年之约"的 1947 年到来时，他们却并没有依约前往西子湖畔践行约定。1946年 6 月，因与巴金在出版理念上的差异和其他原因，文生社创办人吴朗西离开文生社。而那时，随着国民党军队进攻中原解放区，国共两党之战全面爆发，由于国民党统治的腐败，国统区社会动荡、人心惶惶，包括纸张价格在内的各种物价都在飞涨，这导致文生社的经营十分艰难。那时的巴金一个人

卞之琳

苦苦支撑着文生社的工作，而师陀面对飞涨的物价，为了生活，不得不同时兼做苏联上海广播电台文学编辑、上海戏剧学院教员。那年 5 月下旬，师陀得到家信，知悉母亲病重，便急忙启程回河南杞县老家探望母亲。远在天津南开大学教书的卞之琳，因获得牛津大学拜理奥学院交流访问邀请，正忙于准备出国的相关事情，再加上与张充和情感的挫折，也无心于此约。

　　面对当时紧张的国内环境和各自的生活与工作，三位好友最终未赴杭州西湖那"十年之约"。但他们却并没有忘记这美丽的约定。在信中，卞之琳不仅说"十年的约会终于不得践行，真是可哀"，而且还对当年的具体日期，提出与巴金不同的记忆：巴金认为是"四月廿五日"，卞之琳则认为是"五月二十五日"（笔者认同卞之琳所记时间）。在信的最后，卞之琳还不忘建议巴金与靳以带上各自的爱人前往杭州，以这种方式圆那美丽的"十年之约"。"你们路近何妨去杭州玩几天，你跟靳以都把太太带去也就凑足四个人了。"

　　虽然最后巴金与卞之琳、师陀没有践行"十年之约"，但他们依旧为中国现代文学史留下了一个有关西湖、有关友情的美丽故事。虽然47年后的巴老在西湖边，将卞之琳、师陀去的雁荡山记成了"天目山"；将"十年的约会终于不得践行，真是可哀"，记成了"十年之后我并未去杭州，天香楼之约早已忘得一干二净"。但我相信在他们心中，这个"十年之约"一定从未被忘记。即使到了垂暮之年，那个约定和它代表的那段青春岁月依旧在他们心中留下了深深的烙印。

师陀劝老友巴金入党

师陀（1910—1988），原名王长简，笔名芦焚。我国现当代著名作家。河南杞县人。"九一八事变"后，在北平参加反帝大同盟，后任上海苏联广播电台编辑、上海文华电影制片公司特约编剧。新中国成立后，历任上海出版公司总编辑、上海电影剧本创作所编剧。后在中国作协上海分会专门从事创作。代表作有短篇小说集《谷》《果园城记》、长篇小说《结婚》《马兰》等。

老巴：

　　……另外一个问题，本来我在上海就想向你提出，但是想到你可能一句普通话，不加考虑，说过就忘记了。所以现在写在这里，希望你认真考虑一下。本来你好几年前已具备入党条件，当时你自称过惯了自由散漫的生活，怕给党带来不良影响，自己又怕太受拘束。你说这话是诚恳的，我完全相信。可是根据你几年来的工作与活动，事实证明并不自由散漫，你接受党的命令工作生活，尽可能参加各种会议，有什么必要老留在党外呢？请你自己认真考虑一下，和萧珊商量一下。……问你们好并祝阖宅平安！

师陀

一九六六年四月廿四日

这是一封师陀在 1966 年 4 月 24 日写给巴金的书信。师陀当时因高血压病到华东疗养院疗养，在住院十多天后，他特意写了此信给巴金，认真地建议巴金应早日加入中国共产党。

20 世纪 50 年代中后期国家对知识分子进行思想改造后，文学界出现了著名作家争相入党的高潮：欧阳予倩 1955 年入党、曹禺 1956 年入党、唐弢 1956 年入党、郑君里 1958 年入党，老舍、萧乾等著名作家也积极向党组织提出了入党申请。连巴金在《收获》的同事和好友靳以也于 1959 年 5 月加入了中国共产党，而那个时代中国最著名的作家之一巴金却迟迟没有提出入

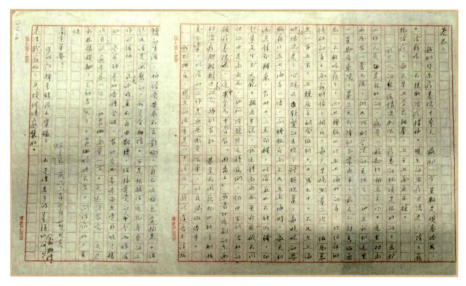

师陀致巴金书信

党申请。作为不拿国家工资的无党派人士，他的这种不积极、不主动，不是表明党对知识分子的改造并不成功吗？

其实在巴金入党问题上，曾有多位朋友相劝。1952 年 10 月，巴金第一次从朝鲜战场回到北京，胡乔木在约他到中宣部谈话时，就曾示意巴金应争取入党。但巴金对这个建议没做任何回应。1956 年秋，刚刚入党的唐弢根据上级领导指示，也曾当面向巴金提出入党问题。唐弢用朋友随意谈话的方式跟巴金说："老巴，我看你也应该向党打报告，提出要求了。"但巴金却笑着说："我这多年自由散漫惯了，组织观念不强，恐怕还得努力。谢谢你的关心，我想还是留在党外好。"20 世纪 60 年代初，中国作协领导人刘白羽、张光年也曾就巴金入党问题专门探讨过，刘白羽说："老巴有热情，对党很尊重，注意组织纪律性。我看他可以入党。"但由于巴金的态度一直不是很积极，最终这件事也就搁置了。

师陀知道巴金其实一直在坚持自己"不入政党"的信仰，他有着自己的理想、精神立场和价值判断。他了解巴金从内心不愿意参加任何政党，不愿改变自己为真理而书的理念；巴金只想自由从事自己的文化工作，只想保留一块属于自己那份信仰的领地。但师陀同样也知道，在当时的政治环境下，如果巴金再继续坚持自己的那套立场，将会给自己带来政治上的巨大冲击。师陀心中十分忧虑。

1958 年后，巴金渐渐进入政治多事之秋。1958 年 4 月第 8 期《文艺报》发表了巴金针对声明

巴金

脱离美共的美国左翼作家法斯特的批判文章《法斯特的悲剧》，对于巴金在文章最后劝法斯特"回头是岸"，社会批判之声不绝于耳。同年 10 月更是开始了一场由《中国青年》《读书》《文学知识》三家在全国有影响的刊物发起，有《文汇报》《青年报》《光明日报》《文学评论》《羊城晚报》等近十家刊物参加的长达七个月的"巴金作品讨论"；此外，北京师范大学中文系和武汉大学中文系三年级还先后成立了巴金创作研究小组，并分别在当年和 1959 年出版了《巴金创作评论》和《巴金创作试论》。这些讨论带有明显的政治批判意味，他们对巴金的作品进行了肆意歪曲。1962 年 5 月，作为上海作协主席的巴金在上海第二次文代会上做了题为《作家的勇气和责任心》的讲话。在当时的政治环境下，巴金的这篇讲话在文艺界引起了极大反响，而这让上海市委的柯庆施、张春桥、姚文元极为不满。随后，《作家的勇气和责任心》一文被美联社转发，引起一定的国际关注。张春桥、姚文元更是在党内会议上以它为材料对巴金大加批评。

在师陀心中，巴金是一个极可以信任、具有非常气度的极善良的人，师陀不愿自己的好友受到伤害。所以在 1966 年暴风雨来临前夕，在自己也不是党员的情况下，师陀虽在病中，还是语重心长地向好友巴金提出入党的建议，足见巴金在他心中的位置，也足见师陀对朋友的真诚。

在巴金众多朋友中，师陀与巴金的相识是比较晚的。根据巴金在散文《怀念师陀》一文中的记述，他们直到 1935 年底才相识。那年 11 月靳以因为要回天津老家照顾病重的母亲，便请巴金到北平帮助他办理《文学季刊》的停刊工作。一天，师陀到三座门大街 14 号找靳以，进门就问靳以："听说巴金来了。"靳以回答："是。"但靳以却并没有把坐在桌子后面看杂志的巴金介绍给师陀，而进了门的师陀居然也没有再问谁是巴金，直接和靳以聊起稿子的事情，聊完他就匆匆地离开了。巴金并不习惯站起来自报家门，只是静静地翻看书桌上原有的几本杂志。结果那次见面师陀并没有认识巴金，这也就出现了二人第一次相遇却并未相识的奇特场面。巴金后来分析靳以不给他们介绍，可能有靳以自己的原因，他当时很忙，外加心情不好，没时间去闲聊。1936 年 8 月，师陀从北平到上海定居后，在靳以的介绍下两人才渐渐熟悉起来。也是从那时起，巴金对师陀的文学才华逐渐欣赏，并大力提携他。1937 年，巴金在自己主编的《文丛》杂志上，从创刊号、第 1 卷第 1—4 期，每期都刊登了师陀的作品（《里门拾记》发表在《文丛》创刊号上，《莱亚先生的泪》发表在第 1 卷第 1 期上，《灵异——掠影记》《还乡——掠影记》《苦役——掠影记》先后发表在第 1 卷第 2—4 期上）；抗战爆发后，巴金在其主编的《烽火》杂志上也常发表师陀作品（《战儿行》发表在《烽火》创刊号上，《事实如此》发表在《烽火》第 5 期上，《但愿如此》发表在《烽火》第 10 期上）；正是因为巴金的大力支持，师陀从 1936—1949 年出版的大部分著作《谷》（1936 年 5 月）、《里门拾记》（1937 年 1 月）、《野鸟集》（1938 年 1 月）、《无名氏》（1939 年 1 月）、《马兰》（1948 年 1 月）、《大马戏团》（1948 年 6 月）均先后由上海文化生活出版社出版。可以说巴金对于师陀的文学创作起到了积极作用。这也为成就师陀在中国文坛的地位及中国现代文学史上的影响打下了坚实基础。

除去抗战中巴金辗转于桂林、重庆等地的几年，因同在上海，随着二人的不断交往，师陀与巴金成为越来越好的朋友。对于巴金，师陀曾说过："要说对我进入文坛帮助最大的人，那是巴金，他不但出过我的很多书，对我的私人生活方面也很关心。"

20 世纪 50 年代，师陀曾先后去河南、山东、东北长期深入生活。不在上海期间，巴金成了他的代理人，为他结算版税，为他寄钱。师陀在 1950 年 4 月 1 日写给巴金的信中讲道："……自然，假使可能，我预备在乡下住半年。可是家里要钱吃饭，这也还是希望罢了……"同年 4 月 15 日师陀在致巴金的信中直接讲道："请你从存款中提出二十五万，汇给开封河南省政府劳动局段佩明君收。"

新中国成立后，师陀、巴金都以极大的热情投入新文学事业之中，他们试图以自己手中的笔讴歌新时代、新生活。师陀一直在努力追随新时代下的新文学政策，他努力将自己融入新时代的政治语境之中，他努力创作、积极塑造符合政治要求的新的人物形象，展现新的精神风貌，但师陀却总感觉力不从心。对于写出的文章，师陀自己都认为是"干涩无味"，他感到自己总是处在政治需要与文学追求的撕扯之中，这种状态使他渐渐身心俱疲。在师陀五六十年代致巴金的书信中，师陀毫不掩饰地向老朋友巴金诉说着自己在创作中遇到的困难。而巴金也尽自己的努力去帮助师陀，让他振作，让他从困扰中走出来。巴金建议师陀写慢点，不要性急，多看看，多弄一点材料，慢慢消化一番之后，再来动笔，一定好得多。

在收到师陀 4 月 24 日来信后，巴金知道师陀建议自己入党是为了自己政治安全考虑，他对于老友在政治环境越发紧张的时候，还能为自己设身处地地认真考虑而感动。巴金知道师陀对自己的这份情谊是真挚而深厚的。他在 1966 年 5 月 6 日给师陀的回信中也表达了他的谢意："……你这次提到组织问题，你在病中还想到我的事情，还关心我的进步，很感谢你的好意……"但在该信中巴金也委婉拒绝了师陀的建议，"不过说实话，我目前实在不够条件。根据今天的标准，像我这样一个资产阶级的知识分子，只有认真接受改造，在兴无灭资的斗争中做出一点成绩以后，才有资格谈别的。这次的文化大革命是一个考验。我要是能过好这一关，要是能有较好的表现，我可能要考虑组织的问题。我脑

师陀

子里资产阶级的东西太多了，这些年也在进行思想斗争，也在改，但是改得太慢。以后得加倍努力"。也许那时的巴金已感觉到有一张大网正渐渐向他扑来，他再怎么做，也许都已无济于事了。

这封信让我们看到了师陀对于巴金那份深深的情谊。

巴金帮助曹禺发表《雷雨》

曹禺（1910—1996），原名万家宝，字小石，天津人。我国杰出的现代话剧剧作家。代表作品有《雷雨》《日出》《原野》《北京人》等。

炳乾：

　　信收到，回答如下：……（二）关于《雷雨》，你要提出我的名字也可以，但不要美化，写出事实就行了，事实是：我同靳以谈起怎样把《文学季刊》办得更好，怎样组织新的稿件。他说，家宝写了一个剧本，放了两三年了，家宝是他的好朋友，他不好意思推荐他的稿子。我要把他的稿子拿来看看。我一口气在三座门大街十四号的南屋里读完了《雷雨》，决定发表它……

　　祝

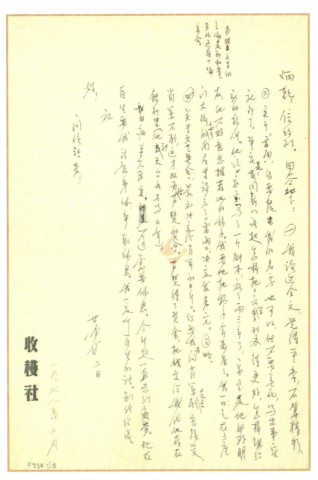

巴金致萧乾书信

好！

　　问候洁若！

芾甘二日

　　注：当时《文学季刊》的主编是郑振铎和章靳以，另外还有个
编委会。

　　这是巴金于 1978 年 10 月 2 日致萧乾的一封书信，现收藏在中国现代文
学馆书信库（文物编号：DX002552）。在信中，巴金向萧乾提起靳以与曹禺

的《雷雨》。

《雷雨》是我国著名戏剧家曹禺在清华大学求学时创作的一部戏剧。该剧不仅是曹禺的成名作，也是其代表作。《雷雨》的出现标志着中国现代话剧的成熟。在《雷雨》中，曹禺讲述了一个发生在资本家周朴园一家与雇工鲁家两代人之间的悲剧故事。

曹禺在戏剧《雷雨》中，利用一天的时间（上午到午夜两点钟）、两个场景（周家客厅和鲁家住房）集中展现了周鲁两家30年的矛盾纠葛。全剧交织着"过去的

曹禺在 20 世纪 40 年代

戏剧"（周朴园对侍萍的"始乱终弃"，繁漪与周萍的乱伦）与"现在的戏剧"（繁漪与周朴园的冲撞，繁漪、周萍、周冲之间的情感纠葛，周朴园与侍萍的相逢，周朴园与鲁大海的冲突），同时还展现了下层妇女（侍萍）被离弃的悲剧、上层妇女（繁漪）个性受压抑的悲剧，青年男女（周萍、四凤）得不到正常的爱情的悲剧、青春幻梦（周冲）破灭的悲剧，以及劳动者（鲁大海）反抗失败的悲剧。血缘的关系与阶级的矛盾相互纠葛，所有的悲剧都源于中国封建资产阶级家长制度。在该剧最后，曹禺安排了 3 个无辜年轻生命的死去，只留下对悲剧结局有着历史牵连的年老一代。这样的结局强化了作品对"不公平"的社会与命运的控诉力量。

但就是这样一部被后来中国现代文学史奉为经典的戏剧在最初发表时，却并不一帆风顺。1933 年 8 月，当曹禺历时五年构思、半年创作完成《雷雨》时，他非常希望自己这部呕心之作能早日发表，所以他将剧本交给了在北平正在筹办《文学季刊》的好友靳以（《文学季刊》由靳以与郑振铎于 1933 年 12 月共同创办，并共同担任主编，第一主编由极富经验的郑振铎担任）。靳以与曹禺不仅是南开中学的同学，而且还是交换过兰谱的结拜兄弟。靳以

左为 1928 年 6 月，曹禺在南开中学毕业留影；中为 1930 年，曹禺转入清华大学西洋文学系，此后进入他戏剧创作的鼎盛时期"雷雨时代"；右为 1946 年 3 月，曹禺在美国纽约留影。

一直以来都很欣赏曹禺的艺术才华，当他知道曹禺写出了一部大型话剧后十分高兴，拿到该稿后，很快便将《雷雨》推荐给郑振铎，希望能在《文学季刊》上发表。但郑振铎审阅后，认为剧本写得太乱，不建议发表。不久之前，靳以刚刚因为《文学季刊》1 卷 1 期在出版前，未经郑振铎同意而自作主张临时将一篇批评丁玲《夜会》的稿子抽掉，而让郑振铎有些不快（当时靳以得知鲁迅对这篇稿子有些意见，便在此刊第二次重印时抽了下来，因时间紧迫，靳以来不及告知另一主编郑振铎。出版后，郑振铎非常生气）。所以此时，靳以不便擅自做主将此稿刊登。

但是，靳以不愿让好友曹禺辛苦写出的厚达数百页的剧本被"丢弃"，这样太伤曹禺的自尊心，于是靳以暂时将该剧手稿收了起来。

不久，靳以又将该剧交给了《文学季刊》负责审读剧本的编委李健吾（《文学季刊》当时有一个编委会，邀请了冰心、巴金、李健吾、李长之、杨丙辰等任编委。编委会成员有分工，有的负责审读评论，有的负责审读剧本等）。李健吾是清华大学西洋文学系毕业生，毕业后留校任系主任王文显教授的助教。在戏剧方面李健吾有着很深的造诣，但是，这位戏剧名家看过《雷雨》后，也不推荐发表《雷雨》。李健吾认为曹禺在很明显地学习西方戏剧，其模仿痕迹过于浓厚，他在相关评论中写道："作者隐隐中有没有受到两出戏的暗示？一个是希腊欧里庇得斯的《伊波吕得斯》，一个是法国拉辛的《费德尔》，二者用的全是同一的故事'后母爱上前妻的儿子'。作者同样注重妇女的心理分析，而且全要报复。然而繁漪的报复，'作者却把戏全给她做'。作者头绪繁多，使观众的'注意力反而散在不知谁的身上去了'。"

李健吾

靳以对《雷雨》的第二次推荐又失败了。这让靳以十分失落，他只好再次把剧本暂放在自己的书柜中。

但靳以并没有气馁，他在等待时机。有一天，靳以和自己的好友兼编委巴金谈起怎样组织新的稿件，巴金主张《文学季刊》要多留意文坛新人，组稿的面要宽，不一定都找文坛名家，还是要多发表有才能、有潜力的新人作品。这时靳以告诉巴金，前不久自己介绍给巴金认识的文学青年万家宝（曹禺的原名）写了一个剧本，自己觉得不错，但编辑们意见不一，稿子放在自己这里已有一段时间。考虑到曹禺是自己的好友，他不便硬性推荐发表，他想请巴金能抽空审阅此稿。巴金一听很感兴趣。靳以马上便把《雷雨》手稿交给巴金。靳以希望巴金如果同意发表，可否向其他编辑尤其是郑振铎推荐此稿。有些话巴金去讲是会有作用的，也许郑振铎、李健吾会听他的意见。当时巴金已是国内知名作家，他的处女作《灭亡》早已出版，"激流三部曲"的第一部《家》、"爱情三部曲"的《雾》和《雨》均已发表，并在当时的中国产生了重要影响，其短篇小说《将军》更是被鲁迅、茅盾收入他们合编的

曹禺（右）与巴金（左）

《草鞋脚》介绍到国外。

巴金在审读《雷雨》时，深深地为《雷雨》所表现出的艺术情感所打动："我喜欢《雷雨》，《雷雨》使我流过四次眼泪，从来没有一本戏像这样地把我感动过。"与郑振铎、李健吾审读该剧时更多注重艺术形式不同，巴金则为剧中主人公的命运打动。繁漪、侍萍、四凤这些活生生地被压迫、被凌辱的女性的遭遇，激起了巴金内心巨大的感情波澜，巴金当晚是一口气读完《雷雨》的。对于自己当时的情感，巴金在1940年《关于〈雷雨〉》一文中，曾有过表述："……六年前在北平三座门大街十四号南屋中客厅旁那间用蓝纸糊壁的阴暗小房里，我翻读那剧本的数百页原稿时，还少有人知道这杰作的产生。我是被它深深感动了的第一个读者。我一口气把它读完，而且为它掉了泪。"

第二天，巴金便将《雷雨》郑重地推荐给主编郑振铎，并讲述了自己的意见。他建议《文学季刊》刊登此剧，还主动要求为这个14万字的长剧亲自担任校对。正是在巴金的力荐和编辑下，《雷雨》终于在1934年7月2日《文学季刊》第1卷第3期发表，作者署名曹禺。靳以第三次推荐《雷雨》

终获成功。

　　《雷雨》能够发表，巴金起到了举足轻重的作用，他以作家的敏感和高度的文学鉴赏力，发现了《雷雨》的价值。当然，靳以的三次力荐也是功不可没，这两者缺一不可。

巴金提及"《大公报》文艺奖换人"事件

萧乾（1910—1999），原名萧秉乾、萧炳乾，北京人。我国著名记者、作家、翻译家。代表作有《未带地图的旅人：萧乾回忆录》《尤利西斯》（译作）等。

在中国现代文学馆书信库中，收藏有一封巴金 1978 年 10 月 2 日致萧乾的书信（文物编号：DX002552）。[①] 在信中，巴金向萧乾提及当年"《大公报》文艺奖换人"事件。

炳乾：

信收到，回答如下：……（四）关于"文艺奖金"，最初决定给

---

① 即本书第 41 页巴金致萧乾书信配图。

肖［萧］军的《羊》。你要我去问肖［萧］军是否愿意接受，肖［萧］军不愿，这才改为给芦焚的《谷》。芦焚得了奖金，把钱交给我代他存在银行里（他到天台山去写文章）……

　　祝

好！

　　问候洁若！

　　　　　　　　　　　　　　　　　　　　　　　廿二日

　　"《大公报》文艺奖"最早源于《大公报》十周年庆。1936年是吴鼎昌出资接收《大公报》并改版的十周年。当时的《大公报》已是全国颇有名气的报纸，经济收益也很不错。那年4月1日，《大公报》上海版创刊发行。为打开销路，社长胡政之希望《大公报》能有一些大举措产生影响。于是，他想借自己接手《大公报》十周年，搞一次活动为《大公报》上海版造势。很快，他瞄准了当时《大公报》热热闹闹的"文艺副刊"。

　　《大公报·文艺副刊》，最早由杨振声及文学名家沈从文主持。后来，沈从文在投稿中发现并推出了文学新人萧乾。大学毕业后，萧乾便进了《大公报》，参与"文艺副刊"编辑。杨、沈脱手后，"文艺副刊"就由萧乾一个人编辑完成。当时的《大公报·文艺副刊》，诗歌、散文、小说、书评样样齐备，同时还团结了国内一大批有影响的作家。这些作家的名气和文章影响，促使《大公报》的销量增长。

　　为打开《大公报》上海版的销路，胡政之找来萧乾商量，想通过该版搞一次全国征文作为《大公报》改版十周年的庆祝活动。可一家报纸，搞全国性的征文，版面编辑也只有萧乾一人，全国那么多稿子，萧乾肯定忙不过来。同时，征文评审总得请些文学名家来才让人服气。可文学名家也各自忙碌，"征文"很难逐篇来看，即使能阅读一部分，这意见也很难集中到几篇上去。这个难题当时显然很突出。

　　1936年，恰好是开明书店创业十周年。为此，开明书店搞了一个庆祝活动。它以较高的稿酬，特约一些作家专题撰稿。这些稿件，出版成两本纪念集——《十年》和《十年续集》。萧乾感到这种形式不错，可社长胡政之不同意，他觉得《大公报》仿效"开明"，形式上又不能出新，还会被人诟病。这时，萧乾想起自己在大学读书时了解到的国外的一种形式，那就是美国哥伦比亚大学每年都评的普立兹（今译"普利策"）奖。普立兹奖的办法是发奖给已有定评的作品。这些作品，不一定是本报发表的，却已经在国内产生了影响。这样，评奖尺度较易把握，奖励也容易引起广泛效应。萧乾介绍了普立兹奖的情况之后，胡政之觉得不错，便立即决定就这么办。他让萧乾赶紧拟定评选办法，并开列一个评选人名单。胡政之对此事之所以颇有兴致，也是因为当时《大公报》办得好，报社收获颇丰，所以他决定拿出一点钱做奖金，这样很可能会扩大《大公报》上海版的影响。最后，胡政之决定要仿效普立兹奖，一年一度，进行奖励。当时，《大公报》决定每年拿出 3000 元：文艺奖金 1000 元，科学奖金 2000 元。文艺奖金自然是萧乾主持；科学奖金评选工作，则聘请生物学家秉志来主持。

为了评好这次"文艺奖"，萧乾开始联系与《大公报》有着密切关系的作家，最后组成了一个权威的评委会：杨振声、朱光潜、叶圣陶、朱自清、巴金、靳以、李健吾、林徽因、沈从文、凌叔华。这十人分散在北京、上海、武汉三地，所以很难在一起开会，主要由萧乾负责来往信件，沟通协调。

由于文艺奖的奖金额被定为 1000 元，这个数目在当时的中国算是非常可观，再加上有权威的评委会，使得该次评选在当时中国文学界极具影响。晚年的萧乾曾撰文对此次评奖有过记述：

> 这种奖金原定每年评选一次，由报社每年拿出三千元来，以一千元充文艺奖金（奖给一至三人），以两千元充科学奖金（奖给一至四人）……
>
> "文艺奖金"的裁判委员请的主要是平津两地与《大公报·文艺》关系较密切的几位先辈作家：杨振声、朱自清、朱光潜、叶圣

陶、巴金、靳以、李健吾、林徽因、沈从文和武汉的凌叔华。由于成员分散，这个裁判委员会并没开过会，意见是由我来沟通协调的。

最初，小说方面考虑的是田军的《八月的乡村》。一九三七年五月最后公布出的结果是：

小说:《谷》(芦焚)

戏剧:《日出》(曹禺)

散文:《画梦录》(何其芳)

各种文艺体裁之间本无高低之分，所以并未搞第一奖第二奖，一千元由三位平分。①

萧乾在文中所说的田军其实就是东北作家萧军。对于入选此次文艺奖的《八月的乡村》为什么没有最终获奖，萧乾在此文并没有做出说明，反倒是巴金在致萧乾的信中做出了解释："关于'文艺奖金'，最初决定给肖[萧]军的《羊》。你要我去问肖[萧]军是否愿意接受，肖[萧]军不愿，这才改为给芦焚的《谷》。"

作者虽都是萧军（田军、肖军），但对于其最初入选的作品，萧乾与巴金说法不一。萧乾讲的是《八月的乡村》，巴金说的是《羊》。《八月的乡村》是萧军早期的一部长篇小说，也是他的代表作。该书在出版时由鲁迅作序推荐，1935年8月由上海奴隶社初版，1936年2月再版，同年3月三版。该书出版后在当时的中国文坛具有一定影响力。《羊》则是萧军的一本短篇小说集，包括《职业》《樱花》《货船》《初秋的风》《军中》《羊》六篇作品，1936年1月由上海文化生活出版社初版，同年2月再版，同年4月三版。

历史上到底是萧军的哪一部作品被提名"《大公报》文艺奖"？笔者查询了馆藏资料，在《中华读书报》找到一篇原中国现代文学馆副馆长吴福辉的文章《怀念萧乾：一尊英气勃勃的笑佛》。在文中，吴福辉提到萧乾曾在致

---

① 萧乾：《大公报文艺奖金》，《读书》1979年第2期。

自己的一封信中（1995年12月14日，萧乾致吴福辉函）谈到是《八月的乡村》获得提名：

> 最初京、海以及在武汉的凌叔华都同意把小说奖给《八月的乡村》作者萧军，但他通过巴金向我表示不愿接受，所以才改给芦焚（师陀）。[①]

笔者在阅读与"《大公报》文艺奖"有关的众多文章中，大多数谈及的都是萧军的《八月的乡村》。《羊》的说法只有巴金在致萧乾的这封信中有过。可见《八月的乡村》更可信。也许是巴金晚年对于此事记忆有些偏差。毕竟时间已过去43年。随着时间推移，人的记忆会渐渐模糊，大作家亦是如此。

对于萧军为何拒绝"《大公报》文艺奖"，萧乾在致吴福辉的信中谈到是京海派的门户之见所致。吴福辉对萧乾的说法表示认可："关于京派，至今在学术界仍有究竟是'流派'还是'作家群'的争议……我就简单地称1937年唯一的一次《大公报》评奖为'京派奖金'。萧乾是主事人，他读后就向我揭示了当年评奖的一件幕后史实，即最重要的小说奖，最初京、海、汉三地的评委都不同意给王长简（芦焚，即师陀）的《谷》，倒是主张给《八月的乡村》的作者，左翼萧军的。但遭萧军拒绝，不愿接受的意向是经巴金传达的……当然，即便是现在我仍然认为'大公报文艺奖金'是带有京派色彩的一项评奖（与直呼京派奖金比，已做了修正）……"[②]

萧军是中国现代文学史上一位个性极为突出的作家。当大家集中看好他的作品，准备授予其文艺奖时，他却执拗地"不愿"接受。这在今天看来有些不可思议。

尽管有这个小插曲，但评选还是顺利地完成了。评委会最后评出了三部

[①] 吴福辉：《怀念萧乾：一尊英气勃勃的笑佛》，《中华读书报》2009年12月30日。
[②] 徐俊：《〈大公报〉文艺奖金史实钩沉》，载中国现代文学馆编《现代作家研究》（2012年卷），北京：作家出版社，2018年。

获奖作品——《日出》《谷》《画梦录》，同时还对入选的《日出》《谷》《画梦录》的作者分别予以评价。

一、《日出》的作者曹禺："他由我们这腐烂的社会层里雕塑出那么些有血有肉的人物，责贬继之以抚爱，真像我们这个时代突然来了一位摄魂者。在题材的选择、剧情的支配以及背景的运用上，都显示着他浩大的气魄。这一切都因为他是一位自觉的艺术者，不尚热闹，却精于调遣，能透视舞台的效果。"

二、《谷》的作者芦焚："他和农村有着深厚的关系。用那管糅合了纤细与简约的笔，他生动地描出这时代的种种骚动。他的题材大都鲜明亲切，不发凡俗，的确创造了不少真挚确切的人型。"

三、《画梦录》的作者何其芳："在过去，混杂于幽默小品中间，散文一向给我们的印象多是顺手拈来的即景文章而已。在市场上虽曾走过红运，在文学部门中，却常为人轻视。《画梦录》是一种独立的艺术制作，有它超达深渊的情趣。"

此次文艺奖金评选结果发布之时，正值日军全面侵华的前夜。因此，《大公报》在《本报文艺奖金发表》的社评中，对严峻现实下作家、艺术家身负的责任，表达了极高的期望："决心完成近代文坛前辈未完成之事业，把握现阶段救亡卫国之急需。共以义侠之精神、悲愤之态度，以进民德，以浚民智，以泯社会之不平，以除风俗之病态。庶几因个人与社会之一般进步，而促民族复兴之速成。至于文学家处世立言之道，应勇敢地保持其合法之著作自由，对一切问题为公诚地批评指导，勿颓唐、勿苦闷。以唤不文、不学之人，亦将努力学为诸君作品之理解者、同情者，以共扶翼文艺界之振兴。"

原本准备一年一评的《大公报》文艺奖，随着日军全面侵华而无法实现。但这次评奖及萧军弃奖的插曲还是给中国现代文学史留下了一段精彩而有意味的故事。

巴金、萧乾、萧军……这些在中国现代文学史上留下过重要影响的作家，虽早已远离我们，但他们所做出的贡献应被我们永远铭记。

叶圣陶对巴金的提携与爱护

叶圣陶（1894—1988），原名叶绍钧，字秉臣、圣陶，江苏苏州人。我国著名作家、教育家、文学出版家和社会活动家，有"优秀的语言艺术家"之称。代表作有《倪焕之》《稻草人》《古代英雄的石像》等。

在中国现代文学馆书信库中，收藏有一封叶圣陶亲笔写给巴金的信札。信的全文如下：

巴金吾兄尊鉴：

　　市立剧专将于本月戏剧节举行戏剧资料展览会，意欲向尊处借取曹禺兄之原稿，以供陈列，负责保管，负责送还，决不有误。今令小儿至诚晋谒，敢恳赐予指教，不胜感幸。即颂

　　大安。

弟 叶绍钧顿首
二月二日

叶圣陶致巴金书信

谈起巴金与叶圣陶的相识，要归功于巴金的第一部长篇小说《毁灭》。那时的巴金还是一位不曾引人注目的在法留学生，而叶圣陶则是著名的上海商务印书馆和《小说月报》的编辑。

1927 年 1 月 15 日，年轻的巴金搭乘"昂热号"邮船离沪赴法，2 月 18 日抵达马赛，2 月 19 日到达巴黎。最初，巴金在巴黎上夜校补习法文。3 月，巴金通过书信得知成都的家中已经破产。为排遣内心的寂寞与孤苦，巴金开始写日记。不久，巴金又萌生了文学创作的想法，便将前一时期的日记进行整理，开始以其为素材创作自己的第一部中篇小说《灭亡》。这年夏天，巴金因养病来到巴黎东郊马恩河畔——一个宁静的小镇，住在拉封丹中学继续写作。1928 年 8 月，24 岁的巴金完成小说《灭亡》。

《灭亡》以在北洋军阀统治下沾满了"猩红的血"的上海为背景，描写一些受到"五四"新思潮鼓舞，因而寻求社会解放道路的知识青年的苦闷和抗争，塑造了一个以生命向黑暗社会复仇的职业革命者杜大心的形象。主人公得了严重的肺结核病，却忍住痛苦为反抗专制制度而拼命工作，他对个人的前途失去了希望，对黑暗压迫下的人类前途也感到绝望，然而他还是尽力奋斗。虽然他也被人爱过，但那种绝望、虚无而又要拼死抗争的心态最终使他丧失了爱情，甘愿消耗生命以殉事业，求取良心的安宁。响彻全书的是这样的呼声："凡是曾经把自己的幸福建筑在别人的痛苦上面的人都应该灭亡。"这也是小说的主题。主人公怀有"为了我至爱的被压迫的同胞，我甘愿灭亡"的决心，最后，他为"信仰"而英勇献身。

在这部小说的手稿上，年轻的李尧棠（巴金原名）第一次署上了自己的笔名"巴金"。《灭亡》创作完成后，巴金很想将它拿出去发表。当年8月，住在法国小城沙多吉里的巴金将该稿细致包裹后寄回上海，给当时正在上海开明书店门市部工作的好友索非。索非收到稿子通读后觉得这是一部很不错的小说，便将稿子介绍到有着广泛影响的文学杂志《小说月报》。当时，《小说月报》的编者郑振铎赴欧洲游学，杂志审稿则临时由商务印书馆的编辑叶圣陶、徐调孚负责。

叶圣陶拿到《灭亡》手稿后，进行了非常认真的审读。他被这部小说深深打动，觉得这位陌生的作者巴金写得确实不错。很快，叶圣陶便向《小说月报》杂志社推荐了该稿，希望能尽快刊发此稿。

1929年1月至4月，《小说月报》在其第20卷第1号至第4号连载四期《灭亡》。在该刊1929年4月号（第20卷4月号）上，编辑叶圣陶还以记者的名义写了一篇名为《最后的一页》的文章。在文中，叶圣陶这样说道：

> 巴金君的长篇创作《灭亡》已于本月号刊毕了，曾有好些人来信问巴金君是谁，这使我们也不能知道，他是一位完全不为人认识的作家，从前似也不曾写过小说，然这篇《灭亡》却是很可使我们注意的，其后半部写得尤为紧张。

同年 12 月号（第 20 卷 12 月号），叶圣陶又以记者的名义写了《最后一页》，再次推荐了巴金小说《灭亡》，同时还推荐了老舍的《二马》：

> 这两部长著在今年的文坛上很引起读者的注意，也极博得批评者的好感，他们将来当更有受到热烈的评赞的机会的。

当时人们都在议论巴金是谁，大名鼎鼎的《小说月报》居然登了他的文章。听到议论多了，编辑叶圣陶直接在编后记里说："巴金是谁，我其实也不认识，只是一个新的作家。"

因为《小说月报》的连载及叶圣陶的极力推荐，巴金和他的小说《灭亡》受到广大读者的追捧。同年 9 月，《灭亡》单行本由上海开明书店出版。此后，巴金开始在中国文坛上大受瞩目。

对于自己的突然成名，巴金后来曾有过忆述：

> 《小说月报》是当时的一种权威杂志，它给我开了路，让我这个不懂文学的人顺利地进入了文坛。[①]

其实这时候，巴金还并不认识自己的这位伯乐——叶圣陶，也不曾跟他通过信。但巴金为人敦厚，他成名后饮水思源，总是尊称叶圣陶为"我终生的编辑老师"。他对叶圣陶的知遇之恩一生铭记。这种感激，巴金在以后的岁月中多次明确表达过。在《怀念振铎》一文中，巴金曾提到叶圣陶对他的帮助，写道：

> 我尊敬他为"先生"，因为他不仅把我送进了文艺界，而且他经常注意我陆续发表的作品，关心我的言行。他不教训，他只引路，

---

① 巴金：《巴金选集·代序》，成都：四川人民出版社，1996 年。

左为 1912 年的叶圣陶；中为 20 世纪 20 年代的叶圣陶；右为 1927 年在法国的巴金

树立榜样。①

1981 年，在《致〈十月〉》一文中，巴金再次深情表达了自己对叶圣陶的感激：

> 我在一些不同的场合讲过了我怎样走上文学的道路，在这里，我只想表达我对叶圣陶同志的感激之情，倘使叶圣陶不曾发现我的作品，我可能不会走上文学的道路，做不了作家；也很有可能我早已在贫困中死亡。作为编辑，他发表了不少新作者的处女作，鼓励新人怀着勇气和信心进入文坛。②

1928 年底，巴金从法国留学归来，在上海定居。此后，巴金便开始了自己的专业创作。随着交友增多，巴金的约稿也日渐增多。面对雪片般的约稿，

---

① 《怀念振铎》初发表于《文汇报》2003 年 11 月 21 日，后收录进巴金《我的写作生涯》，天津：百花文艺出版社，2006 年。
② 巴金：《随想录》，北京：生活·读书·新知三联书店，2004 年。

巴金开始用文字做应酬。那一时期，巴金和叶圣陶虽也曾见过面，有过简短的交谈，但因见面机会并不多，常常是匆匆一见便匆匆告别，深入话叙的机会并不多。

叶圣陶其实一直很关注巴金的创作。当他看到巴金疲于奔命般地创作时，有一次实在忍不住便托索非带口信给巴金，劝其慎重发表文章，一定要注意文章只有打磨好，才可以拿出来发表，否则只会透支自己的文学才华。叶圣陶能说出这句话，可见他对巴金的爱护与坦诚。这其实也是一个文学前辈对青年作家的善意提醒。正因如此，对巴金有着很高期望的叶圣陶也曾"枪毙"过巴金的稿件。1930 年，巴金创作完成了自己的另一部中篇小说《死去的太阳》。小说完成后，巴金信心满满地把它投寄给《小说月报》，但这次的结果却是被"无情地"退了稿。起初，叶圣陶拿到这部稿子后，他就觉得这个小说明显不如《灭亡》，作者加入了太多自己的生活内容。所以，叶圣陶建议编辑部不要采用该稿。编辑部听从了叶圣陶的意见，将该稿退给巴金，请他再充实修改。叶圣陶后来回忆说，当时他和巴金并没有太多联系，很多时候都是通过他的朋友索非带话过去。索非对叶圣陶说巴金拿到稿子后对退稿没有意见，还特别感谢叶圣陶和编辑部提了那么多修改意见。后来，《死去的太阳》经过巴金认真修改由开明书店出版。

叶圣陶曾说过，巴金给他的最初印象就是谦虚。

叶圣陶曾主编《妇女杂志》。1931 年，为了组到更多好作品，他主动通过索非向巴金要稿。当知道是自己的"恩师"叶圣陶索稿，巴金立即动手创作，不久便将自己的《亚丽安娜》交给索非转过去。很快，叶圣陶便安排出版。后来，叶圣陶还在自己负责的出版社为巴金编辑出版了好几本著作。1931 年至 1940 年期间，开明书店先后出版了巴金的"激流三部曲"和"爱情三部曲"、中篇小说《死去的太阳》、翻译作品《爱罗先珂童话集》、散文集《点滴》以及《巴金短篇小说集》前两集等。叶圣陶特地为巴金的《海底梦》《家》，以及《巴金短篇小说集》第一、第二集分别做了宣传。

新中国成立后，巴金与叶圣陶分别居住在上海与北京。虽远隔千里，但

巴金（第一排左二）和孔罗荪（第一排右一）看望叶圣陶（第一排右二）合影

他们也偶有书信往来。

1958 年，巴金写信给叶圣陶，再次谈及叶圣陶对自己的帮助："三十年前我那本拙劣的小说意外到了您的手里，您过分宽容地看待它，使我能够走上文学的道路。"

1961 年，叶圣陶在《人民日报》读到巴金新近发表的散文《我们永远在一起》后，很快撰文予以赞扬："我非常羡慕巴金的文笔，那么熟练自如，那么炉火纯青，并非容易达到的。"

1977 年，已经 80 多岁的叶圣陶在北京看到巴金在《文汇报》刊发的《一封信》后，欣然写下诗词送给巴金：

诵君文，莫记篇；交不浅，五十年。平时未必常晤叙，十年契阔心怅然。今春文汇刊书翰，识与不识众口传：挥洒雄健犹往昔，蜂虿于君何有焉？杜云古稀今日壮，仁看新制涌如泉。

巴金收到这首诗后，心潮起伏，反复诵吟，回信答谢：

> 收到您给我写的字，十分感谢。看到您的工整的手迹，仿佛见到您本人；读到您的诗，想起五十年中您不止一次的鼓励，感到温暖。我珍惜您的片纸只字，也牢记您的一言一语，这些都是对我的鞭策。我不会辜负您的期望，我要学到老，改造到老，写到生命的最后一息。

1985年3月，巴金从上海到北京开全国政协会议。他得知自己的"恩师"叶圣陶因病住院，执意前往探望。到医院后，巴金紧紧握住自己老师的手，送上自己的祝福，叶圣陶很是感动。那天，两人亲切地在病房的沙发上交谈了很长时间。

梁实秋与冰心的友情

梁实秋（1903—1987），原名梁治华，字实秋，笔名子佳、秋郎、程淑等，浙江杭州人。我国著名散文家、学者、文学批评家、翻译家。代表作有《雅舍小品》、《莎士比亚全集》（译作）等。

冰心（1900—1999），原名谢婉莹，福建长乐人。我国著名作家。笔名冰心取自"一片冰心在玉壶"。代表作有《繁星》《春水》《小橘灯》《寄小读者》等。

春有百花秋有月，夏有凉风冬有雪；

若无闲事挂心头，便是人生好时节。

这是 1982 年夏天，梁实秋在美国为冰心写下的《无门关》。写后不久，梁实秋托自己的大女儿梁文茜回国时，代他赠予几十年未曾见面的老朋友冰心、吴文藻夫妇。

谈起冰心与梁实秋的相识，最早要追溯到 1923 年。那年 8 月 17 日，作为中国赴美留学的学生，他们一起乘坐杰克逊号前往大洋彼岸。而那时，年轻的梁实秋与冰心并不相识。

虽不相识，可在这之前，梁实秋就已经"批评"过冰心。1923 年 7 月，梁实秋在《创造周报》发表了一篇名为《〈繁星〉与〈春水〉》的文章。在文中，梁实秋对冰心的《繁星》与《春水》两部小诗集做了批评。梁实秋认为"诗必须是情感充沛的"，而冰心的诗让人读完后，得到的却是"冷森森的战栗"，他觉得素未谋面的冰心是一位冰冷的女作家。在文中，梁实秋还说道："冰心女士是一个散文作家、小说作家，不适宜于诗；《繁星》《春水》的体裁不值得仿效而流为时尚。"这时的冰心正风靡文坛，其诗歌成为很多文学青年模仿的对象。梁实秋的"批评"很难让冰心接受。

梁实秋致冰心

1947 年，冰心在日本东京

1927 年的梁实秋

在去美国的轮船上，经许地山介绍，梁实秋认识了自己前一阵刚刚批评过的冰心。他对冰心的第一印象是，她是"一个不容易亲近的人，冷冷的好像要拒人于千里之外的感觉"。在第一次见面时，梁实秋礼貌地问冰心去美国修习什么专业，冰心说"文学"。当冰心礼节性地问梁实秋学什么专业时，他回答说："文学批评。"

在海上航行了几天后，许地山、顾一樵、冰心、梁实秋闲来无事，便一起办了一份文学性质的壁报，张贴在客舱的入口处。当慢慢交流后，冰心与梁实秋之间的偏见慢慢消除，两人成为好朋友。梁实秋甚至把对女朋友程季淑的思念也向冰心倾诉，他告诉冰心自己在上海与女友分别时，还大哭了一场。

到达美国后，梁实秋先后在科罗拉多大学、哈佛大学学习，冰心则在韦尔斯利女子学院攻读英国文学。哈佛大学与韦尔斯利女子学院同在波士顿，相距只有一个多小时火车路程。因冰心只身一人在韦尔斯利女子学院，每逢周末或美国的假日，梁实秋便邀上几个同学去拜访冰心。后来，他们还组织了一个"湖社"，约定每月一次，在慰冰湖上泛舟野餐，每次有一位同学主讲他的专业，其他人可以提问，并参加讨论。有时候，冰心也和梁实秋他们一起到波士顿的杏花楼吃广州菜。随着友情渐渐深厚，梁实秋发现冰心"不是一个恃才傲物的人，不过对人有几分矜持，至于她的胸襟之高超，感觉之敏锐，性情之细腻，均非一般人所可企及"。

1925年春，在波士顿的中国留学生准备上演一出英文中国戏剧《琵琶记》。这出戏需要一位男士演蔡中郎，一位女士演蔡中郎的发妻赵五娘，一个女士演蔡中郎新娶的妻子牛小姐（牛丞相之女）。在留学生中，因梁实秋以前在清华时有过表演经验，所以他被安排饰演蔡中郎，而两个女主角赵五娘、牛小姐则分别由来自上海的谢文秋、来自北平的冰心扮演。经过一段时间的编排，该戏在开演当天取得了很大的成功。

1926年，梁实秋和冰心先后从美国学成归国。梁实秋到国立东南大学任教，冰心则在燕京大学任教。这之后，他们并没有太多交往。直到1930年，梁实秋到青岛大学教书，他们才又开始书信往来。在青岛教书的梁实秋为当地美丽的风景所倾倒，他知道冰心喜欢海，因为冰心小时候就在海边长大。所以，梁实秋几次写信给冰心、吴文藻（1929年，冰心、吴文藻结婚），反复说青岛的海滨风景如何美丽，想以此"逗"冰心和丈夫吴文藻到青岛来玩。

冰心

冰心和丈夫商量后,给梁实秋写信说:"我们打算住两个月,而且因为我不能起来的缘故,最好是海涛近接于几席之下。文藻想和你们逛山,散步,泅水,我则可以倚枕倾聆你们的言论……我近来好多了,医生许我坐火车,大概总是有进步。"后来,因身体不适,冰心最终没有去青岛与老友相见。

1937年抗战爆发后,梁实秋独自一人先后到昆明、重庆工作。1940年,冰心和吴文藻来到重庆,她在刚成立的抗日的妇女工作机构"妇女指导委员会"工作,并任该机构文化事业组组长。当时,梁实秋住在北碚,冰心夫妇则住在歌乐山。歌乐山是梁实秋每次从北碚进城的必经之路。

在重庆,冰心与梁实秋有了更多的交往。梁实秋第一次去看冰心,发现她的生活并不是像一般人所说的那样"养尊处优"。房子是借来的,虽是洋房,墙却是土砌的,窗户很小,里面黑黢黢的,而且很潮湿。他们夫妇二人的生活其实很清苦,最值钱的家当就是辛辛苦苦从北平背到这里的一张弹簧床。

梁实秋因当时是一人在重庆,他的雅舍遂成为朋友们相聚的好地方,人气兴旺。有一次,大家为梁实秋的生日摆"寿宴",梁实秋兴致极高,他希望冰心在他的一本簿册上题字。冰心那天也喝了一点酒,便欣然同意,她略一思索便挥笔写道:

> 一个人应当像一朵花,不论男人或女人。花有色、香、味,人有才、情、趣,三者缺一,便不能做人家的一个好朋友。我的朋友之中,男人中只有实秋最像一朵花。

这时,围在书桌旁边的其他男士大为不满,都叫着说:"实秋最像一朵花,那我们都不够朋友了?"冰心笑着说:"少安毋躁。我还没有写完。"接着她笔锋急转,继续写道:

> 虽然是一朵鸡冠花,培植尚未成功,实秋仍需努力!
>
> 庚辰腊八书于雅舍为实秋寿 冰心

1945年抗战胜利后，吴文藻被国民政府派驻日本，冰心随同前往。她知道好友梁实秋喜欢杜甫诗集，而且也正在收集各种版本的杜诗，于是不惜高价帮他买了很多日本版本的杜甫诗集。1949年，梁实秋到台湾师范学院（后改师范大学）英语系任教。冰心在日本知道梁实秋已去台湾后，立即给他写信，让他办理手续前往日本，她和吴文藻将为他一家安置在日本的生活。虽然梁实秋后来并没有去日本，但冰心的这份友情让他极为感动。

1951年，冰心与丈夫吴文藻因对祖国的思念和对新中国的向往，从日本毅然返回中国。而那时台海已被阻隔，此后梁实秋与冰心便音信全无。20世纪60年代，梁实秋在台湾完成了37册《莎士比亚全集》的翻译，作品出版后，他一度在美国西雅图闲居。有一天，梁实秋在1968年11月出版的台湾刊物《作品》上读到女作家谢冰莹写的《哀冰心》一文，里面写道"冰心和她的丈夫吴文藻双双服毒自杀了"。这消息让梁实秋非常悲痛。为了纪念好友，梁实秋写了一篇《忆冰心》。梁实秋用他独有的细腻平实笔触，回忆了两人近30年的友情。

时隔4年，梁实秋接到伦敦凌叔华来信后，才知冰心依然健在！梁实秋后悔自己的孟浪，欣慰之余，他提笔写了更正文字。后来，当梁实秋在出版散文集《看云集》时，他把《忆冰心》一文收入集中并做了说明。同时，在《看云集》中，他还初次发表了冰心1936年写的一首爱情诗。这首诗当年本来准备在梁实秋主编的《自由评论》上发表，但因该刊停办而积存在梁实秋的书箧中，一直未能问世。

梁实秋

时隔多年,《忆冰心》终于被冰心本人看到,她看后感慨不尽,给梁实秋写了回信,并托人从美国带到台湾。

改革开放后,冰心与梁实秋虽没有直接书信来往,但彼此的情况却由梁实秋在北京的长女梁文茜转达,这一对老朋友终于能够隔海对话了。

1985年上半年,当梁实秋的散文集《雅舍怀旧——忆故知》将由中国友谊出版公司出版时,冰心欣然提笔为此书作"序"。"序"中她谈到抗战胜利至今40年的隔海相望时,深情地说:"我感激故人对我们的眷恋,我没有去过台湾,无从想像台湾的生活情况,但北京的情况呢,纸上真是说不完,我希望实秋回来看看……"

晚年的梁实秋对故土北京有着深深的怀念,"怀乡"成为那时他笔下非常突出的情结。随着大陆对外开放,两岸关系逐渐和缓,台湾同胞被允许回大陆探亲。20世纪80年代初,梁实秋曾写信给大陆友人,表达想回大陆看看的想法,他说如有可能他想留在大陆,不走了。为此他还写了一首诗送给大陆的朋友:

> 江汉思归客,乾坤一腐儒。
>
> 片云天共远,永夜月同孤。
>
> 落日心犹壮,秋风病欲苏。
>
> 古来存老马,不必取长途。

可惜的是,梁实秋最终也没有在去世前踏上故乡的土地。1987年11月3日,梁实秋在台北病逝。他的妻子韩菁清在处理完丧事后,专程飞往北京,替梁实秋完成了未了的还乡心愿。在她拜访年近九十高龄的冰心时,冰心在悲痛中写下《悼念梁实秋先生》。文章中说:"我怎能不难过呢?我们之间的友谊,不比寻常啊!"

孙立人将军写给冰心的一封信

孙立人（1900—1990），字抚民，号仲能，安徽庐江人。先后毕业于清华大学、美国弗吉尼亚军事学院。抗战时，曾任国民革命军第38师师长、新编第一军军长，是抗战国军将领中歼灭日军最多的将领，有"丛林之狐""东方隆美尔"的美称。

婉莹嫂夫人大鉴：

许逖先生来舍，朗读手书，其于立人，尤殷殷垂注，闻之至为感篆。回忆同舟东渡，转瞬遂近七十年，昔日少年，俱各衰迈，而文藻兄且已下世，人世无常，真不可把玩也。立人两三年来，身体状况大不如前，虽行动尚不需人扶持，而步履迟缓，不复轻快，有时脑内空空，思维难以集中。比来除定时赴医院作复健运动外，甚少出门矣。故人天末，何时能一造访，畅话平昔，殆未可必然，亦终期所愿之得偿也。言不尽意，诸维珍卫。

顺候箸安。

弟　孙立人　拜启

一九九〇．五．十五

　　这封收藏在中国现代文学馆书信库中的珍贵信札是抗日名将孙立人将军写给好友冰心的。1990 年 3 月，冰心刚刚通过台湾的许逖教授给自己 40 多年未见的好友孙立人写过一封书信，冰心希望孙立人将军有生之年能回大陆看一看。（1955 年 6 月，当孙立人被任命为台湾国民政府"总统府参军长"之际，他因其一名部属准备发动"兵变"而被蒋介石罢黜，并被看管起来。同年 10 月，孙立人被台湾国民党当局免去职务并软禁。直到 1988 年蒋经国去世，台湾"监察院"才公布对孙立人的调查结果。孙立人在被软禁了 33 年后终于平反，获得自由，这时他已是 88 岁的憔悴老人。）

孙立人致冰心书信信封

孙立人致冰心书信

孙立人在台湾看到老友冰心的书信后，很是感动，他很快就写了回信。在信中，孙立人将军讲道："何时能一造访，畅话平昔，殆未可必然，亦终期所愿之得偿也。"

当年 10 月 5 日是冰心 90 岁生日，孙立人从台湾发来贺电：

> 海内存知己，天涯若比邻。欣逢九十大庆，敬祝福如东海，寿比南山。
>
> 弟 孙立人拜贺

可一个月后，1990 年 11 月 19 日，孙立人突然在台湾病逝，他在去世前一直说着："我对得起我的国家，我对得起我的国家……"

他留给后人的遗言是：望能归葬广州马头岗，新一军印缅抗日阵亡将士公墓，与自己当年的将士们一起同眠。

远在北京的冰心从一位年轻朋友寄来的一张香港《明报》剪报上得知好友孙立人去世的消息。剪报上载："因兵变案软禁三十三年，抗日名将孙立人病逝。"

不久，台湾的许逖教授来信给冰心讲述了孙立人葬礼的情形："孙立人将军的丧礼确是倍极哀荣，自动前往吊唁者一万余人。今后在台湾大概不可能再有同样的感人场面了……"

许逖随信还寄来了孙立人的晚年照。看到孙立人的近照，冰心才发现自己那位曾经相貌堂堂、风度翩翩、风采飞扬的好友转眼竟已是如此老态龙钟的老人。不久，冰心便写下了一篇感人至深的《纪念孙立人将军》小文，以纪念这位曾为中国抗日战争做出过重要贡献的老友。在文中，冰心还特地为驾鹤西去的孙立人作诗一首：

风云才略已消磨，

其奈尊前百感何。

吟到恩仇心事涌，

侧身天地我蹉跎。

谈及冰心和孙立人的交往，最早可能要追溯到 1923 年 8 月。那时，梁实秋、吴文藻、顾毓琇、孙立人等 80 多位清华学生乘坐美国邮船杰克逊号一起前往美国留学。冰心则作为燕京大学的学生一同乘坐了该船。在船上，冰心通过燕京大学的许地山结识了清华大学的梁实秋和吴文藻，并逐渐与他们熟悉起来。但冰心似乎和孙立人并不认识，也许在船上曾擦肩而过。但冰心后来的丈夫吴文藻却与孙立人十分熟悉，在清华他们是同班同学。吴先生后来常说，他的清华同学中出了"一文一武"，"文"就是梁实秋，"武"便是孙立人。孙立人早年是一个标准的学霸。14 岁时，他便参加了清华入学考试，竟在千余名学生中脱颖而出。入学后，孙立人不仅成绩好，而且还是运动健将，他曾当选过清华大学篮球队、足球队、排球队、手球队、棒球队的队长。1921 年第三届远东运动会时，中国篮球队以北方大学球队为主组

1923 年的冰心

成，孙立人成功入选并占据了主力后卫位置。当时菲律宾一直都是亚洲篮坛霸主，但孙立人率领的中国男篮竟一举击败菲律宾，其后又以 32 ∶ 28 击败日本，获得当年远东运动会的篮球冠军，这是中国在世界大赛中第一次获得篮球冠军。孙立人凭借其出色表现被誉为"飞将军"。国外甚至有媒体评论：中国在篮球场上，把"东亚病夫"扔进了太平洋。

在清华苦读九年后，孙立人从清华土木工程系毕业，之后他顺利考取了公费留学生，同梁实秋、吴文藻、梁思成等人一同远赴美国求学。

赴美后，应父亲要求，孙立人直入普渡大学进修土木工程学。1925 年，孙立人取得学士学位毕业。其后，孙立人却毅然决定申请转入弗吉尼亚军事学校，弃文从武，改学军事，以最直接的方式，守卫千疮百孔的祖国。弗吉尼亚军事学校是美国著名的军校，马歇尔、巴顿、麦迪威等名将都毕业于这所军校。弗吉尼亚军事学校严格、艰苦，但为了报国，孙立人咬牙忍受，在不断的磨炼下，他渐渐变成了一位军人。1927 年，孙立人顺利从弗吉尼亚军事学校毕业。在他的毕业纪念册上，弗吉尼亚军事学校写下了如下评语："他禀赋优异，超越同侪，他不多言，但仁慈温顺，尊敬长官，对人诚实友善……"

学成归国后，孙立人的父亲曾试图将他引荐给相熟的冯玉祥将军，但孙立人拒绝了，他决心凭自己的能力从基层做起。很快，孙立人因其才华卓著，练兵有方，引起了宋子文的注意。1932 年，孙立人被调往财政部税警总团，任第二支队上校司令兼第四团团长。

当时税警总团归财政部盐政司，名义上用于缉私盐，但孙立人却严格训练部下。他经常对部下说："日本人有侵吞中国领土的野心，希望全体官员要立定决心准备抗日。参加税警团不是仅来抓走私的盐贩子，我们应该是一支卫国的部队，我们要上下一心，苦练本领，勇敢善战，随时准备迎击日军，打倒日本帝国主义。"

1937 年淞沪会战打响，孙立人带领税警总团迅速赶往上海前线，与日军血战两周，7 次击退强渡苏州河的日军，使该地成为淞沪会战中日军伤亡最重之处。在战斗中，孙立人亲临一线。他身中 13 枚弹片，头部、腹部均受伤，肺部被打穿，昏迷三天不醒，被部下抬下火线，才救回一命。1942 年，中日仍在苦战，为彻底冻结中国人的输血管，同时以缅甸为跳板进军印度，实现和纳粹德国会师中东的计划，日军将矛头直指缅甸。中英两国达成共识：一起抵抗日寇，保卫滇缅公路生命线。为了保证这次作战任务的完成，军政部部长何应钦找到孙立人，询问他是否愿意前去异域远征。孙立人当即同意，他泣血立誓要为死去的兄弟姐妹雪耻报仇。

当时，在缅甸仁安羌一带，7000 多人的英军已被日军阻绝，水源断绝，英国已派不出援军，这里的英军陷于绝境。在亚洲战场上，英国军队是直面日军的重要国际军事力量。无论是从战略上还是从道义上，解救英军，中国都义不容辞。此时孙立人要面对的是装备精良的日本精锐部队第十八师团，日军的兵力是他的 7 倍，被困的英军粮草和弹药早就被截断，很难与中国军队里应外合，这场战役基本上就只能靠中国人自己了。在这场敌强我弱的战场上，孙立人冷静指挥，他出其不意打得日军措手不及，以一个半团 800 人的兵力与 7 倍于己方的日军鏖战。最终，他成功救出了当时已陷绝境的英缅军第 1 师和装甲第 7 旅官兵，共 7000 多人，还救出了被日军俘去的美籍记者和传教士 500 余人。死里逃生的英国士兵对着孙立人的部队都情不自禁地竖起大拇指，高呼"中国万岁！"。参与仁安羌战役的中国将领激动地说："英国人从前侮我中国人为东亚病夫，今则五体投地，该师官兵，对我团官兵感激之情，无以形容。"

孙立人踔厉敢死，有勇有谋，创造了以少胜多的奇迹！"仁安羌大捷"

震动了全世界！这是第二次世界大战期间，中国军队在异域御敌第一次取得辉煌战果的战役。这场光辉战例，被载入了世界的史册。1943年，在孙立人的带领下，中国军队将号称"丛林作战之王"的日军王牌山地师团打得死伤过半，撤退时慌不择路，这是抗战期间日军最狼狈的一次战斗。据统计，孙立人指挥的中国远征军共击毙日军3.3万余人，伤7.5万余人，孙立人成为击毙日军最多的中国抗日将领。

孙立人天性耿直，反对吹牛拍马，加之他毕业于美国弗吉尼亚军事学院，在蒋介石看来，孙立人立功再多，也是"外来人"。在当时国民党军队的系统里，黄埔系、保定系派系林立，孙立人并不擅长处理人际关系，也不擅长搞派系政治，这使得孙立人在国民党内不断受到排挤。那一时期，孙立人常常要来重庆述职（所谓述职，就是向蒋介石解说"同袍"们对他的诬告）。也就是在那段时间，孙立人和冰心开始相熟。1937年抗日战争爆发后，冰心、吴文藻先后来到陪都重庆。因不满国民政府的腐败，冰心、吴文藻夫妇逐渐远离重庆政治上层。在当时的重庆，冰心和吴文藻的"清高"是出了名的。尤其是冰心，她后来竟辞去了蒋介石夫人宋美龄亲自为她安排的既清闲又高薪的全国妇女指导委员会文教组组长的职务。为了离开黑暗的政治漩涡，冰心与吴文藻最后躲到了重庆嘉陵江边的歌乐山。大诗人郭沫若说那时的冰心是"贞静立山头"。也许正因如此，在孙立人来重庆述职时，他很愿意常来找清华老同学吴文藻谈心。为更好地交谈，吴文藻也常把孙立人带回歌乐山自己的寓所，冰心由此开始和已是名满天下的孙立人将军渐渐熟悉起来。后来，冰心在回忆文章中曾谈到他们聊天时的印象："在谈到他在滇缅路上的战绩时，真是谈笑风生，神采奕奕：他使我们感到骄傲。"

孙立人带兵很有办法，他一方面带兵极严，另一方面爱兵如子，和士兵的关系非常融洽。他常说："打仗其实就是打士气，士兵们士气高，不管多艰难，总能无坚不克。"那时，孙立人常被朋友们称为"站人儿"，因为他叫"立人"。以前，有一种银圆，上面有一个立着的人形，是为"站人儿"，谐孙立人的名字。

　　有一次孙立人到重庆，还给吴文藻、冰心夫妇送来一个战利品——手杖。他说他们缴获了大量枪炮子弹，但这对他们夫妇来说并不适用。只有这柄手杖，他觉得可赠。因为这个手杖不仅可以用来走路，还可以防身，手杖抽出来，里面其实是一把利剑。

　　抗战胜利后，冰心和孙立人便很少来往。1946年，冰心跟随丈夫吴文藻参加了中国驻日本代表团常驻日本，1951年历经曲折才回到祖国的怀抱。1949年，孙立人跟随蒋介石败退台湾。直至1990年病逝，孙立人再也没有回到大陆。

从一封明信片谈朱自清与俞平伯的友谊

朱自清（1898—1948），原名自华，号秋实，后改名自清，字佩弦，江苏东海人。我国现代著名散文家、诗人、学者、民主战士。代表作有《背影》《欧游杂记》《伦敦杂记》《你我》等。

俞平伯（1900—1990），原名俞铭衡，字平伯，浙江湖州人。我国现当代著名散文家、红学家、诗人，中国白话诗创作的先驱者之一。代表作有《红楼梦辨》《冬夜》《古槐书屋问》《古槐梦遇》《雪朝》《燕知草》《燕郊集》等。

这是一封收藏在中国现代文学馆手稿库中的明信片。它的正面是南京夫子庙的全景，背面则是印着"中华民国邮政明信片"的信笺。在信笺中间，有一条竖线将页面划分为两部分。左侧有一首七言绝句：

俞平伯致朱自清明信片正面

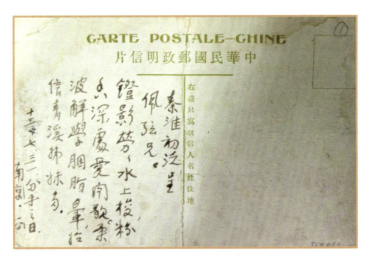

俞平伯致朱自清明信片背面

灯影劳劳水上梭，粉香深处爱闻歌。

柔波解学胭脂晕，始信青溪姊妹多。

　　该绝句附小序："秦淮初泛，呈佩弦兄。"落款为"俞"，时间为"十二、七、三一南京分手之日"。

这里的"俞"与"佩弦"分别是我国现代著名诗人、作家俞平伯与朱自清。

朱自清与俞平伯同为北京大学校友。俞平伯比朱自清小两岁，却比朱自清早一年考上北京大学。1919年12月，俞平伯从北京大学毕业。朱自清则是在1920年从北京大学哲学系毕业。不久，杭州第一师范学校校长请北京大学校长蒋梦麟代为物色教员，蒋梦麟向杭州第一师范推荐了俞平伯与朱自清。后来，俞平伯因故在杭州任教不足半年

俞平伯

便辞职北归。但从那时起，他与朱自清便结下了深厚的友情。1922年1月，俞平伯与朱自清、郑振铎、叶圣陶等人创办五四以来最早的诗刊《诗》月刊。这是五四运动以后出现最早、以提倡新文学为主张的进步诗刊，在当时备受社会的关注。《诗》月刊创刊后，俞平伯和朱自清的交往更为频繁，不久他们又合编文学刊物《我们的七月》和《我们的六月》。

1923年夏天，朱自清去信邀请俞平伯南下度假。他们先游了西湖，后又结伴前往南京。在南京这座古都游玩四天后，在即将分手时，他们相约夜泛秦淮河。正是在这次夜游中，他们约好以《桨声灯影里的秦淮河》为题，各自写一篇散文。就这样，1923年8月22日，俞平伯在北平写成《桨声灯影里的秦淮河》。1923年10月11日，朱自清则在温州写成《桨声灯影里的秦淮河》。这两篇散文在《东方杂志》同时发表。文学评论家李素伯在《小品文研究》中对这两篇同题散文的评价是："我们觉得同是细腻的描写，俞的是细腻而委婉，朱先生的是细腻而深秀；同是缠绵的情致，俞先生的是缠绵里满蕴着温煦浓郁的氛围，朱先生的是缠绵里多含有眷恋悱恻的气息。如用作者自己的话来说，则俞先生的是'朦胧之中似乎胎孕着一个如花的笑'，而朱自清先生的是'仿佛远处高楼上渺茫的歌声似的'。"俞、朱二人此举也成就了中国现代文学史上的一段佳话

但有时，朱自清也会对自己的好友俞平伯直言批评。1924 年 9 月，江浙军阀混战，大战一触即发。俞平伯此时却写了一篇悠闲的文章《义战》。朱自清看后十分气愤，便在其发表的文章边上，做了这样一段批语："前两日读《申报》时评及《自由谈》，总觉得他们对于战事，好似外国人一般，偏有许多闲情逸致，说些不关痛痒的，或准幸灾乐祸的话！我深以为恨！昨阅平伯《义战》一文，不幸也有这种态度！他文中颇有掉弄文笔之处，将两边一笔抹杀。抹杀原不要紧，但说话何徐徐尔！他所立义与不义的标准，虽有可议，但亦非全无理由。而态度亦闲闲出之，遂觉说风凉话一般，毫不恳切，只增反感而已。"

多年后，俞平伯回想此事时依旧十分感慨："会得佩弦（按：朱自清字）昔年评语，却是一种盛缘，反若不忍遽弃。词虽峻绝，而语长心重，对自己，对朋友，对人间都是这般。"

朱自清的直言丝毫没影响俞平伯与他的珍贵友情。1925 年，经俞平伯推荐，朱自清来到北平，出任清华大学中文系教授。朱自清刚到清华的一段时间，其家属还远在扬州，朱自清只得住在清华南院的教师单身宿舍。而俞平伯的家则在清华南院七号楼，他们两人的住处相距不远，平常来往很方便。那时，俞平伯经常邀请"单身"的朱自清到自家用餐，而朱自清则要求付给伙食费，俞平伯一再推辞。后因朱自清的一再"顽固"坚持，俞平伯只得收取。但他却让家人把朱自清交来的钱增加到招待朱自清的伙食费里，使得朱自清每天的伙食极为丰盛。

1937 年，卢沟桥事变发生后，北京大学、清华大学纷纷南迁。朱自清随清华大学撤往长沙，后辗转来到昆明，在国立西南联大任教。俞平伯则因侍奉双亲未能前往。北平沦陷后，俞平伯的北大老师、我国著名作家周作人出人意料地担任了伪华北教育总署督办。朱自清熟知俞平伯与周作人的师生之谊，他十分担心俞平伯受到周作人的蛊惑与影响。在抵达昆明后，朱自清马上写信给俞平伯。在信中，朱自清写了三首诗，其中有一句是："引领朔风知劲草，何当执手话沉灰！"朱自清深切寄望俞平伯能保持"清操"，

朱自清（左二）

不辱斯文。

当时，周作人在北平主持编辑《艺文杂志》，该杂志以发表各类读书随笔、古典文学研究笔记为主，而这种文字俞平伯颇为擅长。应周作人之约，俞平伯在这本杂志的前七期里先后发表了六篇文章。

远在昆明的朱自清得知俞平伯在有如此背景的杂志上发表文章后很是不满，他千里寄书力劝俞平伯不要再这样做。接到来信后，俞平伯起初并没有觉得这事有多么重要，只是含糊地回信说自己并不想多作，"偶尔敷衍而已"云云。收到俞平伯不以为意的信后，朱自清极为焦虑，他再次给俞平伯致信，阐明了自己的态度："前函述兄为杂志作稿事，弟意仍以搁笔为佳。率直之言，千乞谅鉴。"

这次，俞平伯终于感受到了来自老友的诤言之切。因为他深知朱自清平素为人谦和，如此语带苛责的信函实为罕见，"他是急了！非见爱之深，相知之切，能如此乎？"，自此以后直到该杂志停刊，俞平伯再未在此刊以及其他有日伪背景的报刊上发表任何文字，并与自己的老师周作人保持了距离。

抗战胜利后，朱自清回到北平清华大学，与俞平伯重逢。但朱自清此时已是百病缠身。1948 年 8 月 12 日，朱自清因病在北平逝世。朱自清虽一介文人，但其"宁可饿死，不领美国的救济粮"的傲骨令国人敬佩。俞平伯得知朱自清去世的消息后十分悲伤，他与北大、清华的教师和学生一起前往医院送别，并亲题挽联一副：

三益愧君多，讲舍殷勤，独溯流尘悲往事；

卅年怜我久，家山寥落，谁捐微力慰人群。

"三益"者，典出《论语》："益者三友，友直、友谅、友多闻。"可见俞平伯把朱自清当作自己的诤友、良友、挚友来看。

朱自清去世后，俞平伯非常悲痛，他连续创作了《诤友（朱佩弦兄遗念）》《忆白马湖宁波旧游（朱佩弦兄遗念）》两篇散文，表达对好友的思念。俞平伯从自己与朱自清的交往中，深深感到"直谅之友胜于多闻之友，而辅仁之谊较如切如磋为更难"。他说："古诗十九首，我俩都爱读，我有些臆测为他所赞许。他却搜集了许多旧说，允许我利用这些资料。我尝创议二人合编一《古诗说》，他也欣然，我只写了几个单篇，故迄无成书也。"

1959 年，俞平伯与叶圣陶等文人以全国人大代表的身份前往江苏省视察。一行人到达朱自清的故乡扬州，俞平伯心情沉重。当天正好有一辆便车去往南京，俞平伯没有跟任何人打招呼就急匆匆上了这辆车。这使叶圣陶等人十分不解。直至后来，俞平伯将自己写好的《重游鸡鸣寺感旧赋》给叶圣陶看后，他才明白原来俞平伯是去重访他早年曾和朱自清一同游览过的南京鸡鸣寺，以寄托他对好友的怀念。其中有句云："地仿佛其曾莅，如色丝之褪黄；人萧索以无偶……"写得一往情深。

当《俞平伯全集》要收录 1923 年 7 月 31 日俞平伯写给朱自清的那首诗时，俞平伯对这首诗进行了修改，题名变为《癸亥年偕佩弦秦淮泛舟》，诗句也进行了润色：

> 来往灯船影似梭，与君良夜爱闻歌。
>
> 柔波犹作胭脂晕，六代繁华逝水过。

1990 年 10 月 15 日，俞平伯在北京逝世，终年 90 岁。

萧三与胡兰畦的友情

萧三（1896—1983），原名萧子暲，湖南湘乡人。我国著名诗人。代表作有传记作品《毛泽东同志的青少年时代》、诗集《和平之路》《友谊之路》《萧三诗选》《伏枥集》等。他是《国际歌》的重要翻译者之一。

胡兰畦（1901—1994），四川成都人。我国现代史上一位有影响的女革命作家。代表作有回忆录《在德国女牢中》《胡兰畦回忆录》，战地通讯《两下店第一功》、《川军与抗战》、《川军在前线》（与范长江合写）。

这是一封在中国现代史上较有影响的革命女战士胡兰畦晚年写给好友萧三的信札，现收藏在中国现代文学馆书信库。该信全文如下：

萧三哥：

怎么你的哮喘病又发了，人民日报上说已好了些，现在怎

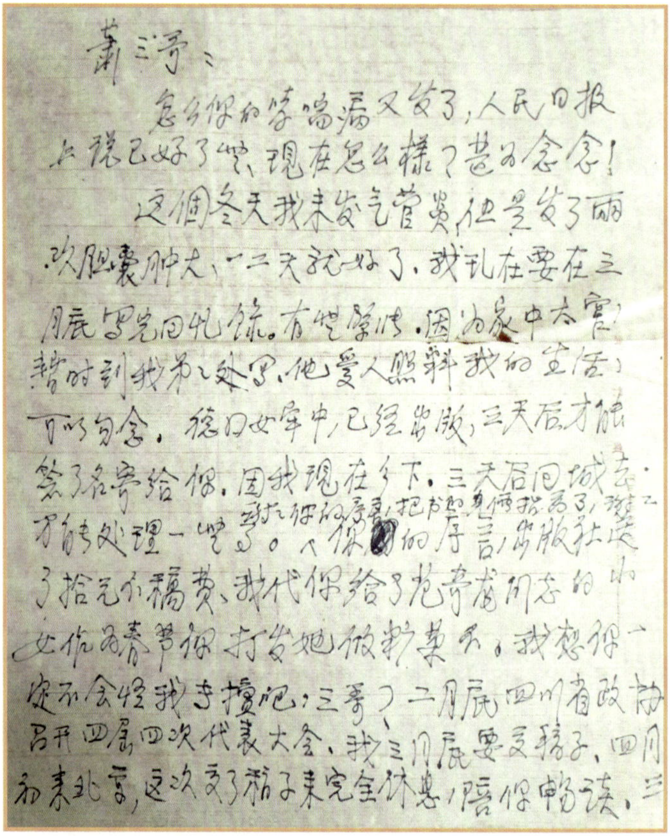

萧三哥：

怎么你的哮喘病又发了，人民日报上说已好了些，现在怎么样了？甚为念念！

这个冬天我未发气管炎，但是发了两次胆囊肿大，一二天就好了。我现在要在三月底写完回忆录。有些事情，因为家中太窄，暂时到我弟弟处写，他爱人照料我的生活，可以安心。《回忆录》中，已经出版，三天后才能签了名寄给你。因我现在乡下，三天后回城去才能处理一些事。谢谢你的序言，把书印得更精彩了。你的序言，出版社送了拾元稿费，我代你给了范奇龙同志的女作为春节礼，打发她做新菜买。我想你一定不会怪我专擅吧，三哥？二月底四川省政协召开四届四次代表大会，我三月底要交稿子，四月初来北京，这次交了稿子来完全休息，陪你畅谈。三

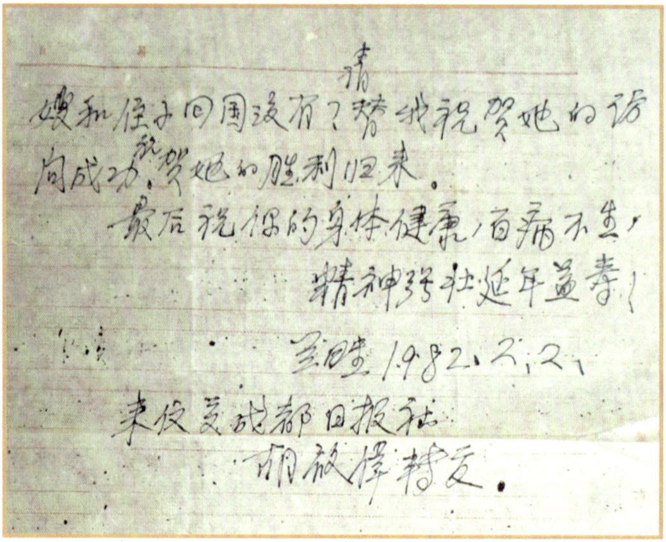

嫂和侄子回国没有？请替我祝贺她的访问成功，祝贺她的胜利归来。

最后祝你的身体健康，百病不生，精神强壮延年益寿！

兰畦 1982.2.2.

来信交成都日报社

胡启伟转交。

胡兰畦致萧三书信

样？甚为念念！

这个冬天我未发气管炎，但是发了两次胆囊肿大，一二天就好了。我现在要在三月底写完回忆录。有些紧张。因为家中太窄，暂时到我弟弟处写，他爱人照料我的生活，可以勿念。德国女牢中，已经出版，三天后才能签了名寄给你。因为我现在乡下，三天后回城去才能处理一些事。现在你的序言，把书的身价提高了，谢谢！你的序言，出版社送了拾元小稿费，我代你给了范廷龙同志的小女，作为春节你打发她做糖果钱。我想你一定不会怪我专擅吧，三哥？二月底四川省政协召开四届四次代表大会，我三月底要交稿子，四月初来北京，这次交了稿子来完全休息，陪你畅谈。三嫂和侄子回国没有？请替我祝贺她的访问成功，祝贺她的胜利归来。

最后祝你身体健康，百病不生，

精神强壮，延年益寿！

兰畦 1982.2.2

来信交成都日报社

胡启伟转交

1901 年 6 月 22 日，胡兰畦出生于四川成都。其母颇有文化，胡兰畦能记事时，母亲就教她背诵诸葛亮的《出师表》、岳飞的《满江红》、文天祥的《正气歌》等传统名篇。"五四"时期，胡兰畦积极投身反帝反封建运动。1925 年大革命时期，胡兰畦前往广州参加革命。1926 年秋北伐战争开始，胡兰畦前往北伐前线，后投考武汉中央军事政治学校。大革命失败后，胡兰畦担任过汉口市特别党部妇女部长和武汉总工会女工运动委员会主任，兼任湘鄂赣妇女运动指导委员。1929 年，她被蒋介石亲自点名驱逐出江西省。1930 年，胡兰畦追随何香凝、廖承志前往德国求学。同年，经成仿吾介绍，胡兰畦在德国正式加入中国共产党。后又由廖承志介绍加入德国共产党，并组成"中国支部"，积极投身国际共产主义运动。1933 年希特勒上台后开始疯狂打击共产主义分子，胡兰畦被捕入狱。3 个月后，经宋庆龄、何香凝和鲁迅等人以"民权保障大同盟"的名义努力营救，胡兰畦获释出狱并流亡法国。在法国，胡兰畦写出《在德国女牢中》一书。该书最先在法国著名作家巴比塞主编的《世界报》上以法文连载，很快出版了单行本，后被翻译成俄、英、德、西等文出版。一时之间，该书影响极大，成为当时世界共产主义运动了解德国纳粹动向的窗口。抗日战争爆发后，胡兰畦积极参加抗日救亡活动。在整个民主革命的各个时期，胡兰畦都做出了突出贡献。

1896 年 10 月，萧三出生于湖南省湘乡县（现为湘乡市）。他曾就读于长沙湖南第一师范，与毛泽东是同学。萧三早年与毛泽东、蔡和森等人一起创建了"新民学会"，1920 年到法国勤工俭学，1922 年同赵世炎、周恩来等人发起组织"少年中国共产党"，后曾与徐特立、林伯渠、董必武、吴玉章、何叔衡等人在苏联莫斯科中山大学学习。在苏联期间，萧三先后结识高尔基、奥斯特洛夫斯基、法捷耶夫，以及法共的理论家沙里·拉波波、越南的革命家胡志明、保加利亚的革命家季米特洛夫、土耳其的革命诗人希克梅特等共产国际进步人士。1930 年，萧三代表中国左翼作家联盟，出席了在苏联哈尔科夫举行的国际革命作家会议，并参加了国际革命作家联盟的工作，主编《世界革命文学》（后易名《国际文学》）中文版。1934 年，萧三出席苏联作家第一次代表大会，并代表鲁迅和中国左联在大会发言。后经中共党组织批准，由法捷耶夫介绍，他加入苏联共产党，历任两届苏联作家协会党委委员。新中国成立以后，萧三积极参加我国国际文化交流，两次出席亚非作家会议。

谈起胡兰畦与萧三的交往，最早还要追溯到 20 世纪 30 年代初。那时胡兰畦刚在德国加入中国共产党，而萧三则在苏联一直从事中国革命宣传和《世界革命文学》的编辑工作。当时的国民党政府不仅对来自"赤都"莫斯科的书信基本采取查封、没收及迫害收件人的政策，而且还对中国寄到苏联的信件基本采取严密封锁的政策。这迫使中国革命人士不得不采取迂回策略来实现联络。正因如此，双方只得先把信件、书报等寄到德国，再由德国转寄。就这样，国内或莫斯科有不少人通过这样的方式，把信件寄到廖承志介绍的胡兰畦处。胡兰畦收到信件后，由她负责"改头换面"工作，贴上新的包装，再从柏林转寄出去。这一时期，因这种工作关系，身为"东德反帝同盟"成员的胡兰畦与远在苏联莫斯科的萧三开始了书信往来。最初在书信中，他们谈论与文艺、文学等有关的事情。渐渐地，胡兰畦对自己的很多事情也真诚地向萧三请教。比如，当胡兰畦在德国工作及思想中出现苦闷问题时，她就曾给萧三写过长信。而萧三每次收到信后，都会很仔细、很认真地给胡兰畦回信。

1933 年 2 月 27 日，德国纳粹密谋在柏林火烧国会，其后嫁祸给德国共产党，并开始在国内大肆抓捕共产党人。不久，胡兰畦便被德国当局抓捕。3 个月后，胡兰畦被鲁迅、宋庆龄等人营救出来，但被德国法西斯驱逐出境。流亡到巴黎后，胡兰畦本想继续进行革命工作，不料几个月后又被限期 24 小时内必须离境。当她转到英国后，英国当局也不准胡兰畦长期居留。此时已是身无分文的胡兰畦只好给素未谋面的萧三写信，希望他能赞助自己买一张由西伯利亚回国的火车票，她想回国参加抗日活动。正在莫斯科忙于革命活动的萧三立即复信，不仅答应代胡兰畦购票，还热情地邀请她作为中国作家代表出席即将在莫斯科召开的苏联第一次作家代表大会。

1933 年底，为促进世界革命作家大联合，苏联作家联盟根据世界革命作家代表大会的决议，决定邀请世界各国进步作家参加苏联第一次作家代表大会。萧三作为"国际革命作家联盟"代表和"中国左联"

萧三

代表被邀请参加此会，筹委会也向鲁迅发出了参会邀请。但由于国民党政府对外实行文化封锁，鲁迅无法出席本次大会。萧三得知消息后便与苏联作盟商议，建议邀请这时写信给自己的中国旅英女作家胡兰畦与自己一起代表中国参会。

收到信后，身处绝境的胡兰畦大喜。1933 年 8 月，在萧三的精心安排下，胡兰畦坐船到达苏联列宁格勒，苏联文学会则特地委派了一位女同志亲自上船来接胡兰畦，并安排她乘火车到莫斯科。这位女同志告诉胡兰畦：萧三将会亲自到莫斯科火车站接站。坐在火车上，胡兰畦一直在构思、揣摩自己这位素未谋面的同志形象。当火车到达莫斯科车站，胡兰畦步出车厢时，她看到在站台上站着一个身穿白帆布西服、系着一条鲜红领带的中国人，她断定这人就是萧三。随后，胡兰畦大步向这位不断往车厢张望的中国人走去。这时的萧三，也看到了提着旅行箱向自己走来的胡兰畦，萧三老远就伸出双手上去迎接。见面后，萧三热情地握住胡兰畦的手。当时，他们二人竟没有通名就互相挽着臂膀，像久别重逢的老朋友一样快步走出车站。很快，萧三提着胡兰畦的旅行箱，把她送到莫斯科当时最漂亮的宾馆入住。入住后，萧三热情地对胡兰畦说："你受苦了，受苦了！"萧三的诚恳、热情与和蔼，给胡兰畦留下了深刻的第一印象。

1934 年 8 月 17 日，苏联第一次作家代表大会如期在莫斯科召开。胡兰畦和萧三作为中国作家代表参加了此次盛会，苏联最著名的作家高尔基主持了代表大会的开幕式。胡兰畦是第一次看见高尔基，她非常激动。她觉得这位享誉世界的文学大师竟是如此的朴实、慈祥、平易近人，他嘴唇上的胡须是那样的浓，他总是喜欢将头微微地偏着。从外形看，高尔基就像一个中国的农民老大爷。萧三代表中国在大会做了简短发言，他向各国作家介绍了鲁迅在中国革命文学中的领导作用，还介绍了作家茅盾的《子夜》和《春蚕》。

为了让胡兰畦更快地融入此次会议，萧三把苏联第一次作代会各种场合的讲话都详尽地向她做了翻译，还认真地向她介绍了苏联革命的历史、现状、政策、法令以及风土人情，并带她先后会见了高尔基、《钢铁是怎样炼成的》

的作者奥斯特洛夫斯基、法捷耶夫以及当时苏联的一些党政要人。正是在萧三的帮助下，胡兰畦在这里启迪了心智，打开了眼界，进入了一个新天地。8 月 26 日，苏联第一次作代会闭幕前的一个晚上，高尔基设宴在自己的别墅招待各国作家代表和外宾。萧三陪着胡兰畦一同前往。那天的宴会盛大庄严，高尔基站在第一层楼的扶梯口接待来宾。当萧三与胡兰畦走到高尔基面前时，胡兰畦握着高尔基的手说："高尔基同志！我算不上是什么作家……我们中国的五位进步作家、诗人惨遭蒋介石活埋了！我请求您为他们的遇害，向中国反动派提出严重抗议啊！……"① 说到这，胡兰畦压抑不住心中的悲恸哭了起来。高尔基听后也非常激动。那天晚上，高尔基坐在主位上，把胡兰畦安置在他靠右手边的第一个座位上。左手边依次坐的是莫洛托夫、伏罗希洛夫、卡冈诺维奇、马林科夫等苏联党和国家的领导人，其余作家代表顺序就座。在此次晚宴上，萧三、胡兰畦向高尔基、法捷耶夫等外国作家详细介绍了 1931 年柔石、殷夫、冯铿、李伟森和胡也频五位中国左联作家被蒋介石杀害的经过和中国人民正在进行的抗日斗争的情况。在这次宴会上，高尔基声讨了中国人民的敌人蒋介石："让我们大声疾呼：谴责屠杀中国人民的刽子手和叛徒的罪恶！"随后，他指着胡兰畦对大家说："这是一个真正的人！"其后，高尔基又讲了胡兰畦最近的一些遭遇，他还写了一张字条给莫洛托夫说："现在她不能回去，照顾她住一些时候！"当晚，与会作家发表了各国作家联合宣言，抗议日本帝国主义侵略中国的罪行。

第二天，萧三来到宾馆告诉胡兰畦莫斯科苏维埃政府给她分了一套有书房、卧室、饭厅和洗澡间的家具齐全的房子，就在普希金广场附近的一条街上。胡兰畦在莫斯科居住期间，萧三常带她拜访苏联各界人士。也正是在这一时期，胡兰畦的马列主义信仰更加坚定，革命观点也更加成熟。萧三非常自豪——他认为自己给苏联社会介绍了一位真正的来自中国的朋友。通过交往，萧三的随和与幽默也给胡兰畦留下了深刻印象，"和他在一起从不会觉

---

① 胡兰畦：《胡兰畦回忆录（1901—1994）》，成都：四川人民出版社，1995 年。

萧三

得紧张，像兄弟姐妹一样，无拘无束。有一次他对我说：'苏联驻丹麦大使的夫人很爱打扮，有人向列宁告状，说她有资产阶级作风，列宁却说，没关系，她爱打扮，送她点雪花膏……'我听了觉得很新鲜。萧三是个受大家尊重、被大家喜欢的人。"

1935年3月，在萧三的帮助下，胡兰畦离开莫斯科到香港十九路军做统战工作。1936年，胡兰畦从香港再次返回莫斯科。但这时的胡兰畦感到王明、康生对自己有偏见，并感受到他们在政治上对自己的压制。为了不连累萧三，胡兰畦很少去找萧三。1936年6月18日，高尔基逝世，萧三作为苏联作协领导成员为高尔基守灵，并与法捷耶夫等人组成护灵队，护送高尔基遗体火化，还参与第二天全苏联为高尔基举行的国葬。而作为高尔基生前特别欣赏和喜爱的中国女作家，胡兰畦也被选入高尔基治丧委员会。在举行葬礼的那一天，斯大林、莫洛托夫、奥尔忠尼启泽、卡冈诺维奇抬着高尔基的灵柩，胡兰畦和高尔基的儿子、儿媳一起手捧他的遗物，为高尔基执绋。1936年7月，胡兰畦再次离开莫斯科回国。此后，胡兰畦与萧三有近30年没有再见。

当二人再次见面，已是 1965 年。那时的他们都已步入花甲之年，各自的人生际遇也颇令人感伤。当他们在北京灯市口车站偶遇时，历经风霜的胡兰畦脸上早已爬满皱纹，而诗人萧三也已变得苍老。这次相遇，胡兰畦一眼就认出了老友萧三，而萧三却对昔日好友"对面不相认了"。1979 年 5 月 23 日，萧三在给胡兰畦写信时，还特地谈到这次相遇的一些情景：

> 偶然在灯市口下车的时候，我简直认不出你了。你说"该打该打！"就是那次，我在别你后还想追去谈谈，也已有人在旁作罢。

这次相遇后，二人又是 17 年没有再见。1975 年，胡兰畦从北京退休返回成都生活，后被四川聘为四川省人民政府文史研究馆研究员，又当选为第六届全国政协委员。1979 年 5 月，胡兰畦在中国大百科全书出版社编辑、出版的杂志《百科知识》第 1 辑上，发表了一篇回忆文章《和高尔基相见的那些日子》。历经磨难的萧三在北京读到该文后兴奋异常，他没想到这位老友竟然依旧健在，而且还提笔写到了过往。经多方询问后，萧三找到了胡兰畦的联系方式，他立即给远在成都的老友写了一封信，从此二人书信便频频往返。1982 年 5 月，胡兰畦趁到北京参加宋庆龄故居开放典礼与纪念廖仲恺、何香凝的活动，特地到医院探望重病中的萧三，鉴于萧三身体原因，他们也只是简单地聊了聊。本想等以后有机会再做畅聊。可没想到，这竟是他们人生最后一次见面。

1983 年 2 月 4 日，萧三因病在北京去世，享年 87 岁。

1994 年 12 月 13 日，胡兰畦在成都逝世，享年 93 岁。

师陀与李健吾的友情

李健吾（1906—1982），笔名刘西渭。我国现当代著名作家、戏剧家、翻译家。1930 年，毕业于清华大学文学院外文系。1931 年，赴法国巴黎现代语言专修学校学习。1933 年回国后，历任国立暨南大学文学院教授，上海孔德研究所研究员，上海市戏剧专科学校教授，北大文学研究所，中国科学院外文所研究员。著有长篇小说《心病》、中篇小说《西山之云》，译有莫里哀、托尔斯泰、高尔基、屠格涅夫、福楼拜、司汤达、巴尔扎克等名家的作品。

这是一封收藏在中国现代文学馆书信库中的信件。它是作家师陀写给李健吾的书信。

书信内容如下：

健吾兄：

四月二十六日来示奉悉。

寄书时我恰好有病，不曾写信，从昨天起稍微好转，祈释念。赠书所以称前辈，事实上你确是我的前辈，我心目中也一直把你当作前辈看的。你既然"勃然大怒"，我以后不再称呼吧。至于"出气"，回想起来，我当时也许生过气，现在历经劫难，早已炉火纯青，今日再提，不过说明我改笔名的事实经过。试想，一个人一气四十年，岂能活到今天？

这本小书实无甚可看，比起我健吾老兄的文笔犀利，玲珑透剔，我自己行文拙劣，只觉汗颜。不过属老友，敬呈一册，聊作纪念而已。

接来信后，我骤然看不懂，交给我老婆看，她说是"张天师画符"。我说他的字本来就象"张天师画符"，然而只须看两遍就能看懂，现在却需要看三四遍。我心里很沉重，我劝你多休息，少作事，或根本不作事，我自己也有这种心情，自知来日无多，总想着多做一点。然而你和我不同，你大半生做的工作，远远超过国家和人民供给的小米。既然自知身体不行，你有权利休息！我诚心祝愿你保重身体，多活几年。健吾，多活几年罢！

西禾的病我还是从大教①中知道的，可见我平常闭门不出，既然如此严重，哪一天当去看看他。柯灵是从华东出来了，日前悼念茅公的座谈会上曾经发言。是否赴香港则不知，因为座谈会散后，我有事和赵家璧谈话去了。专此敬覆，即颂

长寿！

师陀

八一年四月卅日

---

① 编者注：大教，尊称别人的教言，与人接谈或书信中所用的套语，此处为对李健吾来信的尊称。

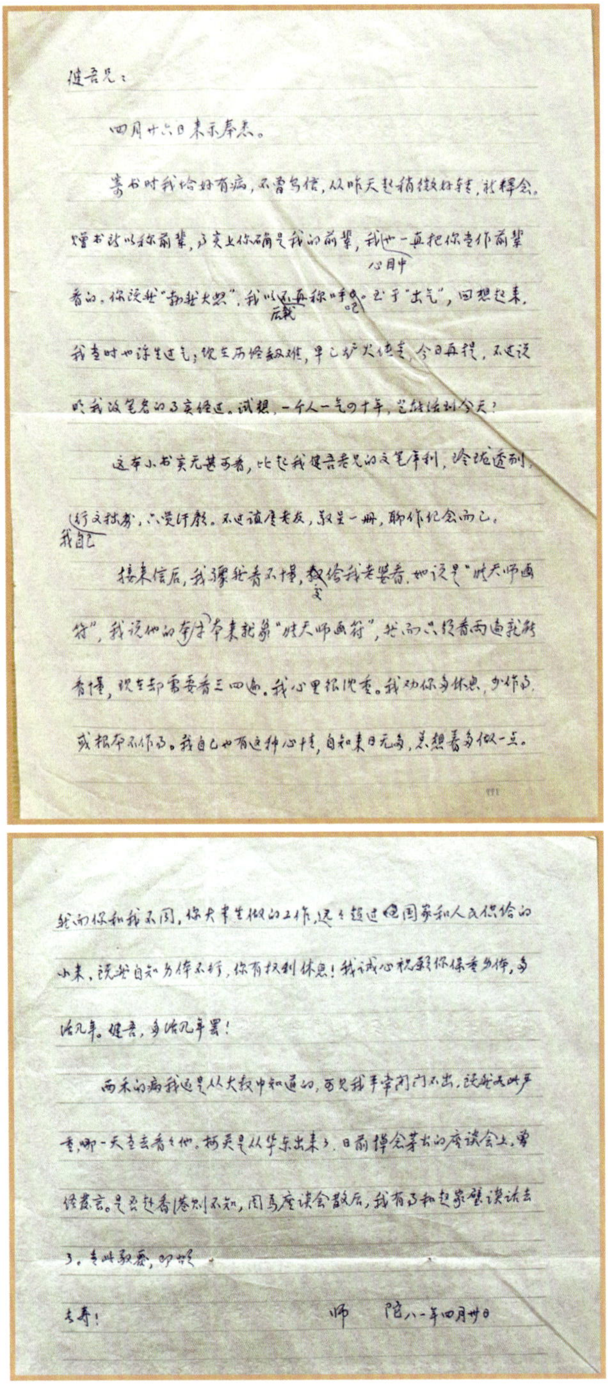

师陀致李健吾书信

在信中，师陀说"事实上你确是我的前辈，我心目中也一直把你当作前辈看的"应该有以下几点原因：

1. 李健吾比师陀年纪略长些。李健吾生于 1906 年 8 月 17 日，师陀则生于 1910 年 3 月 10 日。

2. 1921 年，15 岁的李健吾受燕京大学熊佛西邀请，男扮女装饰演话剧《这是谁之罪》中的技之佳，开始正式接触文艺。1923 年初，他以"仲刚"之名发表了自己的第一篇童话小说《萤火虫》和第一个剧本《出门之前》（独幕剧）。师陀则在 1931 年 11 月 5 日，21 岁时才创作完成自己的第一篇小说《请愿外篇》。

3. 1937 年，李健吾以"刘西渭"为笔名，对当时并不相识的"芦焚"的作品进行了中肯评价。

1937 年 1 月，芦焚的作品《里门拾记》被巴金收入"文学丛刊"第四集。6 月 1 日，李健吾在《文学杂志》第 1 卷第 2 期发表了一篇针对这部作品的评论文章。在这篇文章中，李健吾谈了自己对芦焚作品的最初印象：

> 我记得第一次芦焚先生抓住我的注意的，是他小说的文章，一种奇特的风格。他有一颗自觉的心灵，一个不愿与人为伍的艺术的风格，在拼凑、渲染、编织他的景色，作为人物活动的场所。我欣赏这种旨趣，我欣赏这种风格。

这是一篇非常重要的评论文章。在那时，李健吾便看出师陀的作品中具有"讽刺"与"诗意"。可有些年轻气盛的师陀却并不认同李健吾的观点。他在 1985 年 7 月 16 日致河南大学教授刘增杰的信中，曾讲过自己当年的看法：

> 李健吾毕竟是位难得的评论家，他目光锐利，独书己见，卅年代就看出我作品的两个特点：讽刺与诗意。当时我不承认，我是个毫无诗意的人，又是写作态度认真的人。

其后，因欣赏师陀的创作才华，李健吾一直关注师陀的作品，并常常向他约稿。1940年1月，李健吾为刊物《学生月刊》向师陀约稿，师陀开始创作以北平"一二·九"学生运动为题材的三部曲，其中，《雪原》由李沙威编辑后在当年的《学生月刊》第1—11期连载。

上海沦陷后，蛰居上海租界的师陀生活很是清苦，稿费是他重要的生活来源之一。为了生存，师陀需要不间断地写小说、散文、诗歌以及戏剧。李健吾也尽自己的力量帮助师陀。这一时期，师陀改写了一个多幕话剧《大马戏团》。剧本写完后，师陀很想把该剧搬上舞台。李健吾得知此事后，为此积极奔走。当时，李健吾在上海话剧界有不少熟人，还参加了于伶、阿英领导的"上海艺术剧院"和"苦干剧团"，很多导演和演员都是他的朋友。李健吾将师陀的剧本推荐给黄佐临导演，不久就搬上了银幕，演出几乎场场爆满。该剧不仅由梅兰芳剧团演出过，还曾在新加坡等多地上演过。这部剧成为师陀极具代表性的话剧作品，还解决了他的经济问题。为了扩大该剧的影响，李健吾还亲自撰写《〈大马戏团〉与改编》一文，刊载在1943年4月的《艺光公演特刊》之七《大马戏团》，他在文中高度评价了编剧师陀，并为该剧积极造势。

> 师陀先生用了两个多月来改编。假如改编还有意义的话，我想这应当换一个更神圣的字眼称呼，那就是创作。有谁看完《大马戏团》还会想到《一个挨耳光的人》？有谁想到了，不转而为我们这老大的中国庆幸？一位旧俄的大作家供给材料，一个从来不曾接近舞台的无名的中国人完成了这些材料的使命。材料俯拾皆是，问题是你要拿得起，放得下……同样是《大马戏团》，师陀先生往人性里面再填进人性，所以它那样和人生一致，而实际却是诗，另一种诗，一种更完整的诗。

该剧的成功，离不开李健吾的大力支持，因此师陀对李健吾一直怀着特殊的感激之情。后来，师陀与柯灵将高尔基的话剧《在底层》改编为《夜店》，1945 年创作完成，又被黄佐临导演搬上舞台。作为好友，李健吾与巴金、郑振铎、唐弢等人一起为《夜店》写了八篇短评，向观众推荐该剧。

《夜店》上演了！

李健吾

《夜店》的改编和上演应当是今年剧坛的一件大事。但是就上演而论，比改编却要相迟一年了。导演早就收到这个剧本，几次预备开排，然而为了种种的考虑，延到胜利的今日，算是真正开始了。这是一个喜讯。

改编的工力早已博得一般读者的赞誉。师陀曾经在他的《大马戏团》露过身手，他把新的生命带给他的改编。至于柯灵的成就，《夜店》本身便是一个最好的说明。

《夜店》放在胜利的开端演出，具有莫大的意义。在这生活糜烂的今日的上海，在这建国的争取的初期，我们这些愧为人上者应当多看一看下层的生活。我们需要正确的了解，然后我们才好尽可能去加以解决。这是我们国民一个共同的责任。艺术的欣赏还在其次焉者也。

导演要把《夜店》放在寒冬演出，因为寒冬增加戏剧的气氛、感觉。单凭这一点点见识，他就有理由让他的演员在舞台上成功，让剧本在观众的心目中留下深深的印象。[1]

师陀与李健吾在上海时有往来，除了 1947 年秋，师陀因生活所迫，不得不从上海搬到浙江嘉兴乡下，租住在一个朋友老家的旧屋。

---

[1] 李健吾：《〈夜店〉上演了》，载刘增杰编《师陀研究资料》，北京：北京出版社，1984 年。

1979 年，李健吾在《人民日报》刊文，对老友师陀的喜剧作品《伐竹记》做出了自己客观、中肯的评价。他认为师陀所写"春秋末纪晏婴的车夫晏狗和他的妻庆云跟齐景公以及他的幸臣相斗而获胜的故事，笔墨干净、口语犀利、笔头有花，逸趣横生"①。他认为师陀的《伐竹记》就是一部令他拍案叫绝的"喜剧"。

信中所提"西禾"，即我国著名电影艺术家、导演、理论家、翻译家陈西禾。陈西禾，笔名万岳，1933 年毕业于上海大夏大学。他喜爱文艺，精通英、法两国语言，对法国文学尤有研究，曾翻译出版法国剧本《玛

作家、戏剧家、评论家李健吾

琦》，著有论文集《翻译问题》。1938 年 9 月，上海剧艺社首次演出《人之初》，不久陈西禾便在《文汇报》发表了一篇颇有见地的剧评。导演于伶看到这篇文章后，主动邀请陈西禾参加"上海剧艺社"。从此，陈西禾开始了戏剧、电影的创作生涯。翌年，他创作的剧本《沉渊》，因揭露资产阶级尔虞我诈的本质，受到巴金赞扬。后受巴金的委托，陈西禾将巴金著名小说《春》改编成话剧，在重庆上演。后又导演了话剧《这不过是春天》《林冲》《重庆二十四小时》。

陈西禾在话剧导演、人物塑造、演员选配、表演启发、戏剧美学等方面，都取得了令人瞩目的成就。也正是在上海从事戏剧表演这一时期，陈西禾与李健吾、师陀相识，并逐渐成为好友。陈西禾晚年因肾动脉硬化而身患重病。对于陈西禾的病情，李健吾十分挂心，常写信问候。在 1978 年 7 月 27 日致陈西禾的信中，李健吾便对老友说：

---

① 西渭：《读师陀同志的〈伐竹记〉》，载刘增杰编《师陀研究资料》，北京：北京出版社，1984 年。

西禾：

今天看到你的信。我那次没有给你写回信，但是我立即给钰亭写信去问候，我想，这差不多就是写回信了，其实是我欠你一次情，你不会怪我的。

你、我都到了老、病的地步，你的肾动脉硬化，还是要注意，看中药有什么好办法。我由于动脉硬化，脖子转动不了，太用功，有时就头一侧疼，照了相，不是颈椎增生。①

师陀 1981 年 4 月 30 日致李健吾的信中提到的"柯灵"是师陀和李健吾的另一位老友。抗战爆发后，他们在上海常一起创作话剧，从事进步活动，柯灵作为杂志《万象》的编辑还常常向两人约稿。信中所提"赴香港"之事，指的是改革开放后海峡两岸暨香港的文学交流日渐紧密，当年年底，香港中文大学准备举办"四十年代中国现代文学研讨会"，欲邀请大陆、香港、台湾的知名作家参会，大陆为此拟组成"中国作家团"到会，柯灵被列为邀请作家，可他当时因肾炎在华东医院治疗，师陀与李健吾很挂念他的健康情况及能否参加此次会议。不久，柯灵经过医院精心治疗，顺利出院，后随团赴香港参会。1981 年 12 月 21 日至 23 日，香港中文大学在香港成功举办了为期三天的"四十年代中国现代文学研讨会"。"中国作家团"的成员除团长黄药眠、副团长唐弢外，还有团员柯灵、王辛笛、丁景唐、田仲济、林焕平、叶子铭、楼栖、吴宏聪、理由和刘锡诚等。

从书信中可以看出师陀与李健吾情谊颇深。谈及两人的交往，最早还要追溯到 1937 年 9 月下旬。那年 9 月初，暂住李健吾家中的年轻诗人卞之琳受朱光潜邀请，从上海前往成都四川大学讲学。而三周前，即 8 月中旬，卞之琳刚和好友师陀从浙江雁荡山避暑回到上海。师陀则寄住在朋友靳以家中。卞之琳这次走得匆忙，事前没有告诉师陀自己西行的时间。结果 9 月下

---

① 李维音编：《李健吾书信集》，太原：北岳文艺出版社，2017 年。

旬，当师陀与巴金、靳以相约一同前往李健吾位于上海法租界的巨籁达路家中看望卞之琳时，才知道自己的好友已经前往四川。这次拜访是师陀和李健吾的第一次见面。对于这次见面，师陀在《记一位"外圆内方"的老友》一文中有详细记载，当时他们坐在李健吾满是"莎士比亚和莫里哀，杜工部和元、明戏曲中间"的书房中，房中有两个沙发、一张写字台、一把转椅、一只小桌。因是初次见面，师陀并不知道李健吾不喜欢别人称呼他为学者，便拿来问他，李健吾脸上出现难色，但一面又很快活地在转椅里活动着。当时的谈话很随意，"让我们随便谈谈吧，我们的朋友走了，让我们填满他留给我们的空虚……我们来上海的时候是想为抗战做点事情，到了上海没有事情给我们做，我们又觉得应该到别处去找事情"。可能当时谈到了司汤达，因曾留学法国并喜欢法国文学，这是李健吾喜欢并擅长的话题，师陀当时感觉李健吾是很喜欢谈司汤达的。后来，师陀很快把这次见面写成小文《座谈》，并将其收录在1941年5月文化生活出版社出版的"文季丛书之十二"《上海手札》中。

这之后，两人便开始了长达50多年的交往，李健吾给师陀的印象：

> 他是个感情奔放，对朋友极端热情的人；他工作严肃，又是个爱活动的人；他有北方人特有的气质；治家严，简朴度日，自奉很薄，对朋友讲义气；他对朋友有意见就讲，往往得罪人，过后他自己倒忘了。①

但自1954年7月，李健吾带领全家离开上海前往北京工作后，师陀便与李健吾分隔两地。一直到1979年冬，已进暮年的两位老友才终于在北京再次见面。那年10月30日至11月16日，师陀来到北京参加中国文学艺术工作者第四次全国代表大会。会议间隙，师陀特地去干面胡同社科院家属院

---

① 师陀：《记一位"外圆内方"的老友》，《新文学史料》1987年第2期。

看望老友李健吾。

两人一晃已有 25 年未见，此时的李健吾已是病体缠身，身体衰弱，讲话也有气无力，声音暗哑。没想到在自己心中一直生龙活虎的老友竟变成这种样子，师陀心里深感凄然。李健吾不仅患有动脉硬化、冠心病等，还因肠胃消化差，平常只能吃煮得很烂的面条。他告诉师陀："窗户开着，我感到冷，可自己连站起来关的力气都没有了。"尽管如此，李健吾那天仍旧坚持陪着师陀走下楼，一直送他到大门口挥手告别。在昏暗的寒风中，师陀望着李健吾站在家属院门口衰老的身影，非常感伤，他在心里一直在问："昔日的健吾哪里去了呢？"

这一时期，李健吾因身体原因写信字迹已很潦草。他本人对此也有同感，在给柯灵的信中，他就说："字迹也潦草，都不成字了，可能你认不出，你就勉强认吧，人老了，就是这个样子。"潦草之程度，正如师陀信中所说"张天师画符"。

当时，师陀以为这会是他们最后一次见面。没想到不到两年，他就在上海再次与李健吾相聚。1981 年 9 月 23 日—10 月 3 日，李健吾在妻子尤淑芬的陪同下，前往上海拜访老友巴金、王辛笛、师陀等人。师陀在接到王辛笛电话通知后，急忙前往旅馆看望李健吾。见面后，师陀惊讶地发现李健吾又变得"生龙活虎"了。李健吾告诉师陀，是武术帮助他恢复了元气。这次老友相见，他们谈了很多，最主要的话题就是李健吾的身体。李健吾高兴地说："我要什么时候大便，就什么时候大便。"妻子尤淑芬在旁边插嘴说："他走起路来那个快，我都撵不上。"除此之外，李健吾还谈到自己在上海住了许多年，习惯了吃草头，念念不忘。可北京没有草头，这里的小饭馆里也没有草头。他反复说："丰盛的酒宴我不稀罕，只想吃草头。"师陀回家后很快便买了几斤草头，准备请他们夫妇吃个痛快。可他往旅馆打了几次电话，打来打去，就是没人接。后来才知道，他们跑出去看其他老朋友了。师陀为李健吾身体与精神的恢复，从心里感到高兴。很快，李健吾夫妇便从上海前往杭州继续旅游。这是师陀与李健吾的最后一次见面。

一年后，师陀突然在上海得知李健吾去世的噩耗，这让师陀发了蒙。因为前不久，他还在电视里看见李健吾在会议上讲话，那时的他"很兴奋，精力充沛，要站着"。后来他得知李健吾的去世确实很突然，所有人都没想到。对于李健吾去世的情形，李健吾的大女儿李维音女士在《李健吾年谱》中有记载：

1982 年 11 月

24 日中午，与妻子尤淑芬一起用过午饭，两人一起分吃了一个梨。之后，妻子收拾完餐具，进屋午休，他则坐到桌前，提笔想写游川观感。写了几行，疲倦，坐进桌旁沙发。3 点后，妻子午睡起来，发现他已闭目辞世。

李健吾去世后，师陀心情非常悲痛，他在写给李健吾妻子尤淑芬的信中曾写道："健吾去世，同声悲恸。""健吾去世，本来屡次想写信吊问，然而不敢，亦不忍。"在 1983 年 1 月 28 日写给尤淑芬的信中，师陀对老友李健吾给予了高度评价："他一生对朋友对社会都是个单纯的人、光明磊落的人。"时隔五年，师陀撰写了一篇悼念老友李健吾的文章《记一位"外圆内方"的老友》，在文中他不仅回忆了与李健吾的交往，而且还表达了自己对他的深切怀念，甚至设想了老友临走之前的样子：

据说是为《陕西日报》赶写一篇文章，文章写完，坐在沙发上休息，便安然去了。这正是健吾的性格，立刻能完成的工作，决不偷懒，拖泥带水。当文章写完时，他大约深深舒了口气，任务总算完成了！①

2022 年是李健吾先生去世 40 周年，也是他与师陀相识的第 85 年，谨以此文向这两位老作家致敬！

---

① 师陀：《记一位"外圆内方"的老友》，《新文学史料》1987 年第 2 期。

杨绛致诗人王辛笛的一封信

杨绛（1911—2016），本名杨季康，江苏无锡人。我国著名女作家、戏剧家、翻译家。代表作有《干校六记》、《洗澡》、《我们仨》、《走到人生边上——自问自答》、《堂吉诃德》（译作）等。

王辛笛（1912—2004），原名馨迪，江苏淮安人。我国著名"九叶派"诗人。代表作有诗集《珠贝集》《手掌集》《辛笛诗稿》等。

这是一封 1996 年杨绛写给王辛笛的书信：

辛笛诗人吟几：久润音问，想起居佳胜，为祷为颂，顷奉惠赐浙江版《手掌集》，不胜感喜。大著列入中国新诗经典第一辑，可喜可钦，实至名归，当之无愧也！敬为祝贺。

锺书重病住医院已逾二载，小女患腰椎骨结核住院医疗亦已八

阅月，我劳瘁殊甚，草此致谢。并颂

　　贤伉俪幸福绵绵，

　　阖府安吉！

杨绛

一九九六年九月十九日

　　1996 年 4 月，王辛笛早期代表作《手掌集》被浙江文艺出版社列入《中国新诗经典》（第一辑）而出版。出版后，王辛笛将新书寄给北京的老友钱锺书、杨绛夫妇。收到赠书后，杨绛很快便回信。

　　当时，由于女儿钱瑗的隐瞒，杨绛并不知道自己的女儿已是癌症晚期。她在给辛笛写信时，还只是说："锺书重病住医院已逾二载，小女患腰椎骨

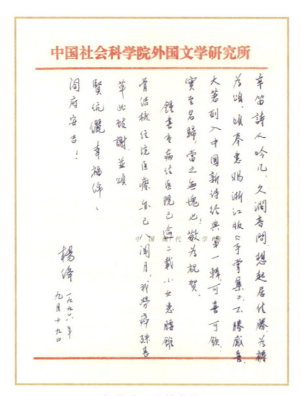

杨绛致王辛笛书信

结核住院治疗亦已八阅月，我劳瘁殊甚……"对一位老人而言，看着两位至亲重病，那种悲苦的心境可想而知。杨绛咬牙坚持着，她多希望自己的丈夫、女儿能好起来，让"我们仨"能重新聚在一起。杨绛作为妻子、母亲，拥有着中国女性特有的关怀与慈爱，她淡泊而坚韧，她内心坚强而柔软。当好友辛笛从外地寄来诗集，杨绛从内心为这位与自己相识近60年的老友高兴，她首先恭喜老友的《手掌集》被列入《中国新诗经典》（第一辑）"可喜可钦"；随后又送上自己的评价"实至名归，当之无愧也"，并希望自己的老友能与他的爱人徐文漪"幸福绵绵"，一家人"阖府安吉"。

谈及杨绛与王辛笛的相识，还要归功于他们共同的好友盛澄华。1931年，王辛笛考进清华大学外国语文系，他与盛澄华是同班同学。进校不久，王辛笛便知道钱锺书。此人全校有名，博学多才，语言幽默、尖刻，什么人和事经他形容，总能入木三分。在清华期间，王辛笛并未与钱锺书来往过。

杨绛是在1932年苏州东吴大学毕业后，1933年考入清华大学研究院外国语文研究生的。盛澄华与杨绛因在清华大学同班上过法文课，两人开始结识。杨绛与王辛笛那时可能由于盛澄华的原因知道对方但并不相识。

1937年，在英国爱丁堡大学学习英国文学的王辛笛，受在巴黎留学的好友盛澄华邀请，趁春假前往巴黎会友。王辛笛到达巴黎后，住在拉丁区盛澄华寓处。而这时，钱锺书、杨绛夫妇也由英国牛津大学来巴黎大学进修。1937年春，王辛笛和盛澄华在街头漫步时，常会与同住拉丁区与盛澄华所住相距不远的钱锺书、杨绛夫妇不期而遇。因为盛澄华的缘故，王辛笛与钱锺书、杨绛也都知道对方，他们当时大多相视一笑，未多作交往。但也就从那时起，王辛笛与钱锺书、杨绛

杨绛

夫妇开始相识。

抗战爆发后，钱锺书夫妇、王辛笛先后回到国内。1938 年，钱锺书在归国途中受聘西南联大，船行到香港时，钱锺书独自下船前往昆明，而杨绛则带着女儿钱瑗继续坐船回到上海。王辛笛则是在 1939 年底回到上海工

王辛笛在爱丁堡住处读书

作，他先在暨南大学、光华大学任教，后到银行工作。1939 年 7 月，在昆明西南联大任教不到一年的钱锺书，趁暑假回上海探望妻子和女儿。后因一些变故，为了生活，钱锺书不得已只身前往其父所在的湖南蓝田国立师范学院任教两年。1941 年夏，钱锺书从湖南回到上海探亲。不久，太平洋战争爆发，钱锺书和杨绛被困在沦陷的上海。上海沦陷期间，杨绛与钱锺书饱经忧患，倍感世态炎凉，而贫与病总是相连，这段时期，钱锺书每年生一场病。尽管战乱时期生活不容易，但他们夫妇却常把日常的感受，当作美酒般浅斟低酌，细细品尝。当时，王辛笛在上海金城银行任职，薪资较为丰厚，家庭境况要好些。钱锺书、杨绛所住的拉斐德路与王辛笛家所在的霞飞路相距较近，他们之间来往较之别人要多一些。那时，王辛笛常请钱锺书、杨绛夫妇和一些朋友相聚。对此，杨绛在《我们仨》中曾有简单记述：

> 这时期，锺书经常来往的朋友，同辈有陈麟瑞（石华父）、陈西禾、李健吾、柯灵、傅雷、亲如兄长的徐燕谋、诗友冒效鲁等。老一辈赏识他的有徐森玉（鸿宝）、李拔可（宣龚）、郑振铎、李玄伯等，比他年轻的朋友有郑朝宗、王辛迪、宋悌芬、许国璋等。李拔可、郑振铎、傅雷、宋悌芬、王辛迪几位，经常在家里宴请朋友相聚。

那时候，和朋友相聚吃饭不仅是赏心乐事，也是口体的享受。①

那段时间，在夏天的晚饭后，杨绛常陪着钱锺书出来散步，他们常到霞飞路中南新邨王辛笛家闲谈。钱锺书是很健谈的人，博闻强识，听他古今中外地聊天，听者可以不出一声，全由他一人说，幽默、讽刺、俏皮，丰富精彩的比喻、入木三分的形容，对听者而言是一种难得的享受。钱锺书的言语常常让人开怀大笑，却又有回味。王辛笛常与钱锺书进行切磋，而杨绛则总是笑眯眯地在一旁听着。

对于在上海沦陷岁月中王辛笛给予自己和杨绛的帮助，钱锺书在1973年与王辛笛以旧诗唱和时，曾在一首七绝中回忆此事：

> 雪压吴淞忆举杯，卅年存殁两堪哀。何时榾柮炉边坐，共拨寒灰话劫灰。
>
> 注：忆初过君家，冬至食日本火锅，同席中徐森玉、李玄伯、郑西谛三先生，陈麟瑞君皆物故矣。

抗战胜利后，暨南大学迁回上海，钱锺书到宝山路暨南大学文学院任教，他与杨绛的家也搬到离学校较近的蒲石路。因距王辛笛住处很远，他们的来往少了许多。

抗战胜利，王辛笛的诗歌创作进入一个高峰期。1948年1月，王辛笛在曹辛之主办的

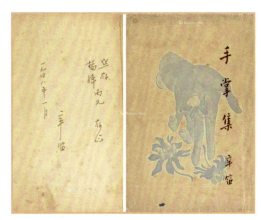

王辛笛题赠杨绛

---

① 杨绛：《我们仨》，北京：生活·读书·新知三联书店，2003年。
王辛迪即王辛笛。

星群出版社出版了自己第二本诗集《手掌集》。该书出版后，王辛笛亲题签名，送给自己的好友钱锺书、杨绛。

1949 年夏，钱锺书、杨绛接受清华大学邀请，前往北京工作。因工作的繁忙加之远隔千里，王辛笛与钱锺书、杨绛夫妇来往日稀。后来随着各种政治运动的出现，尤其是"文革"的爆发，为了避免给好友带来麻烦，他们几乎断绝了往来，甚至连书信也不写了。

1973 年"文革"后期，随着国内政治气候的变暖，在上海的王辛笛对钱锺书、杨绛等南北友人的思念与日俱增，他常写些深沉含蓄的旧体诗。这一年，他创作了 38 首旧体诗，《春日偶成》《花下杂诗》各 14 首一气呵成，写得有景有情又有思。一次，王辛笛趁从奉贤干校回上海休假之际，小心翼翼地试着将一首诗寄给钱锺书伉俪，没想到很快就有了回信。王辛笛喜不自胜，当即又作了两首七绝寄去。从此，王辛笛和钱锺书很长一段时间在京沪两地以诗唱和往还。后来，"文革"结束，王辛笛与钱锺书、杨绛的来往和书信联系愈加频繁。1993 年夏，王辛笛在上海惊闻钱锺书因病损去一肾，十分惦记，便写信问候。钱锺书当即回信，很关切地询问起王辛笛的健康状况。这对清华老学友相濡以沫之情，令人动容。1997 年 3 月 4 日，钱瑗因患脊椎癌去世。爱女的去世，对病中的钱锺书打击很大。1998 年 12 月 19 日，一代鸿儒钱锺书在北京逝世，他永远地离开了杨绛和他的朋友们。王辛笛得知消息极为悲伤，当即写下七绝二首寄托哀思：

默存淡泊已忘年，学术钻研总率先。何可沉疴总不起，临风洒泪世称贤。

伤心爱女竟先行，此日西游孺慕迎。洗尽铅华遗著在，是非千古耐人评。

曾经让世人艳羡的"我们仨"，只剩下 87 岁的杨绛茕茕孑立，踽踽独行。2004 年 1 月 8 日，王辛笛因病在上海逝世，享年 92 岁。2016 年 5 月 25 日凌晨，杨绛在北京协和医院病逝，享年 105 岁。

　　一封 20 多年前的书信，让我感受到 85 岁高龄的杨绛，在面对爱女、丈夫重病时，其内心的坚强与悲伤；也让我有机会了解钱锺书、杨绛与好友王辛笛长达 60 年的同学情谊。这些老人虽都已远去，但他们留给这世间丰厚的文学遗产，应被我们这些后学铭记。

王辛笛与余光中的"手相情谊"

余光中（1928—2017），福建永春人。我国台湾著名诗人。代表作有诗作《乡愁》、散文《听听那冷雨》、诗集《白玉苦瓜》、散文集《记忆像铁轨一样长》等。

辛笛先生：

六月初在沪，承蒙招待，重见故人，快慰何如。回台后未能立即致谢，甚为失礼。先生华诞文集，未能成文投稿，而尤谦愧。得暇自当将当年《试为辛笛看手相》一文修定乞正耳。近去布拉格开会，其地真所谓"黄金城"也。即颂

新年大吉

余光中敬贺

1994

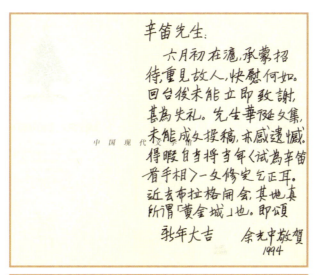

余光中致王辛笛书信

这是一封收藏在中国现代文学馆书信库中的珍贵信札。寄信人是我国台湾著名诗人余光中，收信人则是上海"九叶派"老诗人王辛笛。

余光中被尊为"台湾诗坛祭酒"和"乡愁诗人"。他的诗作大多充满悲悯情怀，表达了他对祖国、对故土、对土地的热爱，以及对一切现代人、事、物的透视、解析与捕捉。他强调作家的民族感和责任感，善于从语言的角度把握诗的品格和价值，自成一家。在他众多的诗歌中，被收入大陆中学课本的《乡愁》一直被人们传诵。

乡愁

小时候，乡愁是一枚小小的邮票，我在这头，母亲在那头。

长大后，乡愁是一张窄窄的船票，我在这头，新娘在那头。

后来啊，乡愁是一方矮矮的坟墓，我在外头，母亲在里头。

而现在，乡愁是一湾浅浅的海峡，我在这头，大陆在那头。

王辛笛是 20 世纪 40 年代中国"九叶派"中最有影响的代表人物之一。在其 70 多年的创作生涯中，先后出版了诗集《珠贝集》《手掌集》《辛笛诗稿》《印象·花束》《听水吟集》，诗合集《九叶集》《八叶集》等。他的诗歌创作关注人生，注重对诗歌艺术的探索，诗风清新典雅、凝练隽永，在中国新诗史上独树一帜。王辛笛对现代诗歌创作产生了很大影响，被誉为"20 世纪40 年代中国纯正诗流一贯发展的代表"。创作于 1948 年夏天的诗歌《风景》是其代表作之一。

风景

列车轧在中国的肋骨上

一节接着一节社会问题

比邻而居的是茅屋和田野间的坟

生活距离终点这样近

夏天的土地绿得丰饶自然

兵士的新装黄得旧褪凄惨

惯爱想一路来行过的地方

说不出生疏却是一般的黯淡

　　　　　　瘦的耕牛和更瘦的人

　　　　　　都是病，不是风景！

　　谈及王辛笛与余光中的交往，还要追溯到 20 世纪 80 年代初。那时的大陆已经因为改革开放而打开了国门，海峡两岸暨香港的文学交流也日渐紧密。

　　1981 年 12 月 21 日至 23 日，香港中文大学在香港举办了为期三天的"四十年代中国现代文学研讨会"。作为主办方，香港中文大学热情邀请"中国作家团"参会（团长黄药眠，副团长唐弢，团员有柯灵、王辛笛、丁景唐、田仲济、林焕平、叶子铭、楼栖、吴宏聪、理由和刘锡诚等）。老诗人王辛笛为了这次研讨会还专门撰写了论文《试谈 40 年代上海新诗风貌》。

　　12 月 21 日，中国作家代表团一行到达香港红磡火车站。来自上海的诗人王辛笛，一到香港便受到会内外作家的追捧。作为 20 世纪 40 年代上海刊物《诗创造》和《中国新诗》的主要诗人，王辛笛的新诗对香港和台湾的诗人都有很深影响。在那次会议上，香港的叶维廉教授就在自己的论文《研究四十年代诗的几个据点和角度》中提到了诗人王辛笛。台湾的余光中教授还专门以王辛笛的《手掌集》为题，作论文《试为辛笛看手相——〈手掌集〉赏析》，正如题目一样，文章写得严肃而又风趣，艺术分析也很有见地。香港，成为王辛笛与台湾诗人余光中的订交之地。

　　12 月 21 日，一到香港，王辛笛便以诗人特有的情怀写了一首自由体小诗《香港，我来了》。

　　　　　　　　香港，我来了

　　　阳光下有山有水，就可以有无数的高层建筑；

　　　夜来辨不清是天上的繁星，还是人间的灯火，都是一样的灿烂

　可亲！

　　　切梦刀到头来，会帮助我验取什么是高贵，什么是卑微！

我真想再一次在薄扶林道上散步，去看望一下当年的望舒；

我还分明记得，那时还在永别亭前，送葬人的路祭；

隐隐升起的，是伤心的野哭。

　　三天的研讨会，海峡两岸暨香港的作家们热烈地交流、严肃地探讨，气氛十分和谐。12月21日下午，叶维廉在宣读自己的论文《研究四十年代诗的几个据点和角度》时，就提到了"九叶"诗人当年在上海发表诗歌的刊物《诗创造》和《中国新诗》。在他之后，由研讨会主席周策纵简述王辛笛小传，然后便是王辛笛宣读自己的论文，该论文着重介绍了20世纪40年代上海新诗的风貌。紧接着，台湾诗人余光中登台，他以《试为辛笛看手相——〈手掌集〉赏析》为题，开始自己的学术阐述。

　　余光中以1948年1月上海星群出版公司初版的王辛笛《手掌集》为蓝本，以"珠贝篇"（13首，1933—1936）、"异域篇"（22首，1936—1938）、"手掌篇"（11首，1946—1947）为重点，对王辛笛的诗歌进行深入研究。在发言中，余光中认为王辛笛的诗歌受西洋作品影响很深——尤其是英国和法国。在《手掌集》的前面，作者便引了奥登的诗。此外，余光中还认为王辛笛的诗受到中国古典诗词的较大影响，他很多时候都喜欢把文字和古典辞藻融于白话文中。在《手掌集》的"珠贝篇"中，《款步口占》《怀思》《十月小唱》《冬夜》便有中国古典诗词五、七言和小令的味道。在王辛笛众多诗句中，余光中认为他的诗短句最好，有独创的意象，富有抽象美。在对王辛笛诗歌进行赞赏的同时，他还以自己抑扬顿挫的声调和特有的姿态深情地朗诵王辛笛的诗歌。

　　在这篇论文中，余光中充分地给王辛

余光中

笛的诗"看手相",他论析了王辛笛诗人的创作技巧,并表达了他与王辛笛在创作观念上的不同意见。

坐在台下的王辛笛,对于台湾诗人余光中对自己诗歌所做的分析很有感触,他认同余光中对自己诗作的评价。余光中发言结束后,王辛笛欣然上前与他握手表示谢意,并称余光中是自己的"知音"。

第一天的见面和研讨,包括两位诗人在内的众多作家是那样的相互敬重与客气,这反而引不起太多的讨论。余光中教授就说:"诗人在座,要是论析得不准确,可能很危险;但是,论析的人也不会完全没有保留的。"

在这次会议上,余光中对于以王辛笛为代表的中国新诗人在 40 年代末期纷纷封笔颇表惋惜。王辛笛则予以解释:当时诗人为生民请命,献身革命事业。他认为写诗是为了抒发个人情感,他不善于以诗歌去鼓动、去为民请命,所以选择了脚踏实地地到工业部门做一点事,只好搁笔不写。

此次见面给两位诗人留下了深刻印象。研讨会后,王辛笛立即吟咏七绝《承余光中教授以〈看手相〉为题评价拙作〈手掌集〉感赋即赠》:

> 诗名每令我沉吟,謦咳于今更见心。
> 愧煞女郎吉卜赛,人间可贵是知音。

会后晚宴,当余光中和王辛笛交谈时,会议摄影师走过来让两位诗人站在一起合照留念。突然,余光中调皮地握起王辛笛的右手,请老人家摊开掌心,让他"指指点点",像是真的在为王辛笛看手相。王辛笛见后大悦,众人也是开心地大笑起来。

对于那次见面,时隔 23 年,诗人余光中依旧记忆犹新。2004 年 2 月 3 日,他在《文汇报》刊登了一篇名为《谁能叫世界停止三秒》的文章。在文中,他深情地回忆道:

> 一九八一年大陆开放不久,辛笛与柯灵随团去香港,参加中文

大学主办的"40 年代文学研讨会"。辛笛当年出过诗集《手掌集》，我就此书提出一篇论文，因题生题，就叫《试为辛笛看手相》，大家觉得有趣。会后晚宴，摄影师特别为我与辛笛先生合照留念。突然我把他的右手握起，请他摊开掌心，任我指指点点，像是在看手相。辛笛大悦，众人大笑。

王辛笛是当时"中国作家团"中的大忙人，香港记者要访问他，香港的大学要请他演讲，他嗓子都沙哑了。他没有想到自己在香港会受到如此欢迎，也没有想到他在三四十年代所写的诗至今还有读者喜爱。

自此之后，两位诗人常有联系。一到新年，他们便互赠贺卡问候；如有新书出版，他们也常常要提笔赠予对方；如到对方的城市，也是要抽空拜访。1994 年 6 月，余光中受邀去苏州大学参加翻译研讨会。会后，受上海作家协会主席柯灵的邀请，余光中第一次来到上海。柯灵也是在 1981 年随代表团访问香港时结识的余光中。王辛笛听说余光中来到上海，非常高兴。他参与了上海作协举办的欢迎余光中的座谈和招待。老友再见，相谈甚欢。1997 年 11 月，余光中在长春时代文艺出版社出版了自己的文集后，他专门委托出版社给远在上海的王辛笛寄赠自己新出的文集四卷、诗集三卷。由此可见，他们的情谊极为深厚。

一封金庸致老友杜运燮的信

金庸（1924—2018），原名查良镛，浙江海宁人。我国香港著名武侠小说家、新闻人、企业家、政治评论家、社会活动家。代表作有《射雕英雄传》《神雕侠侣》《笑傲江湖》《书剑恩仇录》《鹿鼎记》等。

杜运燮（1918—2002），笔名吴进、吴达翰，福建古田人。我国著名"九叶派"诗人。代表作有诗《秋》、诗集《晚稻集》等。

运燮兄：

数年来虽疏于通候，时在念中。得悉吾兄安健，至为喜慰。吾兄退休后仍致力译著，质量俱丰，弟仰羡不已。

仲湘先生大作甚多独到之见，已安排于《明报月刊》近期刊出，感谢吾兄荐介。

谨驰书问安，尚祈珍摄保重。此请

大安

弟，良镛正

一九九零年九月十二日

苏仲湘先生此作极具价值，故甚为钦佩。

我们年纪都大了，请保重身体。注意饮食起居。

良镛又及

这是一封 1990 年 9 月 12 日，香港"武侠大师"金庸写给"九叶派"诗人杜运燮的书信。该信现收藏在中国现代文学馆书信库中。笔者在书信库看到此信后，查阅了大量有关杜运燮及金庸的资料，但有关他们交往的资料非常稀少。为此，笔者专门联系了杜运燮家属，据杜运燮之子杜海东介绍，杜运燮与金庸 1950 年短暂相识于香港，他们与梁羽生曾共事于香港《大公报》。

金庸

1951 年，杜运燮从香港回到北京。此后二人便没再相见，一直到 1983 年，杜运燮与金庸才再次在香港重逢。

杜海东所提杜运燮与金庸、梁羽生共事于《大公报》，其实指的是《大公报》所属《新晚报》。1950 年 10 月，《新晚报》创刊。50 年代初，杜运燮、梁羽生、金庸曾先后担任副刊编辑。那时金庸主持《下午茶座》栏目，也做翻译、记者工作。杜运燮则在《新晚报》担任电讯翻译兼副刊《天方夜谭》编辑。

梁羽生在《杜运燮和他的诗》一文中，曾对这位同事有过描述：

杜运燮

　　　　虽然是同一个部门的同事，但最初的一个月，我们却很少交谈。他给我的印象是沉默寡言，好像很难令人接近。后来渐渐熟了，发现彼此的兴趣相同，我这才发现，原来我对他的"表面现象"完全错了。他的热情其实是藏在"质朴"之中。①

根据以上资料，可知金庸与杜运燮到 1990 年已相识 40 年。笔者认为这也是杜运燮能够将苏仲湘的文章推荐给金庸的重要原因之一。

在该信中，金庸两次提及苏仲湘和他的"大作"。"仲湘先生大作甚多独到之见，已安排于《明报月刊》近期刊出，感谢吾兄荐介。""苏仲湘先生此作极具价值，故甚为钦佩。"杜运燮在致信金庸时，应是随信附上了苏仲湘的文章。金庸看后，对该文很是欣赏。但苏仲湘对于笔者而言，是一个极为

---

① 梁羽生：《笔花六照》，北京：北京大学出版社，2017 年。

陌生的名字。通过资料查询，笔者了解到：

苏仲湘，诗人、文史学者，我国情报资料咨询专家，新华诗社原副社长兼常务副主编，中华诗词学会发起人之一。湖南冷水江人。1924 年出生，1946 年毕业于湖南大学数学系。著作有诗文集《栽花插柳堂杂草》《栽花插柳堂绕草》《论语纂释》、译著《数，科学的语言》等。文史论著散见于《人民日报海外版》、香港《明报月刊》等报刊。2009 年 6 月 11 日病逝，享年85 岁。

根据金庸在该信所说："已安排于《明报月刊》近期刊出，感谢吾兄荐介。"笔者遍查 1990 年 9 月之后的馆藏《明报月刊》，由于馆藏《明报月刊》并不完整，笔者一无所获。后来，通过香港朋友在当地图书馆查阅，终于在1990 年 9 月第 297 期《明报月刊》上，发现了一篇苏仲湘的文章《古代南美与中国之交往》，全文共分为五个部分，第一段为引言：

古代美洲与中国交往之研究，学术界论述已多，但涉及古代南美洲与中国之交往，探究。然审检中国古籍，却可发现，早在汉唐时代，中国与秘鲁已有友好交往。这些记载十分值得注意。

其后苏仲湘开始分为四个部分进行阐述，第一部分为"汉唐文献所记的毕勒国、弥罗国"，第二部分为"秘鲁的古文明"，第三部分为"'秘鲁'一词的起源"，第四部分为"古毕鲁人与海外交往的遗迹"。

在该文中，苏仲湘开篇便提出了自己的观点：中国汉唐时期文献《汉武洞冥记》《唐书·艺文志》《西阳杂俎》《杜阳杂编》等所谈及的来朝进贡的毕勒国、弥罗国就是现在南美洲的秘鲁。早在汉朝时起，中国便与南美洲有交往。

其实早在 1979 年，苏仲湘在《历史研究》第 4 期刊发的《论"支那"一词的起源与"荆"的历史与文化》就曾引起史学界极大关注。在该文中，苏仲湘从政治、经济、文化等角度，从史籍记载、地理环境、历史变迁及语音学等方面，论证了"支那"应是"荆"，而不是"秦"的译音这一新说。同年，《中国历史学年鉴》认为苏仲湘这篇论文有"与传统说法不同的新论点，很可注意"。1980 年，湖北省社会科学院历史研究所称此文"有独到的见解，对楚文化的深入研究，很有启发"。

而作为苏仲湘在新华社的老同事、老邻居，杜运燮对苏仲湘的研究才华更是了解已久。1950 年，新华社国际部资料室一创建，苏仲湘便到这里工作，开始从事近 37 年的"一项美好而又艰难的事业，一项重要而又烦琐的工作"。苏仲湘当之无愧地成为新华社的"开国资料员"。1951 年，杜运燮到北京后也进入新华社国际部工作，担任编辑。苏仲湘凭借他对资料与史料的阅读、整理与研究的踏实与认真，获得了包括杜运燮在内的新华社同仁一致认可，并被评为当时新华社唯一的研究馆员。

正因如此，杜运燮在看过苏仲湘极具新意的文章《古代南美与中国之交往》后，积极推荐给金庸在《明报月刊》发表。当时，《明报月刊》"是一本以文化、学术、思想为主的刊物"。"对于任何学派、任何信仰的意见，只要是言之有物，言之成理的好文章"，《明报月刊》都愿意刊登。因为《明报月刊》"坚信一个原则：只有独立的意见，才有它的尊严和价值"。《明报月刊》成为华文作家、研究者一个辩论和探讨问题的园地。

金庸本人也是一位史学研究爱好者，他的武侠小说，除了少数作品有意将故事发生的时代背景模糊处理之外（如《笑傲江湖》），绝大部分作品都交代了明晰的历史背景。

金庸自己也曾发表过相关史论文章：《袁崇焕评传》和《唐代盛世继承皇位制度》。1995 年 1 月 13 日，金庸

金庸

在致徐迟的信中也谈到自己现已从《明报》退休，自己的主要精力会放在对历史的研究上。

> ……自退休后，摆脱了琐务羁缠，身心顿获自由，年来就到处走走，颇有获益。平时多读书，少动笔，皆因压力小了，人也就变得较为懒散，不过，闲逸之余我仍写些文章。眼下计划未定，但不管如何，研究历史是我素来的嗜好，或许在读史穷经中会写出一二本历史小说，若能这样，到时还望先生赐教指正……

正因共同的史学爱好，金庸在读过苏仲湘的文章后，应是极为赞赏苏仲湘所提的新观点。所以，他在致信杜运燮的当月便安排该文在《明报月刊》上发表。

一封短信，其背后竟有着如此大量的资料信息，在查阅这些资料的同时，也让我们有机会了解到这三位作家之间的那份惺惺相惜的情谊。

柏杨致金庸的一封信

柏杨（1920—2008），原名郭定生，祖籍河南辉县。我国台湾著名作家。代表作有《中国人史纲》《异域》等。

2006年12月15日上午，"台湾作家柏杨向中国现代文学馆捐献手稿、藏书、文物仪式"在台北柏杨家中举行。此次，柏杨向中国现代文学馆捐赠了56箱文物、文献，包括他本人的全部著作、部分著作手稿、狱中手稿、书信、社会活动报道剪报、各种影音资料、字画、物品等。同年底，这批文物运抵中国现代文学馆。随即，中国现代文学馆宣布成立"柏杨文库"，文库中珍藏一封柏杨1979年致武侠大师金庸的书信。

金庸兄：

沈登恩兄见告，吾兄千里之外，拳拳致意，关心我的安全，此情此意，不禁油然。我一生坎坷，历尽艰难，但赤子之心仍跃于胸，

柏杨致金庸书信

不像是六十岁老人，亦不像是大难逃生，全仗一点赤忱可告天日，亦仗肝胆朋友，支持鼓励。十年冤狱，换取多少知己，不虚此生。

中国武侠小说，应在1950年左右，划出时代界限。《江湖奇侠传》《荒江女侠》时代已成过去。而兄大作是另一时代的尖端，可惜台湾流传太晚。我在绿岛后期软禁阶段，所看到的尽是不敢恭维之作。兄之大著，是兄来台之前，方睹半貌。台湾时报要连载《飞狐外传》，我曾寄三千字前言给他们。迄今三周有余，仍未刊出。此中足见我对"武侠"的评价，亦为内心的欣赏。"武"不能入怪，而"侠"更重要。他们大概正陷于审查窘境，稍逢时日，当可突破。

高雄事件，使人痛心，万分痛心，如欲评述，一把眼泪。我很平安，务请放心。

再叩谢。

柏杨

1979.12.20

在信的开篇，柏杨就谈到，金庸通过好友沈登恩转达的对自己的挂念与问候，让自己非常感动。当时，台湾高雄在 1979 年 12 月 10 日爆发了"美丽岛事件"。[①] 这让台湾的政治形势极度紧张。远在香港的金庸非常担心柏杨会牵扯其中，其人身安全会再次受到牵累。

柏杨信中所提沈登恩，是台湾著名的出版家，在台湾出版界有"小巨人"之美誉。他是台湾远景出版事业公司创始人。1974 年，沈登恩与王荣文、邓维桢共同创办远景出版社。正是沈登恩长

柏杨

期的努力，推动了金庸武侠小说在台湾的解禁。他与金庸小说的缘分其实源于一次很偶然的机会。远景成立不久，沈登恩偶然借到一本《射雕英雄传》，他当即被此书深深吸引，将其一口气读完。当时，他心里便有个疑问：世上既然有这么好看的小说，台湾怎么没有出版？他四下打听，才知台湾当局一

---

① "美丽岛事件"又称"高雄事件"，是 1979 年 12 月 10 日在台湾高雄市发生的一场重大官民冲突事件。当日恰逢"国际人权日"，以《美丽岛》杂志社成员为核心的党外人士（黄信介、施明德、张俊宏等），组织群众进行示威游行，诉求台湾的民主与自由。因民众长期积怨及国民党当局的高压姿态，该游行最终演变为官民暴力相对，最后国民党当局不得不派遣军警全面镇压。结果，军警与民众双方约 200 人受伤。"美丽岛事件"是台湾地区自"二二八事件"后规模最大的一场官民冲突。"美丽岛事件"发生后，许多国民党重要"党外人士"遭到逮捕。

直视金庸为"左"派而将其所有小说列入"查禁目录"。至于原因，却几乎无人知道，反正"上峰"是这样规定的，一切都照章办事，至于"上峰"是谁，却模糊不清。而时任国民党"新闻局长"的宋楚瑜，私底下竟向沈登恩借阅《射雕英雄传》。

沈登恩是一位有独到眼光的出版家，他敏锐地看到金庸小说在台湾业已产生的巨大影响和潜在的丰厚商业利润。他不顾金庸小说在台还是禁书的现状，拿出了第一个吃螃蟹的勇气，想尽一切办法与金庸签下了《射雕英雄传》的出版合同。随即，他向国民党当局提出：查禁金的作品理由不能成立，要解禁金大侠的作品。在游说当局时，他向"新闻局长"宋楚瑜做过一个精到的说理：明末，在《水浒传》争议甚大并遭主流文化禁忌时，文学批评家金圣叹却大胆地把其文学价值拿来和《庄子》《史记》相比，这种超卓见解和胆量，当时吓倒了许多读书人。最终，经过沈登恩的两年努力，台湾当局1979年以"金庸的小说尚未发现不妥之处"，同意解禁出版。解禁后，金庸小说开始在台湾盛行，这为远景出版社打下了坚实的经济基础。

柏杨在信的第一段后半部分，向金庸讲述了自己的遭遇："一生坎坷，历尽艰难"，虽有"十年冤狱"，但因此"换取多少知己，不虚此生"。这之中所说"十年冤狱"指的是：1968年，柏杨因"大力水手事件"而被台湾当局逮捕，同年3月7日入狱服刑；1977年4月1日，在各方帮助下，柏杨获释。其在狱中共被囚禁了9年又26天。

柏杨这"十年冤狱"其实源于一个很偶然的漫画事件（"大力水手事件"）。1967年，《中华日报》开始向美国金氏社订购"大力水手"系列漫画，并在该报家庭版连载。该版的主编由柏杨妻子倪明华（笔名艾玫）担任。倪明华将该漫画的翻译工作转交给丈夫柏杨。

1968年1月2日，当期《大力水手》漫画内容为：大力水手波派与其子漂流到一座荒岛，两人决意在岛上竞选总统。柏杨在翻译该漫画时，一时兴起，将波派发表演说时的口白"Fellows……"翻译成"全国军民同胞们……"。该漫画刊出时，并未引起当局反应。但两个月后，国民党情治单位认定该漫画"侮辱元首""通匪"及挑拨政府与人民之间的感情。3月4日,柏杨被逮捕。在其后长达数月的审讯过程中,柏杨被屈打成招,被迫承认在1948年居留沈阳期间,曾经接受共产党的组织训练。1968年7月,台湾警备总部军事法庭根据"惩治判乱条例"第五条"参加叛乱之组织或集会"及第七条"以文字、图书、演说,为有利于叛徒之宣传"判处柏杨有期徒刑12年。1969年,柏杨被囚禁于台北县景美镇军法监狱;1972年,又被移送绿岛感训监狱。1975年,蒋介石去世。因当局"政治犯减刑三分之一"的特赦,柏杨的刑期由12年减为8年。柏杨服刑期间,未曾有过违规情事。但1976年刑期届满时,当局下令他不准离开绿岛,只在营房内享有行动自由,形同软禁。其在名册上的职位是"看管雇员"。将近1年之后,美国众议院议长伍尔夫(Lester Wolff)访问台北时,对柏杨"自愿"留在绿岛表示好奇,在美国及国际特赦组织的关切之下,政府当局迅速改变态度。柏杨终于在1977年4月结束9年多的牢狱生活,重获自由。但台当局仍对柏杨提出以下4个条件加以限制:(1)不许提及往事;(2)不许旧调重谈;(3)不许暴露台湾社会黑暗;(4)不许揭示人的本性。

在信的第二段,柏杨笔锋一转,开始向金庸谈论自己对中国武侠小说的见解与看法:"中国武侠小说,应在1950年左右,划出时代界限。《江湖奇侠传》《荒江女侠》时代已成过去。而兄大作是另一时代的尖端……"

柏杨此处所说的"中国武侠小说",其实指的是"民国武侠时期小说"和"港台武侠时期小说"。

"民国武侠时期小说"开端于20世纪20年代[①],30年代进入高潮,40年代开始走向衰落。20年代,在目睹辛亥革命和国民革命的软弱无效之后,一些有志之士开始寄希望于"侠客""壮士"来创造中国新世界。这一时期,随着平江不肖生的《近代侠义英雄传》的出版,还珠楼主的《蜀山剑侠传》、王度庐的《卧虎藏龙》、宫白羽的《十二金钱镖》、朱贞木的《艳魔岛》等作

---

① 1923年,以南派小说家平江不肖生的《近代侠义英雄传》问世为开端。

品在社会上产生了非常大的影响。这一时期的武侠小说主要是武侠技击小说，多以剑仙斗法、门派纷争、镖师与绿林仇杀为题材。它们的出现使得武侠小说开始深入广大民众，并成为中国现代小说体系中不可或缺的部分。

柏杨在信中所提及的两部作品《江湖奇侠传》（1933 年由上海世界书局出版）和《荒江女侠》（1928 年在上海《新闻报》副刊上连载），是"民国武侠小说五大家"的向恺然（1889—1957，笔名不肖生，湖南平江人）和顾明道（1896—1944，苏州吴门人）的重要作品。

"港台武侠时期小说"（"港台武侠时期"又被称为"新武侠时期"或者"大武侠时代"）则发端于 20 世纪 50 年代，以梁羽生 1954 年发表的《龙虎斗京华》为开端，随着梁羽生《七剑下天山》和金庸《书剑恩仇录》《射雕英雄传》的相继问世，一个以他们为代表、以虚构历史武侠故事为内容的文学流派——新武侠小说流派产生。该流派以梁羽生为开端，金庸为高潮。该时期的新武侠小说大多突破了旧武侠小说的局限，剔除了旧武侠的鬼神色彩，打破了民国武侠小说狭窄的题材范围，并对武侠的"侠"有了全新阐释。对此，梁羽生曾有过描述："旧武侠小说中的侠，多属统治阶级的鹰犬，新武侠小说中的侠，是为社会除害的英雄；侠指的是正义行为——符合大多数人的利益的行为就是侠的行为，所谓'为国为民，侠之大者'。"

这一时期的新武侠小说开始较多展现人民群众的斗争，他们注重历史背景的描述、人物性格的描写和中国优秀精神的传承，兼用中西技法。由此，新武侠小说在华人世界产生了巨大影响。在这个流派中，梁羽生、金庸、古龙被称为"新派武侠小说"的武侠三大家，而三人中，金庸的艺术成就无疑是最高的，影响是最大的。金庸的武侠小说极具文学艺术特性。他的小说语言朴素凝练、大气磅礴，清新俊秀、诙谐幽默，内容常与中国古代社会动荡、政权更迭、民族战争和民族融合紧密相关。在这个小说背景下，金庸巧妙地将中国传统的儒、释、道精神融入其中，并将自己所信仰的中国传统文化、传统民族精神、传统民族道德放入其中。他的作品对于继承、传播、弘扬中国传统的民族精神、历史文化起到积极的推动作用。其武侠小说作品的内涵与艺术性较之许多纯文学作品毫不逊色。金庸自己也曾说过："武侠小说写的好的，有文学意义的，就是好的小说。"

在信中，柏杨对金庸的武侠小说评价极高，他认为金庸的作品是"另一时代的尖端"。他认为这么好的作品"可惜台湾流传太晚"（1957年底—1979年，台湾对金庸小说有将近23年的查禁）。其实早在1957年，台湾时时出版社便出版了金庸的《书剑恩仇录》《碧血剑》和《射雕英雄传》三本小说。其中，《射雕英雄传》在当时影响极大，但也正是这本书使得金庸小说在台湾当年便被查禁。那一年，台湾省保安司令部以"台湾地区戒严时期出版物管制办法"第二条、第三条第三款对上述三本书予以查禁、没收。其原因很有意思：一是《射雕英雄传》的书名，台湾当局认为它取自毛泽东《沁园春·雪》"一代天骄，成吉思汗，只识弯弓射大雕"，金庸竟敢使用毛泽东诗词，并在台湾堂而皇之地出版，这是国民党当局绝不允许的；二是金庸在《碧血剑》中，将农民起义领袖李自成塑造成"农民起义英雄"，这个观点与大陆共产党所宣扬的相近，而与国民党台湾当局的"正统历史观点"相左。在台湾，李自成被认为是"流寇"，是"国之大敌"，金庸的小说是在"颠倒历史、混淆是非"。时任台北市警察局长潘敦义曾语：

近来本市部分书店、书摊上发现有出售出租内容荒谬下流的武侠小说甚多……颠倒历史，混淆是非，其毒素之深，影响社会心理，危害社会安全之大。

为了消除金庸小说的"毒害"，1959年12月31日，台湾省警备总司令部开始实施"雷雨专案"，对武侠小说展开全面查禁，总计查禁书目404种。据1960年2月18日《中华日报》第三版刊载，警备总部在2月15—17日，在全省各地同步取缔所谓的武侠小说，其一天共取缔97种12万余册图书，致使许多台湾武侠小说书店几乎"架上无存书"。而此次行动首当其冲的就是金庸小说。

对金庸小说的查禁，台湾当局从 1957 年一直持续到 1979 年，近 23 年。但此事在 1973 年出现转机，那年金庸以《明报》创办人名义到台湾访问。在台期间，金庸得到了蒋经国、严家淦等高层人物的接见。随后台湾当局对于"金庸著作的查禁"开始松动，坊间开始大量印制盗版的金庸武侠小说，台湾当局对此睁一只眼闭一只眼，未加阻拦与查禁，但在官方政策上却未予以正式松绑。1977 年，远景出版公司的沈登恩开始向当局申请解除对金庸小说的查禁。历经两年的反复陈情，1979 年，台湾当局终于首肯，以"金庸的小说尚未发现不妥之处"，同意解禁其小说，并同意在台出版。

柏杨在第二段的中间部分讲道："我在绿岛后期软禁阶段，所看到的尽是不敢恭维之作。"这指的是，在绿岛坐牢的后期（虽出狱而仍被软禁期间），为了打发那没有希望的岁月，柏杨开始在书摊租武侠书看。书摊可以月租，一月 80 元。柏杨看完一部换一部。不到 3 个月，柏杨就把租书店的武侠小说——上流的、中流的以及不入流的，全看了，这让柏杨对新武侠小说的良莠不齐有了最初的观感。

"兄来台"说的是 1979 年，已经 55 岁的金庸前往台湾参加台北举行的"国建会"，与丁中江共同担任小组讨论会主席，并正式授权台湾远景出版社出版《金庸作品集》。

在信的第二段最后一部分，柏杨谈道："台湾时报要连载《飞狐外传》，我曾寄三千字前言给他们。迄今三周有余，仍未刊出。此中足见我对'武侠'的评价，亦为内心的欣敬。'武'不能入怪，而'侠'更重要。"随着 1979 年金庸武侠小说被官方解禁，《台湾时报》准备连载金庸的《飞狐外传》。为此，柏杨专门写了一篇近 3000 字的前言交给报纸准备发表。在这篇名为《从武侠小说说起》的前言中，柏杨谈了自己与"武侠"的渊源与对武侠的见解。

    ……武侠小说对中国人的吸引力，比侦探小说对西洋人的吸引力，有过之而无不及……想当年小时候，就曾经认为天下最迷人的书，莫过于武侠，能把人看得像初恋一样，茶也不思，饭也不想，迷迷糊糊，糊糊迷迷，天昏地暗，不分昼夜。我老人家最初看《七侠五义》《小五义》《江湖奇侠传》，稍后看《荒江女侠》《蜀山剑侠传》，简直是走路也看，蹲茅坑也看，三更半夜，弄个蜡烛躲在被窝里也看。好几次被舍监老爷抓住，我本来要用"草上飞鹟"功夫，纵身而起，来个无影无踪，使他大吃一惊的，只因为尚未修炼成功，所以每次都被抓个结实，除了尊书没收外，脑门上总照例被他阁下凿一个疙瘩。

看惯了武侠小说，对其他任何形式的小说，都不过瘾……

后来离开学堂，到社会做事，逐渐跟武侠小说脱节。一直到绿岛坐牢的后期（虽出狱而仍被软禁期间），才看了起来。那时是论月租的，为了打发那没有希望的岁月，一月八十元，任凭你看，看完一部换一部，不换白不换……

然而，看武侠小说固然入迷，天塌啦都不管，可是看了之后，却有一种难以填补的空虚……

近代型的武侠小说没有武，只有怪。从前的武侠小说武功的段数再高，往往不超过人身生理上所许可的程度……然而中国的近代型的武侠小说，却完全孙悟空先生的本领，一个家伙靠一本古老的"秘籍"，或靠喝了毒血，或靠吃了仙草，立刻花样通天。双足轻轻一纵，就跳上了珠穆朗玛峰；从二十五层楼房往下一跳，不但没有跌成肉饼，反而悄悄无声，仍保持原来的优美姿势；甚至于一掌下去，能把千年老树劈掉，连翻一百八十个筋斗，仍面不改色；其他诸如"隔山打牛""探宝取火""掷叶渡河"，就更不在话下。呜呼，这就不是武，而是怪矣。而这种怪，越来越烈，跟现实人生的距离，越来越远。于是武侠小说消失，全部脱胎换骨，成了神怪小说……

其次是，武侠小说往往没有侠，而只是一大群恶棍，在人迹鲜到的地方，打个头破血出。侠者，对人世不平之事的正义反应也……现在流行的武侠小说，却没有这些镜头，只不过寻找宝藏——物资上的宝藏（金银财宝）和武功上的宝藏（秘籍之类），在荒山旷野，打了一场又一场。不但没有社会，而且几乎没有人类，只有"舞"，没有"台"，人影憧憧，来去如飞，脚底下都是空的，看不到人世的坎坷，看不到不公平，也看不到灾难。因之既无侠，也无义，甚至根本没有人味……

武侠小说唯一的功能只在杀时间，而且在杀了时间之后，又后悔自己昏了头。诗曰："举杯浇愁愁更愁"，以武侠小说消遣苦闷，反而使自己更为苦闷。武侠小说靠云天雾地的情节迷人，可是当小说看尽，迷梦乍醒，又会两眼发呆……

文中柏杨对武侠小说的见解可能有自己的见解，其是否适当？笔者不敢妄下言论，但作为一家之言亦可借鉴。毕竟在众多的新武侠小说中，不是每一部都那样精彩，也不是每一部都那样纯粹。商业的诱惑，使得一些武侠作家将其作品拉向了低俗化、庸俗化、色情化；但大浪淘沙，最终能留在文学史上的一定是那些充满文学性、艺术性的好作品。柏杨在文中寄希望于出版者、阅读者能有自己的判断力，去伪存真，辨别出哪些作品是好的，哪些是坏的。

在信的最后一段，柏杨对于十天前爆发的"美丽岛事件"，向金庸表述了自己的内心感受："使人痛心，万分痛心，如欲评述，一把眼泪。"作为一名为台湾民众争取民主、自由的斗士而言，柏杨这种感受可以理解。柏杨因未牵涉"美丽岛事件"，没有受到牵连。在最后，柏杨告诉金庸："我很平安，务请放心。"

一页短信，众多故事，不仅让我们读到了柏杨心中的武侠，更感受到了他与金庸那种惺惺相惜的侠义真情，还有他们所经历的那段不平凡的人生岁月与往事。

自 20 世纪 80 年代后，柏杨与金庸对对方的文学创作日益欣赏。金庸武侠小说 1979 年在台湾解禁后，其传播造成的轰动极大。柏杨在读完金庸的武侠小说后赞叹不已，他一改过去对武侠小说的批评立场，称赞金庸的小说："真正的武侠小说，有武，尤其有侠。"并且称之为"完整的文学作品"。"金庸先生武侠小说的兴起，使武侠小说以另一副崭新的面貌出现——它与众迥然不同，不仅与今人的武侠小说迥然不同，也与古人的武侠小说迥然不同。""当金庸先生的作品在海外风靡时，我们身在台湾地区的读者，却一个个像傻子一样，瞪着眼一无所知。"

对于柏杨，金庸曾这样评价：

柏杨先生对于中国历史的深入研究以及对中国社会中各种弊病的鞭笞，是我长期来十分佩服的。他用幽默风趣的笔调，攻击令人痛心疾首的观念和传统，使读者在轻松的心情下，了解到严肃问题的关键，引起深思，产生必须改革和寻求进步的要求。

两位如此惺惺相惜的文学大师，不仅人生精彩，他们的作品同样经典。他们注定会被中国文学史永久地铭记。

金庸向老友梁羽生做"汇报"

梁羽生（1924—2009），原名陈文统，广西蒙山人。我国著名武侠小说家，被誉为新派武侠小说的开山祖师。代表作有《白发魔女传》《七剑下天山》《萍踪侠影录》《云海玉弓缘》等。

梁羽生，中国新派武侠小说的开山鼻祖。他在1954年创作的《龙虎斗京华》是港台武侠小说的开山之作。其后，随着他的《七剑下天山》《草莽龙蛇传》和金庸的《书剑恩仇录》《射雕英雄传》相继问世，中国文学史上开始逐渐形成一个以梁羽生、金庸为代表，以虚构历史武侠故事为内容的新武侠小说流派。该流派以梁羽生为开端，金庸为高潮。梁羽生对此曾有评价："开风气也，梁羽生；发扬光大者，金庸。"该流派摒弃了旧派武侠小说一味复仇与嗜杀的倾向，将"侠行"建立在正义、尊严、爱民的基础上，提出"以侠胜武"的理念。

1983 年 8 月 2 日，梁羽生最后一部武侠小说《武当一剑》在《大公报·小说林》刊载完毕，他随后便宣布封笔；1987 年 9 月，他偕夫人移民澳大利亚。2006 年 7 月 2 日，已是 82 岁高龄的梁羽生，在悉尼将自己珍贵的藏书、对联、书信、手稿、剪报、照片、著作等文献资料共计 882 件，全部捐赠给中国现代文学馆。一代武侠大师的珍贵文献资料最终在中国现代文学馆落叶归根。由此，梁羽生也成为第一个走入中国现代文学馆的武侠小说家。为了更好地保存与研究这批资料，中国现代文学馆专门成立了"梁羽生文库"。2009 年 1 月 22 日，梁羽生因病在悉尼去世，享年 85 岁。

在"梁羽生文库"众多珍贵资料中，有一封金庸 1995 年致梁羽生的书信。该信共 3 页，9 个段落，1772 个字。信的主体打印而成，开篇的"文统老友"和结尾处的"弟 良镛安 15.Oct.95"则由金庸亲笔书写。

该信全文如下：

文统老友，

久未通讯致候，常致思念。

我于三月二十二日傍晚突然心痛大作，在浴室中呕吐时昏倒在地，其后自行醒转。其时我妻受我委托，正作东道在外宴请友人，家中乏人照料。我先已安排，定三月二十七日前赴杭州，接受浙江大学所授名誉博士学位，并约定在浙江大学及杭州大学分别各做一次演讲，然后前往嘉兴，参加嘉兴中学故校长、我恩师张印通先生纪念铜像的揭幕礼，并与抗战时期共经患难的诸位良师及同窗好友聚会。因事先一切均已商妥，实不愿以临时病患，失约于人，故未紧急通知医生，免误行期。两小时后我妻归家，见病况严重，急召我次婿吴维昌医生前来，送入养和医院作心电图，并电请心脏病专家谢德富医生赴院诊治。谢医生诊断为急性心血管栓塞，以药剂稀释血栓，扩张血管，但病势突然转恶，心痛剧烈，心脏停止跳动于一分钟之久，谢医生紧急抢救，得以转危为安。在深切治疗部观察数日后，谢医生再邀请数位名医会诊，并作导管心脏检查（Cardiac Catheterization），在做了冠状血管图（Angiography）详细了解血管阻塞情况，断症为冠状动脉有三条严重阻塞，经数位医生详加商议后，最后由我本人决定：作血管绕道手术（CABG，一般简称"搭桥"，bypass）。

主持手术的是香港大学医学院莫志强教授，由一位女外科医生做助手，分为两组，将病者胸骨从中锯开，以机械撑开左右肋骨，用一体外的机器接替心脏及肺脏呼吸供氧的工作，冷却心脏，维持于低温，止住流血，使心脏在静止状态下接受手术。女医生的一组在病者左腿上割出一条静脉管，自足踝至大腿根，长逾四尺，分别接上心血管，绕过阻塞的血管，另建通道，然后使心肺脱离机器接回人体原来血管，心脏恢复跳动，肺脏恢复呼吸，用六条不锈钢的钢线抓起锯开的胸骨，初步大功告成，然后缝起胸肉皮肤伤口。这项重大的手术一共耗时八个半小时。我的初中同班同学，明报共同创办人沈宝新兄在病房外自始至终守候了八个半小时。我们相交五十余年，到老来友情弥笃。（"搭桥"手术最早于一九六七年在美国克利夫兰首次实行，此后不断改进缺点。以前医药及手术经验未达到目前水准时，世界各地都会发生心脏脱离机器再接回人体血管后，心脏不能恢复跳动的情况。现在不再发生。）

麻醉师黎健明医生实行麻醉，用药精准，病人回到病房后，便即清醒，我醒转后第一句话是问："我做了手术没有？"因为当时伤口并不感觉疼痛，也无特殊不舒服的感觉。

在深切治疗部休养时，护士小姐们密切观察心跳、呼吸、供养的数据，进展甚为顺利，但一星期后，由于听到一个与出版事业有关的不快消息，受到一些刺激，清晨醒来后竟出现轻微中风的现象，幸好是在医院之中，医生例行检查时及时发觉，立请脑科专门医生诊治，期间李烈基、吕火胜、谢胜生几位医生的诊断相同，断定右脑血管中有小块凝血，用药稀释后症状便即消解。

康复期间，除几位主治医生及我婿吴医生悉心照料外，养和医院的院长李树培医生曾亲来探访，本身曾做过"搭桥"手术的曹世杰医生及梁兆文医生几次前来病房，述说自身经验，对我大加鼓励，并强调多做运动及注意膳食保持清淡之必要，多位护士小姐亲切而周到的关怀护理，都使我永感不忘，对我迅速康复有极大助力。

我妻林乐怡在病房朝夕相伴，我儿子、媳妇、女儿、女婿及许许多多位好朋友的慰问关怀，（我弟弟良浩夫妇从上海来港，好友王世瑜夫妇及女儿从温哥华来港，都是特地为了探病。好友蔡澜先生每日早晨四时半起身，沐浴梳洗后，焚香恭书般若心经一篇，于七时过海送来医院，盼我静心领悟心经中世法本空之旨，有助康复，日日如是，直至我脱险出院，尤为感怀。明报三十余年的旧同事叶运兄因病双目失明，得讯后摸索来到病房，要摸住我的手，听到我说几句话，这才放心离去。）传播媒介已作了许多关心的善意报导，使我深刻感到人生感情的可贵，觉得虽然大病一场，经历了肉体极大的痛苦，其实还是所得多于所失。倘若我没有这样一次死里逃生的困厄，自己还不知道，以我这样冷冰冰的性格，平日很少对人热情流露，居然还有这许多人关怀我，真心的爱我，觉得我这个人还不太讨厌，大可暂时不要死，不妨再多活几年，瞧他以后还会做些什么。心脏肌肉虽然坏死了百分之十六，心中的温暖却增加了百分之一百六十。

经过半年彻底休养，现口服药物已大部分停止，每四个星期复诊一次，各位医生对康复均感满意，如能节劳、忘忧、膳食清淡，适当运动，心血管病六七年内当可不致复发。

患病期间，多承关怀，现简述病情经过，并深切谢意。

弟　良镛安
15.Oct.95

　　在信中，金庸向远在悉尼的好友梁羽生详细介绍了自己此次发病与治疗的相关情况，并讲述了朋友对自己的真挚关心。在字里行间，我们感受到这两位老友之间那份深深的牵挂与情谊。

　　谈起金庸与梁羽生的相识，还要追溯到 1949 年。那年夏天，25 岁的陈文统（梁羽生）从岭南大学经济系毕业，后经校长陈序经推荐，报考香港《大

文统老友：

　　久未通讯致候，常致思念。

　　我於三月廿二日傍晚突然心痛大作，在浴室中暈倒地上時昏倒在地，其後自行醒轉。其時我妻受我委託，正作東道主在外宴請友人，家中乏人照料，我先已安排，定三月廿七日前赴杭州，接受浙江大學所授名譽博士學位，並約定在浙江大學及杭州大學分別作一次演講，然後前往嘉興，參加嘉興中學故校長、我恩師張印通先生紀念銅像的揭幕禮，並與抗戰時期共經患難的諸位良師及同窗好友聚會。因事先一切均已商妥，實不願以臨時的病患，失約於人，故未緊急通知親友，免誤行期。兩小時後我妻歸家，見病況嚴重，急召我次婿吳維昌醫生前來，送入養和醫院作心電圖，並電請心臟病專家謝德富醫生赴診診治，謝醫生診斷為急性心血管栓塞，以藥劑稀釋血液、擴張血管，但病勢突然轉惡，心痛劇烈，心臟停止跳動逾一分鐘之久，謝醫生緊急搶救，得以轉危為安。在深切治療部觀察數日後，謝醫生再邀請數位醫會醫生，並作導管心臟檢查（Cardiac Catheterization），再做了冠狀血管圖（Angiography）詳細了解血管阻塞情況，斷定為冠狀動脈有三條嚴重阻塞，必須作小球彈性通塞手術（Angioplasty），或作血管繞道手術，經數位醫生加商議後，最後由我本人決定：做血管繞道手術（CABG，一般簡稱「搭橋」，bypass）。

　　主持手術的是香港大學醫學院莫志強教授，由一位大外科醫生作助手，分為兩組，將病者胸骨從中鋸開，以機械撐開左右肋骨，用一體外的機器接替心臟及肺臟呼吸供氧的工作，冷卻心臟，維持於低溫，止住流血，使心臟在靜止狀態下接受手術，女醫生的一組在病者左腿上割出一條靜脈管，自足踝至大腿根，長逾四呎，再從胸腔中割出一條靜脈管，莫醫生將靜脈血管分為四段，分別接上心血管，繞過阻塞的血管，另連通，然後使心肺脫離機器。接

回人體原來血管，心臟恢復跳動，肺臟恢復呼吸，用六條不銹鋼的鋼線紮起鋸開的胸骨，初步大功告成，然後縫起胸肉皮膚傷口。這項重大的手術一共耗時八個半小時，我的初中同班同學，明報共同創辦人的實新兄在病房外自始至終守候了八個半小時。（「搭橋」手術最早於一九六七年在美國克里夫蘭首次施行，此後不斷改進缺陷。以前撞擊及手術經驗未達到目前的水準時，世界各地曾發生心臟脫離機器再接回人體血管後，心臟不能回復跳動的情況，現在不再發生。）

　　麻醉師擊健明醫生施行麻醉，用藥精確，病人回到病房後，便即清醒，我醒轉後第一句話是問：「我做了手術沒有？」因為當時傷口並不感覺疼痛，也無特殊不舒服的感覺。

　　在深切治療部休養時，護士小姐們密切觀察心跳、呼吸、供氧的數據，進展甚為順利，但一星期後，由於麻醉一個與出版事業有關的不快消息，受到一些刺激，清晨醒來竟出現經徹中風的現象，幸好是在醫院之中，醫生們行檢查時及時發覺，立請腦科專門醫生診治，其實李烈基、呂火勝、謝醫生幾位醫生的診斷相同，斷定右腦血管中有小塊凝血，用藥稀釋後症狀便即消解。

　　康復期間，除幾位主治醫生及我婿與醫生悉心照料外，養和醫院的院長辛樹培醫生曾親來探訪，本身曾做過「搭橋」手術的曹世彰醫生及梁兆文醫生幾天前來病房，沭談自身經驗，對我大加鼓勵，並強調多作運動及注意飲食保持清淡之必要。多位護士小姐親切而週到的關懷護理，都使我永感不忘，對我迅速康復有極大助力。

　　我妻林樂怡在病房朝夕相伴，我兒子、媳婦、女兒、女婿以及許許多多位好朋友的慰問關懷，（我弟弟良浩夫婦從上海來港，好友王世瑜夫婦及女兒從溫哥華來港，都是特地為了探病。好友都襲先生生年晨四時半起身，沐浴梳洗後，焚香恭書般若心經一篇，於七時過海送來醫院。盼我靜心領悟心經中

世法本空之旨，有助康復，日日如是，直至我脫險出院，尤為感懷。明報三十餘年的舊同事葉匡兄因病雙目失明，得訊後摸索走到病房，要摸住我的手，到我說幾句話，這才放心離去。）傳播媒介亦作了許多關心的善意報導，使我深刻地感到人生感情的可貴，覺得雖然大病一場，經歷了肉體極大的痛苦，其實還是所得多於所失。倘若我沒有這樣一次死裡逃生的困厄，不但還不知道，我也這樣冷冰冰的性格，平日很少對人熱情流露，居然還有這許多人關懷我，真心的愛我，覺得我這個人還不太討厭，大可暫時不要死，不妨再多活幾年，瞧他以後還會做些什麼。心臟肌肉雖然壞死了百分之十六，心中的溫暖卻增加了百分之一百六十。

　　經過半年徹底休養，現已口服藥物已大部份停止，每四個星期回醫院覆診一次，各位醫生對康復均感滿意，如能節勞、忘憂、膳食清淡，適當運動，心血管病六七年內當不致復發。

　　患病期間，多承關懷，現簡述病情經過，並申深切謝意。

　　　　　　　　　　　　　　　　　　　査良鏞上
　　　　　　　　　　　　　　　　　　　15. Oct. 95

金庸致梁羽生信

公报》翻译。当时《大公报》总编辑李侠文委托查良镛（金庸）做主考。金庸觉得陈的英文合格，就录取了他。从此，他们便开始了长达半个世纪的友情。

1952 年，他们先后又调到《新晚报》编副刊。这段时间是他们交往最多、关系最为密切的一段岁月。他们常在一起"煮酒论英雄"，谈论最多的就是武侠小说。从还珠楼主的《蜀山剑侠传》、白羽的《十二金钱镖》到朱贞木的《七杀碑》……他们在很多观点上非常合拍。他们认为，白羽的文笔最好，《十二金钱镖》干净利落，人物栩栩如生，对话言如其人；《蜀山剑侠传》则内容恣肆汪洋，作者异想天开。谁承想，不久，因一个偶然机会，他们竟要亲自提笔上阵开始创作自己的武侠小说。自此以后，他们逐渐联手开创了中国武侠小说的一个全盛时期。

1954 年 1 月，香港发生了一场太极派与白鹤派因门户之见而发起的武术比赛。此事在香港引起很大反响，不仅成为街谈巷议的热门话题，而且还成为当地报纸争相报道的题材，《新晚报》几乎每天都有相关报道。

此次比武触动了《新晚报》主编罗孚，他想：既然市民对比武的兴致如此高涨，何不趁热打铁，在左派报纸推出武侠小说连载，招徕读者，扩大发行量呢？他很快作出决定。1 月 18 日，他说服了平时喜读武侠的陈文统，让他马上开始武侠小说的创作。1 月 19 日，此次比武结束的第三天，《新晚报》就在头版显著位置刊出"本报增刊武侠小说"的预告。20 日，陈文统的《龙虎斗京华》便开始在《天方夜谭》连载，陈文统为自己取了一个笔名"梁羽生"。《龙虎斗京华》既是梁羽生的处女作，也是其成名作。小说一共连载了7 个月，在读者中引起了意想不到的热烈反响。不仅《新晚报》销量看涨，梁羽生也声名鹊起。《龙虎斗京华》的刊载标志着新武侠小说时期的开始。

1955 年 2 月初，《新晚报》总编罗孚和《新晚报·天方夜谭》的编辑忽然又向查良镛紧急拉稿，说梁羽生的《草莽龙蛇传》已连载完毕，必须有一篇武侠小说顶上，而梁羽生顾不上，写稿之责只能落在从未写过武侠小说的查良镛头上。查良镛当时并不愿意，但面对罗孚等人的苦苦劝说，他只好硬着头皮接下此事。2月8日，查良镛的第一部武侠小说《书剑恩仇录》开始在《新晚报·天方夜谭》连载，作者署名"金庸"。每天一段，直到1956年9月5日，共连载了574天。小说单行本出版后同样在香港取得巨大成功。就这样，以梁羽生、金庸为代表的新武侠小说流派逐渐形成，他们所创作的新武侠小说不仅在港澳，在东南亚、在台湾、在全世界的华人中都产生了巨大影响，他们让新武侠精神深入人心。

二人在《新晚报》工作时期，除创作武侠小说外，他们还有一个共同嗜好，就是围棋。他们常在一起对弈，杀得昏天黑地。时任香港《文汇报》副总编辑的聂绀弩，每天最大的兴趣就是找这两个年轻人下围棋。"三人的棋力都很低，可是兴趣却真好，常常一下就是数小时。"三个人旗鼓相当，有输有赢，金庸与梁羽生经常联手对付聂绀弩，杀得难分难解，从下午一直下到晚上，有时甚至下到天亮。两个棋迷在报上写的"棋话"也互争雄长，不相上下，深受棋迷欢迎。不同的是，梁羽生围棋、象棋都喜欢，金庸却只爱围棋。

20世纪50年代末，金庸离开《新晚报》回到《大公报》，做《大公报·大公园》副刊编辑，后辞职创办《明报》。二人的来往少了许多，但情谊依旧。晚年的金庸与梁羽生，一个在香港、一个在悉尼，远隔千里，难得见面。在仅有的几次见面中，下棋几乎成为必有的项目。1994年1月，金庸前往悉尼参加作家节。那时他们已十年不见，梁羽生热情地邀请金庸到家中做客。当金庸来到梁羽生家中后，梁羽生拿出一副破旧的棋子，开心地跟金庸说："这是你送给我的旧棋，一直要陪我到老死了。"梁羽生还有几本清代的棋书《弈理指归》《桃花泉弈谱》，也是金庸送的。两位古稀老人这次难得见面，最大兴趣依旧是下棋。他们一下就是两个小时，直到疲乏、有些头晕才作罢。1999年春节期间，梁羽生回香港探亲，他们在跑马地的"雅谷"聚餐，饭后本来也约好下棋，因那天梁羽生感冒，身体不适，只好作罢。金庸向许多围棋高手拜师学棋，梁羽生早已下不过他了，但他坚持与对方激烈对弈，常使棋局陷入胶着状态。2009年初，梁羽生去世前夕，他们最后一次通话，电话里梁羽生的声音很响亮："是小查吗？好，好，你到雪梨（悉尼）来我家吃饭，吃饭后我们下两盘棋，你不要让我，我输好了，没有关系……身体还好，还好……好，你也保重，保重……"想不到几天后，梁羽生便永远地走了。听到老友去世的消息，金庸悲伤不已，特写挽联悼念自己这位半个世纪的老友。

　　痛悼梁羽生兄逝世

　　同行同事同年大先辈

　　亦狂亦侠亦文好朋友

　　自愧不如者

　　同年弟金庸敬挽

　　金庸原本打算春节后去澳大利亚，跟相交60年的老友再下两盘棋，再送几套棋书给他。可这一切都已经无法实现，这也成为金庸心中一个永远的遗憾。

　　金庸信中所提心脏问题，其实早在20世纪80年代便初露端倪，只是一直没出现太大的状况。但这次在家中的发病，十分危急。当时又恰好妻子林乐怡（金庸第三任妻子）外出替金庸宴请朋友，金庸在浴室发病无人知晓，在晕倒后自行醒来，因还想继续当月27日开始的杭州—嘉兴之行，尤其是到嘉兴参加自己年少时的恩师张印通（1897—1969）的铜像揭幕礼，所以金庸醒转后，并未通知医生。对于恩师张印通之事，金庸看得很重，因为张印通对金庸有知遇之恩、栽培之情，曾在金庸逢大难时仗义相助。金庸对张印通的恩情一直铭记在心，心中感情极深。

　　1936年，金庸在龙山学堂毕业后考入嘉兴一中，当时校长便是张印通。1937年，"七七事变"爆发。同年11月5日，日军从杭州湾金山卫一线登陆，嘉兴危在旦夕。张印通校长不顾经费不足和前途艰险之难，毅然决定带领全校师生南迁。在旅途中，张印通校长与学生同吃、同住、同行。经过一个多月艰苦跋涉，嘉兴一中全体师生终于到达丽水碧湖镇，这期间没有一个人掉队。曾因旅途艰辛，有老师建议解散队伍，各自逃命。张印通校长召集全体师生讲话："只要有我张印通在，我就要对学生负责到底。"当时的情景和张校长掷地有声的话语，一直深深地印刻在金庸的脑海中。55年后，金庸忆起此事，特赋诗一首，以示对母校的深深谢意。

当年遭寇难，

失哺意彷徨。

母校如慈母，

育我厚抚养。

1939年6月，查良镛从浙江省立联初（嘉兴一中在碧湖镇并入该校）毕业进入联高。校长依旧是查良镛非常熟悉、极为敬重的张印通。在那个战火纷飞的年代，查良镛非常珍惜碧湖的求学时光。在这里，他读了不少文学作品。但这段安静的学校生活，在1940年却出现了一个重大危机，几乎断送了查良镛的求学生涯。1940年，查良镛在联高的壁报上发表了一篇《阿丽丝漫游记》文章。文章描述了阿丽丝千里迢迢到联高校院，兴高采烈遨游东方世界之际，忽见一条色彩斑斓的眼镜蛇东游西窜，吐毒舌，喷毒汁，还口出狂言威吓教训学生："如果……你活得不耐烦了，就叫你永世不得超生……如果……"眼镜蛇时而到教室，时而到寝室，或到饭厅，或到操场，学生纷纷逃避。文章一经刊登，立即传遍学校。金庸本是一时兴起创作此文，他想借阿丽丝之口说出学生心里对学校训育主任的厌恶，他完全没有考虑到这会给自己带来怎样的后果。结果，代表国民党政府的训育主任知道此事后大怒，决计严办查良镛。如果被学校开除，查良镛不仅会失学，他的吃饭、住宿也都会成大问题。这对一个16岁的学生而言，真是"生死系于一线的大难"。为人正直、善良的张印通校长极力为自己的学生查良镛争取最轻处分，无奈训育主任权力远大于校长，张校长只得尽力将训育主任坚持的开除改为退学，这样年轻的查良镛还可以在其他学校找到求学机会。张校长后来帮助查良镛转学至衢州中学，继续其学业。对张印通校长在自己危难时的知遇恩情，查良镛铭记在心。所以，金庸在家出现这么大的身体问题时，依旧想去嘉兴参加恩师的铜像揭幕礼。只是后来心脏问题太大，必须要做手术并在港静养，金庸嘉兴之行被迫终止。

从信的第一段后半部分开始，金庸用了四段向梁羽生详细地介绍了自己心脏出现问题的具体原因"急性心血管栓塞……冠状动脉有三条严重阻塞"，心脏所做"搭桥"手术的具体情况以及术后曾出现过中风等情况。在这之中，金庸还向梁羽生讲述了这段时间几个好友对自己的真心关怀，让自己切身感受到友情的可贵。

在第二段的后半部分，金庸提到"初中同班同学，明报共同创办人沈宝新兄在病房外自始至终守候了八个半小时。我们相交五十余年，到老来友情弥笃"。

沈宝新与金庸在嘉兴一中因战乱迁到丽水碧湖时，就在同一个班级。当时沈宝新 18 岁，查良镛只有 14 岁。查良镛（金庸）是年级长，沈宝新是年级篮球队员。沈宝新从浙江大学农学专业毕业后，曾在中国邮政、储汇银行工作，1946 年到香港担任香港嘉华印刷厂经理。1948 年底，金庸从上海调往香港《大公报》工作。

1959 年，金庸决定自立门户独立办报的时候，他找到沈宝新这位老同学帮忙。很快他们达成共识——注册野马出版社，先出版《野马》十日旬刊八开报纸，以发表武侠小说为主。沈宝新当时住在成报社附近，他看见这家日报利润极好，便与金庸商议将《野马》办成日报，金庸非常赞同。于是 1959 年 5 月，他们把十日旬刊《野马》改为《明报》日报。

《明报》刚刚创办的时候，两人合资：金庸出资 8 万元，沈宝新出资 2 万元。沈宝新负责经理和发行，金庸则担任总编辑和主笔。1959 年 5 月 20 日，《明报》创刊号出版。金庸以他的武侠小说和政论文章吸引读者，沈宝新在经营手段上努力。合作 30 多年，他们从未吵过架，他们相互信任、相互尊重，两人性格温和，从不斤斤计较。金庸自己也曾说过："我跟沈先生合作到退休，合作无间，两人从来没有吵过架。他对我很尊重，我对他很客气，我们私交也不错，我们两个人个性都很随和，都不是斤斤计较的。"经过沈宝新与金庸的艰苦奋斗，并肩战斗，《明报》逐步从小到大、从弱到强，渐渐走向成熟，走向成功，最后成为香港最大的报纸之一。

金庸后来在回忆沈宝新的时候说，交朋友要在年轻时交，可靠。"我是小朋友，他（沈宝新）是大朋友。"他们的友谊经历岁月的考验，日久弥新。

在信的第2页最后一段，金庸讲到好友王世瑜专门从温哥华飞港看望自己。曾两度成为金庸手下的王世瑜，与金庸的交往也极富戏剧性。

20世纪60年代，王世瑜初入《明报》时，职位只是信差，但他聪明勤勉，甚获金庸欢心，很快就由信差升为校对、助理编辑、编辑，到最后升任《华人夜报》的总编辑。其升职之快，在《明报》堪称一时无二。60年代末，金庸创办了《明报晚报》（前身为《华人夜报》）。不久，金庸便把它交付给王世瑜。但由于王世瑜的办报宗旨遭到金庸夫人的反对，争执之下王世瑜辞职，转投《新报》。当时他年少气盛，常在报上拿金庸开玩笑，语多不敬，金庸也只是一笑了之。后来王世瑜自办《新夜报》，大赚一笔，赚钱后便卖掉报纸，举家移民加拿大。金庸听说他不办报了，立刻邀请他回来重新加盟《明报》，任《明报晚报》和《财经日报》的社长，重新将他收归旗下。对于金庸的不计前嫌并委以重任，王世瑜从内心极为敬服。他后来对金庸有过评价："深懂用人之道，懂得放手让下属办事，三十多年来我从未见他辞退过一名员工，或骂过一名下属，但公司的同事对他都很尊敬。"当听说自己的老师、伯乐、老领导身体出现这么大问题时，王世瑜坚持要从温哥华不远万里回来探望。王世瑜在《明报》的经历，表明金庸是一个有大智慧的人，他在用人方面有四大才能：

有"才"——慧眼识珠提拔英俊；

有"情"——真情相待平等共处；

有"识"——眼光远大谋划全局；

有"度"——宽宏大量不计小怨，尤其为人所称道。

金庸在信中还谈到好友蔡澜（蔡澜、金庸、黄霑、倪匡并称"香港四大才子"）为使自己康复，所做的虔心祷告和至诚的关心，这让自己同样感动。

> 好友蔡澜先生每日早晨四时半起身，沐浴梳洗后，焚香恭书般若心经一篇，于七时过海送来医院，盼我静心领悟心经中世法本空之旨，有助康复，日日如是，直至我脱险出院，尤为感怀。

日日如是，这一点绝不是一般人能做到的，如果不是至真至诚至信的朋友，谁可能如此尽心尽力？

老友叶运的举动，也同样让走过生死的金庸感怀。"明报三十余年的旧同事叶运兄因病双目失明，得讯后摸索来到病房，要摸住我的手，听到我说几句话，这才放心离去。"要有怎样的情谊，才能让一个已经看不见这世界的老人，摸索着前往医院去看望自己的朋友！去了之后，只是希望能摸摸金庸的手，听听金庸的声音。

这种朋友世间难得，能得金庸这种朋友，他们是幸福的；能得叶运、蔡澜、沈宝新、王世瑜这种朋友，金庸是幸福的。有人的地方就有江湖，江湖之中要有知己，知己之间要有情有义，"大侠"的生命中应有这种重情重义的知己，方不枉此生。

这些朋友的真挚关心，让金庸感受到世间友情的可贵，看到自己在人世间的幸福，"……使我深刻感到人生感情的可贵，觉得虽然大病一场，经历了肉体极大的痛苦，其实还是所得多于所失……以我这样冷冰冰的性格，平日很少对人热情流露，居然还有这许多人关怀我，真心的爱我，觉得我这个人还不太讨厌……心脏肌肉虽然坏死了百分之十六，心中的温暖却增加了百分之一百六十"。这些真情让金庸对自己的未来充满了信心，"不妨再多活几年，瞧他以后还会做些什么"。

在信的最后，金庸告诉梁羽生，医生告诫自己："要节劳、忘忧、膳食清淡，适当运动，心血管病六七年内当可不致复发。"在这里，我们能看出，金庸其实也在告诫自己的老友梁羽生多注意保养身体。都是古稀之人，只有按照医生说的这四点，身体问题才会少一些，身体也才可能健康些。由此可见金庸对老友深厚的情谊。在金庸近 7 个月的住院时间里，梁羽生也定是心生牵挂，多次问候。病情总算稳定了许多，身体也渐康复，终于可以提笔致信时，金庸第一时间便要写信告诉老友自己的情况，请他勿再牵挂。"患病期间，多承关怀，现简述病情经过，并深切谢意。"

读罢此信，笔者不禁感慨：曾经的"新武侠小说三大家"，古龙 1985 年英年早逝，梁羽生在 2009 年域外羽化，金庸于 2018 年在香港去世。曾经风光无限的武侠小说时代，也已一去不返。但我们要感谢金庸、梁羽生这两位武侠大师为读者曾经创作出那一部部的经典著作，是它们让我们相信这世间有大爱、大义、大忠、大美。直到现在，我们依旧相信：武侠所传递出的中华民族特有的侠义精神绝不会消亡，它必将长久地留存在这世间。这些著作也必将在中国文学史上留下属于它们的深深印迹。

常书鸿与许杰追忆故人往事

常书鸿（1904—1994），浙江杭州人。我国著名画家，敦煌学专家。曾任敦煌艺术研究所所长、敦煌文物研究所（后改称敦煌研究院）所长。他为敦煌艺术的保护和研究做出了重要贡献。代表画作有《葡萄》《沙娜像》《攀登珠峰》《玄中寺》《丝绸之路飞天》等，代表著作有《九十春秋——敦煌五十年》（回忆录）。

许杰（1901—1993），笔名张子山，浙江天台人。我国现当代作家。代表作有《惨雾》《暮春》《飘浮》等。

在中国现代文学馆书信库中，有两封敦煌艺术大师常书鸿致华东师大老教授许杰的书信。一封写于 1977 年 11 月 4 日，另一封写于 1983 年 12 月 2 日。在信中，常书鸿不仅向许杰谈起了故友王以仁，还谈到自己离开法国前往敦煌的原因。

常书鸿 1977 年致许杰书信

王以仁，我国现代作家，1902 年出生在浙江天台。1923 年，王以仁到上海安徽公学教书，后开始写作，1924 年起不断有小说、散文、诗歌在《小说月报》等多种刊物上发表。1926 年夏秋之间，王以仁因失恋而跳海自杀。

在这两封信中，常书鸿都向许杰谈起了故友王以仁的失踪。在第一封信中，常书鸿讲道："……我很奇怪，当我最近感到记忆力在很快地收缩的时候，还清楚地仿佛听到王以仁介绍许杰的情况。那已是五十多年前的事了

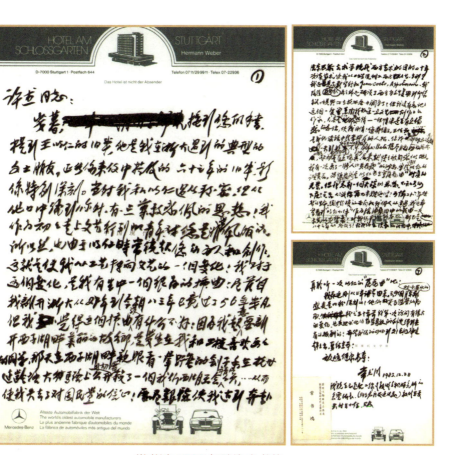

常书鸿 1983 年致许杰书信

（现在我是七十四岁）。是多么清楚多么令我向往的过去呀！至今王以仁失踪的事我还仿佛记得……他是否自杀我记不得了。你给他出专集等我也没有看见。"

在第二封中，常书鸿谈道："……提到王以仁的旧事，他是我在浙大遇到的典型的文士朋友……当时我和王以仁过从较密，但从他口中提到你时，有一点尊敬感佩的思想！……但我没有忘记这个一度曾熏陶我知道一点文艺创作上的作家，尤其是以仁那样热情——一往情深甚至有点伤感的意识，使我同情！我曾经画了一张'人比黄花瘦'的油画，曾经得到以仁的赞赏后，恐怕也就是以仁正在写《落花曲》时候的光景。但我想到他总有一个失踪的思想，不知是何下落？是否从此你再也未见过他吗？可怜二十六年短暂的生命。"（王以仁失踪或自杀时 24 岁，常书鸿记忆有误）

　　对于王以仁的失踪，其下落到底如何？是自杀还是出家？常书鸿也一直不清楚。他想许杰这位以仁生前最好的朋友，也许知道一些情况。可当时王以仁失踪得非常突然，没有留下任何遗书或是遗物。包括许杰在内的所有人都不知道王以仁到底发生了什么。

　　许杰在王以仁失踪后也曾致信其女友素弟，但女方一直不予回应。许杰也曾登过寻人启事，但一直没有任何消息。根据馆藏许杰与常书鸿多封书信，可以大致还原出王以仁失踪或自杀的情形。1926 年 6 月，王以仁与相恋近一年的女朋友素弟（郑素蕉，杭州女师学生）一同前往海门女方家谈论婚嫁之事。但因为女方家人说了有关王以仁的坏话，素弟便不敢与住在自己家中的以仁有过多来往，常常在家中不见面，见面时也拒绝与以仁握手，并跟外人说以仁并不是她的什么人，她可以不嫁他的，女友表现得很是冷淡。王以仁受此冷遇，便怀疑女友素弟有了新欢，本来就神经过敏的诗人内心变得十分抑郁，平时滴酒不沾的他，那时竟整天借酒浇愁、酒气熏天，举动也常常失态，有时大哭、有时狂笑，哭笑无常。这让女方一家对其更加厌恶，女友素弟也对他更加冷漠。一日，王以仁当面质问素弟，到底是什么原因让她如此冷淡？素弟却只是对王以仁说了一句："我与你本来是朋友的关系。"这句回答让王以仁最终决定离开女方家。孑然一身的王以仁本打算从海门去上海，恰好在码头碰到一位朋友，朋友见其失魂落魄，便劝他回台州。回到台州，王以仁变得更加痴狂，其内心十分郁愤，他时常喝得酩酊大醉，念叨着自杀。台州的朋友害怕他出事，总是陪伴其左右，不断地宽慰他。6 月 19 日深夜，一位朋友亲自送心情还算不错的王以仁回到了台州的临时住处。可当朋友走后，王以仁就不知所踪，没有人再见过他。许杰在王以仁失踪后向很多人打听过他的消息，但终没任何消息。只是根据一些蛛丝马迹，推测这位好友当时是"穿了一件夏布长衫，拿了两块洋钱"，夜晚登上了从台州开往上海的客轮。在客轮上，久久不能从失恋中走出的诗人，望着海上悲惨的、迷茫的乌云和黑暗的海水，也许是最终选择了深夜跳海自杀，也许是因为半夜天黑视线不清，客轮摇晃，不慎跌入大海。这位年轻的诗人，就这样像谜一样消失了。许杰与常书鸿再也没有他的消息。

许杰

在信中，常书鸿还向许杰讲述了1936年自己离开法国的原因。"回国是因为在法国巴黎看见伯希和自敦煌盗窃回去的文物而大惊！……但当我看到伯希和自敦煌盗去的东西这样早、这样好，使我惭愧。我像一个败子回头的人一样急于想看看敦煌壁画。"

这段经历，常书鸿在其自传《九十春秋：敦煌五十年》中有细致的描述。

有一天我从罗浮宫出来，经过卢森堡公园，根据多年在巴黎散步的习惯，总要经过圣杰曼大道，顺便逛到塞纳河畔旧书摊去浏览一下内容丰富的书籍。今天为了留一点参观罗浮宫的古代美术杰作的纪念，我特意去美术图片之部找寻……忽然发现了一部由六本小册子装订的《敦煌图录》。我打开盒装的书壳，看到里面是甘肃敦煌千佛洞壁画和塑像图片三百余幅，那是我陌生的东西。目录、序言说明这些图片是1907年伯希和从中国甘肃敦煌石窟中拍摄来的……这距今近1500年的古画，使我十分诧异，甚至不能相信。我爱不释手地翻着、看着……这是多么新奇的发现呀！……第二天一早，我来到吉美博物馆。那里展出着许多伯希和于1907年从敦煌盗来的大量唐代大幅绢画……这一事实使我看到，拿远古的西洋文艺发展的早期历史与我们敦煌石窟艺术相比较，无论在时代上或在艺术表现技法上，敦煌艺术更显出先进的技术水平。这对于当时的我来说真是不可思议的奇迹……上面的比较，使我惊奇地发现东西方文化艺术的发展有如此不同的差距，看到了我国光辉灿烂的过去。我默默思忖着：对待祖国遗产的虚无主义态度，实在是数典忘祖……决心离开巴黎……①

1936年秋，常书鸿为了敦煌艺术宝库回到祖国，担任国立北平艺专造型艺术部主任。不久，"七七事变"爆发，常书鸿带着家人南迁，先后在国立艺专、教育部美术教育委员会任职。1942年，国民政府面对国内对于敦煌保护的强烈呼声，在重庆宣布建立"国立敦煌艺术研究所"。经国民政府监察院院长于右任举荐，常书鸿担任敦煌艺术研究所筹委会副主任。次年2月20日，常书鸿一行从兰州出发，历经一个月，经河西走廊至安西，乘骆驼抵达自己魂牵梦绕的艺术宝库敦煌莫高窟。从此，常书鸿便开始了长达近50年的敦煌艺术生涯，他将自己的一生都献给了地处西北戈壁深处的敦煌莫高窟艺术保护与研究工作。

这两封书信，不仅让已进入人生暮年的常书鸿与以仁的挚友许杰真正相识，还让曾经的故友王以仁再次走进书鸿的世界。忆起故人与自己的往事，常书鸿感慨万千，他对许杰说："我们现在都已是80多岁的老汉了，让我们在漫长的记忆中，再聆听一次以仁的'落花曲'吧！"

---

① 常书鸿：《九十春秋：敦煌五十年》，北京：北京大学出版社，2011年。

常书鸿致徐迟的一封信

　　在中国现代文学馆"徐迟文库"中，有一封 1978 年 9 月 15 日常书鸿致徐迟的毛笔信。全信共两页，从右向左竖排书写在"敦煌文物研究所"稿纸上。

常书鸿致徐迟书信

在信中，常书鸿首先对徐迟表示了感谢："接你自乌鲁木齐返京后的信，知道你答应为《敦煌艺术》电影说明辞帮忙，这是我们所最快慰的……"前不久，徐迟刚刚前往新疆进行了一个多月的采风活动，活动最后他与曹禺在新疆人民会堂参加了一场1000多人的当地大型文学活动。信中所讲"《敦煌艺术》电影"指的是1978年敦煌文物研究所与上海科学教育电影制片厂联合摄制的一部全面介绍敦煌历史、现存遗迹及敦煌艺术的彩色科学教育片。1978年8月，时任国务院副总理方毅在视察敦煌莫高窟时，曾向常书鸿当面提出应该加大对敦煌的开放和宣传力度，尤其要在宣传方面多下功夫。常书鸿于是在他与中央新闻纪录电影制片厂何钟辛1962年合写的电影剧本《敦煌曲》的基础上，带领敦煌文物研究所积极整理莫高窟现存资料，并与上海科学教育电影制片厂联系，希望共同合作对莫高窟进行保护性拍摄，为以后的艺术研究与保护留下珍贵的影像资料。此片准备以敦煌第45窟为主要拍摄地，由杜生华担任编导、郭德明担任摄影、赵兵负责全片的旁白解说。为了让该片解说词精练、艺术、引人入胜，常书鸿提出邀请自己的老友徐迟来帮忙润色，因为20世纪50年代徐迟曾以常书鸿为原型创作出一部反映敦煌莫高窟的文学作品《祁连山下》。常老知道以徐迟的文学才华、艺术造诣和他对敦煌莫高窟历史的了解，一定能让观众在欣赏电影的同时，更好地了解远在戈壁深处神秘的敦煌莫高窟艺术。所以在确定拍摄任务后，常书鸿便致信徐迟，向其发出邀请。徐迟从新疆采风结束回到北京，看到邀请信，很快复信常书鸿愉快地接受了这项任务。

接下来，常书鸿在信中向徐迟谈起："因为你的《祁连山下》使我有机会上'祁连'出'祁连'飞'祁连'，这是我生命上最有意义的历程，是你，亲爱的诗人！使我有机会回顾和咀嚼人的意义！历史的现实！"常书鸿在这里谈到了《祁连山下》这部作品对自己所产生的重大影响。《祁连山下》是徐迟1956年10月创作完成的一部长篇报告文学。该作品讲述了以常书鸿为原型的主人公画家尚达，为了拯救濒临毁灭的敦煌艺术宝库，毅然回国来到孤烟大漠的荒滩进行保护和修葺工作，虽历经艰辛、磨难，依旧虔诚地守护着莫高窟的故事。徐迟将画家尚达的抱负、爱情、献身艺术的精神作为他的抒情主题，并以诗人的激情与想象，将诗歌引入叙述，使得读者在作品中，不仅可以领略到敦煌的历史、绘画、音乐与地质，还能读到那些属于尚达和敦煌的诗篇。该报告文学一经发表，便在 20 世纪 60 年代的中国产生重要影响，作为画家尚达的原型，常书鸿成为广大读者谈论的焦点。常书鸿没想到一部作品竟能让自己获得如此大的声望与影响，让远居荒漠深处的莫高窟得到全社会的高度关注，这让常书鸿对自己所从事的事业有了更深刻的理解与认识，也让他切身感受到了文学对于宣传所产生的巨大能量。

　　紧接着，常书鸿在信中向徐迟发出了一个充满挑战与梦幻的邀请："让我们有一天能跨上红鬃马并驾在'戈壁滩'上，追踪蜃楼的霞光，那有若无是若非的宿世的迷宫。"一向温文尔雅、沉默内向的常书鸿能向徐迟提出如此美丽的设想，可见他内心中充满着多么大的喜悦与激情。写此信时，常老的妻子李承仙终于在"文革"结束一年多后得到平反，其组织关系和工作全部恢复（该信最后写有"承仙嘱常问候，并告：她的组织和工作都平反了"）；常老前不久又被选为第五届全国人民代表大会代表，并作为代表前往首都北京参加了人大会议；最让常老开心的是，历经"文革"十年磨难的敦煌莫高窟终于迎来了属于它的新的发展春天。这一切的一切，怎能不让已经 74 岁的常书鸿"老夫聊发少年狂，左牵黄，右擎苍，锦帽貂裘，千骑卷平冈"，他是多么希望能与徐迟一起策马奔腾在祁连山下的茫茫戈壁，向着太阳去追寻他心中的艺术殿堂。

　　回想已被历史大潮卷去的"文革"十年，用书鸿老人自己的话说，就是"十年，像一场可怕的瘟疫……我现在不去回忆这不堪回首的'战斗洗礼'……总之，我的概括是：我是个幸存者，一个留下满身'纪念品'的幸存者"。是啊，这位为中国敦煌艺术奉献了自己最美好青春年华的老人，在那颠倒黑白岁月中的非人遭遇，实在让人无尽叹息。1976 年，随着祸国殃民的"四人帮"倒台，中国十年的"动乱"终于结束。看着国家慢慢走上正轨，敦煌莫高窟的研究与保护慢慢走上正途，自己又可以为敦煌尽一份力量，常老相信，属于这个民族的春天已经来到，时间能改变一切，自己和敦煌莫高窟的未来一定是美好的。

在信的最后一段，常书鸿向徐迟谈道："关山月正在兰州，但我因这里的工作无法脱身，恨恨恨……"1978 年 9 月，关山月与黎雄才、陈洞庭结束青海采风写生活动，在返程途中经停兰州。关山月想请多年未见的老友常书鸿到兰州一聚，但当时常书鸿因工作原因实在无法离开敦煌，想到老友如此之近而自己竟无法与之相见，常书鸿的内心相当失落。

谈起这对画坛老友的友谊，还要追溯到 1943 年。那年中秋节前，关山月、李小平夫妇与画家赵望云、张振铎等人从成都出发，风尘仆仆、一路艰辛地来到边远的敦煌采风。他们由当时被誉为敦煌三大才子之一的敦煌县教育局局长任子宜陪同，前往莫高窟。在那里，他们受到"国立敦煌艺术研究所"筹委会副主任常书鸿的热情接待。常书鸿向关山月等人详细介绍了莫高窟的情况，为了方便关山月一行的临摹，常书鸿将他们安排在皇庆寺住下。这次见面，关山月不仅被常书鸿为敦煌艺术献身的精神折服，更为他周到细致的安排而深深感动。

敦煌莫高窟那色彩斑斓、千姿百态、造型生动的壁画与佛像像磁石一样深深吸引着关山月。从第二天清晨起，关山月每天与常书鸿一道前往莫高窟参观临摹。当时莫高窟的临摹条件非常艰苦，由于莫高窟坐西朝东，只有上午光线比较好，到了下午三四点钟后，洞窟里就漆黑一片。因此，关山月每天早早就带着画具进洞窟，靠着妻子李小平手举暗淡的油灯，艰难地进行临摹。对于那段岁月，关山月在后来《关山月临摹敦煌壁画》一书的自序中曾深情回忆道：

> 我不计什么是艰苦、什么是疲劳。那里确实很荒凉，幸而我有妻子的协助，由她提着微暗的油灯陪着我爬黑洞，整天在崎岖不平的黑洞里转。渴了就饮点煮过的祁连山流下来的雪水，明知会泻肚子也得喝下去；饿了就吃点备用的土干粮，就这样在黑洞里爬上又

爬下，转来又转去，一旦从灯光里发现了自己喜欢的画面，我们就高兴地一同欣赏，再分析研究其不同时代的风格、造型规律和表现手法。由于条件所限，只能挑选喜欢的局部来临。有时想临的局部偏偏位置较高，就得搬石块来垫脚；若在低处，就得蹲下或半蹲半跪，甚至躺在地上来画。就这样整个白天在洞里活动，晚上回到卧室还得修修补补。转瞬间一个月的时光过去了，用我和妻子的不少汗水，换来了这批心爱的临画。①

在敦煌临摹的二十多天，常书鸿与关山月一起喝那带咸味的河水，一起在千佛洞前的杨树林里捡野蘑菇，一起在旷远的大漠上欣赏月光。白天他们各自去洞窟中临摹，夜晚则一起坐在石板上，畅谈各自对敦煌艺术的感受和绘画见解。常书鸿后来在回忆关山月敦煌之行时曾说道："我当时和山月、望云两位老画友在塞外会见倾谈时，都把话题着重在如何从敦煌艺术自 4 世纪到 14 世纪演变发展各个阶段的成就中吸取借鉴，为现代中国艺术新创造起到推陈出新的作用。深得山月和望云二位的赞同……"这次敦煌临摹，对关山月等人之后的中国画创作产生了深远影响。此后，关山月有意识地将敦煌艺术的表现手法与自己的创作结合起来，并在绘画语言和形式表达上做了极有意义的全新探索。著名画家徐悲鸿在《关山月纪游画集·序》中对关山月敦煌之行后的画作有过极高评价："关君旅游塞外，出玉门、望天山，生活于中央亚细亚者颇久，以红棉巨榕乡人而抵平沙万里之境。天苍苍，地黄黄，风吹草动见牛羊，陶醉于心，尽力挥写。又游敦煌，探古艺宝库，捆载至重庆展览，更觉其风格大变，造诣愈高，信乎善学者之行万里路获益深也。"1943 年，常书鸿、关山月、赵望云等人在敦煌莫高窟长达二十多天的临摹，不仅让他们因敦煌艺术而结为知己好友，更是对他们各自的艺术创作产生了深刻影响，他们为中国美术的发展提供了一个崭新方向。这对此后以

---

① 关山月：《自序》，载许礼平编《关山月临摹敦煌壁画》，香港：香港翰墨轩出版有限公司，1991 年。

关山月为代表的中国岭南画派、以赵望云为代表的长安画派、以常书鸿为代表的敦煌画派新国画的形成起到了不可估量的作用。1943 年的敦煌相识，让常书鸿与关山月结下了深厚的友谊。

对于这位多年不见的老友，常书鸿在内心非常渴望与他重逢，像年轻时一样好好畅谈一番，但"文革"让他荒废了太多时光，现在的莫高窟是百废待兴，自己有太多的工作要去完成，他不敢再浪费一点时间，毕竟自己的人生已近暮年。为了敦煌，为了莫高窟，常书鸿只能忍痛放弃这次与关山月兰州相聚的机会。他相信关山月作为他的朋友能够体谅这一点。

此信寄出不久，念友心切的关山月还是带着朋友黎雄才亲往敦煌，与常书鸿再次在莫高窟千佛殿前相逢，并一起在皇庆寺中又一次畅谈自己心中的敦煌艺术。不久，常老被重新任命为敦煌文物研究所所长，他终于可以将自己的艺术梦想与莫高窟紧紧相连。1979 年，彩色纪录片《敦煌艺术》顺利完成拍摄并在全国播映，观众在徐迟所作解说词的引领下，走进了那如梦如幻的敦煌艺术世界。

作家徐迟与物理学家杨振宁的一次相遇

杨振宁（1922—　），安徽合肥人。我国著名物理学家。1957年，与李政道因共同提出"宇称不守恒理论"而获得了诺贝尔物理学奖。

在中国现代文学馆"徐迟文库"中，珍藏着一封1986年6月9日徐迟写给物理学家杨振宁的书信。信的全文如下：

振宁先生：

前年承蒙在石溪接见，归来写成文章，尚未定稿。拣出四章呈政，希望抽时间过目、改正和批评。

我的通信处是武昌东湖路20号4门2楼一号。

麻烦你，谢谢你，也很想念你，祝你

捷报频传！

徐迟

86 年 6 月 9 日

在该信的左下角，杨振宁用圆珠笔写了一封简短的"回信"。

徐先生：谢谢你特地送给我你的文章，我实在没有工夫看，如发表请注明我未过目，至感。

杨振宁

一页信纸，两位名家的信，在我多年的征集工作中实属少见。

徐迟，原名徐商寿，1914 年 10 月 15 日出生于浙江吴兴（今湖州）南浔镇。我国著名诗人、报告文学家、散文家和评论家。徐迟在新中国报告文学领域

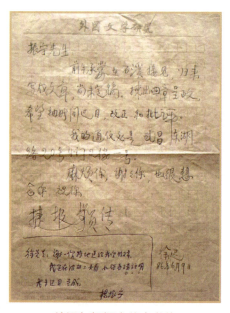

徐迟与杨振宁往来书信

曾做出过突出贡献，其代表作有《哥德巴赫猜想》《地质之光》《祁连山下》《生命之树常绿》等。其中，《哥德巴赫猜想》与《地质之光》均获中国优秀报告文学奖。

徐迟在信中所说"前年承蒙在石溪接见"，指的是 1984 年 11 月 13 日徐迟在美国纽约长岛纽约州立大学石溪分校理论物理研究所对杨振宁所进行的采访。那年 8 月，徐迟接受美国爱荷华国际写作营（International Writing Program）的邀请，前往美国访问。在访问之前，徐迟便打算采访一位在美的华裔高能物理学家，或李政道，或杨振宁，或吴健雄，或丁肇中。在访问华盛顿时，徐迟曾向中国大使馆提出了这个想法。后来，在芝加哥参观时，徐迟结识了清末革命烈士邹容之孙邹镗，徐迟再次提起这个设想。没想到邹镗真的联系上杨振宁本人。杨振宁同意徐迟前去纽约自己的办公室采访，约定的时间为 1984 年 11 月 13 日。杨振宁建议徐迟到达纽约后，坐上午 10 时 22 分从纽约开出的火车，12 时一刻到达石溪站后，他会在车站接站。

11 月 13 日早晨，人民日报驻联合国首席记者陈忆村送徐迟和记者洪蓝到纽约市滨州铁路局乘坐前往长岛的火车。12 时一刻，火车正点进入石溪车站，杨振宁和他的助手聂华桐已准时在出站口接站。杨振宁给徐迟的第一印象是"杨振宁这年 62 岁，但看上去不像那个年纪。英俊而持重，好像憋足一股劲头似的，有一双闪光的眼睛。一交谈，我就感到他思维敏捷，必定决策果断，办事精干……"。

接到徐迟已近中午，杨振宁请徐迟到一家中餐馆吃饭。在餐厅，两人刚一交谈就"顶上了嘴"。徐迟说："原子物理学家奥本海姆曾经说过原子物理高深艰奥，世俗经验无法理解，很难进入文史作品中，我对这话不太服气。"杨振宁说："不服气也没有用，它确实高深艰奥。"徐迟说："天下无不可理解的学问，只要能写出文章来，绝无读不懂的道理来。"见气氛不太和谐，杨振宁笑了笑，转过话题，和徐迟谈起别的事情。

餐后，杨振宁邀请徐迟前往石溪分校物理大楼里的办公室座谈。到办公室后，徐迟和杨振宁相对坐在一张办公桌两旁。在杨振宁办公室的墙上挂着一幅爱因斯坦的照片，爱因斯坦衔着烟斗，用严肃的深思的眼睛，注视着一场即将到来的文学家和物理学家的交谈。

杨振宁落座后开口问："你想问我什么？我该怎么跟你谈？"

徐迟说："主要是两个问题，先说第一个，你得诺贝尔物理奖的那个科研成果是怎么回事？大家都想知道，大家都不很明白。你能不能一句话一句地，用几句话，五句、十句或十来句话，用比较容易了解的话给我、给大家说得简单明了呢？"

"可以的，"杨振宁回答，"我尽可能用最简单、普通的语言讲讲看吧。"

他沉思了一下，然后慢慢地一句一句说起来了："在自然界里面有四种基本力量：强力量（使中子和质子在原子核中结合的力量）、电磁力量、弱力量（控制中微子相互作用的力量）以及万有引力——自然界里所有的一切都是由这四种力量组织起来的。1956年以前，众所周知，所有的实验也都表明，这四种力量的每一种都左右对称，正像每一事物都和它镜中对应是一模一样的，专门的术语称之为宇称守恒。如果你说，人并不对称，人的心脏在左边，这并不违反物理学，因为如果你给一个人制造一个相反的人，他的心脏在右边，只要这两人吃一样的东西，吃的东西的分子螺旋式向反方向旋转，则两人一定是一模一样的，也就是说宇称守恒的。可是在1958年前后却发现了一些新粒子，它们有着令人迷惑的现象无法解释，当时就成为物理学家们最关切的热门问题了。那一年夏天，我和李政道在离这儿不远的勃洛克海汶实验室里研究这个问题时，曾大胆设想，左右对称及宇称守恒这件事只是差不多完全对，却不是完全都对，不是绝对的对；在弱力量里不对，在弱力量里宇称不守恒。但是以前做过了很多弱力量实验，为什么没有发现过不对称不守恒的现象呢？以前做过的弱力量实验，因未涉及对称、守恒问题，所以没有发现不对称、不守恒的现象，而现在已发现了这么一些不能解释的现象了，因而应当专门为此做一个实验来证明在弱力量那里是左右不对称、宇称不守恒，那时这一些不能解释的新粒子现象就可以得到解释了。要用这样一组设备，还用另一组如同前者的镜中映像，反过来的设备，两者同时来做一个以弱力量为主要环节的实验，看做出来的结果，结果确证左右竟不对称，弱力量里宇称竟不守恒，就可以解释为什么弱力量里出现了那些令人迷惑的新粒子了。吴健雄和美国度量局的四位科学家一共五人，按照我们两人提出的设计和设备做了半年时间的实验，果然证明了我们俩的猜想，弱力量宇称不守恒，立即震动了世界物理界，从而半年后，我们两人得到了诺贝尔物理奖。现已证明，所有弱力量的宇称都不守恒。它已成了弱力量的理论基石。"

杨振宁用了十句话，对这个问题进行了解释。

徐迟听后说道："你说清楚了，谢谢你。现在是否可以请你回答我的第二个问题，那就是从你得到诺贝尔奖金到现在，也将近三十年了。人们本应当非常地关心你的工作的，但你的工作太难懂了，大家无法关心你。可否请你简单明了地告诉我，这些年里你进行了哪些科研项目，取得了怎样的成果？"

"可以的，"杨振宁说，"从 1957 年以来，我对统计力学、对高能粒子碰撞现象都做了不少工作，但比较重要的一个主攻方向，就是规范场的研究。它的数学概念叫纤维丛。我自己对纤维丛也是不大懂的，因为大家知道今天一个物理学家要跟一个数学家对话的话，常常遇到语言不通的问题，几乎比讲外国话还难懂。"杨振宁给徐迟解释了纤维丛，他讲得很慢："纤维丛有两种：一种是平凡的纤维丛，就是把一段纸带的两头黏合起来，正面对正面、反面对反面，形成一个圆环。其所以叫纤维丛，是因为它可以把一根根的直棍子绕成一束。另一种是不平凡的纤维丛，就是把一段纸带两端一正一反地黏合起来，形成数学上的'缪毕乌斯带'，它也可以把许多直棍子绕成一束，不过那条纸带在里面扭了一下，有一个折痕。"

杨振宁继续说道："目前绝大多数的物理学家都承认，纤维丛概念引入物理上来，已经是大家都接受的事实。数学家研究纤维丛已经 40 年了。近代纤维丛最重要的创始人也是中国人，就是世界闻名的大数学家陈省身先生。我 10 年前去陈先生家里时曾对他说，把你们数学上研究的纤维丛引进到物理中来，当然我们很高兴。可是也很惊奇，不了解怎么可能物理学家用了同物理现象密切相关的推演方法所得出来的最后一个基本观念，是和你们梦想出来的观念完全一致的。陈先生一听，立即反对，他说，这绝不是梦想出来的。照我们看来，这完全是按部就班，而且这是正确的。"

这次采访开始于下午1时15分，谈话结束时是3时15分，总计两个小时。在访问即将结束时，徐迟提出希望能看一眼著名的勃洛克海汶国立实验室同步稳相加速器。杨振宁说，因事先没有和勃洛克海汶联系，而且那里离这并不近，这很难办到。但他们楼下有一座加速器，虽小了一点，但还可以看看。杨振宁带徐迟到楼下大厅，看了一个粒子加速器。杨振宁给徐迟介绍质子是如何从圆柱形范德格拉夫加速器注入环形加速器，运行约一秒钟后接受向前推力加速到一兆电子伏，打到靶子上。

这次访问给徐迟留下了很深印象，他不仅见到了中国第一个获得诺贝尔奖的物理学家杨振宁，还知道了杨振宁是如何实验着、演算着、思索着关于粒子世界的以及统一自然界四种力量的规范场等理论。

11月下旬，因武汉家中有事，徐迟匆匆结束了此次美国之行。1986年4月，徐迟开始撰写自己的美国旅行记录。其中，他特地写了一篇访问杨振宁的文章:《在纽约的长岛上——杨振宁博士访问记》。因为所谈问题过于专业，徐迟为了保证文章内容所述准确，特地写信请杨振宁方便时审阅，并随信附上了他写的文章。

但是，杨振宁平时太忙，很难抽出时间来看文章。为了不耽误徐迟文章的发表，杨振宁特在原信左下角写道:"徐先生:谢谢你特地送给我你的文章，我实在没有工夫看，如发表请注明我未过目，至感。"

《在纽约的长岛上——杨振宁博士访问记》这篇文章定稿后，发表在1987年1月11日《人民日报》第五版。文章发表后，读者好评如潮。后来，该文先后收入徐迟1991年在人民文学出版社出版的《美国，一个秋天的旅行》和1998年在山东教育出版社出版的《生命之树常绿——徐迟报告文学选》。

在纽约与杨振宁告别之际，徐迟本与他约定当年年底在北京相见，一起参加中国科学院举办的"杨–米尔斯规范场理论论文发表三十周年的庆祝会"。

回到国内后，徐迟在北京向中国科学院积极提出了申请，并被批准。但因妻子的突然去世，徐迟最终没有去北京参加这场庆祝会。"石溪之会"成为他们今生唯一的一次相见。

徐迟与纪弦：诗坛双子星

纪弦（1913—2013），原名路逾，笔名路易士，河北清苑人。我国台湾著名诗人。代表作有诗集《行过之生命》《火灾的城》《出发》《上海飘流曲》《在飞扬的时代》《摘星的少年》等。

在中国现代文学馆的作家文库中，有一封徐迟写给好友纪弦的信。

纪弦好友：

我匆匆经旧金山赶回北京—武昌，是因为妻病……虽说四十多年未再见了，可能还留有印象。我心中很抱歉，只好短简道歉和道谢。我们在旧金山唐人街的重逢实在是难得的机缘，惜时间太短，未能畅谈。

……

徐迟　1985.2.9

徐迟致纪弦书信

徐迟在信中所谈及的"我们在旧金山唐人街的重逢实在是难得的机缘"，指的是：1984 年 8 月，徐迟接受聂华苓主持的爱荷华写作计划营的邀请，从武汉前往美国访问。正是这次访问，让徐迟时隔 42 年后有机会与曾经的好友路易士（纪弦）再次相遇。其实早在 20 世纪 80 年代初，走过"文革"风暴的徐迟在大陆读到纪弦诗歌时，总感觉这些诗歌似曾相识，那时的他尚不知纪弦就是曾经的路易士。1984 年 11 月底，徐迟因妻子陈松病重匆匆结束爱荷华写作计划，准备从旧金山乘机回国。通过朋友联系，徐迟终于在离美前夕，与曾经的路易士、现在的纪弦于 1984 年 12 月 1 日在旧金山再次相逢。分别 42 年后，曾经一对意气风发的青年，转眼却已是白发苍苍的老者，时间真的可以改变很多，但不曾改变的是他们之间的那份情义。徐迟在《台湾诗人纪弦和他的诗》和《美国，一个秋天的旅行》中分别记述了当时的见面场景：

> 1984 年秋，我们重逢于旧金山邮街一旅店中。他依然如故，只是他的诗更成熟、炉火更纯青。他还有太白遗风，嗜酒如昔，而且酒德日高。承蒙他赏饭于唐人街，饭后他还选购了一瓶威士忌，到旅馆中又一番畅饮……他赠给我一本《纪弦自选集》和一本《晚景》……①

> ……因为我的一个老朋友已经在旅馆等我……老朋友诗人路易士，我们已有三十年没有见面了。为欢庆我们的重逢，他一连忙了几天，今天还三次到餐馆改换菜肴，要把最好的佳馔供我佐酒。除举家出席作陪外，还邀请了韩国诗人许世旭和我见面，把酒共饮……我们是三十年代的旧交，相聚时间很短，情谊分外浓郁，用罢饭菜，送我回旅馆时，路上又买了酒，到我旅馆畅饮，喝完了一瓶还嫌不够。②

作为曾同属 20 世纪 30 年代中国"现代派"诗人群中的两位极有才华的年轻人，徐迟与纪弦曾被称为"诗坛双子星"。这对双子星，有着长达 60 年的友情。

二人之中，纪弦要年长一些。1913 年 4 月 27 日，纪弦出生在河北省清苑县（现为河北省保定市清苑区）；1914 年 10 月 15 日，徐迟出生于浙江省湖州南浔镇。

1929 年，16 岁的纪弦开始诗歌创作，他为自己选择了一个笔名"路易士"，同年以《生之箭》正式步入诗坛。徐迟则是在 1932 年 1 月到燕京大学

---

① 徐迟：《台湾诗人纪弦和他的诗》，《文史杂志》1989 年第 3 期。
② 徐迟：《美国，一个秋天的旅行》，北京：人民文学出版社，1991 年。

借读后，才开始自己的文学创作，不久其散文处女作《开演之前》发表在同年《燕大月刊》5月号。这一时期徐迟也开始了自己的诗歌创作，那时他的诗歌受西方意象派、象征派还有"新月派"的影响较深。

1934年元旦前后，纪弦在上海四马路现代书局偶然购得一本戴望舒的诗集《望舒草》，在回扬州的火车上，他一口气读完这本诗集，被戴望舒"以散文的音乐"写就的自由诗深深吸引，

纪弦

他认为"自由诗的音乐性高于格律诗的音乐性，诉诸'心耳'的音乐性高于诉诸'内耳'的音乐性"。从此，纪弦诗风发生重大改变，由写"讲究整齐押韵的格律诗"转为创作"自然、活泼、富于变化、讲究内容的自由诗"。那次纪弦在现代书局还同时购得几本纯文艺杂志《现代》，《现代》的办刊风格和诗歌类型也让纪弦非常喜爱。诗风转变后的纪弦开始以施蛰存主编的上海大型文学杂志《现代》为第一目标积极投稿。不承想，他第一次投稿就被《现代》杂志选用。1934年5月《现代》5卷1期刊登了他的诗歌《给音乐家》，其后《现代》5卷5期又发表了他的另一首作品《时候篇》。这两首诗歌的刊发给予纪弦极大的自信，此后他开始大量创作"现代派"诗歌，并逐渐成为一名"自由诗的选手""现代派的一员"。从那时起，纪弦常从扬州到上海拜访施蛰存。随着交往的加深，二人逐渐熟悉。在施蛰存的引荐下，纪弦参加了上海文艺界的一些活动，也就是在那个时候，他与同为"现代诗派"的徐迟相识。1935年12月，纪弦（路易士）出版了自己的第二本诗集《行过之生命》，施蛰存亲自为他作跋。施蛰存在跋中称路易士的诗"是他自己独特的艺术品……在一切的日常生活中，心有所感，意有所触，情有所激，就写成他的诗了"。

　　而徐迟的诗歌创作之路却并不一帆风顺，他在燕京大学借读期间创作的短诗多次投稿，均遭遇退稿。尤其从 1932 年秋到 1933 年春，因为失恋，徐迟把大部分时间都放在了诗歌创作上，并"集中地向《现代》杂志投稿，一组一组新诗……但寄出一回，退回一回，多少次了"①。处于失望之中的徐迟，在 1933 年 5 月 4 日竟意外收到《现代》杂志主编施蛰存的一封退稿信，信中只有简单的一句话："不要失望，再寄。蛰存五月四日。"就是这简单的一句话，给了徐迟巨大动力，点燃了他继续创作的希望。同年 6 月，徐迟专程前往上海拜会《现代》杂志主编施蛰存，施蛰存热情地接待了这位年轻人，并与他进行了一次长谈。通过与施蛰存的这次见面与交谈，徐迟加深了对现代派诗歌的了解与认同，并大大扩展了自己的眼界。7 月，徐迟在施蛰存的指引下前往上海商务印书馆外文部选书，他买下了一本《林德赛诗选集》，"他有三首诗吸引着我，一首《中国的夜莺》和一首写非洲的《刚果河》，但都比不上《圣达飞之旅程》更能激动我"。回到燕京大学后的徐迟马上着手翻译，并于 9 月 3 日翻译完成《圣达飞之旅程》，随后将其译稿寄给《现代》主编施蛰存。12 月，施蛰存在《现代》杂志上发表了徐迟的第一首译诗《圣达飞之旅程》。随后第二年徐迟便开始在《矛盾》《时代画报》《妇人画报》等刊物上陆续发表诗作。在施蛰存的引荐下，徐迟开始与施蛰存周围的"现代诗派"诗人交往。1934 年，在施蛰存的引见下，徐迟认识了纪弦。

　　抗战爆发前的徐迟与纪弦因《现代》杂志开始真正接触现代派诗歌；因施蛰存的赏识与提携，二人开始进入现代派诗歌主流创作群体，但对二人影响更为深远的却是现代派的主将、《雨巷》的作者戴望舒。在徐迟、纪弦心中，戴望舒是那个时代最好的诗人，也正是这个最好的诗人，让徐迟与纪弦有机会参与《新诗》杂志的创立和编辑，并帮助戴望舒以《新诗》为大本营团结中国南北诗人，将中国现代诗推向了一个高峰。在创办《新诗》的过程中，徐迟与纪弦更加熟悉并成为一生的诗友。

---

① 徐迟：《江南小镇（上）》，载《徐迟文集》第九卷，北京：作家出版社，2014 年。

1935 年春夏之际，当纪弦、徐迟先后得知戴望舒从法国结束留学回到上海时，纷纷前往上海拜见这位"诗坛的首领"。纪弦是在 1935 年春夏之交的一个晴朗的下午，由好友杜衡陪伴，前往江湾公园坊拜访戴望舒的。纪弦对他们第一次见面曾有过详细描述："那时，他方从法国回来不久，他脸上虽然有不少麻子，但并不是很难看。皮肤微黑，五官端正，个子又高，身体又壮，乍见之下，觉得很像个运动家，却不大像个诗人。我们谈得很是投契，笑声时起。我还记得那天谈话的内容，主要是有关《火山》诗刊的事情，他很热心地问这样问那样，我都一一告诉了他，并把随身带着的两期《火山》送给他，请他指教。"由于这次见面给双方留下了极好的印象，此后纪弦每次到上海，总要去看看戴望舒。戴望舒有时也会带着纪弦这位小诗友到南京路的"新雅"去跟文艺界的朋友一起座谈。而徐迟是在 1935 年夏趁回上海之际，前往吕班路万宜坊拜访戴望舒的。徐迟曾回忆自己去看戴望舒时的画面："我去看他时，我看到他楼下客厅中央的方桌上和地板上，叠满了他从欧洲带回来的几千本法文和西班牙文的书。"之后，徐迟与戴望舒的交往逐渐增多。1936 年 6 月，徐迟更是被戴望舒邀请作为男傧相参加婚礼。此后徐迟与戴望舒常一起去霞飞路文艺复兴（Renaissance）咖啡馆与上海的文艺界人士见面，评论文艺、交流稿子、送刊物、赠书等。

20 世纪 30 年代初，中国曾出现南北诗派对峙局面，北方以"新月派"为主（代表人物徐志摩、卞之琳、朱湘、孙大雨、冯至等），南方以"现代派"为主（代表人物戴望舒、施蛰存、李金发、路易士、徐迟等）。但随着徐志摩 1931 年 11 月坠机身亡、1933 年 12 月朱湘投江自杀，北方诗派日渐式微。为了联合北方诗派，共同推动中国诗歌的发展，实现中国"南北诗人大团结、大联合"，戴望舒考虑在《现代》《现代诗风》停刊后，在上海创办一个北方诗人共同参与编辑的新诗刊。

1936 年 9 月初，戴望舒邀请徐迟、纪弦到家中吃饭，商讨"新诗社"的设立问题。戴望舒提出：（1）以他现在的住处亨利路永利邨 30 号为社址；（2）经费方面，他手头只有大洋 100 元，还缺少同样的数目，他希望徐迟、纪弦各出资 50 元；（3）编委名单，他约好了北方的卞之琳、孙大雨、梁宗岱和冯至，加上自己，并希望徐迟、纪弦也进编委。对于第三条，纪弦与徐迟纷纷表示不担任编委。根据纪弦晚年的回忆："但我年少气盛，率直地拒绝了。花 50 块钱，买一个编委，我不干的。徐迟做人比较随和，讲话也比我婉转点，就说：'我们二人帮校对、跑跑印刷、寄书、拉稿，是义不容辞的，但是编委名单，还是照原案吧。'戴望舒沉吟了一会儿，又要求我们二人担任执行编辑，我们也没答应。"[①]就这样，二人出资帮助戴望舒创立了《新诗》杂志。

纪弦与徐迟虽在"新诗社"没有名义，却兼着各种事务，他们一起跟着戴望舒学习编辑、学习现代诗歌的理论，并在工作之余积极创作现代诗歌。他们先后在《新诗》上发表了自己的一些作品（路易士发表过《海之歌》《诗四首》《云及其他》《时间之歌》《诗二首》等；徐迟发表过《念奴娇》《一天的彩绘》《六幻想》《静的雪，神秘的雪》《假面跳舞会》等）。因为共同的爱好和兴趣，徐迟和纪弦在办刊过程中虽然忙碌，但极为开心。1937 年 3 月，徐迟更是在《新诗》第 1 卷第 6 期，发表《赠诗人路易士》，送给他这位"修长修长的个子，穿着三件头一套的黑西服，手提一根黑手杖、嘴衔一只黑烟斗"的朋友。

> 你匆匆地来往，在火车上写宇宙诗，又听我说我的故事，拍拍我的肩膀。
>
> 我记得你的乌木的手杖，是它指示了我的，艳丽的毒树产在南非州，又令我感伤，又令我戒备。
>
> 出现在咖啡座中，我为你述酒的颂；酒是五光的溪流，酒是十色的梦寐。
>
> 而你却鲸吞咖啡，摸索你黑西服的十四个口袋，每一口袋似是

---

① 引自 1997 年 10 月 8 日，纪弦《自序》手稿第十一章，第 83-84 页。

藏一首诗的，并且你又搜索我的遍体。

　　我却常给你失望，因为我时常缄默，只在你来了，握住了我的手，我才想到我也能歌唱。①

　　但随着上海"八一三事变"的爆发，徐迟与纪弦相对安定的"现代派"诗歌创作生活不久便戛然而止，《新诗》也在出版 10 期后，因为战争而于当年 7 月停刊。这场战争让二人的人生轨迹发生了转变。

　　徐迟在"八一三事变"之后选择留守上海，当年 9 月他在上海完成了警世幻想中篇小说《三大都市的毁灭》的创作。1938 年 2 月，他创作了中篇小说《武装的农村》，4 月发表了杂文《兵荒马乱做父亲》。1938 年 5 月上旬，出于安全考虑，徐迟和戴望舒两家乘坐"芝沙丹尼"号邮轮流亡香港。纪弦则在"八一三"淞沪会战爆发后，因其所供职的"安徽中学"毁于日军轰炸，自己在闸北的家也被夷为平地，无奈之下带着全家离开上海流亡武汉，后又前往湘、黔、滇，在昆明将家人安顿好后，只身前往越南，最后在香港与老友戴望舒、杜衡、徐迟等人重逢。

　　二人在香港再次相逢时，徐迟一家住在香港桃李台，纪弦不久也住进了桃李台。相逢之初，二人之间常有走动，徐迟曾谈道："不久后，诗人路易士来了，并且搬进卜家租住的那一个楼中。自然，我经常往那里。不用说，我们早已有了很深的感情。是很谈得来的。"②"每天白天，我就在家写东西，抱小孩，看书，和路易士谈事……"③但随着徐迟开始结识袁水拍、冯亦代、乔冠华、郁风等左翼作家，并不再与曾经的好友杜衡来往，他与纪弦的人生道路开始出现不同。徐迟在与左翼诗人袁水拍的交往中开始接触马克思主义，甚至在上下班的公交车上也在阅读左翼著作。1940 年 1 月 11 日，徐迟更是将其称为"觉醒日"，以纪念自己读恩格斯著作后豁然开朗。此后徐迟的思

---

①　徐迟：《赠诗人路易士》，载《徐迟文集》第一卷，北京：作家出版社，2014 年。
②　徐迟：《江南小镇（上）》，载《徐迟文集》第九卷，北京：作家出版社，2014 年，第 225 页。
③　徐迟：《江南小镇（上）》，载《徐迟文集》第九卷，北京：作家出版社，2014 年，第 227 页。

想开始左翼化。1940 年 2 月，徐迟更是前往昆仑关抗战前线采访。

而纪弦到港后，在杜衡的帮助下，谋得《国民日报》副刊《新垒》的编辑工作，生活渐趋安定，这让纪弦得以继续自己的现代派诗歌创作。由于杜衡当时在香港供职的蔚蓝书店是国民党派驻在香港的宣传情报机构，主要负责人都是周佛海的亲信。徐迟、戴望舒等人渐渐不再与杜衡往来，但纪弦却毫不在意，一直与杜衡保持着密切交往，后来更是经杜衡的介绍结识了来港的胡兰成。正是这个胡兰成，令纪弦为日后的自己制造了一个说不清楚的历史谜案。随着徐迟搬离桃李台迁往九龙弥敦道居住，纪弦与徐迟的来往越来越少。纪弦也意识到随着徐迟思想的左翼化，他们之间的距离越来越远。纪弦认为是袁水拍将自己的好友拐跑了，但对此，他也无能为力。从此，两人便开始了不同的人生道路。

1942 年香港沦陷后，徐迟跟随左翼朋友辗转桂林、重庆等地积极投身全民抗战。他的诗歌创作也发生了重大改变，不再以抒发自我情感为主，而是将主题转向民族的命运、全民族的抗战、现实生活中的苦难民众，表达出诗人的理性沉思。徐迟先后创作了具有左翼倾向的诗集《最强音》、长诗《一代一代又一代》《解放是荣耀的》《我轰炸东京》等。1945 年 9 月，徐迟在重庆受到毛泽东接见，并获得"诗言志"的题词。抗战胜利后，徐迟回到家乡南浔从事教育工作。1949 年新中国成立前，徐迟与南浔进步人士促成了南浔和平解放，他亲率学生出镇迎接解放军。新中国成立之初徐迟亲赴抗美援朝战场前线采访，在那里写出了许多战地通讯和特写。20 世纪 50 年代中后期，徐迟曾出版过三本诗集《战争，和平，进步》、《美丽，神奇，丰富》和《共和国的歌》。自 20 世纪 60 年代初，徐迟逐步将自己的文学创作重心转向报告文学，他先后出版了《祁连山下》《哥德巴赫猜想》《地质之光》《刑天舞干戚》等新中国重要的报告文学作品。

而纪弦则在 1942 年香港沦陷后重返上海，因无固定工作，生活异常艰苦，却继续坚持现代派诗歌创作。张爱玲曾评论道："路易士最好的句子全是一样的洁净、凄清，用色吝惜，有如墨竹。眼界小，然而没有时间性、地方性，所以是世界的、永久的。"①但他确实也曾与已投靠汪伪政府的胡兰成、穆时英等人有来往。1944年3月，纪弦出资在上海创办了《诗领土》月刊。他高举"现代诗"的大旗，一方面强调诗人的"自由"个性、创造力，另一方面对"大众趣味"决不妥协。《诗领土》的创办团结了当时华北、华东各沦陷区绝大部分的年轻诗人，无论在对年轻诗人的发现和引导，还是在诗歌理论的探索与研究上，它都当之无愧地成为新诗在其凋落时期唯一的阵地和营垒。

1945年抗战胜利后，纪弦终于找到一份在上海圣芳济中学教书的安稳工作。随后他为自己重新选择了一个"胖"的笔名，就这样曾经的"路易士"被"纪弦"取代。后来因为工作需要，纪弦于1948年11月29日由上海远赴台湾。这一走，纪弦就再也没有回到过大陆。远赴台湾后的纪弦1953年创办了《现代诗》季刊，这成为台湾第一个有现代诗追求的诗刊。1956年，纪弦在台湾组织成立了"现代派"，提出"新现代主义"，大力倡导"新诗再革命"，他在台湾掀起了一场现代主义诗歌的运动，这场运动后来延及香港、东南亚，影响至深。1976年，纪弦离开台湾前往美国定居，居住在旧金山的纪弦继续从事诗歌创作，坚持自己对现代派诗歌的追求。

徐迟与纪弦自香港沦陷后便再无往来，再次相逢是42年后在美国的旧金山。这次重逢之后，徐迟与纪弦常有书信往来，每当自己有新书出版，也都会寄给对方留存纪念。1985年，纪弦出版了自选诗第八卷《晚景》，徐迟在武汉得知后专门写信大为赞美。1988年11月，纪弦要出自选诗，专门写信想请老友徐迟为该书作序。徐迟欣然同意，特为该书写了《台湾诗人纪弦和他的诗》一文。在该文中徐迟对纪弦的诗歌进行了精彩的评述。1989年除夕的前一天，身在旧金山的纪弦专门写了一首《秋意》送给万里之外的老友徐迟：

---

① 张爱玲：《诗与胡说》，原刊1944年8月《杂志》月刊第13卷第5期。

踩着琥珀色和草莓色的法国梧桐树的落叶，漫步于 Millbrae 的人行道上，美是美的；但总觉得这半岛的秋意不如我们上海霞飞路的那么浓，那么够味——一九三四，和徐迟在一起……我们跳的是三拍子的华尔兹，不是穆时英的狐步。

1993 年，《纪弦诗选》在大陆出版时，再次请徐迟作序。徐迟写了《纪弦诗选序》，在该文中，徐迟评价了纪弦这些诗歌比现代派还现代派，同时还盛赞其宇宙意识。

徐迟虽一再邀请纪弦回国探亲访友，但因各种原因，纪弦终未成行。1996 年 12 月 12 日，徐迟在武汉自杀，终年 82 岁。不久，纪弦在美国得知此事，悲痛不已，写下了《哭老友徐迟》：

……我就看见你的灵魂正在翱翔，飞着，飞着……就到了没什么好玩的月球，而在检阅了几个行星之后，遂告别了太阳系，又告别了银河，前往宇宙深处，去赴那蓝袍金冠诗的大神之邀宴。

徐迟的离世让纪弦感伤不已，曾经的双星闪耀，现在只剩下纪弦一人踽踽前行了。但纪弦依旧坚持着自己的诗歌信仰，直到自己生命的最后。2013 年 7 月 22 日，纪弦在美国去世，享年 100 岁。现代诗群最后一颗闪亮的星也消失在了茫茫宇宙之中。

徐悲鸿致盛成的一首赠诗

徐悲鸿（1895—1953），原名徐寿康，江苏宜兴人。我国著名画家、美术教育家，中国现代美术的奠基者。代表作有《奔马图》《群马》《珍妮小姐画像》《田横五百士》《巴人汲水》《愚公移山》《毛主席在人民中》等。

盛成（1899—1996），江苏仪征人。我国20世纪一位集作家、诗人、翻译家、语言学家、汉学家于一身的著名学者。代表作有长篇小说《我的母亲》、诗集《秋心美人》《狂年吼》等。

在中国现代文学馆书信库中，珍藏着一封极为珍贵的信札，是著名画家徐悲鸿用毛笔书写送给好友盛成的一首壮行诗。全诗如下：

送成中兄从戎南去

壮哉君此去，沉霾待廓清。

匹夫肩其任，造势易天心。

十九路军真帝子，

神威神勇荡妖氛。

春申江上鲜红血，

万岁中华复国魂。

悲鸿壬申危止之际

　　此信是 2001 年中国现代文学馆建立"盛成文库"前夕，盛成遗孀李静宜女士专程从美国带回北京，捐赠给中国现代文学馆的。该信全文共 64 个字，从右往左竖排书写。其中有一处明显修改：徐悲鸿用毛笔将书写的"雾"字圈去，改为同音的"氛"字。该信的书写，表现出徐悲鸿"结体自然，敧侧错落，收放自如，气象浑穆"的书法特点。徐悲鸿将空间的流动感与其书写的随意性结合得恰到好处。

　　此信书写于 1932 年 2 月。其所处的历史背景是："九一八事变"后，日军占领中国东北，试图扶植前清朝皇帝溥仪建立"满洲国"，但该计划受到以国际联盟为代表的国际社会的普遍反对，于是日本决定在上海这一国际性大都市制造事端、发起一场"假战争"以转移国际视线，使日本对中国东北的侵略与控制能够顺利进行。1932 年，日本在上海发动了"一·二八事变"。当时负责防卫上海的国民党军队是粤军的十九路军，由蒋光鼐任总指挥、蔡廷锴任军长，十九路军的领袖是京沪卫戍司令陈铭枢。陈铭枢及十九路军主张应付

徐悲鸿致盛成的一首诗

日军挑衅，但南京国民政府对日本的战略意图做出了错误的判断，将日本掩护伪满洲国建立的"假战争"行为，误判为日军将占领南京，控制长江流域，认为战火将迅速扩展至全国，中国重要各地亦随时均有重大危险发生，甚至认为国亡即在。鉴于此种判断，国民政府认为国家军阀割据内乱不已、军令政令不统一、财政拮据，无力与日本全面开战，所以应当竭力避免冲突，主张忍让。政府对日军侵犯一直以来表现出的软弱无力，直接导致中国民众对战争的麻木与冷漠。1932 年 1 月 28 日夜 11 时 30 分，不等中方答复，日军即向闸北中国驻军发起攻击，我十九路军第七十八师一五六旅翁照垣部随即起而抵抗（前来接防的宪兵第六团一部也一起奋而抵抗），战争爆发。

"一·二八事变"爆发时，身在北京的盛成，正在北京大学法语系担任老师。面对这场中日之战，鉴于周遭的反应，盛成决定只身前往上海，参加第十九路军的抗战，以己之身为国尽忠。对于这段经历，盛成在《旧世新书：盛成回忆录》中有较为详细的记录：

> 1932 年发生了"一·二八"事变。十九路军抵抗日军。当时，一般城市的人都抱着不抵抗主义的态度，士气低落。国家兴亡，在于人民有浩然之气。人没有"气"，等于活死人。这个时候，教书有什么用呢？所以，我决定参军。……当时我发了一个电报给我的老师欧阳竟无，告诉他我立志南下从军。十九路军最高将领陈铭枢是竟无先生的学生，竟无先生接到电报后，转给了陈铭枢，陈欢迎我立即南下。我到了南京后，见了欧、陈二位先生。陈铭枢当时任南京卫戍司令，他派了一个副官同我一起前往前线去。……我当时任十九路军政治部主任，负责管理三个义勇军（四川义勇军、市民义勇军、上海学生义勇军）。①

---

① 盛成：《旧世新书：盛成回忆录》，北京：北京语言学院出版社，1993 年。

当盛成途经南京前往上海参战时，徐悲鸿也在南京。知悉好友的决定后，徐悲鸿甚为感动，便写下此诗，为好友壮行。其中开篇四句"壮哉君此去，沉霾待廓清。匹夫肩其任，造势易天心"，笔者读来大有"风萧萧兮易水寒"之感。"一·二八事变"发生后，在当时积贫积弱的中国，从上到下，绝大部分人都认为我们是打不赢这场战争的。"悲观论"的弥漫，使得中国"万马齐喑"。但徐悲鸿知道自己这位老友盛成，越是在这个时候，他内心的战斗热血越高涨，宁愿舍一己之身，也要去为国而战，用自己的鲜血去唤醒民众的抗敌卫国之心。

到 1932 年，徐悲鸿与盛成已相识十六载，他们的友情极为深厚。他们是上海震旦大学预科的同学。1916年 2—3 月，徐悲鸿考入上海震旦大学预科读书，他的同屋是盛成的扬州老乡。一天，盛成去看望老乡，老乡热情地向他介绍徐悲鸿："这位是画家，叫黄扶（徐悲鸿），江苏宜兴人

盛成与徐悲鸿在黄山留影

士。"盛成和徐悲鸿握手寒暄了一番。随后，大家一起聊了起来。此后，出于对艺术的共同喜爱，他们常在一起讨论中国书画艺术。徐悲鸿每次谈到中国绘画自明末以来渐渐僵化，落入一成不变的抄袭套路时，便感到非常气愤。他不止一次地对盛成说："我宁可到野外去写生，完全地拜大自然做老师，也绝不愿抄袭前人不变的章法。"徐悲鸿常痛斥明末董其昌、"清初四王"等馆阁体派的画家把民众当作"视盲"的谬论。徐悲鸿的这些言论和想法，在盛

成的脑海中引起了强烈的共鸣。盛成从小读书写字，最不喜欢停留在临摹颜柳欧苏和王羲之诸字体上，以为一味地模仿不会表现个性和有所创新。书画自有相通之处，徐悲鸿与盛成在许多方面不与过去社会遗留下来的封建残余同流的决心不谋而合。在震旦一起度过的一年多的学生生活，使得盛成和徐悲鸿不仅有了共同志向、相同命运，还使他们成了知心朋友。

1919 年底，盛成前往法国勤工俭学。20 世纪 20 年代初，盛成加入法国社会党，并参与创建了法国共产党，他是法国共产党早期的领导人之一。其后，盛成凭借自己所具有的崇尚自由和热爱艺术的个性，很快又与毕加索、海明威等人创办了影响欧洲艺术界的超现实主义"达达派"。1928 年，盛成应聘到巴黎大学主讲中国科学课程。在这期间，盛成领悟到东西方思想的相通之处，独具慧眼地提出自己的见解："天下殊途而同归。"（这成了盛成为之奋斗终生的最高理想目标）盛成还用法文创作了一部自传体小说《我的母亲》。该书 1928 年在巴黎出版后，立即震动法国文坛，西方报刊纷纷给予介绍和评述。诗人瓦莱里为该书撰写了一篇长达 16 页的万言长序，盛赞这部作品改变了西方人对中国长期持有的偏见和误解。该书还得到著名作家纪德、罗曼·罗兰、萧伯纳、海明威、罗素等人的高度评价。该书先后被译成英、德、西、荷、希伯来等 16 种文字在世界各地出版发行。盛成由此成为享誉欧洲的大文学家、艺术家。

1927 年，徐悲鸿前往法国留学。当时已是国际知名作家的盛成，为帮助徐悲鸿在欧洲获得更好的发展，写了众多推荐信，积极地把徐悲鸿介绍给自己的法国朋友，特别是把徐悲鸿介绍给为《我的母亲》作长篇序言的瓦莱里。瓦莱里收到盛成的介绍信后，特意前往巴黎看徐悲鸿的画展，当场看过其画作后，在《箫声》上题写了诗句，大意是说，他看到的这位东方画家，"是一位能够把握瞬间的魔术师，因为在这张画之中，我们仿佛看到美好的景致从竹箫中间流淌出来"[1]。因为瓦莱里的亲笔签名，《箫声》轰动巴黎，该

---

① 傅宁军：《吞吐大荒：徐悲鸿寻踪》，北京：人民文学出版社，2006 年。

画也由瓦莱里的秘书买去，徐悲鸿从此在巴黎一举成名。对此，徐悲鸿对盛成怀有深深的感激之情。但徐悲鸿这次到欧洲，与盛成并没有机会见面，甚为遗憾。

1930年初，盛成回到上海。不久，盛成前往南京，待自己安顿停当后，便前往南京丹凤街去拜访徐悲鸿。13年的分别后，好友再次相见，非常高兴，畅谈了离别多年来各自的经历。徐悲鸿对盛成说："你在法国写的《我的母亲》一书真是太精彩了，连登甫特生都说由于读了你的大作，使他们认识了中国的文化和礼教。"之后，徐悲鸿关切地询问盛成是否成家。徐悲鸿知道盛成还是单身后，连忙说道："中国的情形与法国不同，在法国单身生活不足为奇，在中国可不行，很不方便。我给你介绍一位最得意的学生，她叫孙多慈。"

孙多慈，何许人也？其祖父孙家鼐，清末进士，做过工部、礼部、吏部、户部的四部尚书；其父孙传瑗，国学教授，古诗文造诣精深，对孙多慈爱如掌上明珠。而孙多慈举止优雅，冰清玉洁。徐悲鸿对孙多慈做了简要介绍，还拿出孙多慈作的一首五言诗，说明孙有多方面的才能。盛成看了，记得该诗最后两句是："不知天地间，尚有几多愁。"盛成对此印象深刻，以至于在写《旧世新书：盛成回忆录》时还提到这两句诗。第二天，盛成再去徐悲鸿处时，"看见徐悲鸿正在替孙多慈画像。我坐在旁边打量着她，内心毫无感觉。坐了一会儿，我就起身告辞了，以后也没有再去"[1]。虽然盛、孙无缘，但对于徐悲鸿的一片好意，盛成还是心存感激的。

南京一别后，盛成先后追随张继、蔡元培为国家四处奔走，1930年下半年，不想再卷入政治旋涡的盛成接受蔡元培的邀请，前往北京大学任教。开学后，盛成在北大文学院外语系教"法文诗与法文小说""法国文学史"。1931年，盛成继续在北大的学校生活。对于盛成而言，这是一段短暂而又平静、惬意的生活。盛成常与徐志摩、钱穆、蒙文通、林损、汤锡余等人在中

---

① 盛成：《旧世新书：盛成回忆录》，北京：北京语言学院出版社，1993年。

山公园长眉轩聚会。

正是在这一年，盛成先后经历母亲去世、"九一八事变"爆发、徐志摩撞机而亡，让盛成感触良多。尤其是"九一八事变"的爆发，让少年时代便追随孙中山革命的盛成，日益感受到日本帝国主义对于中国的狼子野心，这也为他在"一·二八事变"爆发后，只身南下，参加十九路军，用血肉之躯为国而战埋下了伏笔。

短短的一封信札，静静地为我们讲述了一段并不平凡的历史记忆。而那段历史和那些历史中的亲历者，确实值得我们这些后人去铭记，因为他们为我们这个民族、这个国家，做出了属于他们的历史功绩，他们不应被遗忘。

从一封书信谈盛成与史迪威"不平凡"的相识

约瑟夫·史迪威（1883—1946），美国佛罗里达州巴拉特卡市人。第一次世界大战中，担任美国驻华武官，其后多次来华。第二次世界大战中珍珠港事件爆发后，美国参战。1942年，史迪威晋升中将，并被派到中国，先后担任中国战区参谋长、中缅印战区美军总司令等职务。2015年9月2日，约瑟夫·史迪威荣获中国人民抗日战争胜利70周年纪念章。

1985年2月15日，86岁老作家盛成在致上海学者陈子善的一封信中，向他详细讲述了"台儿庄大捷"后，他与郁达夫前往徐州劳军的历史情况。在信中，盛成三次提到美国史迪威将军（台儿庄大捷时为美国上校）。

23（日）早，我识史迪威上校。

……下午包华国陪游快哉亭公园。我与达夫及包华国带史迪威上校去见李长官，蒋已回汉口。

27（日）史迪威自前线回，与我及池师长长谈台儿庄战役，并拟撰文投美国军事杂志。

台儿庄大捷指的是 1938 年 3 月 16 日—4 月 15 日，为阻止日军对津浦线、陇海线的占领及南下，李宗仁将军所领导的第五战区与日本侵华的精锐部队坂本师团（第五师团）及矶谷师团（第十师团）在台儿庄附近激战近 1 个月，在毙伤日军 2 万余人（日军自报伤亡 11984 人）并缴获大批武器和装备后取得的一次胜利。

台儿庄大捷是国民政府自抗战以来在正面战场取得的最重大胜利。此次

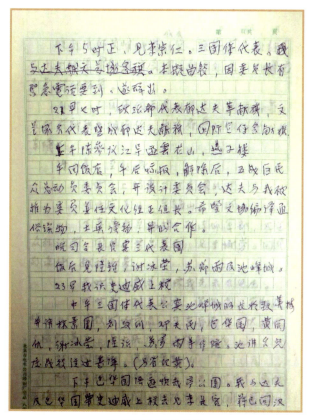

盛成致陈子善书信

胜利不仅严重挫伤了日军的嚣张气焰，还极大振奋了中华民族的抗战精神，坚定了国人抗战胜利的信念。

正因此次大捷所取得的巨大影响，中华全国文艺界抗敌协会（简称文协）和国际宣传委员会决定委派担任文协理事及国际宣传委员会总干事的盛成，与郁达夫等人组成劳军慰问团前往台儿庄慰问。

4月12日，盛成、郁达夫等人从武汉乘火车出发。第一站抵达郑州，盛成等人会见了第一战区司令长官程潜，并向第一战区将士献旗致敬。

4月14日，盛成、郁达夫等人抵达徐州，入住花园饭店。当天，慰问团受到第五战区司令长官李宗仁将军的接见。盛成与李宗仁早在1936年12月便在桂林相识。作为桂系著名将领，李宗仁早年间便在中国极负盛名，台儿庄大捷后更是如日中天。当天，李宗仁在花园酒店设宴为远道而来的慰问团接风洗尘。席间，应盛成等人的邀请，李宗仁详细介绍了台儿庄战役的经过，这引起了慰问团的极大兴趣。

当盛成一行入住徐州花园饭店时，恰好时任美国驻华武官参赞的史迪威上校也下榻在此。

史迪威1904年毕业于美国西点军校。1911年11月，史迪威第一次来华，游历上海、厦门、广州、梧州、香港等地；1920年8月，第二次来华，正式就任驻华语言军官；1926年至1929年，第三次来华，先后在天津任驻华第十五步兵团美军营长、代理参谋长；1935年7月，第四次来华，在北平任美国驻华武官，晋升上校。史迪威能说一口流利的中国话，大家称其为"中国通"。

1938年1月，史迪威因与上司麦凯布不和，被禁止在中国尤其是战场上擅自行动。可是史迪威是军事迷和中国通，很想了解中国抗战战场的真实情况。后经其反复要求，美国陆军部批准他到兰州考察。但考察途中，为了解中国抗战情况，史迪威悄悄改道徐州。他在徐州听到中国军队在台儿庄取得大捷后，很想亲自去台儿庄，但该申请被国民政府第五战区政治部阻止。原因是当时有几个意大利记者到达前线窃取了中国军事情报，国民政府军事委员会政治部得知该情况后，遂给各战区司令长官下达了一道命令：禁止所有外国人到前线去。史迪威到达徐州后，因一时无法前往台儿庄，便一直住在花园饭店后院寻找机会。

盛成当时住在花园饭店前院 1 号房，房间对面是一个走廊，在穿堂处有两把椅子。一天早上，当盛成坐在穿堂的一把椅子上时，他看见一个外国人总在不远处走来走去。忽然，那个外国人停下来，用法文突然问盛成："你是不是《我的母亲》的作者？"盛成惊讶地说："你怎么知道？"那个外国人说是他听说的。盛成问他如何称呼，那个外国人说他是美国驻华使馆武官史迪威上校。

在两人交谈中，史迪威告诉盛成：自己本想去台儿庄实地采访中国军队的抗战情况，但因为"意大利新闻记者的事件"，他没办法去到前线，但又不愿意就这样离开。史迪威还同盛成谈起他之前到中共领导的八路军战场采访的情况，表示自己对八路军的印象很好。

盛成听后，马上意识到这个美国人愿意来台儿庄采访，这对中国抗战可能是一个重要的"政治及军事"事件。抗战之初，日军来势汹汹，进攻气焰十分嚣张。中国非常需要美国这样一个有实力的世界大国来给予援助。为了抓住这个千载难逢的机会，盛成表示愿意帮助史迪威达成前往前线采访的愿望，并约他下午在此处再见。

结束谈话后，盛成立刻前往第五战区司令部面见李宗仁将军，向他讲述了史迪威的情况。李宗仁听后十分高兴，要求盛成尽快将史迪威带来司令部面谈。从司令部出来后，盛成考虑到郁达夫是国民政府军事委员会政治部的代表，由他这个官方人员和自己一起陪同史迪威去见李宗仁，效果可能更好，便去找郁达夫帮忙。郁达夫听后也十分高兴，表示愿意下午一同前往司令部。

当天下午，盛成、郁达夫与史迪威前往司令部会见李宗仁将军。李宗仁与盛成、史迪威、郁达夫简单寒暄后，便邀请三位嘉宾饮茶叙谈。

落座后，李宗仁开门见山地询问史迪威："史迪威先生，您认为中国抗战的前途如何？"

史迪威耸耸肩说道："中国太贫穷了，就武器而言，比日本落后很多，这无疑是拿着筷子去和日本军队打仗。"

李宗仁听后，紧接着又问："那您认为中日两国军队作战的情况如何？能叙述一下您的观感吗？"

史迪威摊开双手，连忙表示："我是外交官，不便发表意见。"

听到史迪威这样说，李宗仁向他明确表明了自己的抗战态度："史迪威先生，无论您对中国抗战前途抱着什么样的观点，但是中国人民抗战的决心是坚定的，中国军人为保卫国土，捍卫主权，是不怕流血牺牲的。我们好多军民在抗日前线是以血肉之躯抵抗日军的飞机、大炮，涌现出很多可歌可泣的英勇事迹。"

史迪威听到这里，说道："中国人民英勇抗敌，我是有所耳闻的，站在我个人的立场，我很同情中国人民的抗战。"

看到史迪威这样表态，李宗仁便向史迪威详细分析了当前的国际形势。他指出日本军国主义侵略中国实由国际联盟的姑息政策引起。如今日军更是得寸进尺，希望占领中国的全部领土，其野心昭然若揭。而英国首相张伯伦对此一再姑息，法国则恃有马奇诺防线，对一触即发的世界战争毫无戒备。德国则利用其优越的工业基础，正肆无忌惮地扩张军备。

李宗仁对史迪威说："希特勒很快就要发动欧洲大战，英法等国到时无力兼顾东亚殖民地的利益，日本必然南进取而代之。日本可能对美国不宣而战。美国必将与中国站在同一战线上并肩作战。我希望您向美国政府建议，赶快贷款给我们，购买大量作战物资，运入西南大后方，增加中国军队的作战力量，以防止日本南进。"

听到这里，史迪威摇摇头："法国已建了马奇诺防线，德国有何力量来发动欧战？至于日本，其志在于征服中国，所以它自信尚有把握。若言南进，与强大的英美海军为敌，何异痴人说梦？"

见史迪威如此固执，李宗仁将军耐下性子继续阐述自己的观点："日本虽强，中国虽弱，但中国拥有广土众民的优越条件。敌人志在速战速决，而中国则志在困敌于泥沼之中，至其崩溃而后已。美国朝野睿智之士须知今日表面上虽为中日的战争，而实质上为侵略集团与反侵略阵线的战争，中国不过是首当其冲而已。所以美国提早贷款援华，确是为美国将来在远东战场上减少子弟牺牲的不二选择。"

史迪威倾听良久，若有所悟地说道："假使我是罗斯福总统或国会议员，一定会同意你的主张，只可惜人微言轻。"

盛成促成的这次双方会谈，让李宗仁对史迪威印象极佳，"史氏为人极豪爽，谈笑风生，颇有战将的气概。一见其人，便知道他可以做一位叱咤风云、出入枪林弹雨的猛将，而不是一位'借箸为君一筹'的参谋人才"。谈话结束前，李宗仁热心地询问史迪威还有什么要求，请他尽管直说。史迪威坦诚地表达了自己想亲去台儿庄前线考察的想法。李宗仁听后一口答应，他也很想让这位有美国军方背景的武官亲往抗战一线感受中国军民的抗战决心。

4月23日，盛成、郁达夫、史迪威一行在第五战区长官部参议陈江的陪同下，连夜赶往台儿庄，进行了3天的考察。史迪威到达台儿庄后，亲眼看见战后的台儿庄残垣断壁、一片废墟，耳闻目睹了日军溃不成军的狼狈之态，并亲身感受到中国军队高昂的士气。坚守台儿庄的池峰城将军一路陪同史迪威访问，他随时回答史迪威提出的疑问。史迪威在考察中每事必问，对台儿庄战役的经过情形、中国军队的组成及战斗能力等做了详细的调查和记录。采访中，史迪威为中国军队在台儿庄战役中前仆后继、勇猛杀敌的精神所感动。实地参观后，史迪威改变了对中国抗战前途悲观的看法，他相信中国必将在抗日战争中赢得最后的胜利。

在视察中，史迪威向盛成谈到美国政府并不知道在中国台儿庄实际发生的战争情形，他准备回去写一篇相关文章登在美国军事杂志上。由盛成促成的实地采访，令史迪威掌握了大量一手材料，因此他的这篇文章完全可以写得十分具体与翔实。这些材料足以清晰地证明中国军队尽管装备低劣，但抗战卫国的意志是坚强不可摧毁的，中国军民为了民族利益是不怕流血牺牲的。这篇文章一旦发表，说不定会对美国政府产生较大影响。盛成听史迪威这样说，也积极鼓励他尽快写出来。

5月初，盛成返回武汉复命。他给全国文协和国际宣传委员会写了一份劳军与视察报告。在报告中，盛成依据台儿庄前线官兵们顽强作战的不屈精神，得出了"中国必胜，日本必败"的结论。

不久，史迪威撰写完成了一篇关于台儿庄战役的详细报告。该报告很快在当年美国最重要的军事杂志上刊发。该报告一经登出，便对美国政府产生了极大影响。当年8月30日，美国财政部代表洛辛·巴克在听取史迪威报告后，第一时间便把意见转呈财政部长摩根索。很快，美国总统罗斯福和财政部长摩根索根据该报告，表示要支持中国抗战。三个月后，美国政府便通过进出口银行安排给予中国政府贷款2500万美元。这笔钱对于当时正在艰苦抗战的重庆国民政府如雪中送炭。因为当时，随着东南沿海的相继陷落，国民政府的财政日益拮据。

此后，在罗斯福总统和高层抗战派的支持下，美国开始了各种形式的经济援华。美国的帮助对于中国坚持抗战做出了积极的贡献。由此可见，史迪威的这份报告对中国抗战、对世界反法西斯战争具有多么重大的影响！同样，盛成这位中国作家在这份报告形成中所起到的积极作用，也不能忽视。正是他敏锐地抓住了与史迪威偶遇的历史时机，通过自己的多方奔走与协调，不仅帮助史迪威实现了到台儿庄前线调查的愿望，还让史迪威看到了中国从将军到士兵抗战的坚定决心。史迪威由此对中国取得抗日战争的胜利产生了希望，这也为他此后积极帮助中国争取美国援助打下了坚实的基础。

历时14年艰苦抗战，中华民族终于取得了抗日战争的最后胜利。14年的艰苦岁月中，无数的中华儿女用自己的血肉之躯拼死而战。盛成，作为一名炎黄子孙，亦是如此。他为我们这个民族抗战所做出的贡献，不应被遗忘。

周作人致葛一虹两封信札

周作人（1885—1967），原名櫆寿，字星杓，浙江绍兴人。我国著名作家、翻译家。代表作有《知堂回想录》《鲁迅的故家》《鲁迅的青年时代》《鲁迅小说里的人物》，翻译作品有《财神》《希腊神话》《伊索寓言》等。

葛一虹（1913—2005），原名葛曾济，字作舟，号巨川，上海嘉定人。我国著名戏剧理论家、翻译家、戏剧史家、出版家，新中国戏剧事业的开拓者和奠基人之一。代表作有《嘉定三三》《第三特别留置室》《红缨枪》，翻译作品有《作家与社会》《马克思论文学》《列宁论文艺》等。

近日，笔者在文学馆书信库中，偶然看到两封署名为"周启明"与"遐寿"的周作人书信。

一虹兄大鉴：

本月份款已于一日收到，顷母家中小孩多病需款，稍急，下月份之款可否请提前付下，不胜幸甚。

译书已着手（像 Euripides：Hecaba），月内可成四百行，约三分之一，加上注释在六个月之内必可告成矣。专此叩颂

大安

周启明　启

十一月廿三日

一虹先生大鉴：

英人 R.Nisber.Bain 有哥萨克、俄国、土耳其三册童话，颇想将哥萨克（英译本似没有第二种）一册译出，土耳其日后再说，未知贵社可以印其否。乞便中示及。前奉询 Fabre 昆虫记（Souvenirs Entomologiques）事，只想知道在苏联有无译本，以备在介绍文中谈及耳。前次未说明，今再补及。

专此叩请

近安

弟遐寿　启

十一月卅日

在我国现当代作家中，周作人的笔名繁多，据《周作人年谱》附录三《周作人别名笔名录》不完全统计，其笔名竟有 125 个（包括"申寿""鹤生""十山""持光""木寿""祝由""木仙""十先""龙山""知堂""药堂""仲密""饭后随笔""东郭生""启明""周启明""遐寿""王寿遐"等）。周作人自己也承认："我的别名实在也太多了，自从在书房的时候起，便种种地换花样，后来看见了还自惊讶，在那时有过这称号么？"在这众多的笔名中，周作人晚年惯常使用有遐寿、周启明、启明以及知堂、药堂等。

"周启明"作为笔名，最早使用在 1928 年 6 月 1 日《新女性》第 30 号《七十鸟的宗教行为及其他》一文中，文章落款署名为"周启明"。"遐寿"

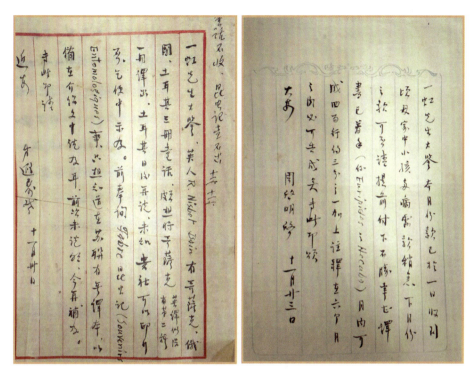

周作人致葛一虹书信

原本不是周作人的笔名。在此之前，周作人曾给自己取过一个笔名"王寿遐"（《诗经·大雅·棫朴》"周王寿考，遐不作人"，"王寿遐"和周作人本名"作人"同出一典）。第一次使用"王遐寿"，是在 1948 年 8 月 31 日《子曰丛刊》第 3 辑《〈呐喊〉索隐》一文中。而笔名"遐寿"的出现则源于一次美丽的"误刻"。对于这次"误刻"，周作人在 1950 年 10 月 30 日致康嗣群的信中，曾有提及：

　　嗣群兄大鉴：

　　　　廿七日手书诵悉……笔名前用寿遐，近由方纪生为托陆和九刻一印，乃误为遐寿。方君拟请其重刻，但觉得篆文很有意思，且改

刻缺少兴趣，难得刻好，故宁改字以从之也……草草即颂

近安

遐寿

十月卅日

周作人以"遐寿"为笔名，起因是刻印者陆和九误将"寿遐"刻为"遐寿"（误刻很可能因成语"龟鹤遐寿"所致）。好友方纪生本想让陆和九重刻，但周作人很喜欢此印，不忍弃之，便将错就错，以"遐寿"为自己的又一个笔名。

笔者在书信库中见到的两信，皆是周作人写给葛一虹的。

葛一虹

在信中，周作人都谈到了翻译的事情。谈及两人的交往，葛一虹在《知识分子精神与社会责任——葛一虹先生访谈录》中曾有略述：

（高新生问）听说刚解放时，一些事情尚未走上正常轨道，一些知识分子的生活无着，您曾经以预支稿酬的方式接济过一些人，其中就有周作人。

（葛一虹答）他的情况较为特殊。他1945年以叛国罪被判刑入狱，1949年出狱后，定居北京，生活无着，希望并只能以文为生，罗念生告诉我说，周作人正搞希腊戏剧方面的翻译，国内搞希腊戏剧的人是凤毛麟角。我看了他拟出的准备翻译的篇目，决定给他一定的资助，帮他完成文稿。于是一方面，我以预支稿酬的名义，每月支给他钱，加起来有一千多元；另一方面约请罗念生、缪灵珠和周作人共同担任希腊古剧的全部译事。20世纪50年代后期，人民

文学出版社出版的《欧里庇得斯悲剧集》等几部古希腊戏剧集，就是那时准备下来的稿子。后来，周作人的书稿在人民文学出版社出版，出版后拿了稿费又把预支的钱退还给我……

那时，葛一虹是北京天下出版社（1949 年下半年—1952 年 12 月底）负责人之一（另外两位负责人是葛一虹妻子陆一旭及葛的好友郁文哉）。北京解放之初，因当时出版力量不足，为满足广大读者对苏联和解放区图书的渴求，经党组织同意，葛一虹重新开办了天下出版社（私人企业性质）。他先后出版了解放区作家赵树理、马烽、康濯、孙犁、杨朔等人参与创作的"大众文艺丛书"以及《苏联历史》《苏联地理》《苏联名剧译丛》《莫斯科性格》《布雷利乔夫》等作品。新中国成立后，葛一虹想在天下出版社出版一套希腊文学丛书，他约请了相识的希腊文学专家罗念生商谈此事，后经罗推荐，周作人也加入了希腊古剧的翻译。

据《周作人年谱》显示，周作人领受任务后，很快便按约定开始为天下出版社翻译欧里庇得斯作品。这位当时已是 65 岁的老人翻译速度十分惊人，1950 年 11 月 16 日，"开始翻译希腊欧里庇得斯的悲剧"；1951 年 4 月 11 日，"作欧里庇得斯传略"；1951 年 4 月 14 日，"翻译希腊悲剧《赫卡柏》脱稿"。这些记述清楚地表明，周作人在信中所说"译书已着手（像 Euripides: Hecaba），月内可成四百行，约三分之一，加上注释在六个月之内必可告成矣"，并非虚言。其后，周作人曾再次前往天下出版社拜访葛一虹，商谈事情："1951 年 5 月 5 日，往天下出版社，访葛一虹。""5 月 5 日"正是周作人已完成《赫卡柏》译稿，并开始《圆目巨人》翻译的间隙。此后，他为天下出版社所进行的翻译依旧快速。1951 年 8 月，翻译希腊悲剧《圆目巨人》脱稿；1951 年 12 月至 1952 年 4 月，完成《在奥利斯的伊菲革涅亚》；1952 年 6 月 15 日至 9 月，完成欧里庇得斯著《安德洛玛刻》；1952 年 11 月至 1953 年 1 月，完成欧里庇得斯著《伊翁》。

1952 年底—1953 年初，天下出版社撤销并入人民文学出版社，但这并未影响周作人对未完成的欧里庇得斯的翻译。"1953 年 4 月 11 日至 6 月 30 日，完成《海伦》；1953 年 7 月至 11 月，完成《希波吕托斯》；1953 年 12 月 22 日，开始翻译欧里庇得斯著《厄勒克特拉》；1954 年 9 月，完成欧里庇得斯著《厄勒克特拉》；1954 年 11 月至 1955 年 8 月，完成《俄瑞斯忒斯》。"

不知为何，在天下出版社存续期间，周作人翻译的欧里庇得斯 5 种剧作都没有出版。当时的天下出版社属私人性质，创办者葛一虹对出版社的发展一直有自己的考虑。在周作人"5 月 5 日"拜访葛一虹 4 个多月后，10 月，葛一虹曾致信周扬，建议成立一个戏剧电影和音乐的专业出版社，并表示愿将天下出版社捐献出来。不久，"三反"运动展开，作为私营企业天下出版社负责人的葛一虹"不愿意继续有资本家的名义"，他以"资金周转不灵"为由，向出版总署提出歇业要求。也许正是这些变故，导致周作人对欧里庇得斯的翻译迟迟无法出版。之后，这些译作由兼并天下出版社的人民文学出版社负责接收并计划出版。对此，周作人在 1952 年 7 月 11 日日记中有过记述：

> 晚冯君培来访，谈译书事，大抵由人民文学出版社接受悲剧译事……以前两年全与私商（书估）打交道，但现今那些货物（译稿大小五部）悉已由人民文学社收购，为此不但将来有出版之望，且亦足见以前工作在政府看来亦是有价值，总算不为白费，私心窃以为喜也。

在"十一月廿三日"信中，周作人首先告诉葛一虹："本月份款已于一日收到。"1950 年 10 月 22 日，葛一虹代表天下出版社与周作人商定翻译欧里庇得斯的译作，并约定预支版税。1950 年 11 月 1 日，周作人便收到"天下出版社"预付的本月版税。其后，周作人在信中向葛一虹谈及"顷母家中小孩多病需款，稍急，下月份之款可否请提前付下，不胜幸甚"。由于家庭经济负担很重，周作人向葛一虹提出能否将下个月的版税提前支付，让"家中生病小孩"可以有钱去看病,以解他"燃眉之急"。新中国成立初期,周作人在北京没有工作,又有众多家人要供养,稿费是他当时唯一的经济来源,虽然他努力地写稿,但稿费依旧无法满足家庭的巨大开支,这使得周作人一直处于"穷困"之中,他也不得不常常接受朋友们的接济,方能度日。笔者认为,"经济负担重"也是周作人翻译欧里庇得斯作品较快的重要因素。随后,周作人在信中向葛一虹谈道:"译书已着手(像 Euripides:Hecaba),月内可成四百行,约三分之一,加上注释在六个月之内必可告成矣。""Euripides:Hecaba",指的是欧里庇得斯所著的《赫卡柏》。周作人这样写,笔者认为他是要让葛一虹知道,天下出版社虽是预支版税,但自己早已着手工作,预计月内可完成译作《赫卡柏》全文的三分之一,加上注释,半年内可交稿。前文讲述过周作人翻译《赫卡柏》的时间,从 1950 年 11 月 16 日—1951 年 4 月 14 日,恰恰将近 6 个月,这与周作人的承诺完全一致。据《周作人年谱》显示:在这 6 个月,周作人还发表了近 180 篇文章,几乎一天一篇。从这可看出,65 岁的周作人是多么急迫需要用自己的文字来换取稿费,以维持他和他的家庭的正常生活。

在第二封信中,周作人向葛一虹谈到自己想翻译英国作家倍因的著作,不知天下出版社是否感兴趣出版。在信的一开头,他首先写道:"英人 R.Nisber.Bain 有哥萨克、俄国、土耳其三册童话,颇想将哥萨克(英译本似没有第二种)一册译出,土耳其日后再说,未知贵社可以印其否。"

对于倍因及其作品,周作人早在 20 世纪 30 年代《夜读抄》之《黄蔷薇》中便讲述过自己对它们的偏爱:

> ……这些旧译实在已经不值重提,现在所令我不能忘记者却是那位倍因先生,我的对于弱小奇怪的民族文学的兴味差不多全是因了他的译书而唤起的。我不知道他是什么人,但见坎勃列治大学出版的近代史中有一册北欧是倍因所著的,可见他是这方面的一个学者,在不列颠博物馆办事,据他的《哥萨克童话集》自序仿佛是个

言语学者。这些事都没有什么关系，重要的乃是他的译书。他懂得的语言真多……俄国的东西他有《托尔斯泰集》两册，《高尔基集》一册，《俄国童话》一册是译伯烈伟（Polevoi）的，《哥萨克童话》一册系选译古理须（Kulish）等三种辑本而成，还有一册《土耳其童话》，则转译古诺思博士（Ignacz Kunos）的匈加利语译本……好几年前听说这位倍因先生已经死了，Jarrold and Sons 的书店不知道还开着没有，——即使开着，恐怕也不再出那样奇怪而精美可喜的书了罢？但是我总不能忘记他们。倘若教我识字的是我的先生，教我知道读书的也应该是，无论见不见过面，那么 R.Nisbet Bain 就不得不算一位，因为他教我爱好弱小民族的不见经传的作品，使我在文艺里找出一点滋味来，得到一块安息的地方，——倘若不如此，此刻我或者是在什么地方做军法官之流也说不定罢？ [①]

对于这两部作品的翻译，周作人依旧高效。据张菊香、张铁荣编著《周作人年谱》（天津人民出版社，2000 年版）第 820—822 页显示：

1952 年 5 月 1 日，开始翻译英国倍因编译的《哥萨克童话与民话》，译名为《乌克兰民间故事》；

1952 年 5 月 9 日，作《乌克兰民间故事》注释；

1952 年 5 月 10 日，作《乌克兰民间故事》注释讫；作《乌克兰民间故事·序言》；

1952 年 5 月 14 日，翻译《乌克兰民间故事》的工作全部结束；

1952 年 5 月 22 日，开始翻译英国倍因编译的《俄罗斯民间故事》；

1952 年 5 月 31 日，翻译《俄罗斯民间故事》至本日讫；

1952 年 6 月 10 日，作《俄罗斯民间故事·序言》；

1952 年 9 月 19 日，作《俄罗斯民间故事·后记》。

---

① 周作人：《永日集 看云集 夜读抄》，长沙：岳麓书社，1988 年。

在《周作人年谱》《周作人译作目录》中，笔者查阅到周作人翻译的倍因有关哥萨克、俄国童话，后来在香港一家名不见经传的小出版社香港大公书局出版。"1952 年 11 月，翻译的《俄罗斯民间故事》，由香港大公书局出版（译者署名周遐寿）；1953 年 1 月，翻译的《乌克兰民间故事》，由香港大公书局出版（译者署名周遐寿）"，不知这是否与当时天下出版社即将撤销有关，还是什么别的原因让葛一虹当时无暇顾及这两本书的出版。

对于该书在香港大公书局的出版，笔者仅在柳存仁撰写的《知堂纪念》一文中，查到一些相关信息。

柳存仁是周作人在北大的学生，1935 年考入北大国文系，受教于周作人。1952 年，柳存仁在香港教书，他和老师周作人常有书信往来。在 1952 年的一次通信中，周作人向学生谈及自己正在翻译倍因编译的《俄罗斯民间故事》《乌克兰民间故事》，并希望能将其出版。柳存仁因和经营香港大公书局的徐少眉①有些往来，便前去询问。徐少眉听说是周作人的译作，很感兴趣，他最初以为可能会有机会出版周作人正在翻译的《希腊悲剧》《神话》。当柳存仁去信代为问询时，周作人在 7 月 9 日回信中，是这样答复的：

> 二月手书诵感。鄙事承关切，至为感荷。拙稿搁浅者有《呐喊·彷徨衍义》，系一种鲁迅小说的注（夹注：关于人地事物部分），拟在内地寻觅出版处。此外有根据英译之可萨克及俄国民间故事（夹注：亦称童话，似不很适切），如可以请徐君一看，乞费神接洽。可萨克稿在沪，已去索回，日内当一并寄上。可萨克 6 万余字，俄国则只 5 万言，如可出版，条件则无一定，只是版税远水不敢近火，故如可能，自希望售稿也。

7 月 10 日晚，柳存仁再次收到周作人书信。周在信中说明《伊索寓言》

---

① 徐少眉，绍兴人，经营出版多年，曾在商务印书馆从事出版，在香港创办大公书局，该书局曾出版过一些文艺书籍。

《希腊神话》《悲剧》等不能寄港的原因：

> 今日寄出一信，并稿本一册，旋得4日手书，诵悉一切。大公盛意甚感，唯所说诸书均无可设法，因《伊索》及《神话》版权俱售给开明，《悲剧》三部亦预支版税，数目过于开明的售额。不但不易取出，且即使转让亦于鄙人了无利益也。特此申明，祈转告大公乞谅为幸。

虽然不是自己之前属意的《希腊悲剧》《神话》等作品，对于周作人翻译的《俄罗斯民间故事》和《乌克兰民间故事》（可萨克），徐少眉还是愿意付款购买并出版。因知周作人急需稿费，很快，香港大公书局便支付给他3000元港币的稿费，这在当时是较大的一笔款项。经济压力沉重的周作人内心十分感激，但数目之大也让他心里很是不安。在1952年8月8日致柳存仁的信中，周作人就曾写道："徐君买马骨，高谊难得，涸鱼亦遂有稣生之感。"不久，1952年11月和1953年1月，香港大公书局在港先后出版了署名"知堂"的《俄罗斯民间故事》和《乌克兰民间故事》（两书被列为"大公翻译丛书之一"中）。对于徐少眉的"雪中送炭"，1956年11月18日，虽已时隔近四年，周作人在致柳存仁的信中再次提到这两册"民间故事"，云："此书国内未能销行，于书局亦是损失，对于徐君好意，亦觉有负。近有天津人民出版社提议重印。"周作人当时打算在天津人民出版社重印此书后，退还香港大公书局港币2000元。只是此事后来因为外汇不能够办到，没有成功。20世纪60年代初，香港大公书局在港关闭。

在信的结尾，周作人谈道："前奉询Fabre昆虫记（Souvenirs Entomologiques）事，只想知道在苏联有无译本，以备在介绍文中谈及耳。"《昆虫记》（*Souvenirs Entomologiques*），是法国昆虫学家、文学家法布尔（Fabre）所著的长篇科普文学作品，共十卷。笔者查阅了《周作人译文全集》中的"周作人译作目录"，并没看到周作人翻译过《昆虫记》，在《周作人年谱》中，也未看到周作人在新中国成立初期对《昆虫记》有过提及。笔者翻阅了香港大公书局出版的《俄罗斯民间故事》和《乌克兰民间故事》，在书中，周作人并未提及《昆虫记》。也许是葛一虹没找到该书的苏联译本，也许是周作人自己后来觉得没有谈及《昆虫记》的必要，也许……

　　两封信内容都很短，所谈及的事情也并不多，但其背后的史料却很丰富，笔者希望自己对于这两封信的粗浅整理，对于周作人翻译研究能有些助益。

从一封佚信谈周作人与罗念生

罗念生（1904—1990），原名懋德，四川威远人。我国著名作家、古希腊文学翻译家。代表作有诗集《龙涎》、散文集《芙蓉城》、译作《伊菲格涅亚在陶洛人里》《阿里斯托芬喜剧集》等。

念生兄大鉴：

廿九日信诵悉。天下事重烦费心至感。出版社困难情形深所了解，唯此外无生计，只可恳请其维持，都意拟再译一种。三四月后竣工。希望预支款项，六月中何时可以起始，尚祈代向天下接洽示知。荷马翻译甚愿分担，最好是 Odyssey（或并 Quintas）不知是否像文化工作出版社。此时亦望大力帮助，为一介绍接洽并以大略情形见示如幸。弟以前与书店接触经验多不愉快，如商务、文明、开明均以劳资相对之姿势出现，译者像无组织之工人，只能忍受至今未能翻身。与天下接触虽未到二年却深感到以朋友相交素所感念，依理此时不应强请维持，唯如前述目下年计，又依恃天下历年友善态度，故有此不情之恳，尚乞葛郁诸君予以原谅耳。清华书暂不能借，只得先暂就 Loeb 本动笔，将来能借到时，再校改也。草草即颂

大安

弟遐寿　启

五月卅一日

这是 20 世纪 50 年代初，周作人写给罗念生的一封书信。周作人与罗念生都是我国现当代文学史上希腊文学的翻译大家。

罗念生不仅翻译过欧里庇得斯的悲剧《美狄亚》《特洛伊妇女》等 5 种、埃斯库罗斯的悲剧《普罗米修斯》《阿伽门农》等 7 种、索福克勒斯的悲剧《俄狄浦斯王》《安提戈涅》等 7 种、阿里斯托芬的喜剧《阿哈奈人》《云》等 6 种、

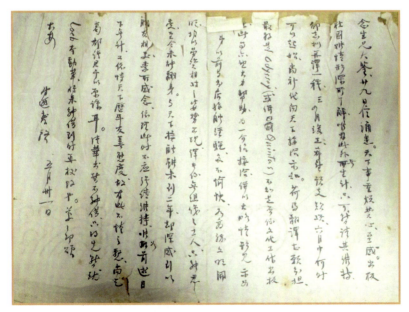

周作人致罗念生书信

亚里士多德的《诗学》《修辞学》，以及《琉善哲学文选》《伊索寓言》《古希腊散文选》，还编辑了《古希腊戏剧理论》《古希腊罗马文学作品选》《古希腊语汉语词典》，并撰写《论古希腊戏剧》等文，他对古希腊戏剧在中国的介绍与研究做出了重要贡献。

周作人则翻译过古希腊喜剧《财神》（阿里斯托芬作）、《希腊神话》、《伊索寓言》全译本、古希腊悲剧《欧里庇得斯悲剧集》（与罗念生合作）。但周作人认为自己毕生最重要也最有成就感的译作是古罗马叙利亚作家、哲学家路吉阿诺斯的作品选《路吉阿诺斯对话集》。周作人对古希腊文学在中国的介绍和传播同样起到了积极作用，他给世人留下了许多脍炙人口的古希腊名篇，其中所渗透的思想，对今天学术界仍然具有重要的参考价值。

谈及周、罗二人的交往，最早可追溯至 1935 年夏。当时，罗念生从外地到北京大学任教，讲授古希腊文明史及英美文学，同时从事翻译工作，并与好友梁宗岱合编天津《大公报》的副刊《诗刊》。同年 7 月 14 日，《独立评论》（胡适担任主编）在第 159 号《编辑后记》中，刊登了一封周作人的信。在信中，周作人说道："承转示罗先生批评，甚为欣幸。《农夫》一篇系旧译，多欠妥处，罗先生为订正，甚感。有几处曾在小文（《羊脚骨》）中说过，当找一册寄呈罗先生。"此信是周作人对前不久《独立评论》将一篇由罗念生撰写的书评转来后的回应。

1934 年 1 月，周作人翻译的《希腊拟曲》（希腊海罗达思、谛阿克列多思著）由上海商务印书馆出版。而 1931 年已翻译过《傀儡师保尔》（希腊施笃谟著）的罗念生，在读到周翻译的《希腊拟曲》后，特写了一篇书评《〈希腊拟曲〉》，投寄《独立评论》周刊。书评开篇，罗念生对《希腊拟曲》译作给予了很高评价："这本《希腊拟曲》大概是从希腊原文译出来的第一本书，且是一本很有趣的书。原诗的美丽和译文的畅达，都值得我们称赞。"随后，他对海罗达思、谛阿克列多思两位古希腊作家及其作品逐一做了介绍，并谈了两位作家作品的特点。"海罗达思的拟曲尊重人物的描写，不重动作。他的人物，和'新喜剧'里的人物一样，是模型化的，没有什么讽刺作用……

海罗达思的人物是活跃的，真实的。他的对话很粗俗；话说得很快时，常省去了动词。"而谛阿克列多思的"'拟曲'却是作来诵读的，不是作来表演的"。在书评最后部分，罗念生对周作人在《农夫》十余处的译词，提出了自己的不同观点。虽有不同见解，但罗念生在篇末依旧声明："这上面所说的都是一些小枝小节，说得不对的地方敬请周先生指教。"

罗念生

1935 年夏，罗念生来到北京后不久，参加了朱光潜主办的"读诗会"①。这个读诗会，周作人也常常参加。参与者在"读诗会"上通过"读诗"，寻找建立现代新诗声韵节奏理论的途径。擅长填词唱曲的俞平伯，对中国语体文字性能研究精深的朱自清，善法文诗的梁宗岱、李健吾，学习德文诗的冯至，对英文诗富有研究的叶公超、孙大雨、罗念生、周煦良、朱光潜、林徽因，都各自读过诗；朱光潜和周作人用安徽腔吟诵过新诗、旧诗；俞平伯用浙江土腔、林徽因用福建土腔，也诵读过一些诗。在"读诗会"上，周、罗二人曾有一些交往。

1937 年，中国的抗日战争进入全面抗战阶段。虽身处书斋，罗念生却积极投身到抗日救亡的洪流中。他以笔为枪，创作了《老残局的枪声》等散文作品，矛头直指日本帝国主义对中国的侵略行径。为振奋国民的抗战决心，他开始翻译欧里庇得斯的悲剧《特洛伊妇女》，以此表达他的爱国之情。同样对古希腊文学情有独钟的周作人，得知罗念生要翻译振奋民心的《特洛伊妇女》后，也予以了积极鼓励。正因积极抗日，罗念生的名字被列入日本宪

---

① 1933 年 7 月，朱光潜在完成《诗论》初稿后，便从法国马赛乘船返回中国。在 1933 年 7 月到 1937 年 7 月的四年间，朱光潜一直住在北京慈慧殿 3 号院。入住之后，朱光潜做的第一件事就是组织"读诗会"，每月举办一两次。

兵队的黑名单。"七七事变"前夕，罗念生不得不只身逃离北平，南下入川，从此二人便天各一方。

罗念生南下四川后，随四川大学、武汉大学辗转峨眉、乐山、成都等地。他一方面在大学任教，另一方面积极参加抗日救亡运动。罗念生用古希腊人抗击侵略、反对战争的经典译作来鼓励中国民众奋发图强、坚持抗战。他用古希腊英雄抗暴的故事，四处演讲，激励青年学生的爱国激情。在大后方，虽然纸张极度匮乏，出版事业举步维艰，但罗念生还是先后出版了他的《希腊漫话》《芙蓉城》等散文集，以及古希腊悲剧《特洛伊妇女》等翻译作品。这些作品对鼓舞中国人民的抗日士气和爱国热情起到了积极作用。不仅如此，1938年3月，罗念生与卞之琳、朱光潜、何其芳等还一起创办了抗日救亡杂志《工作》半月刊；1939年1月，他积极加入"中华全国文艺界抗敌协会成都分会"并当选为理事；同年2月，"文协"成都分会会刊《笔阵》半月刊创刊，罗念生与李劼人、萧军等十一人轮流任编辑，积极发表鼓舞抗战的进步文章；同年4月，罗念生与谢文炳、周熙民等人创办《半月文艺》，大量发表抗战文艺作品，进行爱国宣传。

而周作人则在"七七事变"后，不愿离开北京，最后"附逆"。抗战胜利后，周作人因追随汪伪政府，被判刑收押在南京老虎桥监狱。1949年1月26日，周作人被提前释放，8月从上海回到北平，隐居在八道湾家中。而罗念生在抗战胜利之初，与叶子陶、姚雪垠等进步人士一起，在《新华日报》上发表了《成都文化界对时局的呼吁》，反对国民党反动派制造分裂、发动内战的阴谋，要求结束国民党的独裁统治，成立联合政府。当闻一多在昆明被国民党特务暗害后，罗念生愤慨地写下诗文，悼念闻一多烈士，并与其他革命进步人士出专刊，大声抗议国民党当局的血腥统治。

1946年，罗念生到长沙湖南大学执教，与罗皑岚、胡子安等人办副刊，出版著作。1947年，罗念生赴青岛，在山东大学任教。1948年，北平解放前夕，罗念生就任于清华大学外语系，并于年末迎来了北京的解放。

新中国成立后，1950年10月，葛一虹创办的天下出版社想出版一套古希腊文学作品。当葛一虹与罗念生谈及此事后，罗积极向葛一虹推荐了周作人。笔者查阅相关资料，了解到新中国成立后，周作人与罗念生的交往正是起于 1950 年 10 月。对此，《周作人年谱》（增订本）中有着清晰的记述：

（1950 年 10 月）7 日，罗念生来访，邀参加为天下图书公司翻译悲剧工作，约以明年。[①]

在随后 10 月 18 日的记述中，又有：

罗念生来，携来欧利披台斯书三册，约定翻译从下月起。[②]

10 月 22 日则再次记述：

下午至天下图书公司，与公司葛一虹、郁文哉及罗念生、缪灵珠共谈译事。[③]

正是在 10 月 22 日下午，葛一虹与来访的三位古希腊文学研究的中国专家商定：缪灵珠译埃斯库罗斯，罗念生译索福克勒斯，周作人译《欧里庇得斯悲剧集》，天下出版社预付版税。正因罗念生的大力推荐，周作人才有了一份较为固定的稿酬来源。周作人翻译速度确实很快，他 1950 年 11 月便着手翻译《赫卡柏》，并于次年 7 月完成，7—8 月又完成《圆目巨人》。

1952 年 4 月，周作人在《在奥里斯的伊菲格涅亚》译序中，谈及自己翻译所据的版本"由罗念生先生替我借来，我这里要谢谢他"。

由于经济原因，周作人在接受天下出版社翻译工作后半个月，便开始工

---

① 张菊香、张铁荣编著：《周作人年谱》，天津：天津人民出版社，2000 年，第 779 页。
② 张菊香、张铁荣编著：《周作人年谱》，天津：天津人民出版社，2000 年，第 780 页。
③ 张菊香、张铁荣编著：《周作人年谱》，天津：天津人民出版社，2000 年，第 780 页。

作。在翻译中，周作人发现了一些问题，他根据自己的理解把这些问题写成文章，比如《名从主人的音译》《译名问题质疑》等，这些文章后来陆续发表在《翻译通报》上。1951年，周作人向天下出版社连交了两批译稿。但不久，"三反""五反"运动便出现了。

信中开头所说："天下事重烦费心至感。出版社困难情形深所了解，唯此外无生计，只可恳请其维持，都意拟再译一种。三四月后竣工。希望预支款项，六月中何时可以起始，尚祈代向天下接洽示知。"这里"出版社困难情形深所了解"，指的就是"三反""五反"运动展开后，作为私营企业天下出版社负责人的葛一虹面对极大的政治压力，向出版总署提出歇业要求。后经中央研究决定，天下出版社于1952年底并入人民文学出版社。

周作人在信中随后所讲"唯此外无生计，只可恳请其维持""希望预支款项"主要指在新中国成立初期，周作人一直没有工作，却要供养众多家人，其稿费无法满足家庭的巨大开支，这使他一直处于"穷困"之中。所以在信中，周作人恳请罗念生帮忙向天下出版社提出能否给他预支稿费。

周作人在信中所提及"与天下接触虽未到二年却深感到以朋友相交素所感念"。根据前文所提《周作人年谱》的记述，笔者推测该信应写于1952年5月31日，因为从1950年10月22日算起，到1952年5月31日，还差5个月才满两年。

在天下出版社并入人民文学出版社后，周作人对于古希腊文学的翻译项目也由人民文学出版社接手。可能是考虑到该翻译工作过于庞大，人民文学出版社决定让罗念生也加入进来，他们分别来翻译并交换译稿互校，这项工作从1953年上半年就开始了。

在与罗念生交换译稿互校的过程中，周作人的"狂狷之气"日渐显露。1953年初，为便于周作人翻译，罗念生特意给他送来一本《希英大字典》。三天后，周作人读了人民文学出版社经罗念生校对的《安德洛玛克》译稿校阅意见书后，很生气地认为罗"所提意见多庸俗粗糙，只可选择采用之"。对于罗念生主张人地译名依照英美读法的意见，周作人不以为然，感到"可笑甚矣"，周作人是主张"名从主人"。从往来的情况记录看，罗念生还是坚持自己的主见。为统一专名的英译，罗念生后来特意给周作人寄来《英汉综合字典》，供他参阅。

罗念生与周作人译名的分歧主要源于二人不同的留学经历。罗念生早年留学欧美，比较了解西方古典学术，所以他重视的是目下实际的工作，认为当下中国研究西方古典语言文学的人才稀少，必须要借重欧美近世学术的已有成果。而周作人学古希腊文自留学日本时期开始，他所凭借的多是个人非凡的才赋和努力，他坚持认为应去除近代西人学术和语言文化的一部分遮蔽，使得中国古典精神能与西方传统有更多直接的对话。正是这个差异，导致罗念生认为周的意见迂阔荒唐，遂对其注释过多而不满，称之为"职业译者"。而周作人则认为罗的译学连名称都尚需仰赖于西方近人，遂讥其"庸俗"。

罗念生与周作人的分歧，还体现在罗念生认为周作人"注解甚多"。1954年12月22日，人民文学出版社将周作人所译《伊索寓言》校样送交罗念生校阅。当月28日，罗念生便致信周作人主张将译文注释减少，正如他在《周启明译古希腊悲剧》中所说："周译注解很多，我曾建议压缩，但译者不同意，说可以任读者自由取舍。"周作人并不接受罗的建议，并在当日日记中这样写道："殊乏理解，当去信解说，亦未知能懂否耳。"其后，罗、周还是不断互送译稿，虽然周作人在校罗念生译《莫德亚》时表示"因庸俗可厌而终止"，对罗念生所提意见亦表示"庸俗，殊多可笑"。

对于他们的分歧，中国的翻译界和评论界专门进行过译文对比，结论是：周作人的译作简朴、枯瘦，有个人风格，他把明澈的希腊语改造出知堂随笔的味道；而罗念生的译作则紧扣原文，他不只满足于翻译语言，更希望借助作品把古希腊的精神"翻译"给国人。

当然，这些分歧是两位翻译家的学术之争，各有看法无可厚非。这其实也并没影响他们的相互合作。1954年秋，周作人在校阅完成罗念生的译稿后，终于松了一口气说："令人厌恶的苦差事才算完毕了。"（1954年9月29

日日记）1954 年 11 月，人民文学出版社出版了《阿里斯托芬喜剧集》,《财神》收入其中。这是周作人"给公家译书"后作品首次面世，该篇署"周启明译"。1954 年 9 月，周作人完成欧里庇得斯《厄勒克特拉》的翻译；同年 11 月至次年 8 月，翻译完成《俄瑞斯忒斯》。1955 年，人民文学出版社准备出版《欧里庇得斯悲剧集》，周作人遂又按出版社要求，重新校订自己此前所译各剧以及罗念生的译作，并删减所写注释，乃至"甚不快"（1955 年 6 月 23 日日记）。1955 年 11 月至 12 月，周作人完成欧里庇得斯的《赫剌克勒斯的儿女》。1956 年 1 月至 2 月完成《请愿的妇女》，4 月至 6 月完成《疯狂的赫剌克勒斯》,6 月至 8 月译出《腓尼基妇女》本文，12 月刚起手写注释，"就生了病，由于血压过高，脑血管发生了痉挛，所以还有一篇未曾译，结果《酒神的伴侣》仍由罗念生君译出了"。周作人这一病就是两年，结果《酒神的伴侣》由罗念生译出。1957 年 2 月，周作人、罗念生合译《欧里庇得斯悲剧集》第 1 卷出版，1957 年底第 2 卷出版，1959 年 2 月第 3 卷出版。这是他们合作的大项目，为我国的希腊文学翻译做出了巨大的贡献。

之后，在《周作人年谱》中，笔者很少看见周作人对罗念生的记述。罗念生也很少提及这位朋友。1967 年 5 月 6 日，周作人下地解手时突然发病去世，享年 82 岁。1990 年 4 月 10 日，罗念生因病去世，享年 86 岁。

手稿篇

从一页稿纸的修改
谈鲁迅、周作人与宫白羽的交往

鲁迅（1881—1936），曾用名周樟寿，后改名周树人，字豫山，后改字豫才，浙江绍兴人。我国现代著名作家、思想家、民主战士，"五四新文化运动"的重要参与者，中国现代文学的奠基人。毛泽东曾评价："鲁迅的方向，就是中华民族新文化的方向。"代表作有《狂人日记》《孔乙己》《阿 Q 正传》《祥林嫂》等。

宫白羽（1899—1966），原名万选，改名竹心，山东东阿人。我国现代著名武侠小说家，活跃于 20 世纪三四十年代，被誉为"中国武侠小说的一代宗师"。其代表作有《十二金钱镖》《武林争雄记》《偷拳》等。

在中国现代文学馆手稿库中，收藏有一部 1962 年 11 月 30 日周作人在北京苦雨斋创作完成的名为《知堂回想录》（又名《周作人回忆录》）的手稿

《知堂回想录》手稿的第四九页

档案。《知堂回想录》是周作人晚年回顾自己一生重要经历的档案，其内容极为丰富，是研究中国现代文学史的一部重要资料。

在该稿的创作中，周作人极为细致，其修改的地方并不多，但有一页周作人则做了明显的删除。在《知堂回想录》手稿的第四九页（第一卷 二二"县考的杂碎 续"），周作人将最后一句"现今写《十二金钱镖》的天津宫白羽先生，在他还是叫宫竹心的时候，我们也曾经见过，回忆起来已是四十年前的事了。"全部用毛笔画去。

为什么周作人要画去此句？文中所谈的宫白羽又是何人？出于好奇，笔者进行了相关资料查阅，结果发现宫白羽与周作人及鲁迅有一段甚是有趣的交往。

1913年，宫白羽随家人移居北京，他先后在朝阳大学附中、京兆一中求学。他从小就嗜读评话、公案、侠义小说，15岁即开始尝试文艺创作，给北京各报刊投稿，评点社会时事。1918年，宫白羽考入北京师范大学堂。

那时的宫白羽非常喜好文学，尤其对"五四"以来的中国新文学作品爱不释手。年轻的宫白羽有志于文学事业，并初步受到新文学运动的影响，兴趣也由翻译小说转移到白话文创作上来，他立志做一个"新文艺家"。后因父病故，家道中落，他被迫辍学。他具有一定的中英文根底，后来一边工作，一边从事新文学创作，常写些小品文，投登各报。因买不起书，他就经常利用各种机会偷偷读书，或者借书来读。那时的宫白羽非常喜欢周作人和鲁迅的文章。

1921 年初夏，宫白羽正在北平邮局工作。一次很偶然的机会，他得到了著名作家周作人的通信地址。他随后悄悄地给周作人去了一封信。在致周作人的书信中，宫白羽谈到了自己正在创作的小说，并希望能够借阅周作人翻译的《欧洲文学史》和鲁迅、周作人合译的《域外小说集》，最后他还委婉地请周作人能否给他介绍熟悉的报社和杂志社投稿。

1921 年 7 月 29 日，宫白羽收到一封署名周树人的回信。这封信是鲁迅代二弟周作人写的，因为当时周作人正在西山养病。

竹心先生：

周作人因为生了多日的病，现在住在西山碧云寺，来信昨天才带给他看，现在便由我替他奉答几句。

《欧洲文学史》和《域外小说集》都有多余之本，现在各奉赠一册，请不必寄还。此外我们全没有。只是杜威博士的讲演，却有从《教育公报》拆出的散叶，内容大约较《五大讲演》更多，现出寄上，请看后寄还，但不拘多少时日。

借书处本是好事，但一时恐怕不易成立。宣武门内通俗图书馆，新出版书大抵尚备，星期日不停阅（星期一停），然不能外借，倘先生星期日也休息，便很便利了。

周树人

七月二十九日

在信中，周树人还将《杜威讲演集》也借给了宫白羽。另嘱"宣武门内通俗图书馆的新书大抵尚备"，建议宫白羽去那里看书，会很方便。

1921 年 8 月 6 日，宫白羽回信请见周树人，这时的宫白羽并不知道周树人便是大名鼎鼎的鲁迅。

8 月 16 日，周树人再次回信宫白羽：

> 先生兄妹俱作小说，很敬仰，倘能见示，是极愿意看的。

鲁迅回信表示愿意相见，还约定了见面的时间、地点和电话号码，同时请宫白羽将前信提到的创作的小说寄给他，他是"极愿意看的"。很快，宫白羽将自己创作的小说《厘捐局》《哑妇》《两个铜元》寄给了鲁迅，其中《两个铜元》是宫白羽妹妹宫时荷所写。这之后，宫白羽与鲁迅之间常有书信往来，他在信中告诉鲁迅他准备辞去邮局工作，计划报考高等师范，从此要以文艺创作为今后事业。8 月 25 日下午，宫白羽前往鲁迅住所拜谒，不巧鲁迅不在家。但 26 日他便收到了鲁迅的致歉信：

> 竹心先生：
>
> 　　昨日蒙访，适值我出去看朋友去了，以致不能面谈，非常抱歉。此后如见访，先行以信告知为要。
>
> 　　先生进学校去，自然甚好，但先行辞去职业，我以为是失策的。看中国现在的情形，几乎要陷于无教育状态，此后如何，实在是在不可知之数。但事情已经过去，也不必再说，只能看情形进行了。
>
> 　　小说已经拜读了，恕我直说，这只是一种 SKETCH（可译作"随笔"），还未达到结构较大的小说。但登在日报上的资格，是十足可以有的；而且立意与表现法也并不坏，做下去一定还可以发展。其实各人只一篇，也很难于批评，可否多借我几篇，草稿也可以，不必誊正的。我也极愿意介绍到《小说月报》去，如只是简短的短篇，

便介绍到日报上去。

先生想以文学立足，不知何故，其实以文笔作生活，是世上最苦的职业。前信所举的各处上当（指投稿不用、不退稿、不答复、用后不给稿费、不给刊物等）这种苦难我们也都受过。上海或北京的收稿，不甚讲内容，他们没有批评眼，只讲名声。其甚者且骗取别人的文章作自己的生活费，如《礼拜六》便是，这些主持者都是一班上海之所谓"滑头"，不必寄稿给他们的。两位所做的小说，如用在报上，不知用什么名字？再先生报考师范，未知用何名字，请示知……不知先生能否译英文或德文，请见告。

周树人

八月二十六日

在这封信里鲁迅明确表示，先行辞职是失策，以文立足是世上最苦的职业，因为鲁迅深知靠"爬格子"养家糊口不是件容易的事。由此可以看出鲁迅对一个立志从事文艺创作的青年的鼓励、帮助与提携，尽管这个青年的作品还欠成熟，尽管这个未曾谋面的青年有些许的莽撞。鲁迅甚至主动询问宫白羽英文与德文的翻译水平，这种无微不至的关怀在以后他们的交往中得到了充分体现。

宫白羽回复鲁迅"英文可以勉强译述"，还"批评了新小说"，告诉鲁迅："我最爱的作家是鲁迅和冰心，冰心的小说很雅逸。"这时鲁迅才意识到这位请求自己推荐投稿，还大谈心得的年轻人并不知道周树人就是自己，于是在9月9日的回信中坦承自己就是鲁迅，并说："冰心的文章虽雅逸，恐流于惨绿愁红；认为叶绍钧和落花生（许地山的笔名）的作品不错。"宫白羽后来在他的自传《话柄》中有这样的描述：

……鲁迅就是和我通讯的周树人，却令我失惊而且狂喜，唠叨地写了一堆惊奇的话。所以鲁迅9月5日回信有"鲁迅就是姓鲁名迅，不算甚奇"正如今日的白羽姓白名羽一样，然而"不算甚奇"一句话，我和我妹披函都有点赧然了。①

鲁迅为宫白羽修改作品《厘捐局》，将"可怜这个老人，两手空空地回去了"中"可怜"二字改为"只是"，还特意写信告诉宫白羽小说不可夹叙夹议；并告诉宫白羽自己的不苟精神；"世故老人"是长虹攻击他的恶谥；他自己最满意的作品是《孔乙己》，"这一篇还平心静气些"。鲁迅认为修改文章不可"改窜"，这样"便失去了作者的自性，很不相宜，但倘觉得有不妥字句，删改几字，自然是可以的"。想来这对以后宫白羽在报纸杂志社做编校工作也是极有帮助的。

1921年9月28日，宫白羽终于在苦雨斋见到了鲁迅和周作人。"鲁迅透视刺人的眼和辛辣的对话，作人先生的温柔敦厚的面容和谈吐"给宫白羽留下深刻的印象。周作人还把契诃夫的小说英译本借给宫白羽，他翻译后再由两位先生改译，然后由鲁迅介绍刊载于《晨报》，获得了相当的稿酬，《戏园归后》《绅士的朋友》便是其中的作品，署名均是宫万选。在以后的多次拜访中，他们讨论最多的是小说的创作、题材的选择等。鲁迅认为，同样的题材可以反复创作，但取决于作者个人的体验与手法。

与鲁迅、周作人的交往，对宫白羽的世界观、道德观及文艺思想、文艺理论的形成产生了重要影响，为以后宫白羽在文坛大获成功奠定了坚实的基础。

在信中，鲁迅对宫白羽所言"以文笔作生活，是世上最苦的职业"后来不幸言中。宫竹心以小说换柴米碰到了大难题，其家庭生活越来越困顿不堪，在苦苦挣扎了七八年之后，他终于舍弃了纯文学，而选择了比较畅销、可以养家糊口的武侠小说。

1937年，全面抗战爆发，天津沦陷。为顾及生计，宫白羽不久与另一

---

① 宫白羽：《白羽自传：话柄》，天津：正华学校，1939年。

名武侠小说作家郑证因合写了《十二金钱镖》（卷一）上半部，自己独立完成了这本书的下半部，在天津《庸报》连载发表。作为安慰人生的主要工具，武侠小说在沦陷区尚属空白。《十二金钱镖》在当时很受读者欢迎。从此，宫白羽开始了自己的武侠创作。不久他的稿酬也从每万字 1 元一下涨了一倍多。宫白羽继续撰写了许多和《十二金钱镖》故事有关联的作品，形成了"钱镖四部稿"。

然而，这也给成功的宫白羽带来了巨大痛苦，他后来曾说：

> 一个人所已经做或正在做的事，未必就是他愿意做的事，这就是环境。环境与饭碗联合起来，逼迫我写了些无聊文字。而这些无聊文字竟能出版，竟有了销场，这是今日华北文坛的"耻辱"。[①]

他还曾写过一副自嘲性的对联："武侠之作终落下乘，章回旧体实羞创作"。

可见宫氏是用十分严格的新文艺观点看待武侠小说以及一切新的"章回旧体"小说的。而这种严格的新文艺观点，正是从鲁迅、周作人那里得来的。换言之，正是同鲁迅、周作人的交往才促进宫白羽这样做的。

① 宫白羽：《白羽自传：话柄》，天津：正华学校，1939 年。

巴金的一页译稿

萧珊（1917—1972），原名陈蕴珍，浙江鄞县（现为浙江省宁波市鄞洲区）人。我国女作家、翻译家。代表作有《在伤兵医院》，译著有《别尔金小说集》《阿西亚》《初恋》《奇怪的故事》等。

1959年6月，人民文学出版社出版了巴金、萧珊合译的《屠格涅夫中短篇小说集》。该书共收录了5篇萧珊译文（《僻静的角落》《雅科夫·巴生科夫》《阿霞》《初恋》《草原上的李尔王》）和2篇巴金译文（《木木》《普宁与巴布林》）。

前不久，在中国现代文学馆手稿库中，笔者偶然发现一页翻译在"开明B20×20"稿纸上的《草原上的李尔王》译稿。该页手稿破损较为严重，译者用蓝黑色墨水从右往左竖排书写，最右边为标题《草原上的李尔王》，最左侧有一个脚注。全页共分为两个部分：开头和第"一"章的第一段。

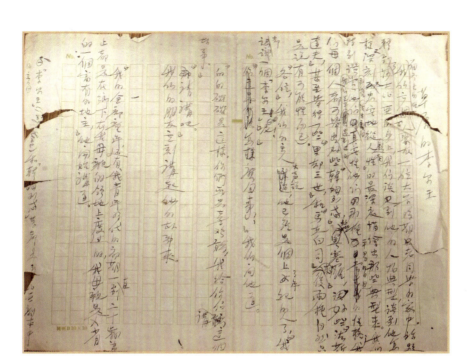

《草原上的李尔王》巴金译稿

通过与文学馆收藏的巴金手稿笔迹比对，笔者确定这是巴金的手迹。最初，笔者以为此稿是巴金将妻子萧珊译稿抄录下来后所做的部分修改。但通过与1959年6月人文社出版的萧珊《草原上的李尔王》同文比较，笔者发现两者之间存有明显差异。

巴金译文如下：

一个冬天的晚上，我们六个人聚在一位大学时期老同学的家中。话题转到了莎士比亚的身上，我们谈到他的人物典型，谈到他怎么又深刻又忠实地从人类性的最深处描绘出那些典型来。我们特别赞赏他们那种活生生的真实性，他们那种平易习见的性格，我们每个人都可举出我们生平遇到过的好些"韩姆列忑"，好些"粤塞罗"，好些"法斯达夫"，甚至举得一些"里却三世"和"马克白司"

来（后两种自然只是说有可能性而已）。

"各位，"我们的主人大声说，他已经是个上了年纪的人了，"我却认识一个'李尔王'⁽一⁾呢！"

"怎么回事？"我们问他道。

"的的确确是这样。你们要是喜欢听，我给你们讲这个故事。"

"请讲吧。"

我们的朋友立刻讲起他的故事来。

一

"我的全部童年，还有我青年时代的初期一直到二十岁为止都是在乡下在我母亲的领地上度过的，我母亲是 × 省的一个富有的地主。"他开始讲道。

⒈李尔王（King Lear）和"韩姆列忑"等都是莎士比亚剧本中的主角。

而萧珊的译文则是（红字为与巴金翻译差异处）：

一个冬天的晚上，我们六个人聚在一个大学时期老同学的家里。话题转到了莎士比亚的身上，我们谈到他的人物典型，谈到他怎样又深刻、又忠实地从人类天性的最深处描绘出那些典型来。我们特别赞赏他们那种活生生的真实性，他们那种平易习见的性格；我们每个人都举得出来我们一生遇到过的那些"哈姆雷特"，那些"奥赛罗"，那些"福斯达夫"，甚至还举得出一些"理查三世"和"麦克白司"来（自然，后两种性格只是说，有可能性而已）。

"先生们，"我们的主人大声说，他已经是一个上了年纪的人了，"我认识一位'李耳王'⑴呢！"

"怎么一回事？"我们问他。

"真有这回事。我可以讲给你们听,你们想听吗?"

"请讲吧。"

我们的朋友马上就讲起来了。

一

"我全部的童年,"他开始说,"连我青年时代的初期,一直到十五岁,我都是在乡下,我母亲是某省一个有钱的地主,……"

(1)这里列举的人物典型都是莎士比亚剧本中的人物。"哈姆雷特""奥赛罗""理查三世""麦克佩斯""李耳王"都是他的同名戏剧中的主人公。"福斯达夫"是他的历史剧《亨利四世》和喜剧《温莎的风流娘们》中的一个有趣的人物。——译者注

两个版本的差异主要体现在:(1)人名的不同翻译;(2)"我"在母亲领地生活的截止年龄不同;(3)第"一"章开始的结构不同;(4)对"李尔王"的脚注不同。

通过两篇译文的对比分析,笔者认为萧珊所使用的语言不仅生动,而且更贴切,更真实,更符合人物之间的关系。萧珊作为一位女性,对人物关系及内心活动有着细致入微的把握,正是其译笔的活泼、纤细、动人,反而令巴金的翻译显得有些意味平淡。

对于妻子萧珊的翻译才华,巴金本人十分推崇。在1953年11月5日致萧珊信中,巴金就对其翻译做过点评:"你的文字有一种好处,就是清新气息……你不会去摹仿别人,因此也不会失掉自己好的风格。"在《怀念萧珊》一文中,晚年的巴金再次深情地讲道:"我同她一起生活了三十多年。但是我并没有好好地帮助过她。她比我有才华……我很喜欢她翻译的普希金和屠格涅夫的小说。虽然译文并不恰当,也不是普希金和屠格涅夫的风格,它们却是有创造性的文学作品,阅读它们对我是一种享受。"

因为只有这一页译稿,对于巴金与《李耳王》,笔者始终查不到有关资

料，无从知晓：巴金是从什么时候开始翻译《李耳王》的？他停止该文的翻译是出于什么原因？关于这些问题，现有的出版资料很难给予答案。

巴金翻译屠氏小说作品最早要追溯到 1942 年，那一年，巴金在桂林定居后着手翻译屠格涅夫《父与子》与《处女地》。1943 年 1 月，文化生活出版社出版了巴金译作《父与子》；1944 年 5 月，巴金完成《处女地》的翻译，并在当年 6 月由文化生活出版社出版发行。其后，巴金又先后翻译完成了屠格涅夫的两部中篇小说《普宁与巴布林》《木木》，由上海平明出版社分别于 1949 年 12 月、1952 年 5 月出版发行。

而萧珊翻译屠格涅夫小说源于 20 世纪 50 年代初。1949 年 10 月新中国成立后，学习俄语成为当时中国社会的一种潮流。那时的萧珊不愿只做家庭妇女，她想改变自己原有的生活。在丈夫巴金的鼓励下，萧珊从 1951 年 3 月起，在上海俄语专科学校夜校高级班开始学习俄文。1952 年 8 月 25 日，萧珊在致巴金信中，第一次提出了翻译屠格涅夫小说的想法：

《阿细亚》

　　我不知道你会不会笑我：我想译屠氏的 Ася，我有了一本俄文的，但不知英文的你放在哪只书柜，我知道你要译这本书的，但还是让我来译吧，在你的帮助下，我不会译得太坏的。你帮别人许多忙，亦都助我一次！

　　Ася 就是萧珊第一部译著《阿细亚》（后改名《阿霞》）。萧珊 1952 年 8 月底 9 月初，开始翻译该文。1953 年 6 月，平明出版社将萧珊翻译完成的《阿细亚》出版，首印 1.05 万册。1953 年 8 月，萧珊着手翻译屠格涅夫另一部中篇小说《初恋》。同年底，萧珊基本完成翻译。对妻子翻译的《初恋》，巴金在 1953 年 11 月 5 日信中提出了自己的建议："你容易犯生硬晦涩的毛病，这应当避免……你译《初恋》多花点功夫，初稿写清楚一点，以便自己随时修改，将来出版一定要比《阿细亚》更好。"第二年 11 月，开明出版社出版了萧珊翻译的《初恋》。其后不久，萧珊又开始了对《李耳王》的翻译。1955 年 12 月，萧珊完成了《李耳王》一半的翻译。1958 年 10 月 21 日，萧珊在致巴金信中谈到了最后翻译情况："屠氏后记几篇我都译好，前面那篇序，太长，有时引用赫尔岑对屠氏挖苦的话很难译，这就搁下来了。"1958 年 10 月，萧珊终于翻译完成俄国作家屠格涅夫的 3 篇作品（《僻静的角落》《雅科夫·巴生科夫》《草原上的李尔王》）。1959 年 9 月，人民文学出版社出版了巴金、萧珊合译的《屠格涅夫中短篇小说集》。萧珊在该书《译后记》中，并没有对 7 篇小说的翻译经过有任何提及，她除了简要介绍屠格涅夫生平和各篇内容外，只是对她与巴金翻译所采用的版本做了一点介绍：

《屠格涅夫中短篇小说集》

　　我的译文是根据莫斯科国家儿童文学出版社一九五三年版杜包维科夫编选的《屠格涅夫中篇小说集》翻译的，译者注的大部分也是参考杜包维科夫的注释写成的。巴金同志翻译的两篇则是根据莫斯科国家文学出版社一九四六年版《屠格涅夫选集》，并参照C.Garnett和I.Hapgood的英译本译出的。

　　为了找寻巴金停译《李耳王》的原因，笔者辗转通过收获杂志社的李国煣咨询了巴金的女儿李小林。不久，李小林答复了这个问题。

　　巴金此页译稿是解放前译的，解放后他的社会活动多起来，非常忙，后来又去了朝鲜战场，译书这事就给耽搁下来了。而萧珊学了俄文后就开始翻译屠格涅夫的作品，并把这被耽搁的工作接着干下去。

　　笔者之前更倾向于是巴金将《李耳王》"让给"了妻子萧珊。但李小林的回复让我知道，更多的还是客观原因导致巴金对于此文翻译的中止。但由萧珊来继续翻译此文，我想巴金内心是认可的，他也十分希望妻子在自己喜欢的领域能有所成就，所以巴金才会说："三篇东西由你来译吧。先译《李耳王》，好在你已译了一半了。"这两句话在字里行间，清晰地表露出巴金对萧珊的深深期许和鼓励。

　　这一页珍贵的手稿，让我们看到了巴金为屠格涅夫小说走进中国大众、走入中国文学所做的努力，更让我们看到了巴金为妻子萧珊在文学翻译上能有所收获默默地付出。巴老对妻子的爱，可谓至死不渝。这份爱不仅支撑着巴老继续前行，还让他找到了自己人生的归宿。

　　我绝不悲观。我要争取多活。我要为我们社会主义祖国工作到生命的最后一息。在我丧失工作能力的时候，我希望病榻上有萧珊翻译的那几本小说。等到我永远闭上眼睛，就让我的骨灰同她的掺和在一起。①

2005 年 10 月 17 日，巴金逝世，享年 101 岁。2005 年 11 月 25 日，遵照巴金遗愿，萧珊的骨灰与巴金的骨灰掺和在一起，由子女撒入东海。

---

① 《怀念萧珊》，香港《大公报·大公园》，1979 年 2 月。

从一页半手稿谈巴金与罗淑的友情

罗淑（1903—1938），原名罗世弥，四川简阳人。我国现代女作家。代表作有《生人妻》《橘子》《刘嫂》《井工》等。

前不久，在中国现代文学馆馆藏资料中，笔者偶然发现两份巴金在20世纪80年代捐赠的手稿。这两份手稿加起来才一页半，其中一页是题为《棺材商人》的手稿，另外半页则没有标题。从外观看，这一页半的手稿笔迹相同，稿纸相同，纸张均已发黄，布满了污迹。《棺材商人》手稿右侧写有"空五行"三个红字和用红线画去的原著作者姓名"A.普式庚"，这页手稿写在"生活稿纸"之上。另外半页在最右边有一列已经洇湿模糊的红字"单独排口一口"。还好，这一页半手稿的字迹虽有些模糊，但尚可辨认。

《棺材商人》手稿一页内容为：

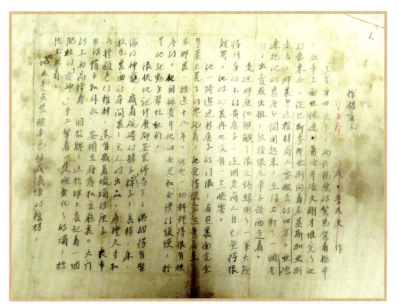

《棺材商人》的第一页手稿

棺材商人（空五行）A·普式庚 作

这是第四次了，两匹干瘦的驽马驾着柩车，在车上面亚德连-蒲洛哥洛夫刚才堆完了他的旧东西，从巴斯麦那亚街向着尼基斯加亚街走去，哪里是这棺材商人要搬去的地方。亚德连把他的旧店子关闭起来，在门上钉了一个告白：出卖或出租，然后跟在车子后面走着。

走进那座他觊觎了很久终归用了一笔大款得到手的小的黄屋子，这个老商人自己觉得很诧异，他的手心里再也没有一点快乐。

他一跨过这新屋子的门限，看见里面完全是莫上莫下的零乱着，他觉得怀念起旧居来，在那里，经过十八年，他把一切料理得很有秩序的。她开始斥责她的女儿和女仆的缓慢，于是他就动手帮忙她们。

很快地就什么都安置停当了，供他的有圣像的神龛，盛着碗碟的柜子，桌子，长椅，床，放在里面的房间里；主人的出品，各种

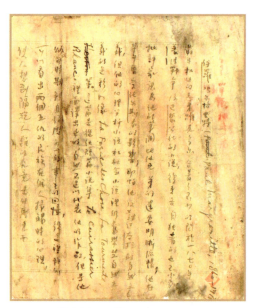

《棺材商人》另外半页手稿

尺寸和各种颜色的棺材，还有盛着蜡烛的匣子，丧事用的帽子和外衣，安顿在厨房和客厅里。大门的上面高撑着一个招牌；这招牌上表现着一个肥壮的"爱神"手上擎着一双燃化了的烛，招贴上写着：此地出卖并装璜本色的或漆绘的棺材。

另半页手稿内容则为：

保罗·玛尔格里特（Paul Margneritte，1860—1918）最早和他的兄弟雅克多尔合著了不少的关于一八七〇年普法战争及巴黎公社的小说，后来各自独著的也不少。批评家认为他的笔调比他兄弟的还要明晰流畅，他在早年曾受托尔斯泰的影响，哪怕他反对过左拉的自然主义，但他的心理分析小说和社会小说里仍旧带些自然主义的色彩，好像 La Forcederchore La Cerisarrces Blane 里面译出来的，自然不足以代表他的作品，但是他幼年时期亲身经历的一段事实的回忆，从这里我们可以看出两个互仇的民族在个人接触时的心理，使人想到隔绝人类的究竟是什么东西。

《棺材商人》手稿没有译者的署名，笔者通过查询资料得知：

罗淑1935年翻译普希金（A.普式庚）短篇小说《棺材商人》，后于1935年9月16日刊登在黎烈文主办的杂志《译文》月刊第2卷第7期（终刊号），署名"世弥"。1937年2月，该文被收入生活书店出版的《普式庚研究》。1947年8月，又被收入巴金编辑、文化生活出版社出版的罗淑译文集《白甲骑兵》。

巴金夫人萧珊于20世纪50年代在翻译普希金《别尔金小说集》时，对《棺材商人》进行了重新翻译，收入1954年平明出版社出版的《别尔金小说集》。

通过两篇译文与手稿内容的比对，笔者发现罗淑版的《棺材商人》译文与这一页内容完全一致，这页手稿应该是罗淑翻译的版本。

而另外半页，根据查询罗淑译文集《白甲骑兵》，发现该页内容与其一致。《白甲骑兵》是法国作家P.玛尔格里特的一部短篇小说。1936年6月16日，《译文》月刊新1卷第4期发表了罗淑翻译的《白甲骑兵》，署名"世弥"；该文于1947年8月被收入文化生活出版社出版的罗淑译文集《白甲骑兵》。

中国现代文学馆保存有巴金捐赠的罗淑书信和罗淑的《何为》手稿，根据笔迹比对，这一页半手稿的书写笔迹与罗淑的并不相同。这会是谁抄写的罗淑手稿？这一页半手稿为什么会在巴金手里？若想找寻答案，那就要从罗淑与她的两位文坛伯乐（巴金、黎烈文）的交往说起。

女作家罗淑

罗淑是我国现代文学史上的一位以描写四川简阳家乡为主的乡土女作家，自她1936年9月发表处女作《生人妻》到1938年2月27日因产褥热去世，她的小说在中国文坛仅仅出现了一年半。因去世突然和创作的严谨，罗淑存世作品数量极为有限。罗淑的文学翻译虽早于她的小说创作，但存世作品也非常少。

谈起罗淑的文学翻译与小说创作，除去自身的天赋与努力外，罗淑还要感谢她遇到的两位文学伯乐：黎烈文和巴金。

首先是黎烈文发现了罗淑的文学翻译才华，并在自己主办的《译文》月刊上给予罗淑展示其才华的平台。黎烈文是在马宗融、罗淑夫妇1933年回国后认识的罗淑。黎烈文在《关于罗淑》一文中写道：

> 我认识罗淑，不过是四年前的事情，那时她和马宗融兄带着一个小女孩刚由法国回来不久，我和一位留法同学沈炼之兄一道去看他们，罗淑第一次给我的印象并不怎样深刻，我那时毫不知道她有文学的天才……那时我们正在办《译文》月刊，取稿的标准比较高，但罗淑在治理家事的余暇，给我们译的几篇法文稿子，却颇受到朋友的推重。①

在罗淑给黎烈文译的几篇法文稿子中，就有她在1935年翻译的《棺材商人》和1936年翻译的《白甲骑兵》。罗淑在与黎烈文进一步交往后，她告诉黎烈文自己很喜欢文学，并希望能将自己在家乡的所见所闻以小说的形式写出来。黎烈文听后，积极鼓励罗淑以其家乡四川为背景进行文学创作。对此，黎烈文在撰文追忆罗淑时曾回忆道：

> 她在从事创作之先，自己似乎没有太大的自信……当时我便极

---

① 黎烈文：《关于罗淑》，载艾以等主编《罗淑研究资料》，北京：知识产权出版社，2020年。

力劝她尝试，不过，我的意思长篇比较难作，起初不妨从那些材料里抽取一个片段，写成短篇或中篇，以后如有必要，再将几个短篇或中篇连贯成一部长著。这意见很得到她的赞成。①

正是在黎烈文的鼓励下，罗淑开始了她第一部小说《生人妻》的创作。

罗淑其后另一位文坛伯乐便是丈夫的好友巴金。1936 年 1 月，巴金在整理旧书时，无意间将自己早年在法国巴黎塞纳河畔买到的法文译本《嫉妒》（《何为》的法国书名）翻出。在法国时期，巴金曾尝试翻译过几页，但由于当时忙于《毁灭》的创作，再加上自己翻译的几篇译稿寄回国内后，无人愿意发表，巴金也就停止了《何为》的翻译。巴金找到该书后不久，便将其交给自己曾在法国留学的好友马宗融、罗淑夫妇，希望他们能把它译成中文，罗淑、马宗融都表示愿意翻译。他们没有失信，一个多月后，罗淑就把《何为》译稿送给了巴金。巴金没想到该文竟是罗淑一人所译，而且她的译笔竟如此流畅，这让巴金对罗淑有了全新的认识。就在罗淑为巴金翻译完《何为》后，她悄悄地把自己创作完成的一部短篇小说《生人妻》交给了巴金。巴金读完该小说后，高兴地发现罗淑竟有如此的文学创作才华，他在该稿上亲自替她署名"罗淑"，并送《文季月刊》发表，该刊编辑靳以也觉得这篇小说很好，有些"刻心的真情的描述"。1936 年 9 月号《文季月刊》发表了《生人妻》，小说一经发表便引起了文坛的重视。李健吾曾说：

那一年读《生人妻》，觉得很不错，名字生生的，我就问巴金兄，不然就是问另一位熟朋友，"作者罗淑是谁？很有希望。……"等我发觉友谊圈子中间不声不响跳出一位我所敬仰的作家的时候，我的蒙昧好像是一种过失，惶愧而又喜悦。②

---

① 黎烈文：《关于罗淑》，载艾以等主编《罗淑研究资料》，北京：知识产权出版社，2020 年。
② 李健吾：《记罗淑》，载艾以等主编《罗淑研究资料》，北京：知识产权出版社，2010 年。

沙汀则在拜读过《文季月刊》上的《生人妻》后，说道：

> 很高兴，因为作者用她的笔给我们尝到了农民和人世的凄苦，何况当时又正在异地，而那小说的背景则恰是我久别了的四川。我把我的喜悦说给荒煤听……①

胡风则谈道：

> 《生人妻》罗淑作，载《文季月刊》9月号。
> 出卖生人妻，这是封建重压下的生活悲剧底一相……《生人妻》着重地描写了在无告的命运下面被撕裂着的女性了……我们预想作者将有更好的发展。②

随后，在巴金等人的鼓励下，罗淑的《橘子》《刘嫂》《井工》等小说相继问世。

其实巴金早在1929年9月下旬就与罗淑相识，但那时他们并不熟悉。巴金在《怀念马宗融大哥》中曾写道：

> 九月下旬一个傍晚他果然带着那位姑娘到宝光里来了。姑娘相貌端正，举止大方，讲话不多，却常带笑容，她就是七年后的《生人妻》的作者罗淑。③

那时的巴金与罗淑也只是有一面之缘，彼此并不了解。巴金真正开始认识罗淑，是在1935年下半年。单身的巴金在上海定居后，住在狄思威路（今

---

① 沙汀：《悼罗淑》，载艾以等主编《罗淑研究资料》，北京：知识产权出版社，2010年。
② 胡风：《生人底气息》，载艾以等主编《罗淑研究资料》，北京：知识产权出版社，2010年。
③ 巴金：《随想录》，北京：生活·读书·新知三联书店，2004年。

溧阳路）麦加里，罗淑夫妇住在拉都路（今襄阳路）敦和里，两家相隔其实并不近。但孤身一人的巴金却常和两三个熟人，一个月里总要去罗淑夫妇家坐上几个夜晚，畅谈文学、生活和理想。大家海阔天空、东南西北、宇宙苍蝇，无所不谈，都掏出了自己的心，讲的全是心里的话，没有人担心会被别人听见出去"打小报告"。他们把那里当作自己的家，把罗淑当成长姊。巴金曾回忆：

在我们这一群人中间，有时因了意见分歧会损害友情，个人的成见妨害到事业的发展，然而她把我们大家（至少是我们中间的一部分人）团结在一起。她的客厅仿佛成为了我们的会所，但我们并不是同时去的，我们个别地去，常常怀着疑难和苦恼去求助于她。她像长姊似的给我们解决问题，使我们得到安慰和鼓舞。她的思虑十分周到，她的话语简单而有力量，我们都相信她，敬爱她。

好几次我带着气愤到她那里去申诉，她仔细地开导我安慰我，甚至指正我的错误。她知道我的弱点，我的苦恼，我的渴望。但她绝不姑息她的友人……她便是那许多朋友中间给了我帮助最大的一位。[1]

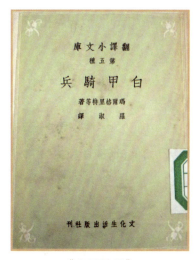

《白甲骑兵》

巴金与罗淑最后一次见面是在1937年9月8日，上海"八一三事变"后，远在广西的马宗融几次催促已有身孕的罗淑带着孩子离开上海。巴金及其胞弟

---

[1] 巴金：《纪念一个友人》，载艾以等主编《罗淑研究资料》，北京：知识产权出版社，2010年。

李采臣想尽一切办法为罗淑母女买到离开上海的火车票。9月8日，巴金、靳以、李采臣到上海西站送别罗淑和马小弥母女。那时上海已呈乱象，火车车厢挤得水泄不通，马小弥（罗淑、马宗融夫妇的长女）只能被巴金他们从窗口递进车厢交给罗淑。这一别，巴金没想到竟是他与罗淑的永别。

1938年2月9日，罗淑在成都生下马绍弥，后因产褥热病在2月27日突然离世。巴金在广州收到成都弟弟采臣信，得知消息后，作为罗淑的乡友、文友、挚友的他万分悲伤。为了纪念这位朋友，巴金从1938年到1941年，在文化生活出版社先后为罗淑编辑出版了四本集子：《生人妻》、《地上的一角》、《鱼儿坳》和翻译集《白甲骑兵》。

1941年8月，巴金在昆明打算为罗淑编辑翻译小说集《白甲骑兵》，这是自《何为》后，他为罗淑编辑的第二本翻译作品集。可是巴金手边并没有罗淑留下的原稿，而那些翻译作品都发表了上海的刊物上。当时，巴金在昆明无法找到这些刊物，便写信委托在上海留守文化生活出版社的陆蠡帮忙寻找。陆蠡收到巴金的书信后，便四处寻找发表过罗淑译文的刊物，每找到一篇，就请人代抄，而后再设法将抄稿寄给昆明的巴金。巴金正是在这些抄稿的基础上，为罗淑编出了一册《白甲骑兵》。这本集子，收有从法文翻译过来的作品五篇：《白甲骑兵》（［法］P. 玛尔格里特）、《棺材商人》（［俄］A. 普式庚）、《耶稣降生的槽边的牛和驴子》（［法］Superrille）、《决心》（［法］T. 雷米）、《贝多芬笔谈》（［法］R. 罗兰），其中四篇是小说，只有《贝多芬笔谈》因文体不同，作为附录放在后面。

1941年8月17日，巴金在昆明编辑完成罗淑的第二本翻译小说集《白甲骑兵》后，在该书后记中这样写道：

> 我算是她的遗嘱的编者，但是这次工作的大部分都是蠡兄代我做的。他也是世弥的友人。译文五篇，都是从法文译出的，四篇录自《译文》月刊，一篇从《文学季刊》中抄出。抄录的事情是蠡兄

找人代办的。①

可见这一页半的手稿，应是 1941 年左右由他人在上海抄写而成的。那是由谁抄写的呢？这大概只有当时在上海具体办理此事的陆蠡知道了。但陆蠡在帮助巴金出版罗淑翻译集《白甲骑兵》后第二年就牺牲了。陆蠡是我国现代文学史上的一位翻译家、散文家、编辑家。他在 1940 年巴金离开上海后与另一位同事继续坚守上海文化生活出版社，并成为当时文生社在上海的实际负责人。陆蠡 1933 年初识巴金，1936 年进入上海文化生活出版社。1937 年全面抗战爆发后，吴朗西离开上海，文生社只剩下巴金、陆蠡等三四个人在维持。在艰难的事业中，两人渐渐相熟，以至每星期必有一次聚餐，参加的还有朱洗。他们三人常常在书店的客厅谈到深夜，后来忽然想起宵禁的时间快到了，巴金和朱洗才匆匆离店跑回家去。深夜寒气逼人，可巴金总觉得"我的心总是很暖和，我仿佛听完了一曲贝多芬的交响乐，因为我是和一个崇高的灵魂接触了"②。

1940 年 7 月，巴金决定离开上海，陆蠡和巴金的三哥李尧林一起赶到金利源码头送别坐"怡生"轮去昆明的巴金。两人立在岸上对着巴金微笑，挥手告别。这是陆蠡留给巴金的最后画面。巴金走后，陆蠡主持文生社在上海的一切业务。当时条件极其艰苦，只有陆蠡和另一位编辑在继续坚守。巴金在《文丛》第 2 卷第 5、6 期合刊的卷头语中写道：

> 这本刊物是在敌机接连的狂炸中编排、制版、印刷的……用两个"平民"的有限的精力和时间来克服这种种的障碍，在这时期差不多是不可能的事，然而我们毕竟忍受下白眼，吞食下悲愤，默默地做去了。

---

① 玛尔格利特等著：《白甲骑兵》，罗淑译，上海：文化生活出版社，1941 年。
② 巴金：《怀陆圣泉》，载巴金《怀念集》，银川：宁夏人民出版社，1982 年。

陆蠡负责下的上海文生社虽在沦陷区，但仍然坚持出版揭露和控诉日本侵略者的罪行、洋溢爱国主义激情的文艺作品。这为陆蠡带来了杀身之祸。1942年日本进驻上海租界，陆蠡发往西南的抗日图书在金华被扣，日本宪兵队追踪到上海，查封了书店，没收了全部《文学丛刊》。陆蠡当时并不在书店，其实已经逃过一劫，但当陆蠡得知此事后，不顾胞妹的劝阻，于1942年4月13日亲自去巡捕房交涉，后转到虹口日本宪兵拘留所，刑审数月，惨遭杀害，年仅34岁。陆蠡的离世使得我们无从查清这页稿纸究竟是何人抄写。但可以想象1941年陆蠡为帮助巴金完成罗淑翻译集《白甲骑兵》的编辑而在上海四处奔波，寻找五六年前各种曾经刊登过罗淑译稿的刊物时的情景。陆蠡是一个重情重义的人，正如巴金所说：

> 有了这样的朋友，我的生存才有了光彩，我的心才有了温暖。我们平日空谈理想，但和崇高的灵魂接触以后，我才看见了理想的光辉。所以当我和圣泉在一起的时候，我常常充满快乐地想："我不是孤独的，我还有值得骄傲的朋友。"我相信要是我有危难，他一定会不顾一切地给我援助。①

1945年抗战胜利后，为寻找好友的下落，巴金在《大公报》刊登了《打听陆蠡的消息》。

> 陆蠡，字圣泉，浙江台州人。著有《海星》《竹刀》《囚录记》诸作，并译书多种。战后在沪负责文化生活出版社编辑部事务。太平洋战争爆发，敌日侵据上海市区，旋文化生活社被抄查，并责令负责人谈话；时陆氏适外出，事后向当时的巡捕房投案，被引渡敌方，自此杳无消息。现在抗战胜利，天日重光，而陆先生依然没有

---

① 巴金：《怀陆圣泉》，载巴金《怀念集》，银川：宁夏人民出版社，1982年。

下落，文艺界友好对此都异常关怀。读者中如有知道陆先生的踪迹的；或有陆先生在狱中的难友，曾知道他受难的情形的，都希望详细函告。无论如何，对于这位可敬的作家，我们总希望有一个确鉴的消息。来函请寄本刊编辑室。

陆蠡深知巴金对罗淑的那份友情，也知道巴金编辑这本罗淑翻译集的意义，所以在找到发表《棺材商人》的刊物后，陆蠡一定是请了一位书写功底很深的人认真、工整地抄了一份，而后将抄件包好，寄给千里之外的巴金。

巴金在收到陆蠡寄来的这些抄件后，顺利地编辑完成了罗淑的翻译集《白甲骑兵》。对于编辑的过程和当时的环境，巴金在该书的后记中有过详细描述：

> 关于原作者我无话可说，因我手边无一本可作参考的书。译文后面原先附有介绍之类的"后记"的，在这里自然全部保留。未附有的，就只得让它缺如了。
>
> 这样办，我其实不能算是尽了责。不过这些日子我们是在一种抓彩的情形下过活。我们的大部时间都花在这件事上面。我们每天都抓彩。抓的不是金钱，却是死亡。倘使一旦抓到，则在轰然一响之后，我的心灵就会消灭，我也没有机会来做任何事情了。由此即使草率地做完一件工作，在我，也是一桩值得欢喜的事。但这情形不知道会不会被一般的读者了解。①

巴金当时就是在这样的环境和心情下编辑罗淑翻译文集的，陆蠡也是在随时可能牺牲的情况下依然四处寻找罗淑的文章，这种对友人由衷的爱戴和珍惜情怀，令人感动。巴金虽在后记中谈到"他也是世弥的友人"。但关于

---

① 巴金：《〈白甲骑兵〉后记》，载艾以等主编《罗淑研究资料》，北京：知识产权出版社，2010 年。

陆蠡与罗淑之间有怎样的交往，以及他又是如何在上海寻找罗淑文章并找人代抄的，我们现已无从知晓。

与这一页半手稿有关的四位作家中，罗淑、陆蠡1938年、1942年先后离世；黎烈文在抗战爆发后辗转湖南、福建等地，在抗战胜利后又远去台湾，1972年在台北去世。1978年，已是古稀之年的巴金在北京会见老友时，谈及自己手中还保有好友罗淑的一些珍贵资料（书信、手稿、著作等）。从"文革"走过的巴金认为中国应该有个什么单位来搜集这些劫后余生的作家资料，把它们都放在一起，好好保存，让后人有机会研究。十年"文革"对于中国作家、中国文学的伤害太过严重，"十年动乱"让作家资料的损毁极为普遍，为了抢救这些珍贵史料，为中国现代文学史留下些火种，为好友罗淑的文学资料找到一个归宿，巴老渐渐产生了建立中国现代文学馆的想法。作为今天的文学馆人，我看到这一页半残稿，想起1978年巴老说起的事，不仅要感谢巴老的创建之功，还要感谢罗淑，正因为她的书信、手稿的存在，让文学馆走进了巴老的世界。随着1985年文学馆的成立、2000年文学馆新馆的建立，中国作家的史料终于找到了属于自己的永久的家。从这个角度看，这一页半的手稿更加弥足珍贵。

萧三与法捷耶夫的"老乡"情

法捷耶夫（1901—1956），苏联著名作家，苏联社会主义现实主义文学的杰出代表之一。代表作有《逆流》《毁灭》《封锁时期的列宁格勒》《青年近卫军》《在自由的中国》等。

1954 年十一月在斯德哥尔摩开世界和平理事会的时候，我告诉法捷耶夫，中国已派定三个人的代表团出席苏联作家代表大会，但自己如大会时在莫斯科，愿意去旁听。法捷耶夫当时满口答应，但事后苏尔科夫等却认为我是被邀请参加大会的客人。我从布拉格将此事电告了中宣部时误会为被邀请参加出席大会，但后来又打电更正了。中宣部回电说我无参加大会之必要，也就再无必要自己再通知我驻苏大使馆了。但我到莫斯科的当天晚上，还是向我大使说明和请示了，他不主张我到，即使旁听也不必，我也就没去了。

············

此事我最初的错误在于不顾国家与国家及组织与组织的关系而仍通过我和苏联作家特别是和法捷耶夫个人的朋友关系谈这样的问题，这是很不对的。这也当然使人怀疑我是在做私人活动。我承认犯了错误。

这是一份 1956 年 8 月萧三写给中国作协党组和中央国际活动指导委员会的说明材料。在材料中，萧三特意谈到自己之所以有可能去参加苏联作家第二次代表大会，主要还是"自己特别是和法捷耶夫的个人的朋友关系"起到了决定作用。

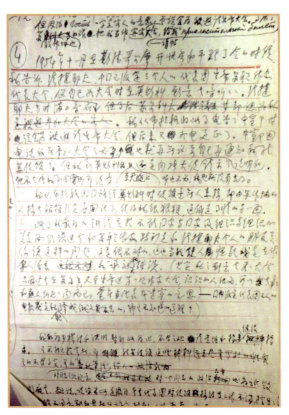

萧三写给中国作协党组和中央国际活动指导委员会的说明材料

从 1930 年二人初识到 1956 年法捷耶夫自杀，萧三与法捷耶夫有着长达 26 年深厚的"老乡"情，其私交极好。

1930 年 11 月，萧三与法捷耶夫在苏联哈尔科夫举行的第二次国际革命作家代表会议上初次相见。那时，萧三是中国左翼作家联盟的参会代表，法捷耶夫则是苏联著名作家组织"拉普"（俄罗斯无产阶级作家联合会）的主要负责人之一和苏联知名作家。

在这次哈尔科夫大会上，萧三与法捷耶夫一起分在了远东小组。二人在开会中，对于被分在同一组的原因进行了饶有兴趣的交流。

萧三对法捷耶夫说："我曾在远东疗养和旅行，远东就等于我的家。您呢，法捷耶夫同志？您是加里宁州人吧？"

法捷耶夫答道："我在远东读书、工作和战斗过，我的《毁灭》就是写远东游击队的，我自然要被分到远东组喽！"

"啊哈，那我俩是老乡喽！"两人开心地笑着说。

就这样，他们成了"老乡"并开始交往。

后来，在法捷耶夫等苏联作家的肯定与鼓励下，萧三在苏联开始了自己的革命文学创作。随着作品的不断问世，萧三的诗歌渐渐在国际上产生了广泛影响，先后被译为俄、英、德、法、西、保等多种文字。萧三逐渐享誉国际诗坛，被称为"中国革命诗人"和"世界无产阶级伟大诗人之一"。

1934 年 8 月 17 日，苏联第一次作家代表大会在莫斯科职工大厦隆重开幕。萧三代表中国左联作家发言，他首先代表鲁迅向大会和代表们致意，而后着重介绍了鲁迅在中国革命文学中的领导作用，以及茅盾的《春蚕》《子夜》等作品。萧三的发言赢得与会代表的热烈掌声。

为了更好地开展工作，经中国共产党驻莫斯科支部批准，萧三在"老乡"法捷耶夫的介绍下，于同年 9 月加入苏联共产党。随后，萧三成为苏联作家协会会员，不久又被选为苏联作家协会党委委员。1936 年，苏联作协主席高尔基因病逝世。萧三作为苏联作协领导成员为高尔基守灵，并与法捷耶夫等人组成护灵队，护送高尔基遗体火化，其后参与第二天全苏联为高尔基举行的国葬。

在苏联作协工作期间，萧三与法捷耶夫的交往更加频繁，在工作中法捷耶夫也给予了这位来自中国的作家很多帮助。

1936年10月23日，萧三在莫斯科得知鲁迅19日在上海去世。他强忍着悲伤第一时间用俄文给《真理报》写了一篇悼念鲁迅的短讯。法捷耶夫看到该文后，亲自给萧三打电话，对鲁迅的逝世表示沉痛的哀悼，并请萧三转达他对中国人民、革命作家和鲁迅的家属深切的同情和慰问。12月3日，在苏联作家协会的大力支持下，萧三在莫斯科作家俱乐部大厅举行了隆重的"鲁迅先生逝世追悼大会"。大会由萧三主持，法捷耶夫担任大会主席并致开幕词。

1938年初，上海"鲁迅先生纪念委员会"致信萧三，希望他能征得法捷耶夫、绥拉菲莫维奇的同意，请他们担任鲁迅国际纪念委员会的委员。萧三收到该信后，亲自分别致信并前往拜访二人。同年10月，为了向苏联人民更好地介绍鲁迅，萧三决定在鲁迅逝世两周年纪念会后，用俄文编辑出版一套《鲁迅选集》。在校订译稿的过程中，萧三担心自己的俄文校订与鲁迅原著有出入，他特意去找对鲁迅比较了解的法捷耶夫，请他从艺术文字上帮助自己把译稿再重新校订一遍。这时，法捷耶夫已是苏共中央委员、苏联作协的主要负责人，他的日常工作十分繁重；但在萧三向他提出这个请求时，他毫不犹豫地答应了。萧三感激地对法捷耶夫说："中国的文学界将深刻地感激您这个艰苦、耐心而有绝大意义的工作！"在萧三与法捷耶夫的共同努力下，这部俄文《鲁迅选集》当年顺利出版，精装本第一次印刷就1万册，之后的普及本发行量更是高达100万册。

1939年，为回国抗战，萧三只身离开莫斯科前往延安，而他的妻子叶华和两个孩子则远赴斯德哥尔摩。1940年9月，经党中央批准，萧三的家人将在苏联相关部门的帮助下经莫斯科—阿拉木图—兰州，前往延安与萧三团聚。叶华和两个孩子到达莫斯科后，法捷耶夫专门安排苏联作协的同志负责接待与照顾，并亲自给阿拉木图当地作协打电报，让他们尽全力帮助萧三家人顺利前往中国。叶华到达延安后，将法捷耶夫给予他们的大力帮助告诉了萧三，萧三对于这位已担任苏联作家协会书记的"老乡"非常感激。

新中国成立前夕，苏联政府决定派遣以法捷耶夫为团长的苏联保卫世界和平代表团和由西蒙诺夫为团长的苏联艺术代表团前往北京参加开国大典。周恩来专门安排萧三前往哈尔滨迎接。9月28日下午，法捷耶夫与萧三在哈尔滨火车站再次相见，法捷耶夫爽朗地对萧三说："多少次和你说过，我要来中国。现在果然来了！哈哈哈……"

10月1日下午，萧三陪同法捷耶夫登上观礼台参加中华人民共和国庄严而盛大的开国大典。10月2日，萧三陪同法捷耶夫等苏联代表团前往中南海勤政殿与毛泽东等中央领导人见面。这是毛泽东在新中国成立后接见的第一个外国代表团。10月7日，萧三得知法捷耶夫身体不适，急忙赶往北京饭店探望。法捷耶夫感谢老友的关心，当即从箱子里取出一本新版《毁灭》送给萧三，并在扉页上写上：

亲爱的埃弥·萧，很高兴地赠送你这本书，它能使我们记起我俩曾经年轻的岁月。

法捷耶夫，1949年10月7日，北京

1950年3月，作为中国出席世界和平大会的全权代表，萧三只身前往瑞典参加斯德哥尔摩特别会议。会议正式开幕，萧三进入会场时，大会郑重宣布"中国代表埃弥·萧来到"，坐在主席台上的法捷耶夫与其他代表一起热烈鼓掌。等萧三到达主席台后，法捷耶夫与他热情亲吻、拥抱，并对萧三说："你一个人？应该带个代表团来。"

萧三作为常驻世界和平大会理事会的常务理事，他与法捷耶夫在布拉格一起工作了3年。因对"老乡"萧三深厚的感情与信任，法捷耶夫常把苏联对理事会的意见拿给他看，并不保密，这对萧三在理事会的工作开展给予了很大帮助。萧三与法捷耶夫一直为世界和平事业并肩战斗并保持着深厚的情谊。1952年秋，萧三在莫斯科把中国在北京召开了一个亚洲及太平洋保卫世界和平大会的事情告诉了老朋友法捷耶夫，法捷耶夫很感谢老友的坦诚。他对萧三说："世界和平理事会不要分裂，但你们这个会不算分裂。你们太平洋、亚洲可以单独成立委员会。"

法捷耶夫不仅在工作上对萧三给予支持，在生活中也给予萧三无微不至的关心。1951年3月，萧三在布拉格开完一次会议后晕倒，连话也说不清。法捷耶夫碰巧在场，他对萧三妻子叶华说："萧三一定得去苏联好好疗养一下，你必须陪同去；他的身体如此糟糕，你不能让他一个人去苏联。"他说在奥斯陆会议结束后，就安排萧三夫妇赴苏疗养。果然，4月初，法捷耶夫向萧三夫妇发出赴苏疗养的邀请。

1953年，萧三再次从布拉格到莫斯科治病，法捷耶夫把他安排在莫斯科最好的克里姆林宫医院治疗，并到巴尔维赫高级疗养院休养。在克里姆林宫医院住院期间，来莫斯科访问的周恩来曾前往医院看望萧三、蔡畅和李德全。周总理知道萧三和法捷耶夫的关系很好，问萧三："是法捷耶夫把你安顿在这儿的吧？"

萧三说："对。"

随后不久，萧三在巴尔维赫疗养院时出了一次"车祸"，头碰在树上，脑病加重。法捷耶夫闻讯，立即从莫斯科赶来看他，并对萧三说："我们准备了一顿很好的早餐，你不能来，太可惜了！"萧三笑着说："我没有口福嘛。"

就是这样一位对朋友热情与真挚的作家，1956年5月13日却在莫斯科作家村自己的别墅中饮弹自杀。1956年5月15日，萧三在北京通过电台得知法捷耶夫自杀身亡的消息。那晚，萧三难过至极，他为好友写了一篇长长的悼词。在他心中，法捷耶夫是他最为知心的苏联朋友，是他一生永远的"老乡"。萧三在其后的很长一段时间内，都无法排解法捷耶夫去世给他带来的痛苦。随着以后中苏关系的破裂和国内不断出现的政治运动，萧三，这位法捷耶夫的"老乡"不断受到政治冲击。因为早年在苏联长期工作，萧三在1964年后不断被要求交代、坦白与法捷耶夫等苏联人士之间的关系。在"文革"中，他也因此受到了极大的政治迫害。

1982年，历经劫难的萧三在法捷耶夫逝世26周年之际，应邀在《人民文学》撰文，他深情地讲述了与法捷耶夫兄弟般患难之交的友谊，在文章最后写道：

> 今天写这篇短文的时候，三四十年前的情景历历在目。它使我俩记起年轻的岁月。①

萧三以此文告慰他早已远行的老友法捷耶夫。

---

① 萧三：《记起我俩年轻的岁月——我和法捷耶夫的友情》，《人民文学》1982年。

战争小说《保卫延安》创作记

杜鹏程（1921—1991），原名杜红喜，陕西韩城人，我国当代著名作家。代表作有长篇小说《保卫延安》、中篇小说《在和平的日子里》、短篇小说集《年青的朋友》《速写集》《杜鹏程小说选》等。杜鹏程的小说多为重大题材，从严峻的斗争与考验中，描写人物精神面貌。《保卫延安》正是他精心创制的一部力作。

长篇小说《保卫延安》是中国当代文学史上第一部大规模正面描写解放战争的优秀作品，它的出现具有里程碑意义，它在当代文学史上被誉为"英雄史诗"。冯雪峰认为它"够得上称为它所描写的这一次具有伟大历史意义的有名的英雄战争的一部史诗的。或者，从更高的要求说，从这部作品还可以加工的意义上说，也总可以是这样的英雄史诗的一部初稿"[1]。

---

[1] 冯雪峰：《论〈保卫延安〉的成就及其重要性》，《文艺报》1954 年第 15 期。

在中国现代文学馆手稿库中，收藏有该小说的六部手稿。其中，《保卫延安》报告文学版有两部，第一稿共3514页，100多万字，第二稿则有1451页；小说版书稿共四部，第三稿270页，第四稿306页，第五稿428页，第七稿228页。在每一稿上，作者杜鹏程都做了大量修改，密密麻麻的修改数不胜数。

杜鹏程

《保卫延安》是作家杜鹏程的第一部长篇小说，也是他重要的代表作之一。小说全面地描绘了1947年3月到7月延安保卫战的历史进程。在小说中，杜鹏程塑造了一大批丰满、生动、高大的英雄形象。这之中，既有周大勇、王老虎这样叱咤风云、威震敌胆的基层指挥员，又有普通战士、炊事员李振德那样的根据地革命老英雄，还有彭德怀、陈允兴、李诚、赵劲、卫毅等指挥若定、驰骋疆场、有胆有识的我军将领。

该小说通过对党中央撤离延安后，西北野战军在西北战场上开展的青化砭伏击战、羊马河战役、蟠龙镇攻坚战、长城线上突围战、沙家店歼灭战和九里山阻击战等几场重大战役的描写，热情讴歌了人民解放军指战员的雄伟气魄和革命英雄主义精神，生动地展现了在延安保卫战中中国人民解放军由战略防御转为战略反攻这一历史发展过程的全貌，深刻反映了第三次国内革命战争时期中国急剧变化的政治、军事形势。

创作《保卫延安》的初衷

1949年，杜鹏程开始动手创作《保卫延安》。最初，杜鹏程是想写一部长篇报告文学。他打算从1947年3月以毛泽东为核心的党中央主动撤离延安写起，直到1949年末一野一兵团进军帕米尔高原为止，记述西北解放战争的整个过程。谈及自己的创作初衷，杜鹏程在《保卫延安》手稿中曾专门

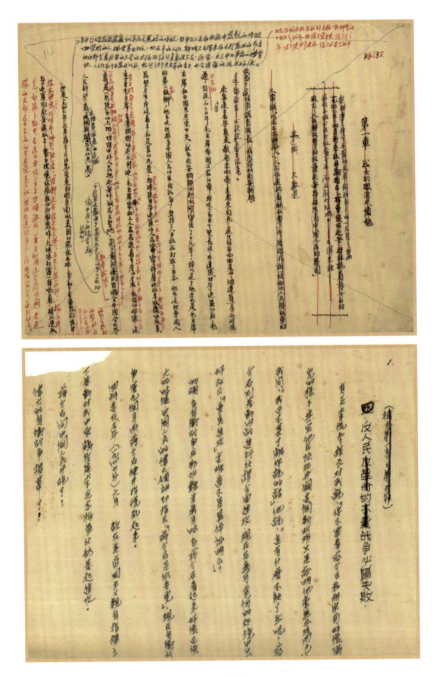

《保卫延安》手稿

写下这样一段"开头的话"。

> 讲人民解放军艰苦奋斗、英勇善战这种故事的人，实在不少了。我为什么还要讲这一篇故事呢？说起来话长：
>
> 一九四七年三月，部队从晋中出动，过黄河保卫毛主席的时候，我到二纵队 × 旅 × 团第一连当文化教员。后来又调到营部当工作员。部队从陕北打倒（到）西安，从西安打倒（到）甘肃、青海，过祁连山，以后万里进军，通过塔里木盆地的戈壁沙漠，一直进到帕米尔高原……在帕米尔高原上保卫国防，在塔里木盆地上参加生产。战士们常常说："把咱们打仗的事情编起来吧！这是满有味道的。"战士们这样说有两个意思：第一，我们部队有些新同志他们听了部队过去艰苦奋斗的故事，会受到一番教育。第二，老战士希望把这个故事编起来，一方面回忆过去艰苦奋斗的战争，可以增加今天保卫祖国和建设祖国的信心；一方面把我们部队那些活着的和牺牲了的英雄们的名字和事迹记下来。大家推我来编。

杜鹏程动手创作《保卫延安》的 1949 年，正是新中国刚刚成立不久，整个国家百废待兴的时候。此时的中国文学也步入了一个新的起点、新的征程。而且，杜鹏程的创作有着得天独厚的条件。1947 年，26 岁的杜鹏程加入西北野战军第二纵队独立第四旅第十团二营六连，成为一名随军战地记者，西北野战军著名的战斗英雄王老虎就在六连。在部队，杜鹏程与战士们同吃同住，给他们讲政治课、教他们识字，还替他们写决心书、写家信。渐渐地，杜鹏程与六连的干部战士结下了深厚友谊，并逐渐熟悉他们的身世、性格、生活习惯以及战斗表现。与此同时，杜鹏程还经常接触到西北野战军各级指挥员。二纵司令员王震得知杜鹏程是记者，还特意找他谈话，鼓励他要经受住战火的考验，并努力写出反映广大指战员英勇战斗的好作品来。

1947 年 3 月，延安保卫战爆发。国民党胡宗南精锐部队 20 多万人，在数十架飞机的配合下，分别从洛川、宜川出动，声言三天之内攻取延安。而西北野战军在彭德怀指挥下，以装备远远不及对手的 2 万余人，与胡宗南在陕北周旋、拼杀，展开了一场保卫延安、保卫党中央的殊死搏斗。战争进行得十分残酷，几个月后，杜鹏程所在的西北野战军二纵即减员过半，他所在的六连由原来的 90 多人锐减为 10 多人，长期与他住在一起的王老虎以及第一次见面就送给他一条新毛巾的营长黄培枢，都在榆林三岔湾的战斗中壮烈牺牲了；战士许柏龄临上战场前，留给杜鹏程两封信，一封写给党支部，另一封写给他的孤寡母亲，而他最终也没有回来；曾经给杜鹏程很多帮助和鼓励的团参谋长李侃，为了使山沟里的数千名战友脱离险境，和一些战士英勇无畏地献出了自己的生命……这些感人的英雄事迹激励着杜鹏程，他在自己的日记中记下了一个又一个难忘的战斗场面。有时他将装日记的包袱放在膝盖上写，有时是在宿营以后趴在老乡的锅台上写，即使在硝烟弥漫、子弹横飞的阵地上，他也照写不误。数年间，杜鹏程写下近 200 万字的日记和素材。1949 年 7 月，杜鹏程被任命为新华社第一野战军分社主编。同年 10 月，新疆和平解放，杜鹏程随一野一兵团司令部乘飞机由甘肃飞抵迪化。随后，杜鹏程跟随部队参加了在新疆的多次扫清余匪的战斗，他们穿沙漠、过草原、跨戈壁、越高山、蹚河流，直到 1949 年末进军至帕米尔高原。

历时两年多艰苦卓绝的解放斗争以及无数英雄人物所表现出来的自我牺牲精神，都给杜鹏程带来了巨大的冲击，使他萌生了要将解放战争中西北战场伟大的人民斗争诉诸笔端、昭示后人的强烈冲动。他说：

难道这些积压在我心里的东西，不说出来，我能过得去吗？……也许写不出无愧于这伟大时代的作品，但是，我一定要把那忠诚质朴、视死如归的人民战士的令人永生难忘的精神传达出来，使同时代的和后来者永远怀念他们，把他们当作自己做人的楷模，这不仅是创作的需要，也是我内心波涛汹涌般的思想感情的需要。

创作《保卫延安》的经历

1949 年 11 月下旬，杜鹏程被任命为新华社野战二支社社长兼记者。不久，刚刚新婚的杜鹏程带着妻子张文彬随同一野一兵团二军进驻南疆重镇喀什。在喀什，杜鹏程整日采访报道，筹办维文报纸，带领记者进行社会调查，忙得不可开交。妻子张文彬则为他保存战友遗物，整理一些必要的资料。一间刚接收的平房，成了杜鹏程的办公室与写作间。1949 年 12 月，杜鹏程开始列写作提纲，前后反复四次，其间，还到随军采访的原独四旅进行深入调查。二军政委、喀什军区政委兼南疆区党委第一书记王恩茂得知情况后，给予杜鹏程极大的支持和关怀，当面勉励他说："不管有多大困难，也要把保卫党中央、保卫毛主席、保卫延安、保卫陕甘宁边区这部具有伟大历史意义的书写出来，让它安慰死者，鼓励活者，教育后者。"

那时由于喀什纸张奇缺，妻子张文彬就特别留心搜罗，甚至托人从各处收集来一些旧报刊、旧标语、旧簿册以及老百姓用以糊窗户的麻纸。当杜鹏程在这些花花绿绿、大小不一的废纸上写作时，为了省纸，他不得不把字写得小之又小。

经过充分准备，1949 年底，杜鹏程正式动笔创作这部报告文学。当时他所能依靠的创作资料有：一本油印毛主席《中国革命战争的战略问题》，新华社各个时期关于战争形势所发表的述评及社论，自己在解放战争中所写的新闻、通讯、散文特写、报告文学和剧本等，还有他在战争中所写的近 200 万字的日记，以及部队中油印小报、历次战役和战斗总结。一捆捆材料堆在他那狭小的写作间地上，要想进屋里去，杜鹏程必须跳着"翻山越岭"。那一时期，杜鹏程白天还要骑马出去采访、发消息、写通讯，反映我军打仗和生产建设情况。只有晚上夜深人静时，忙了一天的他才能坐下来写这部作品。两个月过去，杜鹏程"夜不成眠，食不甘味，时序交错……"。不知熬过多少通宵达旦，杜鹏程按时间顺序把他在战争中所见、所闻、所感真实地记录下来。1950 年 2 月，近百万字的初稿完成，全是真人真事，稿纸用的是部队缴获的国民党的粗劣报纸和宣传品的背面，还有前文提到的妻子张文彬平时留心搜罗，甚至托人从各处收集来一些旧报刊、旧标语、旧簿册以及老百姓用以糊窗户的麻纸等。这样写就的初稿足有十几斤。

谈及这次写作经历，杜鹏程曾深情回忆：

写着，写着，有多少次，遇到难以跨越的困难，便不断反悔着，埋怨自己不自量力。可是想起了中国人民苦难的过去，想起了那些死去和活着的战友，抚摸烈士遗物，便从他们身上汲取了力量，又鼓起勇气来……钢笔把手指磨起硬茧，眼珠上布满血丝，饿了啃一口冷馒头，累了头上敷上块湿毛巾。写到那些激动人心的场景时，笔跟不上手，手跟不上心，热血冲击胸膛，眼泪滴在稿纸上……

初稿完成的当天，杜鹏程疲惫至极，他倒头便睡，直至两天两夜后，才从睡梦中惊醒。由于几天没吃东西，他饥饿至极，便拉上几个记者一同上街吃羊肉包子，他的食量和狼吞虎咽的样子令同事们大惊失色。过后，有位记者与杜鹏程妻子张文彬说："你这老杜可不得了，一下子吃了那么多包子，这哪儿是吃，简直在喝油。"

初稿完成后不久，杜鹏程就开始对这部报告文学进行修改。1951 年 2 月，杜鹏程在新疆喀什完成第一次修改。不久，他接到从家乡寄来的电报，母亲病危。心急如焚的杜鹏程拿着电报赶忙去找自己的兵团司令。这位领导当即特批让杜鹏程搭乘当时西北唯一一架军用飞机赶回陕西。杜鹏程在西安下了飞机，在严寒和风雪中步行数日，终于回到家乡。当时，他随身只携带了一大捆自己刚刚创作完成的报告文学《保卫延安》手稿和一把手枪。当他赶到家中时，母亲早已没有了呼吸。杜鹏程坐在自己随身携带的那捆稿子上，伸出双臂，抱住永远不能再回答他的母亲，放声痛哭。为母亲办完丧事后，杜鹏程搬到韩城县（现韩城市）人民政府，他打算在这里对这部初稿进行第二次修改。该稿名为报告文学，实则是杜鹏程对自己"战地日记"初步整理的资料长编，文字质朴无华，极具真实感。杜鹏程"用了一个多月的时间，夜以继日地工作，把这部稿子修改了一遍"。修改时，杜鹏程眼前常浮现出母亲的面容，还有那血染的山川河流、戈壁沙漠。从母亲身上，杜鹏程看到了中国人民悲惨的过去；从战士们身上，杜鹏程又看到了被压迫、欺凌了百年的中国人民奋起抗争的那种排山倒海的力量。1951 年 5 月，杜鹏程完成对这部报告文学的第二次修改。但修改后，对于自己眼前这部长篇报告文学，杜鹏程认为其"虽说也有闪光发亮的片段，但它远不能满足我内心的愿望。从整体来看，它又显得冗长、杂乱而枯燥"。于是他"苦苦思索，终于下定了决心：要在这个基础上重新搞，一定要写出一部对得起死者和生者的艺术作品"。

正是这次回乡，让杜鹏程决定将自己最初 100 多万字的稿子重新进行删减、修订，体裁也由报告文学转为长篇小说。1951 年春夏之交，杜鹏程背着稿子重新回到自己在新疆的工作岗位。此后，杜鹏程在繁忙的工作之余，开始对这部作品进行不断修改。无论他到哪里，都随身携带着这部手稿。

> 调我到大城市学习，我就把稿子带到大城市；让我到草原上工作，我就把稿子驮到马背上；外出开会，或者去看非看不可的电影，便把稿子抱在怀里，生怕把它烧毁在经常失火的边疆城市。

在 1952 年 2 月 23 日的日记中，杜鹏程曾写道：

> 到北京新华总社来学习一两个月，每天夜里、中午休息、下午休息时间均用来修改作品。

1951 年 7 月、9 月、11 月，1952 年 2 月，杜鹏程在迪化先后对《保卫延安》进行了第四次、第五次、第六次、第七次修改。1952 年 5 月，《保卫延安》第八次修改完成于北京。

1953 年春，杜鹏程对《保卫延安》的修改还在进行中。这时突然出现了一个意想不到的机会，使杜鹏程有充分时间完成最后的修改。当时军委总政治部计划创作一部保卫延安的电影剧本。他们得知杜鹏程正在创作《保卫延安》小说，便写报告给彭德怀和习仲勋同志，要求借调杜鹏程参加剧本创作。杜鹏程到北京后，电影剧本创作班子一时集中不起来，后来又在剧本主题方面意见不统一，剧本创作暂时搁置。杜鹏程便充分利用这一难得时间，在总政文化部的一间小房里，一边等待剧本创作开工，一边夜以继日地修改小说。正是在这一时期，杜鹏程将一部打印稿送给中国作协副主席、人民文学出版社社长兼总编、著名文艺理论家冯雪峰审阅，请予指正。冯雪峰是杜鹏程恩师柯仲平的好友，柯在此前曾特地写过一封推荐信给冯雪峰，请他对于杜鹏程创作的《保卫延安》多提意见。冯雪峰收到稿子后，在百忙中认真阅读了小说，后来又几次约杜鹏程到家里，当面谈了他的一些具体看法和意见。杜鹏程根据冯雪峰的意见对手稿又进行了认真修改，最后该小说顺利通过终审。

为了将这部作品修改为自己认可的小说，杜鹏程不断推翻之前的稿子，进行新的创作。他"把百万字的报告文学，改为六十多万字的长篇小说，又把六十多万字变成十七万字，又把十七万字变成四十万字，再把四十万字变为三十多万字……漫长岁月里，九易其稿，反复增添删削何止数百次"。

经过近五年的创作，《保卫延安》由报告文学初稿二十二回 100 多万字，变为长篇小说八章六十五节 30 多万字。作品结构框架发展变化十分明显。

《保卫延安》出版后的影响

不久，小说《保卫延安》被解放军总政治部列入"解放军文艺丛书"，准备于 1954 年年中由人民文学出版社出版。《解放军文艺》杂志社在此书尚未出版时，抢先在 1954 年 1 月、2 月分别选发了"蟠龙镇"和"沙家店"两章。1954 年 6 月，《保卫延安》由人民文学出版社正式出版。

《保卫延安》一经面世，便轰动全国，好评如潮。短短三年再版三次。国务院总理周恩来阅读该小说后，对其艺术描写的真实性给予了充分肯定："我们部队打仗就是这样，彭总这个人也就是这样。"时任人民文学出版社社长兼《文艺报》主编的冯雪峰，在1954年第14、15两期《文艺报》先后发表两篇重要评论——《〈保卫延安〉的地位和重要性》《论〈保卫延安〉的成就及其重要性》，对《保卫延安》这部小说给予高度评价。

1960年7月22日，时任文化部部长的茅盾在全国文学艺术工作者第三次代表大会开幕式上，做了题为《反映社会主义跃进的时代，推动社会主义时代的跃进》的报告。在报告中，茅盾对杜鹏程给予积极称赞："杜鹏程的风格的发展，是值得注意的。只要把《在和平的日子里》同《保卫延安》作一比较，已经可以看出显著的不同……他的作品中的人物好像是用巨斧砍出来的，粗犷而雄壮；他把人物放在矛盾的尖端，构成了紧张热烈的气氛，笔力颇为挺拔。"

《保卫延安》手稿入藏中国现代文学馆

对于自己这部《保卫延安》的手稿，杜鹏程视若生命。历经几十载，他将这些珍贵手稿细心收藏。在他去世后，为给这些手稿找寻最好的归处，妻子张文彬在20世纪90年代曾亲自从西安来到位于北京西三环万寿寺的中国现代文学馆，向当时的负责人舒乙提出捐赠意向。舒乙问张文彬："有多少？"张文彬用手一比画，说："两尺多高的，两摞。"随后她又补充了一句："一个人背不动。"很快，文学馆便派了两位同志前往西安杜鹏程家中取《保卫延安》等手稿。这两位同志不久便背回了两大捆书稿。其中《保卫延安》手稿最多，共六部。

张文彬女士向文学馆慷慨捐赠这些珍贵手稿，使文学馆人感受到了一份来自作者家属的沉甸甸的信任与嘱托。我们相信杜鹏程家属肯定希望中国现代文学馆不仅能很好地保存这些文学档案，还能利用好、研究好、展示好这些资料，让这些文学档案真正地、长久地"活下去"，从而发挥它们最大的历史价值和文学价值。

2021 年是杜鹏程诞辰 100 周年。谨以此文，向这位创作了不朽的红色经典小说《保卫延安》的作家致以我们文学馆人最高的敬意。

杨沫与她的《青春之歌》

杨沫（1914—1995），原名杨成业，笔名杨君默、杨默、小慧等，湖南湘阴人，中国当代女作家。代表作有《青春之歌》、《东方欲晓》（后重写为《芳菲之歌》《英华之歌》）。

在 1949 年至 1966 年的 17 年间，新中国文学界产生了一大批政治鲜明、社会影响巨大的红色经典长篇小说。其中，最具代表性的是"三红一创，青山保林"（"青"是杨沫的《青春之歌》，"山"是周立波的《山乡巨变》，"保"是杜鹏程的《保卫延安》，"林"是曲波的《林海雪原》，"三红"则是吴强的《红日》、罗广斌与杨益言的《红岩》、梁斌的《红旗谱》，"一创"是柳青的《创业史》）。而这之中，《青春之歌》无疑是最"青春"、最能代表五四精神的红色小说。

《青春之歌》以 20 世纪 30 年代日本侵华过程中发生的"九一八事变"

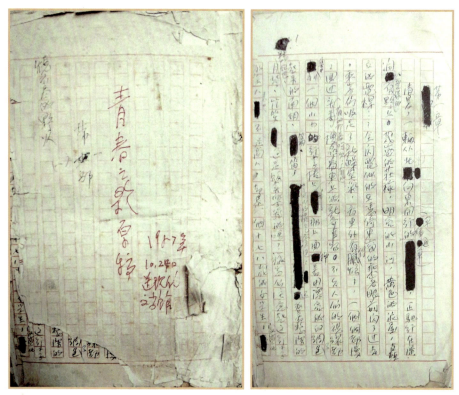

《青春之歌》手稿

到"一二·九"爱国学生运动为背景，塑造了林道静、卢嘉川、林红、余永泽、王晓燕等一大批具有鲜明时代特征的人物形象。小说通过女主人公林道静的成长故事，构筑了革命历史的经典叙事，同时也揭示出知识分子成长道路的历史必然性。

中国现代文学馆自 1985 年 5 月在北京成立后，一直致力于中国作家经典作品手稿的征集。时至今日，《红旗谱》《红岩》《保卫延安》《青春之歌》的手稿均已入藏文学馆。这之中，《青春之歌》入藏时间最早。文学馆成立后的第三年，1987 年 10 月 24 日，作者杨沫便将该稿捐赠给了文学馆。

翻阅手稿可知，该稿曾起名为《烧不尽的野火》。笔者查阅相关资料，《青春之歌》最初起名为《千锤百炼》，后一度改为《烧不尽的野火》；在杨沫修改书稿过程中，一个编辑曾建议将名称改为《青春之歌》，在作家出版社出版时最后确定该书稿名为《青春之歌》。《青春之歌》全稿共分上、下两部。上半部有二十六章，下半部则有二十九章。根据最后一页可知，这部手稿是在 1955 年 4 月创作完成的。在创作过程中，杨沫不断在手稿上进行修改，几乎每页都有她留下的修改痕迹。对于删除部分，杨沫基本是用毛笔直接抹去；对于添加部分，则用钢笔在空白处进行书写。全稿总计 789 页，全部为蓝黑色钢笔书写。该稿用不同稿纸写就：竖排红色 25×20 格稿纸、竖排红格"中国百货公司北京市公司监制"稿纸、新闻总署稿纸、横排红格纸。泛黄的稿纸、略显凌乱的笔迹，无声地告诉我们作者杨沫对该稿投入了多少精力、它有着怎样曲折动人的故事。

杨沫的"青春之歌"

　　1914 年 8 月 25 日，杨沫出生在北京一个书香之家。父亲杨震华毕业于京师大学堂，后成为私立大学的校长。杨震华是经商天才，因为办校得到了大笔捐款，于是他用款项买下大片土地，租给农户。杨沫母亲丁凤仪因杨震华后来娶妾常与其吵架。父母不和使得杨沫从小便缺少家庭关怀。在孤寂的童年，杨沫常在书籍中寻找自己的欢乐。14岁时，杨沫读完高小一年级，为躲避腐朽的家庭，她跑到西郊考进西山温泉女子中学，开始了住校生活。在校园里，除了应付必要的功课外，杨沫将自己的全部身心倾注在书海中，她广泛涉猎古今中外文学名著。最初，杨沫读的是郭沫若、郁达夫、张资平、朱自清、冰心、庐隐的作品；接着，她又读起了鲁迅、茅盾、丁玲、蒋光慈、萧军、萧红及日本的厨川白村、小林多喜二、芥川龙之介

杨沫

等人的作品。这些宣扬反封建、争取自由民主的小说，以及欧洲和日本 18、19 世纪宣扬个性解放的文学作品深深吸引着年轻的杨沫。

1931 年春，杨震华破产逃亡，不知去向。母亲便强迫 16 岁的杨沫嫁给一个国民党军官。对于母亲这种包办婚姻，杨沫毅然反抗，她跑回西山的学校。至此，杨沫母亲断绝了对杨沫的一切经济供给。

依靠同学的捐款和老师的资助，杨沫勉强读完了初三。暑假回到家，母亲对她逼迫更甚。无奈之下，杨沫借了几元钱到秦皇岛北戴河投奔教书的哥哥，但兄嫂经济上也非常困难。杨沫只好不断给同学们写信，请大家帮自己找寻工作。1931 年 9 月初，杨沫经素未谋面的朋友张中行介绍去了河北香河教书。那时，张中行正在北大求学。去香河之前，她与仗义帮助自己的张中行见了面。在杨沫看来，北大学子张中行是那样的平易近人。交谈之后，杨沫更是感叹张中行的学问博古通今。张中行也非常喜欢杨沫的清纯、热情，"她 17 岁，中等身材，不胖而偏于丰满，眼睛明亮有神。言谈举止都清爽，有理想，不世俗，像是也富于感情"[①]。此后，两人开始了频繁的通信联系，感情迅速升温。1932 年初，杨沫母亲病重，托人找到杨沫，力劝她回北京。杨沫回到北京后与张中行相爱同居。他们当时住在北京沙滩附近的一个小公寓里，靠张中行家里寄来的少许的钱艰难地维持生活。同年，杨沫做了母亲，那时的她做饭、洗衣、缝缝补补，过着失学失业、半饥半饱的生活。这一时期，杨沫读了许多新文学作品，她想尝试写作。为了表示自己心清志大，杨沫将有世俗气的学名"成业"改为"君茉"，后又嫌该名有脂粉气，便改为"君默"，以期宁静而致远。

因杨沫生活艰难，三妹杨成芳（后来的电影明星白杨）多次劝杨沫离开张中行。白杨曾对杨沫说："大姐，你真软弱，你看他成天钻在古书堆里，一个书虫子，还成天戴着礼帽，穿着长袍，一副酸溜溜的样子，有什么可爱的？"其实，白杨与张中行关系还是不错的。白杨这个艺名还是张中行取的。

---

① 张中行：《流年碎影》，哈尔滨：北方文艺出版社，2012 年。

白杨考上北平艺专后，就请有学问的张中行给起个名字。张中行在他最喜欢的《古诗十九首》中，为其取了"白杨何萧萧"中的"白杨"二字。生活的艰辛加之两人性格上的差异，杨沫与张中行渐渐疏远。那时，杨沫没有工作，每天单调的家庭生活让她日益不满。

1933 年 1 月 25 日除夕，杨沫应邀来到妹妹白杨的住所——宣武门头发胡同的通顺公寓。那时，作为联华电影公司演员的白杨，正在北平演话剧。白杨家里常聚集着一群革命青年知识分子，他们多是外地人，又都是左联领导的共产党外围组织"苞莉苞"（俄文"斗争"之意）剧社成员，当时该组织的负责人是中共地下党员于伶和宋之的。他们在通宵达旦的聚会中，抨击时弊，激情洋溢。那天的聚会给杨沫留下了深刻印象，在交谈中，有人向杨沫推荐了《怎样研究马克思主义》等进步书籍。对于那天的场景，杨沫在《青春是美好的》一文中曾有回忆："听到他们对于国内国际大事的精辟分析，使我这个正在寻求真理，徘徊歧途的青年猛醒过来——啊，人生并不都是黑暗的，生活并不都是死水一潭！原来，中国共产党人为了拯救危亡的祖国，为了一个美好的社会的诞生正在浴血奋战！"正是这个除夕之夜，彻底改变了杨沫的人生，为她指明了新的生活道路。

从此，深受进步思想影响的杨沫冒险到狱中去看望被捕的革命同志，为他们做事，同时还拿起笔来进行斗争。1934 年 3 月 15 日，杨沫的处女作《热南山地居民生活素描》在东北救亡总会办的《黑白》半月刊上刊登。该文记叙了热河南部山地人民的政治、经济、文化生活，揭露出地主欺压农民的事实，对处于水深火热中的劳动人民寄予同情。此后，杨沫"不知深浅，但勇气很足，得空就写，写散文、纪事、报道和短篇小说"。杨沫还以笔名"小慧"向上海《中流》和《大晚报》投稿。短篇小说《怒涛》便是在这一时期创作的。《怒涛》描写了女知识青年美真割舍小家庭的爱，为了大众的幸福，牺牲个人感情投身火热斗争的故事。小说还集中描写了青年学生和知识分子到农村宣传抗日的场景。这篇小说是《青春之歌》最早的胚胎。在北大周围的生活和学习经历成为杨沫早期创作的源泉和动力。1936 年底，杨沫加入中国共产党。抗战全面爆发后，她被安排到冀中参加党领导的游击战争，主要做妇女宣传工作。1943年起，任《黎明报》《晋察冀日报》等报纸的编辑、副刊主编。

《青春之歌》的创作起源

小说《青春之歌》的创作，最早源于1950年。那一年，36岁的杨沫在文化部电影局剧本创作所任职（关露、王莹、颜一烟、海默、柳溪等作家都是她的同事），但那时的杨沫频繁因病休养（1939年春，作为冀中区妇救会宣传部长的杨沫，在跟随一二〇师日夜行军打仗的过程中，因劳累过度、营养不良而染上了黑热病。后虽然被一位农民用偏方挽救了生命，但未彻底痊愈，从此落下了经常头痛的病根）。在病痛与孤寂中，抗战时期的记忆经常走入杨沫的脑海。在当时的日记中，杨沫曾写下这些记忆：

> 我有时回忆过去，回忆那些牺牲的战友、老百姓；也回忆我自己年轻时（包括小时候）的生活、经历，这些生活万花筒似的，时常在我眼前晃动、缭绕，我恨不得一下子把它们从心上移到纸上……假如有一天，有一本渗透着自己的心灵，打着个人生活、斗争的烙印，也荡漾着青春的火焰的书出现在世上，我想，我就会变成一个非常幸福的人！

杨沫的抗战生涯最早要追溯到1937年。1937年7月抗日战争全面爆发后，杨沫参加了冀中抗日游击战争。她先后在安国县妇救会、冀中区妇救会、冀中十分区妇救会和十分区抗联会担任宣传部部长，也在十分区黎明报社做过编辑。杨沫经常带领干部下乡宣传抗日，也跟随八路军一二〇师兼程行军，与日寇周旋。关于这段血与火的生活，她在《我的生平》一文中回忆说：

> 这些生活给了我对人生比较深刻的"理解"，给了我改造小资

产阶级灵魂的机会，也给了我丰富的创作源泉……

抗战时期，冀中地区干部伤亡率非常高，许多与杨沫有着深厚友谊的战友，三两天前还在一起工作、谈笑，忽然就牺牲了，牺牲时是那样年轻。《黎明报》刻字员马敦来，圆圆的脸总含着温和的笑；区委书记吕烽，常在夜间与杨沫一起穿行于敌人的"心脏"，找到群众开展工作；敌工科科长李守正，喜欢文学，与杨沫碰面总有说不完的话；区长王泰，子弹打光后牺牲在熊熊烈火中，就在牺牲前两三天，他还送给杨沫一块从敌人手里缴获来的精致的小怀表……这些战友为国家和民族英勇牺牲的精神，使杨沫产生了强烈的创作冲动，她渴望把他们的丰碑搬到广大群众面前，"这思想像命令似的在我心里轰响着"。

正因为这些清晰而深刻的记忆，加之难言的病痛使杨沫总感到自己来日无多，她认为自己应抓紧时间写出一个大部头作品。1951年9月，杨沫在读了苏联作家奥斯特洛夫斯基的长篇小说《钢铁是怎样炼成的》后，深受鼓舞。她决心要把在自己脑海中酝酿已久的书稿写出来。于是，1951年9月25日，杨沫开始动笔，她首先草拟了全书提纲，小说最初起名为《千锤百炼》（后又改为《烧不尽的野火》）。这是一部带有杨沫半"自传"性质的长篇小说。历时一年，杨沫1952年草创完成该稿。后又经过六七次修改，最终于1955年4月底，杨沫完成了自己的第一部长篇小说。该小说也是新中国成立后，第一部反映小资产阶级知识女性成长与蜕变的革命文学作品。

杨沫对该书稿进行的第二次大创作是在1959年。小说《青春之歌》第一次出版后，社会上出现了各种不同意见。杨沫虚心倾听着大家的言论，也在认真地思考。1959年下半年，杨沫根据各方面的意见，对自己的这部小说再次进行系统修改。在这次修改中，杨沫补写了林道静在农村生活的七章，约8万字，增加、修改林道静组织、领导北大学生运动的三章。这次修改主要围绕林道静的形象展开，而卢嘉川、林红在修改本中几乎没有什么改变，这两个伟大的党员形象是杨沫"二十多年来在斗争生活中观察、体验所凝聚出来的真实人物"，杨沫对他们倾注了所有的爱，"在创造卢嘉川、林红这些视死如归的共产党员形象的过程中，我自己的精神境界就仿佛升华了，就仿佛飞扬到崇高的境界中。他们今天已经成了我心目中的导师和朋友，因为这样，我才感到很难把他们的形象再加改动"。1960年，杨沫正式推出《青春之歌》再版本。

《青春之歌》的修改、出版经历

1955年4月，杨沫历时四年终于完成《青春之歌》(当时名为《烧不尽的野火》)的创作。书稿完成后，杨沫非常希望这部小说能有机会出版。这年年初，中国青年出版社举行了一次和作者的联谊会，主办人是中青社文学编辑室主任萧也牧(原名吴小武)和张羽。萧也牧在与女作家柳溪交谈中，得知杨沫正在创作一部反映青年学生的著作。会后，他们主动联系杨沫，希望能看一下她的书稿。如可以，中青社考虑出版。当时，杨沫正忙于创作《烧不尽的野火》下半部，而已经创作完成的上半部则在朋友柳溪处。杨沫告知他们可从柳溪处拿上半部看一下。

1955年3月，杨沫去天津出差收集青年道德品质方面的材料。工作间隙，她于3月20日致信萧也牧，谈了自己的创作进度。

> 小说只好在工作中赶写着，本月底完成是不成问题的。再把它修改一下，下月初即可抄给你们……上半部你们从柳溪那儿取走了吗？是否已经开始誊写？……

时隔11天，萧也牧回信杨沫，谈了取稿及审阅情况。

> 《烧不尽的野火》一稿的上半部，我们已从柳溪处取回，当即请人去抄，前天全都抄好了。现在没着手看，因为编辑部人手极端

缺少，拟待四月初《烧不尽的野火》下半部手稿寄来后，我们当即安排时间阅读。你回北京后，请即来电话，我当去访你。

　　不久，杨沫将全部完成的书稿交给了中青社，但因稿件被杨沫修改得较为凌乱，中青社重新抄写了该稿。稿件抄好后，中青社进行了认真审读，同时将抄稿送给杨沫再校。由于小说主要描写的是知识分子的生活，这与当时写工农兵的文学主潮有些距离。那时，中国主流文学出版主题与毛主席提出的"文艺为工农兵服务"紧密相贴。所以，中国青年出版社读完杨沫的初稿后举棋不定，不知该不该出版。后来，他们想到一个办法，要杨沫自己找一位名作家写审读意见。如果作家肯定该稿，中青社马上出版小说。这时的杨沫还是一名文学新人，后来在妹妹、著名演员白杨介绍下，时任中国文联秘书长、著名作家、文艺理论家阳翰笙答应于 5 月 15 日开始抽空审读该稿。

　　杨沫收到抄稿后，抓紧时间进行了审校。5 月 3 日，杨沫去上海出差时还带上了书稿。在上海，她让妹夫蒋君超审读了该稿。蒋君超对此稿评价不错，他认为小说后半部比前半部好，并表示愿意将该小说改编成电影剧本。5 月 5 日，杨沫在上海致信中青社编辑张羽，谈了自己找阳翰笙审稿的情况以及自己的一个建议。

张羽同志：

　　《烧不尽的野火》已校好，送上，共九章，请查收。阳翰笙同志答应在五月十五号以后可代审阅，请在十号以后送给他。……我还有这样一个建议，不知妥当否？在送给他看之前，最好你们编辑部先看一看，这样在他提意见时，你们就比较先有了"底"。因为我听吴小武同志谈，你们编辑部先不看，先送给外边人看。阳翰笙同志看后，或你们看后，对这部小说的基本意见，能否出版，请早日赐知。

中青社收到杨沫校稿后，因时间紧迫，便直接送交阳翰笙。但阳翰笙工作非常繁忙，根本顾不上看稿。5个月后，当中青社编辑部给阳翰笙打电话，才知道他因繁忙而无暇看稿，便决定把稿子拿回来自己看，等出版社初审之后，再拿给阳翰笙复审。10月14日，中青社特意致信阳翰笙谈及稿件情况：

阳翰笙同志：

　　杨沫同志的小说稿《烧不尽的野火》因为没有找到外审同志，我们已从您处拿回，由社内同志初审以后，将来再送您审查。

从5月到10月，杨沫不是出差，就是参与反胡风运动和搬家。这一时期，杨沫一直惦念着自己的书稿。她曾几次给阳翰笙打电话，询问审读情况。但阳翰笙一直回复自己还没有顾上看。得知稿件已被中青社取回，11月5日，还在上海出差的杨沫给中青社写信谈了自己的想法。

青年出版社编辑同志：

　　寄给上海的信收到了。知道已经把小说《烧不尽的野火》拿了去。不知看过了没有？意见如何？我很希望早日得到你们的指导，以便修改得好一些……这部东西，在病苦和烦忙的工作当中，前后写了四年，因此，当它初步完成后，我是多么渴望能够早日得到人们的意见啊！可是，各种机会都不凑巧，因之从今年四月迄今，竟还没有得到编辑部门的任何意见，我的焦急心情想你们是能体会得到的。我盼望你们能够拨冗看一看它，早日给一点意见好么？

鉴于杨沫真诚而急切的恳求，编辑张羽再次认真审读了这部36万字的书稿，并在11月19日写出了自己的审稿意见。在审稿意见中，张羽总结了小说的内容提要，提出了小说的优缺点。优点是：小说整体来说是动人的，故事性较强，文字也还生动。缺点是：（1）作品中充满着小资产阶级知识分子的不健康的思想和感情；（2）在描写当时的民族矛盾时，没有适当地反映阶级矛盾（斗争），特别是交织在民族矛盾中的阶级矛盾。最后，张羽写出了自己的3条处理意见：（1）请阳翰笙同志审查；（2）之后，把意见提给作者修改；（3）修改到可以出版时出版。当天，中国青年出版社便写信给杨沫，将张羽的意见以单位的名义告知她。

此时的杨沫，还是非常希望阳翰笙能审读她的这部作品，并提出一些修改意见。当杨沫再次致电阳翰笙时，阳翰笙表示自己确实没有时间看稿，但他可以把稿子介绍给中央戏剧学院的教授欧阳凡海看，不知杨沫意下如何。在与中国青年出版社协商后，杨沫同意由欧阳凡海审阅该稿。1955年12月9日，中青社致信欧阳凡海表示感谢，并说近期会安排人与他联系将稿件送去。6天后，张羽带着书稿去颐和园拜访了欧阳凡海。接到书稿后，欧阳凡海用了一个多月的时间看完书稿。1956年1月26日，欧阳凡海将书稿送回中青社，并提交了一份长达6000字的《对〈青春之歌〉的审稿意见》。在这份意见中，欧阳凡海首先提出了该稿的两个优点：

1. 此稿用字简练，结构活泼而紧张，读去没有呆腻之感；

2. 此稿所写人物，都相当成功。

紧接着，欧阳凡海提出了该稿存在的一些缺点：

1. 以小资产阶级知识分子林道静作为书中最重要的主人公、中心人物和小说的中心线索，而对于林道静却缺乏足够的批判和分析；

2. 中心人物之一的江华，他是工人出身，又是书中主要的党的代表人物，但他的性格却被描写成带着小资产阶级的显著特色；

3. 对林道静和卢嘉川的恋爱关系的描写，花了很多心血来布置，而且有很多篇幅以这一布置为中心，是不必要的；

4. 叛徒郑钧才在他未叛变以前是以极"左"的面貌在党内活动的，在他叛变后，他又以"左"的面貌混入党内隐蔽，这种描写不太恰当；

5. 作者关于党内反对"左"倾机会主义的斗争，没有很好描写。

最后，欧阳凡海对该稿的修改提出了自己的一些看法。

　　1956 年 2 月 4 日，张羽带着《青春之歌》书稿和欧阳凡海的《对〈青春之歌〉的审稿意见》拜访杨沫，也谈了中青社编辑部的一些看法。张羽本人对该稿还是比较喜欢的，他对"一二·九"学生运动比较了解，也认为这部作品会受到欢迎。他对杨沫说："你的这部作品我们很喜欢，林道静的经历也使我们很受教育。欧阳凡海提了些意见，你觉得有什么地方需要改，由你自己决定。你改好了，我们就出。"虽然这样说，但张羽对于该小说的修改还是有些忐忑，他不知道杨沫最后会怎样修改，修改后的小说是否会符合当时的政策。当时中青社有一个指导思想，就是"文艺为工农兵服务"，要尽量出版描写工人、农民、解放军战士的作品。而《青春之歌》描写的是青年知识分子。当时，写知识分子的题材，一般出版社都比较谨慎，就怕与政策不符，出问题。

　　杨沫很尊重欧阳凡海提出的意见，她在日记中曾这样写道：

　　　　我决心改好它。凡海同志的许多意见是极宝贵的。但目前我没有力量，我想多酝酿一下，准备好再执笔。

　　杨沫当时身体状况非常不好，真要按欧阳凡海的意见修改，又感觉力不能及，加之杨沫也感觉到中青社对于自己这本书的出版有很大顾虑。所以1956 年春，杨沫把书稿给了自己的老领导秦兆阳，请他审读。如有可能，杨沫想请老领导把稿子介绍给其他出版社。没过多久，秦兆阳便打来电话，说稿子他已经看过，感觉挺好，没什么大毛病，他已经把稿子转给了作家出版社（当时隶属于人民文学出版社）。秦兆阳当时是《人民文学》杂志的副主编，他在文学界具有相当的地位，他说的话也很有分量。作家出版社拿到稿子后非常重视，经过认真阅读，认为这是一部有分量的作品，表示会尽快安排出版。5 月底，责任编辑任大心联系杨沫，表示小说不用大动，只需对个别的一两处做些修改即可。因为要尽快落实毛主席提出的"百花齐放，百家争鸣"政策，任大心告诉杨沫 6 月 20 日以前务必将作品改好。根据欧阳凡海的意见，杨沫反复思索，认真写出了一个修改方案。任大心把修改方案拿回研究后，同意了杨沫的意见。为表诚意，作家出版社还预支了杨沫一千块钱稿费。看到作家出版社如此重视自己这部作品，杨沫非常高兴，她立刻投入修改中。杨沫每天工作五六个小时，连续修改20多天，在6月20日前顺利交稿。

这时的中国青年出版社也在积极落实毛主席提出的"百花齐放，百家争鸣"政策，他们想起了杨沫的这部写青年知识分子的作品。编辑张羽赶忙给杨沫打电话，询问稿子这几个月的修改情况。杨沫告诉张羽，这部书稿她已交给作家出版社，作家出版社已经准备出版了。听到这个消息，张羽立刻登门拜访杨沫，说他们是最先拿到这部稿子的，而且也答应杨沫改好后会以最快的速度出版。杨沫为难地表示自己已经收了稿费，作家出版社可能不会同意退稿。她告诉张羽："还是你们亲自和作家出版社去协商吧。"

果然，作家出版社坚持要出这本书，但中青社也不让步。最后，编辑任大心找到杨沫，请她自己定夺由哪个出版社出版。杨沫觉得还是在作家出版社出好，理由有二：（1）作家出版社是老朋友秦兆阳亲自介绍的；（2）作家出版社非常重视自己这部作品，而且还预支了稿费。为此，她给中青社写了一封信，表明自己的心意：

也牧、张羽同志：

首先向你们道歉，那部稿子作家出版社已经发稿付排了，他们计划七月发稿完毕。以前我对这些情况都不了解，后他们来人说到这些情况，我想算了，哪儿全是一样。

过去，这稿子我一直希望由青年出版社来出，中间虽耽搁很久，我都在耐心等待。可是，等欧阳凡海同志看过了，总该最后决定它的命运了，然而出版社方面却缄默起来，一直没表明态度。当时，对于一个作者，这确是一次沉重的打击。

因为这作品我整整花了四年的时间，几乎把整个生命的力量全放了进去的。说这些也不是埋怨，只是叫你们了解这些情况，我确实由于这稿子没了办法，才拿给秦兆阳同志，而由他拿给了文学出版社的。

因为你们两位曾对这稿子费了精力和心血，所以我总觉得有些抱歉，但是事已至此，只好将来再补偿吧！

后来由于纸张紧张等客观原因，《青春之歌》直到1958年7月才由作家出版社出版，起印35万册。

《青春之歌》出版后的影响

令杨沫和出版社都没有想到的是，《青春之歌》出版后很快成为畅销书。青年学生、工人、农民和知识女性是该书的主要读者群。北京大学生物系三年级学生曾排队轮流看这部小说，大家都很急切，有个同学生病住院，"我们把看书的优先权给了他，这被认为是最好的关怀和很大的幸运"。有些同学好不容易拿到小说，"晚饭也不吃饱或者干脆不吃就到参考室去占座，一看就是一个晚上"。北京市电子管厂一号车间二工段乙班的30位青年，竟然有27人看过《青春之歌》。远在祖国南岭山脉腹地的矿业工人刘铁山，在气候极其恶劣的条件下工作一天后，晚上在勉强能看清字迹的灯光下，阅读远方的朋友捎来的《青春之歌》。成千上万的新中国知识女性，也成为该小说的忠实读者。《青春之歌》对女性的生存状态和女性解放问题的书写，引起了中国妇女解放运动的先驱邓颖超的共鸣。除邓颖超外，习仲勋的爱人齐心、萧克的爱人蹇先佛、邓拓的爱人丁一岚等，都非常喜欢《青春之歌》。正因该书受到如此热捧，至1959年6月共印刷13次，发行高达121万册。

该书出版后，在文学界也产生了积极影响。作家何其芳认为该作品受读者欢迎，在于其"火焰一般的革命热情"；巴人、马铁丁认为革命的激情、鲜明的爱憎、热情的笔调、正义的力量等，是该小说吸引读者的主要原因。当然，也有其他不同意见的出现。读者郭开就批评杨沫是以同情的态度写林道静的小资产阶级思想，而没有写出林道静与工农相结合。《中国青年》《文艺报》《读书》等报刊相继刊登有关文章，引发了一场关于《青春之歌》的大讨论。文学大家茅盾则非常支持杨沫的这部小说，他在 1959 年第 4 期《中国青年》发表了《怎样评价〈青春之歌〉》一文。在文中，茅盾明确肯定了《青春之歌》"是一部有一定教育意义的优秀作品"，"林道静是一个富于反抗精神，追求真理的女性"。茅盾还指责武断粗暴的批评者："如果我们不去努力熟悉自己所不熟悉的历史情况，而只是从主观出发，用今天条件下的标准去衡量二十年前的事物，这就会陷于反历史主义的错误。"

小说出版后，读者给杨沫的来信络绎不绝，大家都在询问林道静、卢嘉川等书中人物是否还活着。有一个战士表示，自己一口气读了两遍《青春之歌》，他迫切想知道林道静现在在什么地方工作，叫什么名字，她的身体怎么样，并说部队里很多同志读完后，都关心她，怀念她。武汉军区空军司令部某部甚至开来公函，请求杨沫提供林道静的具体地址，以便直接与她联系，更好地向她学习。有几个南京的女学生来信说，她们曾几次到雨花台寻找卢嘉川的坟墓，非常遗憾没有找到……

由于小说《青春之歌》出版后在全国产生了重要影响，1958 年上海电影制片厂便把《青春之歌》列入拍摄计划，并选好了导演和演员。但由于周扬、陈荒煤等领导坚持剧本由杨沫自己来改编，并且要由北京电影制片厂来拍摄，上影厂的改编和拍摄请求都被否决。很快，《青春之歌》被北京市定为国庆十周年献礼影片，时任北京市委第一书记彭真指示邓拓、杨述等领导"一定要用最好的胶片，把《青春之歌》拍好"。为寻找饰演林道静的最佳人选，导演崔嵬在全国发起一场寻找"林道静"的活动。通过媒体报道，广大群众对林道静的扮演者纷纷提出人选建议。白杨、张瑞芳等知名演员，都想饰演这个角色。但导演崔嵬力排众议，大胆起用了湖北歌剧院的小演员谢芳。事实证明，崔嵬导演的选择是对的。谢芳饰演的女主角林道静端庄而坚定，她举起右拳宣誓入党的特写画面已成为中国电影史上的经典镜头之一。时隔多年，已是耄耋之年的谢芳在谈及这部电影时，曾感慨道："小说出版一年后，就拍成了上下两部电影，《青春之歌》是一个奇迹。"

影片拍摄完毕，陈毅等中央领导人专门参加了该片的审查。观看后，陈毅认为影片达到了国际水平。在陈毅的推荐下，周总理夫妇邀请导演、编剧和主要演员来到中南海西花厅，一起在自家餐厅临时改的小放映室里，认真观看了这部电影。周总理特意坐在邓颖超和杨沫中间，影片放映中，周总理忽然扭过头，小声对杨沫说："小超很喜欢看你的小说《青春之歌》……"杨沫听后讷讷地说不出话来，不知该对总理说什么。影片放映了将近三个小时，就要结束时，周总理又对杨沫说："小超身体不好，看电影只能看到一半。可是今天她能把这么长的影片一气看完了。"

1961 年 7 月 13 日，邓颖超在收到杨沫寄赠的《青春之歌》再版本后，致信杨沫，谈了她对《青春之歌》的喜爱。"《青春之歌》电影我看过不止一次，小说也看到'忘食'。"

电影《青春之歌》在全国上映后，北京、上海、武汉等城市的影院全部爆满，很多影院更是循环放映该片，许多观众都是饿着肚子通宵达旦排长队买电影票。抗日战争时期流行的歌曲《五月的鲜花》也因这部电影，再次流行全国。日本共产党主席野坂参三在广州看过这部电影后，专门撰文《中国知识分子所走的道路》，指出林道静的道路就是日本青年应该走的道路，并说："女主人公在入党时举手向党和人民宣誓，用她那充满了喜悦和自豪的目光凝视着红旗的神态，给人留下了深刻的印象。"他号召日本青年阅读中国作家杨沫的小说《青春之歌》。不久，《青春之歌》在日本 20 多个城市陆续上映，一年中一部拷贝共放映了 3249 次。许多日本青年工人看过影片后，纷纷提交加入日本共产党的申请。1961 年，在谢芳跟随中国妇女代表团访日期间，东京的大街上出现了足有一层楼高的林道静巨幅剧照和画像。日本观众热情地称呼谢芳为"林道静"。在朝鲜和越南，《青春之歌》影片也深受欢迎。

杨沫的遗嘱

1994 年 6 月 28 日，80 岁的杨沫立下了一份遗嘱，她决定将自己的代表作《青春之歌》的版权、10 万元稿费以及一批珍贵的手稿、文物全部无偿捐赠给中国现代文学馆。这份遗嘱现珍藏在中国现代文学馆手稿库中，其内容为：

遗　嘱

我把我的 10 万元人民币积蓄，赠给现代文学馆。并把我所有著作的版权及稿酬，也全部赠给现代文学馆。

（我今年八十岁，也许还要活几年。那么生活中会用去些，也可能适当减少对现代文学馆的赠予。）

杨沫

1994 年 6 月 28 日

1995 年 3 月，中国作协第四届主席团第九次会议在上海召开，杨沫出席了这次会议。会议间隙，杨沫主动找到中国现代文学馆负责人，表示自己要将一批著作、藏书捐给文学馆。为完整接收杨沫捐赠的这批珍贵资料，中国现代文学馆特地成立了"杨沫文库"。对于杨沫要将《青春之歌》的版权一起捐赠文学馆，文学馆人听后十分感动。

1995 年 7 月，杨沫因膀胱炎住院治疗。之后，她的身体便一天不如一天。1995 年 11 月 30 日是杨沫生前清醒的最后一天。那一天，杨沫说了很多话。上午，她说要治好病，自己还有很多事要干，她要继续干下去。这时，中国作协领导翟泰丰和陈建功正好来看望她。杨沫对他们表示：自己是个共产党员，一辈子为党做事，稿费要捐出来给中国现代文学馆。"我的一切，都是党的，都是党给的，我永远是党的人！"随后，杨沫又交代了自己曾经立下的遗嘱，她再次申明把《青春之歌》的版权、10万元稿费以及一批珍贵手稿、文物捐赠给中国现代文学馆。

1995年12月11日，杨沫去世，享年81岁。

为完成杨沫的遗愿，1996年3月8日，"杨沫图书、版权、稿费捐赠仪式"在北京文采阁举行。中国作家协会领导、中国现代文学馆主要负责人、杨沫家属共同参加了这场捐赠仪式。仪式上，杨沫之子马青柯代表杨沫家属将《青春之歌》版权正式捐赠给中国现代文学馆。

谈及杨沫的这次版权捐赠，中国现代文学馆原馆长、著名作家舒乙曾评价道："杨沫先生捐赠版权是中国文学界破天荒的第一次。"[①] 中国现代文学馆原副馆长、著名学者吴福辉在《中国现代文学馆的诞生与发展》中也说："比较晚成立的'杨沫文库'因作者开创了不仅赠书赠物并赠送版权的先例，而显得十分特别。"[②]

杨沫在《青春应当是鲜红的》一文中曾说过："青春应当是鲜红的。一个人只有把他的生命和时代、和祖国、和人民的命运结合在一起，这生命才有意义，才灿若星辰，才不虚度年华。"杨沫先生是这样说的，也是这样做的。她用自己的文学创作和捐赠行动，践行了一位中国共产党党员的誓言，她把自己的一切都献给了我们伟大的党。

2021年是中国共产党成立100周年，也是杨沫入党85周年，同时还是《青春之歌》创作70周年，笔者以此文向杨沫致敬！感谢她为中国当代文学史贡献出这样一部红色经典！同时也感谢她对中国现代文学馆的巨大信任与支持！

---

① 舒乙：《杨沫的遗嘱》，载舒乙《美好心灵的富矿》，北京：北京出版社，2023年。
② 吴福辉：《中国现代文学馆的诞生与发展》，《新文化史料》1999年第4期。

红色经典手稿《红旗谱》

梁斌（1914—1996），原名梁维周，河北蠡县梁家庄人。我国著名作家，长篇小说《红旗谱》是其代表作。

　　新中国成立后的 17 年，是中国红色文学经典长篇小说创作的一个高峰期。在这之中，"青山保林，三红一创"最具代表性。

　　"青山保林，三红一创"的出现，既是新中国"十七年"红色经典小说的高度集中，同时也是这一时期小说创作中始终坚持中国共产党领导的政治艺术高度统一的体现。这八部作品不仅描写了中国革命战争时期的社会现象，反映了那个时代中国农村的现实生活、中国革命的整个面貌，而且还塑造了一大批具有鲜明时代特征的人物形象，尤其是农民形象。几千年来，中国一直是一个以农民和农业为主体的国家，但描绘农民生活、塑造农民形象的文学作品并不多，这方面的小说更是稀少。但在这短短的 17 年中，红色革命长篇小说却为我们塑造了丰富的农民形象，这些人物不仅涵盖了中国社会不同的乡村人物类型，而且还体现出了中国农民不同的性格特征和精神世界。

这批红色经典小说的出现，对中国社会而言具有极强的现实指导意义。那就是要用革命理想主义来塑造人民的思想，激励人们不断地前进，进而指导和推动中国革命的发展和现实社会的建设与发展。

正因这八部作品在中国革命文学史、中国当代文学史上具有极为重要的地位，中国现代文学馆自1985年成立至今，一直将这八部作品手稿的征集作为自己的一个重要工作来做。经过35年的努力，中国现代文学馆已先后将《青春之歌》《保卫延安》《红旗谱》《红岩》等珍贵原稿征集入库。

今天，我们所要讲述的就是其中一部著名手稿：《红旗谱》。

一

收藏在中国现代文学馆手稿库中的《红旗谱》手稿，总计近2360页，均由右向左竖排书写。该稿分为上下两部，并分别装订成册。

《红旗谱》上部分为三卷，第一、二卷由白线装订成册，第三卷则由铁钉装订单独成册。梁斌用毛笔分别书写了"《红旗谱》第一卷第二卷""《红旗谱》第三卷"封皮。上部整体尚可，只是自第十一章后，修改痕迹非常多。

《红旗谱》下部封皮写有红色油印字样"《红旗谱》下部梁斌著"。在下部中，第2095—2244页均为油印件。剩下的则全是抄件与原稿。

在第一页写有这样一句话：

> 《红旗谱》原稿，因十年内乱中抄家，已弄得混乱了。
>
> 一九八六年六月十八日于津门

笔者发现该稿样态确实较为复杂。该稿中既有作家原稿，又有他人抄稿，

《红旗谱》封面

红旗谱第一卷手稿

还有油印稿和复写稿；书写笔迹也多达四五种；稿纸既有 25×10 竖排红色格纸，还有长江日报稿纸、中国作家协会文学讲习所稿纸，以及印有"保定文化用品分公司监制"字样稿纸、白报纸和铅印纸。对于该稿，梁斌所做修改较多，有对标点符号的修改，有对人物语言的删减，有对段落的添加，等等。由此可见，作者梁斌在创作《红旗谱》时的艰辛、认真与严谨。

《红旗谱》手稿不仅完整，而且页数非常庞大。这在文学馆馆藏中十分难得。关于那次捐赠的情节，曾亲自前往梁斌家中征集《红旗谱》手稿的征集编目部老主任刘屏有详细记录：

老人的个子不高，前额宽阔，体态敦实，虽是闻名遐迩的大作家，身上却还保留着北方农民的诚恳和淳朴的气质。听说我们是中国现代文学馆的工作人员，从北京来，老人频频点头请我们快快落座，又执意要亲自为我们沏上茶，然后才回身坐在了一把雕花木椅上，展开我们带去的文学馆领导的信专心看起来⋯⋯

"给你们的东西都准备好了，跟我来看看吧！"梁斌放下信，起身走到书柜前，拉开其中一个抽屉捧出一沓发黄的照片，一张一张地对我们如数家珍地交代起来。我发现，老人对早已逝去的岁月记忆犹新。接着，梁斌又抱来一大摞自己的著作，哗地摊在了桌案上，然后一本一本地签名盖上印章，转交给我们。

我们则把书和照片轻轻地放进带去的皮箱里。

梁斌又指着旁边地板上一堆小山似的牛皮纸包，对我说："这些手稿要不是'文革'抄家搞丢了不少，还要多呢。"他一边说着，一边亲自动手和我们清点移交着。《红旗谱》《播火记》《烽烟图》《翻身记事》《笔耕余录》⋯⋯他的大部头著作手稿竟然都在这了。我忽发奇想提议，希望梁斌老人能和他的手稿站在一起照一张合影，老人欣然应允，果然像对待老朋友那样扶着等身的手稿让我拍照。照毕，梁斌老人坐在沙发上深长地吐了口气，然后平缓地说："我这一辈子鼓捣的这点儿东西都在这儿了，都给了你们文学馆了。"听了梁斌老人平静的话语，我的心里却久久不能平静。

梁斌感慨地说："文学事业不容易，是一辈子的事，我16岁开始写文章，想搞出点东西要付出相当的精力，靠吹捧不行，吹捧起来的东西像肥皂泡一样的短命。我写一部长篇要花4年时间，不知改了多少遍，每次写完搁笔都要大病一场。"梁斌指着小桌上的一堆药瓶又说："我的高血压、神经衰弱就是那时落下的。"稍顿，梁斌使劲地挥了一下手，按捺不住内心的喜悦和自豪说："不过，我的书在书店里可是从不压架的。"

……

谈到读者对作家、作品的理解，梁斌显得有些激动，他讲了这样一段感人的故事：

"文革"之初，他的《烽烟图》原稿被造反派抄家弄丢了，这部稿子虽然写作时间早于《红旗谱》，但是始终没有来得及发表。现在原稿不翼而飞，梁斌像母亲丢了"孩子"一样悲痛欲绝，梦寐不安。许多年过去了，梁斌却在一个偶然的场合得知了《烽烟图》手稿的下落，原来这些年这部手稿竟悄悄地在保定某驻军的军营中秘密传阅着，后来又被有心人用白布包好精心珍藏起来。"真该感谢那些热心人！"梁斌说他当时捧着这部失而复得的原稿时不禁潸然泪下。

二

《红旗谱》是作家梁斌20世纪50年代创作完成的一部长篇小说。该小说以朱、严两家三代农民同地主冯老兰父子两代的矛盾斗争为主要线索，描写了冀中地区"反割头税"斗争和保定二师的学生爱国运动，真实地反映了从第一次国内革命战争前后到"九一八事变"时期北方社会错综复杂的阶级关系，展现了20世纪二三十年代中国共产党领导中国人民进行革命斗争的伟大历程。在该小说中，作者梁斌成功塑造了朱老忠、严志和、江涛、运涛、春兰等一批栩栩如生的农村出身的革命英雄人物形象。其中，朱老忠是众多人物中最具特点的一个。他有勇有谋、坚韧不屈，他疾恶如仇、豪爽仗义，他正直无私、急公好义。在与地主阶级的斗争中，他逐渐意识到要想获得胜利，就必须有"印把子""枪杆子"，只凭一时之勇是于事无补的。在找到中国共产党后，朱老忠更是积极参加党领导下的革命斗争，他自觉地把个人的复仇计划与整个被剥削阶级的反抗斗争结合在一起，逐渐从传统的草莽式英雄成长为优秀的无产阶级先锋战士。他是一个横跨新旧两个时代的农民英雄的典型形象，在这个人物身上集中体现了中国农民的优秀品质。朱老忠的出现，标志着中国新文学在农民形象的塑造上达到了一个新的高度。

在初中阅读《红旗谱》时，笔者就曾因出于对朱老忠的喜爱，拿起此书便不舍得放下。他那句有名的口头禅"出水才看两腿泥"让我时至今日记忆犹新。这句口头禅表现出他内心的一种必胜信念。我对朱老忠的印象一直非常深刻。因为在我看来，他身上不仅有坚韧的性格，更有一颗义薄云天、救危扶困、舍己为人的侠义之心。"侠义"可谓中国人独有的一种精神情怀。

小说《红旗谱》涉及中国革命当中一个最重要的问题：农民问题，其核心主题就是"民心归属"。小说主要叙述了中国农民为什么会在历史发展中选择中国共产党，反对国民党政府。

1957年12月，《红旗谱》正式出版。因其描绘了壮阔的农民革命历史画卷，塑造了前所未有的中国现代农民的典型形象，体现了民族风格和中国气派……出版后该小说好评如潮。茅盾曾为该作品特地写过一篇评论，文中称："从《红旗谱》看来，梁斌有浑厚之气，而笔势健举，有浓厚地方特色，而不求助于方言。一般说来，《红旗谱》的笔墨是简练的，但为了创造气氛，在个别场合也放手渲染，渗透在残酷而复杂的阶级斗争场面中的，始终是革命乐观主义的高亢嘹亮的调子。这就使得全书有浑厚而豪放的风格。"茅盾称这部作品为"中国当代文学史上里程碑式的作品"。郭沫若不仅为该小说题词"红旗高举乾坤赤，生面别开宇宙新"，还亲自为该书题写书名。方明在《壮阔的农民革命的历史图画——读小说〈红旗谱〉》中，称《红旗谱》"是一部革命斗争的史诗，也是一幅壮丽和广阔的历史图画"。

三

梁斌对《红旗谱》的正式创作起于 1953 年。在《我为什么要写〈红旗谱〉》一文中，梁斌谈了自己的创作原因：

> 我时时刻刻心中在想念着，怎样才能遵照毛主席的指示（指《在延安文艺座谈会上的讲话》），把那些伟大的品质写出来。为此，才想到要写故乡人民的面貌，写故乡的民众，故乡的地方风光；我要把故乡的人物、性格、风貌、民族及地方风光，活跃于纸上，我不得不从这一方人民生活中，选择、提炼典型性的语言……我时常在想着，怎样才能使它成为喜闻乐见的文学创作，我选择了古典小说中的传统手法。在章法结构上，不脱离古典文学的民族形式；语法结构上，不脱离农民自己的语言，尽可能写得通俗一些，使有文化的农民看得懂，没有文化的农民听得懂。

但其实早在 1935 年，梁斌便开始筹划这部小说。对于创作该小说的原因，梁斌曾有过明确说明："自入团以来，'四一二'反革命政变，是刺在我心上的第一个荆棘，二师'七六惨案'是刺在我心上的第二棵荆棘，'高蠡暴动'是刺在我心上的第三棵荆棘。自此以后，我下定决心，挥动笔杆做刀枪，同敌人战斗！"其中，"七六惨案""高蠡暴动"对梁斌创作《红旗谱》的影响尤为巨大。

1931 年秋，梁斌考入保定第二师范学校。当时正值"九一八事变"爆发不久，保定二师的广大师生热烈响应中国共产党"抗日救国"的政治号召，积极进行抗日宣传和反对国民党不抵抗政策的学生运动。具有左翼思想的梁斌积极参加学潮，并阅读大量进步书籍，主动接近中共党组织，政治思想得到了很大提高。

1932 年 7 月 6 日清晨，保定国民党反动派政府当局突下毒手，冲入学校向学生开枪。12 名党员、1 名团员惨遭杀害，40 名学生被捕，史称"七六惨案"。当时梁斌身体染病，正在家休养。但作为"共产主义思想犯"，梁斌也遭到了通缉。

梁斌

"七六惨案"发生后，梁斌十分震惊，他从好友蒋东禹及其他同学那里获知了事件发生的全部过程，同学们的无辜遇难和国民党反动派的凶狠残暴，使梁斌心灵震撼，难以释怀。

同年 8 月下旬，中共河北省委和保定特委在保定高阳、蠡县一带领导当地农民掀起了一场震撼华北的反对国民党反动统治的大规模农民武装斗争，试图在敌强我弱的形势下在当地创建红军，建立苏维埃政权，史称"高蠡暴动"。但由于当地国民党实力过于强大，"高蠡暴动"经过 5 天激烈战斗以失败告终。其后，国民党当局在保定开展了大规模的屠杀。为彻底摧毁中国共产党领导的革命力量，国民党政府下令通缉抓捕所有参加过暴动的人员及其家属。保定特委书记黎亚克、高阳县委书记翟树功和特委的赵志远、团特委马永龄等被捕杀害。很多革命者被迫离乡背井，远走他乡。反动政府和地主豪绅还对烈士家属子女斩草除根，所有烈士遗孀生男孩的一律处死。

这三个荆棘让思想进步的梁斌萌生了要以自己手中的笔为武器，与国民党进行坚决斗争的想法。

1935 年，梁斌开始创作短篇小说《夜之交流》，在北师大的《伶仃》月刊第二期上发表。该小说反映了保定"二师学潮"，其中严运涛被捕过堂、军警洗劫学校图书仪器以及叫卖二师同学血衣等细节，都是对当年真实历史的还原。该小说虽艺术表现上尚显稚嫩，但对梁斌后来创作《红旗谱》影响较大。

1941 年冬，梁斌在新世纪剧社工作时接待了一位姓宋的老人。老人 60 多岁，个头不高，说话声音很大，看上去非常干练。老人有三个儿子，二儿子宋鹤梅和三儿子宋汝梅都是梁斌高小时代的同学。宋汝梅在区自卫队当队长，不久前遭内奸暗害。关于暗害的情节，老人和县里有不同的意见，便赶来向区党委告状，要给他唯一的小儿子报仇。他的大儿子早在革命斗争中牺牲了，他的二儿子参加"高蠡暴动"后被捕惨遭杀害。老人的遭遇太悲惨，可他却非常刚强，没有一丝悲观绝望的情绪。这位老人的形象立刻涌入梁斌的脑海。1942 年，梁斌便以这位宋姓老人的经历创作了短篇小说《三个布尔什维克的爸爸》，在冀中油印刊物上发表。在小说中，梁斌塑造了朱老忠这一艺术形象的最初原型。《三个布尔什维克的爸爸》比《夜之交流》架构更加丰满，梁斌把故事时间设置为从"四一二"反革命政变到"高蠡暴动"一直延续到抗日战争，这基本上确定了后来《红旗谱》中朱老忠的活动脉络。

1943 年在边区文联工作时，梁斌将短篇小说《三个布尔什维克的爸爸》拓展成中篇小说，取名《父亲》，还是写朱老忠，但在题材上丰富了许多，从"二师学潮"一直写到全面抗战开始，有 5 万多字，在《晋察冀文艺》上刊登。在该文中，不仅朱老忠的形象发生了很大变化，而且还出现了严知孝这个人物。再后来，梁斌创作的五幕话剧《五谷丰登》和短篇小说《抗日人家》，也都与《红旗谱》有关。这些早期的文学创作，不仅逐渐强化了《红旗谱》中的人物与事件，还一起建构起后来《红旗谱》故事情节的主体思路。

1943 年以后，由于工作原因，梁斌没有再进行更多的文学创作，但他一直随身带着一个小本子，一路征战，一路将自己看到的、听到的中国百姓的故事记录下来。梁斌是一个非常细致的人，他总是随时观察、记录生活的感悟和群众的语言。正因如此，他对农村生活是那样的熟悉，对哪怕一些野菜的生长特点都是那样的了解。他的语言也都是老百姓的，通俗、朴实、简洁，充满泥土气息，没有丝毫的造作和虚浮，一切顺其自然，水到渠成。

1953 年 6 月，梁斌决定在武汉开始全面创作自己酝酿多年的长篇小说《红旗谱》。创作伊始，梁斌便完全沉醉在自己的这部小说中，"我的创作欲、灵感升到高潮，欲罢不能。早餐时间已到，我还没有写完一个节目，当我写完一个段落，饭时已过。午餐晚餐无不如此。有时写着写着，想起我还未吃饭，其实两顿饭已经过去了……"他每天伏案疾书十多个小时，除了《红旗谱》，他什么也想不到了。他一旦进入创作佳境，手就停不下来，常常通宵达旦，有时夜间两三点就起来写作，想起吃早饭时，到食堂才发现人家午饭都已经开过了。他就吃西瓜、馒头，把馒头掰碎，泡在西瓜里，大口大口地吃上一顿。夏日酷热难熬，他就从井里打上一桶凉水，把被单用凉水泡了擦身。《红旗谱》中的人物大都有生活原型，其中许多是梁斌同生死共患难的同学、战友和农民兄弟。想着他们，写着他们，梁斌常常潸然泪下。有一次，梁斌在写到朱老忠济南探监，隔着铁窗见到运涛时，禁不住失声痛哭。

在武汉紧张创作之余，梁斌也会偶尔抽空和别人聊聊天，换换脑子。但由于满脑子都是《红旗谱》，梁斌聊完天总是忘记拿扇子就回家了，以致一个夏天他就丢了100多把扇子。武汉的夏季，酷热时间长、湿度大，十分难熬，梁斌埋头写作时，汗水不断往下流，常打湿稿纸、模糊字迹。为解决这个问题，梁斌想出一个"湿被单降温法"（把被单用凉水浸湿，挂在屋中降温）。同时他又打一盆凉水，泡上一块毛巾，不断地用湿毛巾擦洗头和身子；或者索性将凉水盆搁到桌下，把两脚泡在水盆里。

梁斌夫人散帼英在回忆丈夫创作《红旗谱》的状态时曾说："他就像傻了一样，送饭就吃，不送就饿着。不跟人说话，别人说话也不听，但谈起《红旗谱》中的人物时，他马上眉飞色舞起来。写作之后，他脑子仍处在亢奋状态静不下来，除了失眠还是失眠。"

正因为有着丰富的生活经历和充分的写作准备，《红旗谱》的创作非常顺利，"笔下千军万马，欢蹦乱跳，写作十分地顺畅，就好像往下流一样"。一年后梁斌便完成初稿。不久，中国青年出版社文学编辑室副主任萧也牧从过去的老战友、时任中央实验话剧院演员的张云芳（其丈夫在中央文学研究所工作）口中得知，已调任中央文学研究所党支部书记的梁斌写了一部关于"高蠡暴动"的农民革命长篇小说。在征得文学编辑室主任江晓天同意后，萧也牧就和编辑张羽一起去拜访梁斌，并把书稿借回来审读。萧也牧和张羽仔细阅读后，兴奋异常。他们认为该小说主题很好，既符合对新中国青年进行革命传统教育的出版宗旨，小说中的传奇色彩又能够获得广大青年读者的阅读兴趣。萧也牧随后给梁斌打电话，告知读后感，并向他详细反馈了审读意见，明确表示，稿子基础不错，已列入中青社的重点书目，希望作家认真加以修改、充实，使之成为一部"能一炮打响的杰作"。

1955 年，梁斌调任河北省文联副主席，终于可以以专业作家的身份专心致志地修改自己的《红旗谱》了。这时的梁斌心情无比舒畅，创作激情更高，他笔下的农民和地主、知识分子和开明绅士、流氓和地痞，以及农村中各种类型的人物，似火山爆发般喷吐而出。梁斌说，在战争年代，朱老忠、严志和、春兰等人物，一直装在他的胸膛里，和他一起转战南北，出生入死，和他的热血和生命、欢乐和悲伤、大恨和大爱、激情和理想融合在一起，现在想放也放不下了。半年后，梁斌将《红旗谱》再次进行了修改。萧也牧、张羽先后读后，由张羽执笔，以中青社第二编辑室的名义致信梁斌，对书稿做了肯定，并提出两条意见："作品还写得粗糙，有些章节还缺乏很好的剪裁"，"作品中对党的地下工作的艰苦性写得不够"。同时，他在信中还强调"作品中所写的历史事件中的人物活动，哪些应该肯定，哪些需要批判，有必要明确指出"，"也因为它是描写革命斗争的小说，将会在读者中产生深远的影响，我们和你都应以认真的心情来对待它……除了请河北党委审查外，还有必要请中央审查"。11 月 12 日，梁斌在复信中表示："感谢你们尊重我的劳动，我同意你们的意见，出版前要送中央及作家协会审查一下。""现在我打算分两部出书。第一部《红旗谱》约 27 万字；第二部《七月》约 24 万字。第一部约在明年夏初交稿。第二部约在秋末交稿。这样，在现在基础上，可以搞得好一点。"

正是在张羽和萧也牧的鼓励之下，梁斌对《红旗谱》中所涉及的人物和事件再次进行了修改。为更好地走近历史与人物，梁斌回到河北拜访了当年历史事件的亲历者。这次修改梁斌十分认真，个别情节的修改竟多达十多次。

对于自己这样的修改，梁斌曾有解释："艺术无止境，要更上一层楼，好作品不怕改，我要写一部农民喜闻乐见的长篇小说，要使有文化的农民看得懂，没文化的农民听得懂。"

1956 年春，萧也牧专程去保定审读《红旗谱》第二次修改稿。读后，他兴奋地对梁斌说："诗，这是史诗，千字十八元，三万册一个定额……"萧也牧立刻从皮包里掏出出版合同，叫梁斌签字。梁斌根据萧也牧的意见签了名。三万册一个定额，是萧也牧填的。在 20 世纪 50 年代，出版社给作者付稿费有两个规定：（1）根据稿件质量，千字付多少稿费，12 元、10 元、8 元、6 元不等；（2）印数定额，5000、1 万、2 万、5 万、10 万不等。印够这个定额，就付一次稿费。定额一般由出版社掌握，最好保证作家能拿两次稿费。这年年底，作家将《红旗谱》改定稿交中青社。江晓天考虑到萧也牧曾在晋察冀革命根据地工作战斗过，对《红旗谱》中所写的"高蠡农民运动"以及蠡县博野一带的生活比较熟悉，遂决定由他来当这部小说的责任编辑。

就这样，这部经历 20 多年，被梁斌反复书写打磨的长篇小说，于 1957 年 12 月正式出版。

四

为更好地创作这部《红旗谱》，梁斌 3 年内曾三次主动辞官。这种为写作而辞官的行为在中国文学创作史上并不多见。1953 年，中央下达干部休养条令，每个局级干部一年有两个月的假期。当时正在武汉准备开始创作《红旗谱》的梁斌立刻请假北上，到北京碧云寺里正式开笔写作《红旗谱》。假期两个月，他便拿出了写作提纲。休假期满，梁斌回到武汉，但他仍记挂着《红旗谱》的写作。他很快便找到领导，正式向组织提出"我要回到北方去"的要求。恰在这时，中央文学研究所所长田间从北京发来一封信，邀请梁斌到文学讲习所工作。田间是梁斌的老朋友，当他听说梁斌有去北京的想法后，希望梁斌能到文学研究所帮助自己开展工作。梁斌见信如获至宝，立刻回答：

"我同意，请即刻发调令。"不久，梁斌便从新武汉报社社长任上，调至北京中央文学研究所机关任党支部书记。在研究所，为了自己的《红旗谱》，梁斌再次提出辞职，他说："我要回到河北去，因为这部书的时代背景，都是在河北省。"梁斌找到在华北局组织部担任领导职务的陈鹏，陈鹏说，到天津去吧，去当副市长。此时的梁斌，一心记挂着《红旗谱》的写作，他找了另外几位领导，经过几番周折，终于如愿以偿，到了河北省文联，专心致志地写起《红旗谱》来。

对于自己的一再辞官，梁斌曾对儿子散襄军有过解释：

> 现在打下了江山，本应该安心治理江山了，但那些与我同患难的家乡父老的形象，像走马灯似的在眼前晃动，那些在战争年代倒下去的战友，一个个像走马灯似的站在我的面前，让我激动得头昏、心跳、肚子打颤，不写出他们来，就好像有人用鞭子抽打我。

正因如此艰辛地付出，梁斌对于自己的这些手稿视若生命。"十年动乱"，梁斌受到冲击，他的夫人散帼英用塑料布将这些手稿包裹着藏在楼梯的夹缝中，才使之幸免于难。1976年唐山大地震，天津震感强烈，人们纷纷从屋里往外跑，而从梦中惊醒的梁斌却不顾一切地跑向自己的书房，边跑边喊："我的手稿！我的手稿！"面对满屋的古董字画，梁斌独独只抢出自己的手稿，紧紧地抱在怀中。20世纪80年代初，一位国外收藏家看中梁斌《红旗谱》等手稿，找上门来，欲出10万美元的高价，被梁斌挥手拒绝。

1985年5月，中国现代文学馆在北京成立。为响应巴金号召全国作家向文学馆捐赠手稿的倡议，1986年，梁斌在天津家中将包括《红旗谱》在内的众多珍贵手稿无偿捐赠给文学馆。

进入新时期，《红旗谱》依旧得到文学理论界的极高评价。北京大学洪子诚教授在其所著的《中国当代文学史》中，认为《红旗谱》是"一部描绘农民革命斗争的壮丽史……它以断代史的形式，以当时社会主流思想意识，诠释中国农民阶级和地主阶级反压迫与压迫的阶级矛盾和冲突……这样鲜明的主题，不仅使我们看到作者对那个时代中国农民命运的思考和对社会现实的认识，也使我们体会到革命战争小说的创作理念和时代背景"。复旦大学中文系陈思和教授在其主编的《中国当代文学史教程》中，认为"从民间的角度来解读《红旗谱》，就会发现这部小说在描写北方民间生活场景和农民形象方面还是相当精彩的……小说语言风格浑厚朴素，在看似有点自由散漫的叙事中，仿佛是无意地点染、绘织出一幅幅乡间的人情风土画卷"。华中师范大学王庆生教授在他主编的《中国当代文学史》中，也认为《红旗谱》"由此展示了中国农民从自发反抗到有组织斗争的历史转折，表现了中国农民阶级在中国共产党的领导下觉醒、成长的历史和他们在民主革命斗争中所承担的历史使命，也完成了以阶级矛盾为主线，以农民为主要同盟军的中国民主革命史的文学建构"。

回顾党100多年的风雨历程，无数中国共产党人为中国革命做出了自己的贡献。而这之中，也包含了以梁斌为代表的中国作家群。他们以自己手中的笔为武器，与敌人做着坚决的斗争，他们对于中国革命、中国新文学事业的发展起到了重要的推动作用。我们不应忘记他们的历史功绩。

徐光耀和他的《小兵张嘎》

徐光耀，笔名越风，河北雄县人，我国当代著名作家。1925 年出生，1938 年参加八路军，1947 年毕业于华北联合大学文学系，1953 年毕业于中央文学研究所。著有长篇小说《平原烈火》、中篇小说《少小灾星》《四百生灵》、电影文学剧本《望日莲》《乡亲们哪》《小兵张嘎》、短篇小说集《望日莲》《徐光耀小说选》、散文集《昨夜西风凋碧树》《忘不死的河》等。

在中国现代文学馆手稿库中，珍藏着两部"新中国十七年文学"中反映抗战小英雄的红色经典小说手稿。一部是管桦的《小英雄雨来》，另一部是徐光耀的《小兵张嘎》。而《小兵张嘎》的诞生与徐光耀早期的另一部抗战作品《平原烈火》有着密切联系。

一、小说《平原烈火》

1950 年 7 月，徐光耀创作的小说《平原烈火》被收入丁玲、田间、陈企霞、康濯、萧殷担任编委的"文艺建设丛书"，由人民文学出版社出版。该小说讲述了 1942 年 5 月，日本侵华部队对冀中抗日根据地展开疯狂的扫荡，华北大地一片悲鸣，冀中军民在中国共产党的坚强领导下，奋起反抗，与敌人进行了殊死搏斗的故事。宁晋县大队在大队长钱万里的率领下，英勇奋战，粉碎了敌人妄图"清剿"的阴谋诡计。一中队长周铁汉配合大队长，在敌人的重重包围下化险为夷，顺利转移到马庄……小说是作者徐光耀根据亲身经历创作而成的。

1949 年夏，解放战争接近尾声，徐光耀所在部队在天津休整。亲历了绥远战役、平津战役、太原战役，徐光耀决定把战地故事、战地英雄记录下来。7 月 7 日这一天，徐光耀特意请了创作假，将抗日战争中牺牲了的司令员王先臣的遗像挂在墙上，决心以自己终生难忘的"五一大扫荡"为素材写一部长篇小说。创作中，曾经那些战斗——王家堡战斗、护驾池伏击、双井村突围、朱家庄喋血……那些英雄——王先臣、旷伏兆、乾云清、李福贵、石俊德、齐寿昌、刘敬礼……纷纷走进他的脑海，走入他的笔下。创作非常顺利，徐光耀只用了两个月的时间，就完成了初稿。

在作品中，徐光耀刻画了一批奋勇抗战的冀中军民群体，并通过他们展现出在白色恐怖氛围下，冀中军民同仇敌忾、不畏生死的伟大革命斗争精神。

这部小说创作完成后，得到了全国文联副秘书长、《文艺报》副主编陈企霞的指导与推荐。陈企霞曾是徐光耀的老师。

《平原烈火》一经发表便引起巨大轰动，当年便再版 4 次，印刷 6 万册。1953 年，周扬在第二次文代会上做大会报告，谈起新中国成立后的文学创作时，特意提到两部长篇小说，其中之一就是《平原烈火》。作家丁玲对这部作品评价也非常高，她认为这部作品与当时流行的苏联作家西蒙诺夫的《日日夜夜》相比，只差了那么一点点。《平原烈火》被称为社会主义文学长篇小说的开山之作，并为后来的革命战争题材长篇小说的创作打下了基础。

徐光耀

在这部小说中，徐光耀塑造了一个名叫"瞪眼虎"的小鬼。在书中，他是一个活泼可爱的孩子，可后来被主角们挤到一边去了，基本没啥事可干，最后只得蔫不唧儿地结束了自己的文学使命。徐光耀的一位老战友看了此书后，批评徐光耀："你怎么把个挺可爱的孩子写丢了呢？"然而，正是这里的"写丢"，为后来"小兵张嘎"的出现打下了文学基础。其实，在这个小鬼身上，多少还是有一些作者徐光耀自己的影子。因为，徐光耀自己就是一个"小鬼"。

二、"小鬼"徐光耀

徐光耀，1925 年生于河北雄县。5 岁时，母亲去世。此后，他便在大姐的照料下成长。从小，徐光耀就对故事有着莫大的兴趣，总去听做木匠的父亲讲"傻小子拜年""傻姑爷娶亲""财迷请客""王小扛活"等民间笑话，以及《打渔杀家》《捉放曹》《六月雪》《牧羊圈》等大戏，还阅读了《三侠剑》《精忠岳传》《奇巧冤》《包公案》《施公案》《七侠五义》《隋唐演义》等英雄传奇小说。1937 年"七七事变"爆发，因为国民党反动派当局的不抵抗，华北迅速沦亡。此时，正在读书的徐光耀因战争而辍学回家。

1938 年，年仅 13 岁的徐光耀参军入伍，成为八路军一二〇师特务营战士。谈及他的入伍，还有些小故事。1938 年春，中国共产党领导的八路军第一二〇师某部进驻雄县段岗村，其中一个班的战士被安排到徐光耀家。小小年纪的徐光耀，看到八路军战士总是迈着整齐的步伐，唱着雄壮的军歌，每进村民家中总是抢着扫地挑水，军纪整肃严明，对百姓和蔼可亲，这深深打动了徐光耀，使他渐渐萌生了加入八路军的想法。他认为自己应该"不当亡国奴，要当兵打鬼子"。

不久，这支部队开拔，13岁的徐光耀铁了心要跟队伍走。先开始，父亲并不同意，徐光耀为此一连哭闹7个昼夜，父亲终于同意了。徐光耀赶忙出发追赶部队，终于在眘岗镇追上了这支部队，报名成为第一二〇师第三五九旅特务营的一名战士。

在部队，徐光耀经常目睹中国共产党党员开会，他从心底敬佩这些党员的精神，很想走近他们。有一次，徐光耀就问文书陈德山："共产党是干什么的？"陈德山说："共产党就是让穷人翻身的，就是要解放中华民族，解放人民大众的。"徐光耀家里比较穷，他觉得中国共产党让穷人翻身解放，不受压迫，不受剥削，天下大同，人人平等，很合他心意，徐光耀非常向往成为一名党员。陈德山问："你是不是想加入共产党？"徐光耀说："共产党要是能办这么多的好事，那我当然想加入呀。"为此，13岁的徐光耀积极写入党申请书。当有人故意逗他，说他年纪小时，徐光耀机智地应答："牛大马大，能打鬼子吗？"这年冬天，徐光耀加入了中国共产党。

1939年，徐光耀所在的特务团与冀中军民合编为民众抗日自卫军（简称"民抗"），徐光耀也被调入"民抗"新成立的政治部下设的锄奸科，当了文书。1940年7月，15岁的徐光耀被提拔为正排级的技术书记，并被选送去参加冀中军区举办的锄奸干部培训班。一路上他和战友昼伏夜出，机智地在日军的炮楼间穿插，躲过敌人的巡逻队，钻进稠密的青纱帐，历尽艰辛终于来到冀中军区驻地。

1942年春，17岁的徐光耀亲身经历了日伪军对冀中军民发动的空前残酷和野蛮的"五一大扫荡"。看到无数英雄为了斗争胜利而壮烈牺牲，无辜的中国百姓惨遭日军杀戮，徐光耀对日本法西斯的暴行与残酷有了刻骨铭心的体验，他为身边无数英雄所感动，感受到他们身上的那种中华儿女视死如归、宁死不屈的民族气节和不畏强暴、血战到底的英雄气概，他渴望把这种伟大的民族精神表达出来，渴望把一个个鲜活的革命故事写出来，渴望让一个个鲜活的生命不朽。

1945年，徐光耀担任随军记者和军报编辑，开始大量创作战地通讯。1947年1月，一个偶然的机会，徐光耀插班前往解放区华北联合大学文学系学习。在这里学习的8个月，徐光耀接触到文学的基础知识，认识到文学作品中人物形象的重要性，这为他日后的写作打下了坚实的基础。在回忆这段经历时，他曾说道："同时也朦朦胧胧地觉得，表现'五一大扫荡'的责任，自己也要担负起来。所以，我就留心起来，把经历过的战斗、事件，把认识的一些战斗英雄，记到一个小本子上。"同年，他的短篇小说处女作《周玉章》发表在《冀中导报》，徐光耀从此正式走上文学创作之路。

《小兵张嘎》电影剧本封面

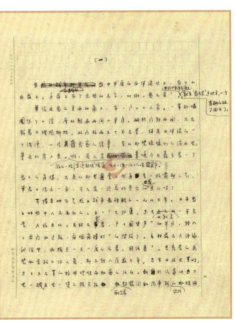

《小兵张嘎》小说手稿

三、《小兵张嘎》的"偶然"创作

随着《平原烈火》的出版，徐光耀成为一位冉冉升起的文学新星。1951年，组织上安排徐光耀到丁玲负责的中央文学研究所学习。学习期间，徐光耀曾先后得到丁玲、陈企霞等人的指导。也正因如此，1957年徐光耀因涉及"丁陈反党集团"被要求写"自我检查与交代"。其后，更是被宣布"从即日起，徐光耀还要继续检查，继续反省，想起新的问题，随时向党交代。无事不要出门，需出门时要向党小组长请假"。

那一时期的徐光耀，几乎是被"软禁"在家，无事可做，这让他十分难受。在晚年撰写的《昨夜西风凋碧树》一书中，对于那段时光，徐光耀曾有回忆：

> （我）参军入党都已二十年。二十年中，无一日一时是没有任务可干的。哪怕站在生死交接线上，都在为肩上的任务而追求；精神和思想就在这追求中保持平衡和奋进，从不知什么叫失落感。这次可不同了。

为打发这漫长的时间，徐光耀借来了厚厚的12本《莎士比亚戏剧集》，没过多久就全部读完了。其后为转移自己的视线，减轻精神上的压力，徐光耀决定趁着这难得的安静时间，主动进行文学创作。否则，这种"不写"简直就是"自己没出息，自甘堕落"。想到这，徐光耀压抑很久的心情一下子变得豁然开朗，他首先想到要给自己找一个创作题材，并立下一个规矩：不管写啥，一定要轻松愉快、能逗自己乐的，至少能使眼下的沉重暂时放松。

当时，他手边正压着一堆写合作化的草稿，但"合作化"这个题材并不好写，他感到难度比较大。思前想后，他想到自己1950年出版的《平原烈火》中，有个叫"瞪眼虎"的小鬼。"瞪眼虎"的原型是抗战时期赵县县大队的小侦察员，他屡建奇功，在邻近几个县声名远扬，是个带有传奇色彩的英雄人物。他有个叫"希特勒"的小伙伴。他们是一对声动四方、小有威名的人物，曾创造过很多非凡的故事。徐光耀曾见过"瞪眼虎"一面，虽不曾交谈，但他那倒挎马枪、斜翘帽檐的逼人野气和泼辣风姿，给徐光耀留下了深刻印象。当时由于"瞪眼虎"在《平原烈火》中很晚才出场，徐光耀没时间给他展示才智本领，直到最后他也没有什么光彩可言。徐光耀一个老朋友看过《平原烈火》后，对他说："咳，你那个'瞪眼虎'，开头表现还好，像是挺有戏的，怎么不凉不酸就拉倒了呢？"这也正是徐光耀的一个遗憾，他觉得这确实有些委屈了"瞪眼虎"。

为什么不去写他呢？想到这，徐光耀打定主意：那好吧，现在就把他抓回来，能逗我笑的就是他。

为了写活这个小鬼，徐光耀开始想尽自己生活中所遇到、听到的各式各样的"嘎子"。他记起了抗战时期赵县县大队有两名很有特点的小侦察员，此外还有那些军队里质朴、可爱、机智、勇敢而又顽皮、倔犟的小八路。为了做好记录，徐光耀在自己的桌上放了一张纸，他只要想起一点"嘎子"的事就记下一点，忆起一条就记下一条。就这样，随着记忆的打开，大嘎子、小嘎子、新嘎子、老嘎子，各式各样的嘎子开始蹦蹦跳跳，奔涌而至。尤其抗日时那些嘎不溜丢的小八路，竟伴着硝烟战火，笑眯眯地争先赶来。为什么他的记忆中会有这么多的嘎子？原来，徐光耀打小就不喜欢自己性格中的老实刻板。他从小便把嘎子当作自己心中的楷模。正因如此，他总是非常注意观察这些嘎子，并和他们成为朋友。就这样，各式各样的嘎子们的"嘎相"都储藏在了徐光耀的脑子中。没过多久，逗人笑的嘎人嘎事，已在纸上拉成一个长长的单子。徐光耀把单子从头细看，去粗取精，编排调整，很快一个嘎眉嘎眼的嘎子形象，便站在眼前了。虽然"嘎子"没有一个明确的原型，但是书中发生的各种"嘎事"都是有来源的。著名的"树上藏枪"故事，是徐光耀听说当时的深县（今深州市）有一个叫李志强的，怕上级没收他缴获的手枪，就藏在了树上。"堵烟囱"的故事源于徐光耀在和雄县一家合作社社长李民聊天时，李民说他小时候特别淘，大年三十晚上人们煮饺子时，他爬到屋顶挨家把烟囱都堵上了。这些真实生动的生活细节被徐光耀集中在同一个人物身上，因此这个形象变得既鲜活又有趣。

资料准备充足后，1958年1月23日，徐光耀开始悄悄地动笔写起了《小兵张嘎》。最初，徐光耀是想写一部电影文学剧本。但当剧本写到嘎子被关禁闭、受教育的时候，徐光耀不知道该怎么继续下去，因为"嘎子有个性，批评他的话，他会跟领导辩论。电影一争论，戏就没法子看了"。沉思三天后，徐光耀觉得写电影剧本不是自己的长项，他决定还是改回写自己熟悉的小说上去。体裁的转换，使徐光耀的创作变得极为顺利，不到一个月的时间，他就用手中的笔塑造出了一个"歪戴破草帽，手拿木杆枪，身穿白褂子，光着小脚丫；只有13岁，却擅游泳、会爬树、能摔跤，还爱咬人"的小八路"张嘎子"，小说中的这个小英雄机灵透顶、英勇顽强、爱憎分明，敢闯敢说敢干，身上还充满一股倔强不驯、宁折不弯的"嘎劲儿"。他在任何时候、任何情况下，都能保持一种乐观积极向上的革命精神。

嘎子诞生了，一部7万字的中篇小说《小兵张嘎》顺利完稿。小说写完，徐光耀受到启发，他不久又写完了同名电影剧本。

四、《小兵张嘎》的发表经历

可惜不久之后，徐光耀被打为右派。在当时的政治环境下，右派分子没有写作和发表作品的权利，徐光耀只得将自己心爱的"小兵张嘎"搁置起来。

但幸运的是，一年后，徐光耀顺利摘掉右派帽子，并调入保定市文联工作。1959—1961年，三年困难时期，党放宽了对知识分子的政策。1961年秋的一天，《河北文艺》编辑张庆田来保定组稿，他和徐光耀偶遇。张庆田早就认识徐光耀，他对徐光耀说：你给我们写一篇小说吧。徐光耀试探地问："我给你稿子你敢发吗？"张庆田痛快地回答道："你只要敢给，我就敢发。"徐光耀一听，很快就把自己写好多年的《小兵张嘎》手稿交给了张庆田。

　　等张庆田拿着稿子回到单位后，他心里还真有点儿惴惴不安。毕竟，徐光耀是刚摘帽的右派，对于这种人的稿子能不能发表，上级没有明文规定。可这部稿子，张庆田又觉得确实是一部难得的好稿子，他实在不舍得放弃。为此，张庆田特地向河北省委宣传部请示了发表问题，但宣传部一直没有给他回音。后来，他直接给中宣部写信询问此事，但依旧没得到任何回复。出于编辑的使命与职责，这时的张庆田一门心思想把这部好稿子发出去。他认为，既然徐光耀已经摘帽了，这部小说又写得这么好，没理由不让发。他就直接找到主编田间，对他说："咱们发吧，出了事我担着。"后来，田间同意了张庆田的这个建议。可怎么发呢？按常规，一般三四万字的中篇小说，应分两期刊出，但他们担心自己发出一半，万一上边下命令卡住不让再发，可怎么办？最后他们商量决定，干脆出两期合刊一次全部发出去。上级部门那时想阻止也来不及了。就这样，在编辑们的大力支持下，这篇《小兵张嘎》很快在《河北文艺》11、12月的合刊号发表了。没想到出版后，一切顺利，上级部门并没有揪住徐光耀曾是右派而责问刊物。不仅如此，1962年初，《小兵张嘎》单行本还由中国少年儿童出版社隆重推出；同时，该小说还被《北京晚报》连载。

　　看到小说如此受欢迎，徐光耀深受鼓舞，他将自己创作的电影剧本《小兵张嘎》寄给了北京电影制片厂导演崔嵬。崔嵬看过剧本后，非常喜欢，立即开始着手电影的筹备工作。经过一年的拍摄，1963年同名电影《小兵张嘎》摄制完成并在全国公映。该影片上映后引起了很大轰动，在神州大地掀起了一股"小兵张嘎"热。这无疑进一步扩大了小说原著的影响力，使它的艺术魅力穿越时空更加久远。

五、《小兵张嘎》入藏文学馆

　　1985年3月，中国现代文学馆在北京西郊万寿寺成立。不久，徐光耀就响应巴金向作家们发出的捐赠号召，把自己珍藏几十年的《平原烈火》和

《小兵张嘎》手稿慷慨地捐赠给中国现代文学馆。其中《小兵张嘎》手稿有两个版本，一个是装订成册的小说初稿，作者用钢笔在"总政文化部创作室20×25"的稿纸上进行了此次创作。该稿创作完成于1958年6月9日，共122页。该稿第一页写有一句话："献给抗日战争时期，在八路军中当过小侦察员的'小嘎'们。"关于这部小说的定稿，徐光耀在其1986年3月4日所写的两页《关于五部手稿的说明》中有明确表述："定稿寄往《河北文艺》编辑部，恐已失落。"

另一部则是徐光耀创作的《小兵张嘎》电影剧本。该剧本写于1962年10月25日，是徐光耀在北京电影制片厂进行修改的第二稿，稿纸为"北京电影制片厂18×15"。

《小兵张嘎》手稿入馆后，文学馆将其放入手稿库珍藏。同时，为了让这批文学档案得到很好的利用、研究、展示，2010年11月，《小兵张嘎》小说手稿入选《中国现代文学馆馆藏珍品大系·手稿卷》。2019年9月，《小兵张嘎》手稿入选了中国现代文学馆为庆祝中华人民共和国成立70周年而举办的《初心与手迹——中国现代文学馆馆藏红色经典手稿大展》。

2022年是徐光耀文学创作75周年，同时还是馆藏《小兵张嘎》电影剧本创作60周年。在此，笔者谨以此文向徐光耀先生致敬！感谢他为中国当代文学史创作了《小兵张嘎》这部不朽的红色经典小说！同时，还要感谢他为中国电影史创作了"嘎子"这个可爱的小英雄！

曲波和他的《林海雪原》

曲波（1923—2002），山东龙口人，作家。代表作有《林海雪原》《桥隆飙》等。

2023 年 3 月，中国现代文学馆又征集到一部红色经典小说《林海雪原》手稿。全稿总计 98 页，分为五个部分，每个部分均被粉色小布条在右边整齐地装订好。该稿第一页正中间贴有一张"杂志发稿签"（76mm×100mm），稿签写有"人民文学 1957 年第 2 期第 18 篇共 118 页计 50000 字"。作者、抄稿人均用蓝黑钢笔从右往左书写在 25×20 的竖格稿纸上（357mm×250mm），每页手稿都有多处编辑用红笔修改、删除的地方。每页稿纸左上方分别有红色和蓝黑色标注的不同序号，红色序号为 1—98，蓝黑色序号为 00319—00416，这应该是编辑使用了两种统计方式来标注的页码。

该部手稿的五个部分是连续的、完整的章节。"一　受命"，共 20 页，

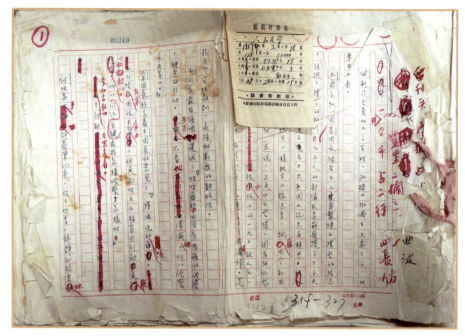

《林海雪原》手稿

由第1—20页组成，此章节为代抄稿，曲波做了个别修改。"二　杨子荣智识小炉匠"，共32页，由第21—52页组成，其中第21—48页上半部为曲波笔迹，第48页下半部—第52页为代抄稿。"三　刘勋苍猛擒刁占一"，共12页，由第53—64页组成，其中第53—59页为曲波笔迹，第60—64页为代抄稿。"四　夜审"，共15页，由第65—79页组成，此章节为代抄稿，曲波做了个别修改。"五　蘑菇屯老人神话奶头山"，共19页，由第89—98页组成，此章节为代抄稿，曲波做了个别修改。

其中第二、三章节最为珍贵，因为这两个章节绝大部分是曲波的笔迹。在这两个部分中，曲波对每一页都进行了多处修改。可见他对这部小说倾注了极大的心血。

在第23页，曲波原本这样描写王团长与少剑波和田副司令在对话后的动作：

田副司令走了出去，王团长和剑波对笑了一下。

但曲波可能觉得这样表述过于简单，人物内心活动不够丰富，于是他便在这两段中间增加了一段田副司令的心理活动："为了看看即将出发的小分队，同时不耽误剑波的准备，便戴上军帽，说了声'快准备你的卫生兵'，便走出门去了。"这样表述后，田副司令的形象更加丰满，也更惹人喜爱。

在第26页，曲波最初是这样描写少剑波对白茹的不欢迎：

剑波还是不耐烦："别啦！别啦！女同志不成！"

但这样写给人感觉过于直白，似乎有心无力。后来，曲波便增加了一句少剑波对白茹的形象描述，以此来加强自己的说服力：

看她的身体轻得像只鸽子，全身的力气也没有刘勋苍一只手的力气大。

一个小白鸽还想去打猛禽，痴人说梦。猛禽就够少剑波打，还要分心照顾一个弱不禁风的白鸽，这太难了。

在第32页，曲波起初是这样描写杨子荣和孙达得寻找线索的不易：

杨子荣和孙达得来到捡鞋的地点，他们像旷野里找针一样，寻遍了周围所有的山头，所有的小沟。

曲波后来觉得这样表述似乎还不足以表现出他们的困难，于是他在"杨子荣和孙达得来到捡鞋的地点，他们像旷野里找针一样"中间又添加了一段描写："在这密不见天日的大森林里，在这密不露地皮的烂草丛中"。已经是旷野，又不见阳光，不见大地，这难度可想而知，但我们的英雄正是在这样困难的条件下，完成了看似不能完成的任务。

《林海雪原》手稿据说在"文革"中便已散失，作家曲波曾多方寻找未果。这部入藏稿虽为残稿，但已弥足珍贵。

《林海雪原》是一部表现解放战争初期我军在东北剿匪战斗的作品。小说讲述了1946年冬天，东北民主联军一支小分队在团参谋长少剑波的率领下，深入林海雪原执行剿匪任务的过程。其中，小说着重描写了侦察英雄杨子荣与威虎山"座山雕"匪帮斗智斗勇的传奇故事。《林海雪原》出版后，一直被视作"革命通俗小说"的典型代表，被誉为"新的政治思想和传统的表现形式互相结合"的光辉典范，它是新中国"十七年文学"发展中重要的红色经典小说。而这部作品，是作者曲波依照自己与战友的亲身经历创作而成的。

曲波与战友的战斗经历

1923年2月，曲波出生于山东黄县丰仪枣林庄曲家村一个贫农家庭。他的父亲曾当过染匠，后失业归农。少年时，曲波曾上过五年半的私塾。那一时期，曲波非常喜欢读《说岳全传》《水浒传》《三国演义》等中国古典小说。13岁，曲波失学，在家务农和樵采。1938年，15岁的曲波参加八路军，他先后在山东地区部队任连、营指挥员。1944年，曲波前往山东解放区胶东海军部队四中队担任政委。不久，曲波在部队与杨子荣、高波等人相识。

曲波

抗战胜利后，1945年10月，曲波所在部队奉命渡渤海，前往东北开辟解放区。到达东北后，部队改为"东北人民自卫军辽东军区三纵队二支队"。他们沿着辽东一路打到黑龙江五常县（现五常市），部队到达五常县后重新编队。后奉上级命令，部队开往北满剿匪。听说这支部队要剿匪，沿途经过村庄的老百姓都积极参军。到达牡丹江后，部队改为"牡丹江军区二支队"，下辖两个团。当时年仅22岁的曲波被任命为牡丹江二团副政委。由于当时二团团长和政委空缺，曲波实际上是该团的最高指挥员。

1946年冬，曲波亲自带领部队，深入林海雪原，剿灭国民党在牡丹江一带的残匪。当时牡丹江可谓土匪聚集地，座山雕、许大马棒、江左撇子等土匪都活跃于此，他们在国民党特务的庇护下残害百姓，胡作非为。这其中，最为棘手的便是盘踞在威虎山的国民党保安旅旅长座山雕（张乐山）匪帮。威虎山工事复杂，易守难攻，座山雕本人又极为狡诈，在遭遇我军多次围剿后，他带领亲信隐蔽在深山老林中，以威虎山做掩护继续横行霸道，为非作歹。为了以最小的代价捉拿座山雕，消灭匪帮，战斗经验丰富的侦察排长杨子荣向曲波提出，由他假扮成土匪进入威虎山内部，取得座山雕信任后与大部队里应外合，将其歼灭。虽不忍战友只身入虎穴，独自面对重重危险，但为了消灭敌人，保护百姓，曲波还是在进行了周密的计划后，同意杨子荣的计划。很快，凭着自身的机智勇敢，杨子荣顺利地打入匪帮，帮助主力部队活捉了座山雕及其联络部部长刘兆成、秘书官李义堂等关键人物。

1946—1947年，在前后一年多的时间里，曲波部队一共打了72次仗。经过艰苦战斗，曲波带领部队终于歼灭了这些顽匪。在剿匪战斗中，曲波和战友们谱写了许多可歌可泣的故事。

其中，曲波战友杨子荣的故事最为传奇。1946年3月，胆识过人的杨子荣在一次战斗中孤身闯敌穴，向土匪宣传党的土改和俘虏等政策。他积极利用敌人内部矛盾，兵不血刃地说服了400多名土匪缴械投降。此事轰动一时，杨子荣因此荣立特等功，也被评为"战斗英雄"。同年11月，杨子荣加入中国共产党。1947年2月6日晚，杨子荣只身打入虎穴，里应外合，活捉国民党东北先遣军第二纵队第二支队司令、牡丹江一带的匪首"座山雕"张乐山。为此，东北军区司令部给杨子荣记三等功，授予他"特级侦察英雄"的光荣称号。1947年2月23日，在追剿丁焕章、郑三炮等匪首的战斗中冲在最前面的杨子荣，被敌人的子弹击中胸部，壮烈牺牲，年仅 30 岁。

剿匪战斗结束后，曲波又参加了辽沈战役。在战斗中，曲波也曾差点牺牲。1948 年 11 月，在一次战斗中，曲波被炮弹片割断了股动脉，大腿骨折，生命垂危。由于当时医疗条件有限，曲波后来虽保住了性命，但他受伤的骨头接得并不是太好，右腿比左腿短了四厘米，导致他只能拄拐走路。1949 年下半年，当曲波能够自如拄拐活动时，他吵着要出院回部队。可曲波也知道自己现在的身体状况，再回作战部队已不现实。他听说我军要组织一个海军学校，便立刻给组织写信。在信中，曲波提出："苏联有个无脚飞将军。我不能干陆军，就去海军学校工作吧。"根据曲波要求，组织安排他到安东海校任二大队政委。该校校长是张学良的弟弟张学思，学校培养的不少官兵后来都成为新中国海军的骨干。

在海校，曲波主要负责政治课，他每天拄着双拐上课，给学员讲近百年中国历史，做学员的思想工作。曲波还主动去听有关海军的业务课。该校苏联顾问看到这名拄着双拐的教员时，曾对学校说："二大队政委拄着拐，怎么上舰？应将他调往其他地方工作。"曲波听说此事后，心里非常不舒服。他对别人说，自己就是在舰上坐着也能指挥战斗。不久，总政还是来人找曲波谈话，建议他去陆军院校。曲波个性很强，他说自己不愿去。东北铁路总局第一副局长刘居英听说了此事，他早在 1943 年就认识曲波，对曲波印象一直不错，便主动邀请曲波从部队转业，到他所在的铁路部门搞工业。

1950 年 12 月，曲波依依不舍地脱下军装转业地方。他最初在沈阳机车车辆厂担任党委书记兼副厂长。1953 年，曲波被调往齐齐哈尔车辆厂担任党委书记。工厂离宿舍较远，有时他会迎着大雪上下班，这让他时常想起自己在剿匪斗争中所经历的那些狂风暴雪的日子。

《林海雪原》的创作

在新的工作环境中，曲波的主要工作就是通过宣传党的理论方针，鼓励职工为社会主义事业而奋斗。为做好这项工作，曲波通常需要在单位做政治思想报告。在报告中，作为亲历战争的军人，曲波常讲起当年自己与战友们浴血拼杀的事迹。每次演讲，他讲得都是那样慷慨激昂，热泪盈眶；台下听众也听得极为感动，备受鼓舞。

随着时间推移，曲波渐渐不满足于只是通过口头宣讲来宣传英雄事迹，他很想将那些牺牲的战友——杨子荣、高波、陈振仪、栾超家……的故事永久地留存下来。渐渐地，他萌生了创作的想法。

1955 年 2 月，曲波决定动笔开始自己的文学创作。这件事，曲波只告诉了妻子刘波。因为他知道妻子一定会理解他。刘波非常支持丈夫的这个想法，并答应替他保密。夫妻俩商定，写作这件事连孩子也不告诉，要瞒着他们。

为了不让别人知道，在家里创作时，即使在白天，曲波也要挂上门帘，他写作的书桌抽屉也一直开着缝。只要听到有外人来，曲波就会立刻将书稿塞入抽屉，然后再若无其事地招呼来客。直到小说完成，也没有第三个人知道曲波在创作小说。创作开始后，

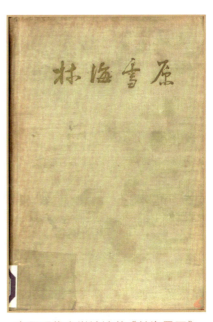

中国现代文学馆馆藏《林海雪原》

曲波一直沉浸在对战友们的深切怀念中，写到动情处，他常常泪湿衣襟。由于指挥林海雪原剿匪战斗是自己的亲身经历，那些惊险激烈的战斗经历为曲波积累了大量素材，所以曲波的创作相对比较顺利。尤其是曲波对当时东北土匪的黑话了如指掌，写起来非常自如。

妻子刘波不仅全力支持丈夫写作，还甘愿做他的义务抄稿员。参军前，刘波只有小学四年级水平。有时，曲波一天能写 1 万字，而刘波却要用两三

天才能抄出来。遇到曲波空着的地方和他生造出来的字，刘波还要费神去查字典才能补上。

1955 年，曲波和妻子刘波奉调北京。曲波很快被任命为一机部第一设计院副院长。工作之余，曲波继续自己的创作。对于这部小说，曲波的要求非常严格。有一次，小说初稿写完前 3 章，已经有 15 万字时，曲波感到自己写出的文字根本不能表达其内心的情感，一气之下，他便把原稿付之一炬。每当曲波在创作中遇到困难，牺牲战友的英勇事迹就一直在他心里激励他，要他坚持写下去。正是出于这种心情，曲波一次又一次拿起笔，继续自己的创作。一天夜里，当曲波写到杨子荣牺牲时，他抑制不住自己的情绪，潸然泪下。他把妻子刘波叫醒，说自己写到杨子荣牺牲，写不下去了……

搬到北京后，曲波家中房间少，放不下两张桌子，妻子刘波便在缝纫机上帮曲波抄稿。每抄完一个章节，她就用毛线和布条细细地装订起来。这一时期，曲波也利用一切时间进行创作。有一次，一机部办公厅召开传达中央文件的大会，由于事先已看过文件，曲波便坐在会场专心致志地偷着写"小分队驾临百鸡宴"这一章。不知道的人还以为他是在认真地做会议记录呢。经过一年多的艰苦创作，曲波终于写完 40 多万字的长篇小说《林海雪原》。

《林海雪原》初稿完成后，妻子刘波特意买了两米做衬衫的布剪成包袱皮，将文稿分装成两包。曲波很想试着去投稿，他希望自己辛苦创作的这本书稿能有机会出版，这样就可以让更多的人知道他们曾经为新中国做出过怎样的牺牲，知道我们的部队曾有过像杨子荣、高波这样的英雄。但曲波夫妇对图书出版完全不了解。刚好他们家对过就是外文局大楼，大楼外面挂着"中国文学杂志社"的牌子。于是，曲波对妻子说："路远的不好去，咱先去近的地方看看吧。"很快，夫妇俩每人拎着一包稿件就去了中国文学杂志社。进了大楼，他们发现里面大多是外国专家。听说是来投稿的，一位负责接待的同志问是什么语种，曲波说："是中文。"这位同志笑着说："我们只负责把中国文字翻译成外文。"他建议曲波夫妇去东总布胡同的人民文学出版社投稿。于是，夫妇俩又坐公交车去了人民文学出版社。到了门口，曲波对稿件登记处的工作人员说："我不是作家，你们给看看行不行？如果不用，你们打个电话我来取。"他再三叮嘱工作人员，打电话一定要打到他家里，千万别打到单位。他怕单位同事知道后走漏风声。

那时候，写文学作品的人很多，人民文学出版社每天都能收到全国各地寄来或送来的各种书稿，稿件早已堆积如山，而出版社的编辑比较少，送来的稿件很难及时审阅。两三个月过去，出版社那边音信全无。曲波感觉自己这部稿子应该是没有什么机会了。直到有一天，一个自称是龙世辉的编辑打电话到曲波家："曲波同志，你到出版社来一趟吧。"曲波以为书稿要被退回，他到出版社一见到龙世辉便说："我是来取稿子的。"龙世辉一听，哈哈一笑："我们是要出你的稿子了。"年轻编辑龙世辉由出版社安排负责该稿的编辑工作。他告诉曲波，自己打开《林海雪原》书稿一看，稿纸有大有小，每一沓都用各色毛线拴着，字体很长，一个个伸胳膊撂腿的，很不好认。起初，龙世辉对这个装订粗糙的书稿没抱什么希望，可当他一页页翻下去，他越读越兴奋，完全被小说中惊险传奇的战斗故事吸引。尤其是读到"奇袭奶头山"和"智取威虎山"，杨子荣和少剑波的英雄形象深深地感染了他。不知不觉，龙世辉就沉浸在这个故事当中了。读罢书稿，龙世辉马上向出版社副社长楼适夷做了汇报。最后，出版社总体上肯定了这部小说，认为这是一部优秀的长篇小说，只是需要在语言艺术等方面做进一步修改。

在这次面谈中，龙世辉建议曲波在一群男人的战斗中增加一些诗性与爱情的文字。回家后，根据龙世辉的建议，曲波对小说进行了精心修改，最突出的地方就是增加了女卫生员白茹这一人物的内容。经过三个月的努力，曲波终于把小说修改完毕。

1957 年 9 月，《林海雪原》由作家出版社（人民文学出版社下属单位）正式出版。出版前，书名被定为《林海雪原》，并由曲波的妻子刘波亲自题写。书出版后，时任中国作协副主席、党组书记邵荃麟曾问过曲波关于书名的由来。曲波解释说："我站在高山之巅，俯瞰着眼前的森林，风一刮，森林鼓凹鼓凹的，像海洋的波涛一样，'林海'两个字出来了；这个雪是无边无岸的原野，这个'雪原'就出来了。"听到曲波这样介绍，邵荃麟连声叫好："看，没有生活怎么能行呢？你看，一个词也需要生活。"

出版后，《林海雪原》立即在全国引起轰动。从 1957 年 9 月到 1959 年 11 月，两年时间，《林海雪原》印刷近十次，累计印数超百万。除此之外，《林海雪原》还以各种艺术形式被广泛传播。1958 年 5 月，由焦菊隐担任导演，北京人艺排演的四幕九场话剧《林海雪原》公演。中国京剧院则根据小说前 8 章改编成现代京剧《林海雪原》。同年，上海京剧院创作了现代京剧《智取威虎山》。此后，《林海雪原》还被改编为评剧、评书、电影等。直至今天，《林海雪原》依旧被读者翻阅。

在《智取威虎山》中有这样一段唱词："共产党员时刻听从党召唤，专拣重担挑在肩，一心要砸碎千年铁锁链，为人民开出那万代幸福泉，明知征途有艰险，越是艰险越向前，任凭着风云多变幻，革命的智慧能胜天……"不仅唱出了中国共产党党员的心声，还展现出中国共产党人的豪迈气魄与高尚追求，让人感慨，催人奋进。这唱词体现出以曲波、杨子荣为代表的那一代中国军人的崇高精神追求与奉献牺牲精神，他们值得我们永远怀念。

"职业革命家"马识途与他的《清江壮歌》

马识途（1915—2024），原名马千木，重庆忠县人，我国当代著名作家。1938年加入中国共产党。入党后，长期从事党的地下组织工作，历任鄂西特委副书记、川康特委副书记。新中国成立后，历任四川省建设厅厅长、四川省建委主任、中国科学院西南分院党委书记、四川省委宣传部副部长、四川省人大常委会副主任、四川省文联主席、四川作协主席。1935年开始发表作品，著有长篇小说《清江壮歌》《夜谭十记》《沧桑十年》、纪实文学《在地下》、短篇小说集《找红军》《马识途讽刺小说集》等。

    2023年是马识途入党85周年，也是其长篇小说《清江壮歌》发表57周年，正是这部小说让马识途走进了广大读者的视野。2023年的马识途已是108岁高龄的老人，但他依旧笔耕不辍。2021年10月，这位老人推出了自己的第一本学术专著《马识途西南联大甲骨文笔记》。同时，他还创作完成了自己最新一部长篇小说《真有办法的人》。在回顾自己走过的百年人生时，马老曾说自己是一位"职业革命家"、"业余作家"和"不成器的书法家"。

在中国现代文学馆手稿库中，珍藏着马识途2000年8月捐赠的手稿《清江壮歌》。该稿第一页为马识途用毛笔书写的"清江壮歌 第五稿"。紧随的第二页为马识途手写的一份说明。

说　明

这是《清江壮歌》（五稿）最后定稿本。我于1966年"文化大革命"开始，即遭难。由我的女儿马万梅于抄家中设法取出保存下来，一直在她的保管中。现马万梅志愿将此稿本交由中国现代文学馆保存。经与副馆长周明联系后，表示欢迎，并承诺就此稿本精心复印

《清江壮歌》手稿第一页　　　　　　马识途手写说明

四份给我，转给马万梅二份，我保存一份，存四川省作家协会一份。

2000 年 8 月，由我托人带到北京交给周明，并由中国文学馆发正式收据，由我转交原保管者马万梅。

马识途注
2000 年 8 月

"说明"之后有两页名为《告读者》的小文，其后则为《清江壮歌》小说的内容，其中"序章"40 页，正文（含尾章）625 页，再之后则为马识途所写的有关这部小说的大量修改意见，这之中包含了"修改随记""清江壮歌序""《清江壮歌》小说结构改变方案""写作提纲""自拟《清江壮歌》修改意见""清江壮歌修改意见札记""清江壮歌自评""清江壮歌修改试拟意见""修改意见""座谈《清江壮歌》四川省文联"。最后该稿还附有一份马识途撰写的《党的领导，无往不胜——找到失踪二十年烈士遗孤》，以及"《清江壮歌》人物表""《清江壮歌》章目表""《清江壮歌》故事提要"。

《清江壮歌》手稿以钢笔书写为主，稿纸则以白报纸为主，最后修改意见部分则夹杂着"四川省人民委员会工业办公室用笺"、红线格纸、"中共中央西南局科学技术委员会便笺"等。

马识途

《清江壮歌》手稿入藏中国现代文学馆后，得到了很好的保护与展示。2010 年 11 月，《清江壮歌》手稿入选《中国现代文学馆馆藏珍品大系·手稿卷》。2019 年 9 月，为庆祝中华人民共和国成立 70 周年，中国现代文学馆举办《初心与手迹——中国现代文学馆馆藏红色经典手稿大展》，《清江壮歌》手稿入选该展。2021 年 6 月，为庆祝建党百年，《清江壮歌》手稿再度参加中国现代文学馆举办的《迎着新生的太阳——庆祝中国共产党成立 100 周年红色经典大展》。

"职业革命家"马识途的"清江壮歌"

1931 年"九一八事变"发生后，年仅 16 岁的马识途在北平积极参加学生爱国运动。1935 年 12 月 9 日，"一二·九"学生运动爆发。消息传到上海后，正在上海浦东中学求学的马识途立刻加入上海学生示威游行的队伍。1937 年，马识途考入南京中央大学，在学校结识了同学刘蕙馨。不久，马识途加入中共外围组织——南京秘密学联小组。1938 年 3 月，23 岁的马识途在武汉加入中国共产党。入党后，马识途的第一个任务便是在一个月内，为到长江局工作的周恩来副书记找到一位年轻的有政治觉悟的司机。马识途光荣地接受了这项任务，并顺利按时完成。不久，党组织通知他停止公开露面，切断与所有亲朋好友的社会关系。他的上级钱瑛特地找他谈话：要他准备做一名"职业革命家"。（所谓"职业革命家"，是我们党在白区工作中最重要的组成部分，也是最神圣的"职业"。从事这个以革命为职业的同志担负着地下党各级领导机构中的重要工作。他们隐姓埋名，除了从事必要的掩护职业外，不会在任何地方出头露面。做"职业革命家"，必须耐得住寂寞，牢固坚守革命信念，要富贵不能淫，贫贱不能移，威武不能屈。他们无所谓青史留名，甘愿做无名英雄，随时准备把自己的生命和鲜血奉献给人民革命。"职业革命家"是一群心高志远、大智大勇，用特种材料做成的人。）马识途听后，毫不犹豫地答应了党对他工作的安排。

1938 年 10 月，马识途随中共鄂西北省委前往襄樊。1939 年春，24 岁的马识途开始担任枣阳县委书记，负责清理农村党组织，重建党的地下机构；后又任南（漳）宜（城）安（康）中心县委书记，并同时担任国民政府南漳县主任秘书及县民教馆馆长，在民教馆主办战时农村青年训练班，培养进步青年。当年 5 月，他调任光（化）谷（城）中心县委书记。同年 10 月，马识途受命前往宜昌，担任中共恩施特委书记，刘蕙馨任特委委员、妇女部长兼特委秘书。1939 年冬，马识途、刘蕙馨在恩施经组织批准结婚，一起从事革命工作。1940 年 8 月，钱瑛到恩施传达中央和南方局的指示，组建鄂西特委，何功伟任书记，马识途被任命为特委副书记。1940 年 12 月，马识途女儿出生。当月，根据组织要求，为应对国民党反共高潮，马识途前往宣恩、来凤、咸丰、利川，疏散党组织。

马识途妻子刘蕙馨烈士

1941 年 1 月 20 日，因前特委秘书郑建安的叛变，马识途妻子刘蕙馨与时任中共鄂西特委书记何功伟被国民党逮捕，马识途的女儿也随母亲入狱。当马识途在利川从组织部长王栋那里得知刘蕙馨、何功伟被捕的噩耗后，如五雷轰顶。但为了避免党组织遭到进一步破坏，马识途强忍着悲伤，立即与王栋派人分别通知特委下属各县领导人马上撤退或转移。为防止何功伟妻子许云落入敌手，马识途紧急前往万县（现为重庆市万州区）接应，将其安顿好后，他立即前往重庆南方局向钱瑛汇报工作。因为补救措施得当，恩施地下党组织未遭受进一步损失。

1941 年 10 月，根据南方局"隐蔽精干，长期埋伏，积蓄力量，以待时机"的方针，马识途以"马千禾"之名前往西南联大求学。在西南联大，马识途一面刻苦求学，一面积极团结进步师生。入校后不久，马识途就参加了著名的"讨孔运动"。1942 年 9 月，在西南联大校门口，马识途遇到疏散到昆明的鄂西特委驻重庆联络员何功楷（何功伟的弟弟），才得知妻子刘蕙馨与何功伟已于 1941 年 11 月 17 日在恩施牺牲，自己的女儿下落不明的消息。马识途听后内心万分悲痛，但想到自己身上肩负着党交给的使命，他明白自己必须坚强地努力地工作。

不久，马识途奉命与齐亮、何功楷重组中共西南联大党支部。党支部成立后，马识途积极领导昆明学生运动，团结昆明进步师生，与老师闻一多建立起深厚的友谊，并与美国志愿援华航空队中具有民主思想的士兵建立了"国际统一战线"。

抗战胜利后，马识途奉调成都担任成都工委、川康特委副书记，领导四川革命解放运动。1948年4月，中共重庆市委书记刘国定被捕叛变；1949年1月下旬，川康特委书记蒲华辅也被捕后叛变，马识途被国民党反动派全城搜捕。为将组织损失降到最低，马识途不顾个人安危，一面向香港的通信处倪子明以及川北（三台通信处）、川南（专署陈离处）、西昌（电信局黄觉庵处）工委发报报警，一面与成都市委副书记彭塞联系分别转移在成都的相关地下工作人员。2月，在完成人员、组织转移工作后，马识途前往香港汇报工作。因刘国定和蒲华辅的叛变，马识途的妹妹马秀英和妹夫齐亮（马识途西南联大同学及党支部同事）、好友罗广斌（《红岩》作者）在成都相继被捕，马秀英和齐亮后在重庆歌乐山牺牲。11月中旬，马识途随一野贺龙部队南下四川，为解放成都做出了重要贡献。

在得知妻子刘蕙馨牺牲、女儿下落不明的消息后，马识途在从事革命工作之余也一直秘密地找寻自己的女儿。不知为什么，他一直坚信女儿还活着。当时，马识途的女儿被一位周姓妇女抱走，后转送恩施甘溪线务段工人吴有华夫妇收养。新中国成立后，马识途更是多方打听，苦苦寻觅。1958年，马识途在北京向自己的老上级钱瑛提到自己一直在查找孩子的事情，钱瑛建议马识途寻求公安部门的帮助。湖北省公安厅得知此事后，特意成立专案组。历时一年多，1960年4月下旬，专案组终于在武汉找到马识途的女儿吴翠兰，并立即电报告知正在上海开会的马识途。担任中科院西南分院党委书记、副院长的马识途正在上海开中国科学院学部委员会议，会议期间接到湖北省公安厅电报，说已找到他失散近20年的女儿，希望他能立刻前往武汉。

抵达武汉后，马识途在查看相关档案和照片后，确认这个名叫吴翠兰的女大学生正是自己与刘蕙馨烈士的女儿。4月29日，马识途赶往北京，当晚在北京工业学院与女儿吴翠兰相见。不仅如此，马识途还意外得知何功伟烈士的孩子也在这所大学求学，和女儿同一年级。4月30日，马识途与女儿前往天安门游览，当晚还一起作诗《致湖北省公安厅感谢电》："离散二十年，父女庆团圆。多劳公安厅，特电表谢忱。"5月1日凌晨，兴奋不已的马识途又作诗《喜逢佳节庆团圆》。

1960年五一劳动节，马识途与女儿吴翠兰合影

马识途找到失散近20年女儿的消息很快传回四川。等他回到四川后，四川作协主席沙汀等人建议马识途以找到失散女儿为引子，将自己与何功伟、刘蕙馨等烈士在湖北恩施从事地下斗争的传奇故事写下来。除了沙汀等人，马识途的家人与朋友也都鼓励他，把当时地下斗争中可歌可泣的革命事迹和烈士们在监狱中英勇战斗、慷慨牺牲的经过写下来。

其实早在很多年以前，马识途就曾想过要将何功伟、刘蕙馨的故事写下来。这一点，在1961年5月湖北《恩施日报》发表的《告读者》中，马识途就有提及：

　　要写一点文字纪念何功伟、刘蕙馨（一清）两烈士是很多年前的事了，一直没有如愿以偿……去年"五一"国际劳动节前夕在党的关怀和湖北省公安厅的努力下，我在北京与刘蕙馨烈士临刑下未满一岁，下落不明的女儿团聚。"五一"狂欢节日，我父女二人携手缓步在天安门前慈和庄严的毛主席像下，看红旗在蓝天迎风飘荡。广场上的人们欢呼雷动……真是百感交集，热泪横流……一种负疚的感觉猛袭心头，我是应该写一点纪念他们的文字了。①

正是在这种怀念烈士的强烈感情冲击下，在多方的鼓励下，马识途开始了《清江壮歌》的创作。

马识途的红色小说《清江壮歌》

受家庭影响，马识途很小便喜欢文学。1935年1月，20岁的马识途在上海叶圣陶主编的《中学生》杂志发表了自己的第一篇文学作品《万县》。在后来从事地下党工作及新中国建设之余，马识途坚持革命文艺创作。截至2020年，马识途先后写下了750余万字的文学作品。在其众多作品中，《清江壮歌》无疑是最引人注目的。《清江壮歌》是马识途根据亲身经历创作而成的一部革命小说。它被认为是新中国"十七年文学"中一部较有影响的红色经典著作。小说从任远1960年找到失散20年的女儿开始，讲述了贺国威、柳一清、任远等人曾经在恩施地区发生的革命故事。

贺国威、柳一清、任远是20世纪30年代走向革命的知识分子，他们怀着推翻旧中国、建立新中国的理想来到清江河畔的鄂西恩施开展秘密地下党工作。在艰苦的斗争环境中，他们满怀豪情，坚信真理，坚信胜利，不怕牺牲地忘我工作。"皖南事变"发生后，国民党反动派在恩施地区掀起了新的反共高潮。因叛徒陈醒民的出卖，贺国威、柳一清被捕入狱，柳一清被捕时刚生下孩子不久。在狱中，贺国威、柳一清与国民党反动派进行着坚决斗争。尤其是柳一清不仅要经受敌人的严刑拷打与折磨，还要含辛茹苦养育自己的女儿，表现出了一位母亲伟大的母爱。贺国威、柳一清在狱中一方面积极团

---

① 谭兴国：《谈〈清江壮歌〉》，载陆文璧《马识途专集》，成都：四川文艺出版社，1988年。

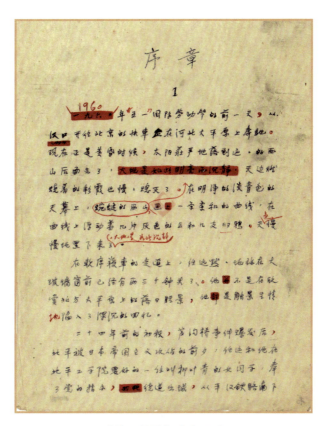

《清江壮歌》序章手稿

结党员、群众与进步学生，另一方面与狱外的任远相互配合，筹划劫狱。走向刑场时，贺国威、柳一清毫不畏惧，柳一清更是临危不乱，将自己的女儿巧妙地置于路边的草丛中，使孩子逃脱大劫（这孩子后来被一对普通百姓收养，20多年后才终于被亲生父亲任远找回）。这些故事既是小说，其中大部分也是真实的历史。小说出版后感动过许多60年代的中国读者。

该小说中的主人公贺国威、柳一清是马识途以自己曾经并肩战斗的同志何功伟、刘蕙馨为原型写成的，而刘蕙馨正是马识途的妻子，小说中的任远正是马识途本人。

1960年夏，马识途开始创作小说《清江壮歌》。当时他正担任中共中央西南局宣传部副部长、西南局科委副主任、中科院西南分院副院长三个职务，繁重的行政领导工作使得他不可能脱产写作。白天他要正常上班，日常行政工作一点也不减，写作的事只有等到晚上回到家后开夜车来进行。创作期间，马识途几乎每个晚上都要熬到后半夜。有时他白天已忙到精疲力竭，回到家一见到摆在桌面前的方格稿纸，头就痛起来，马识途咬着牙努力坚持着。他的日常行政工作没受任何影响，但单位还是有人开始说"马识途在搞自留地，搞小自由"。当时，这种话对于一个共产党员来说，是一种危险的罪名。马识途心中有些害怕，他甚至想过放弃，可是那时的他已经从感情上"进入角色"，一块儿战斗过的烈士，特别是何功伟和刘蕙馨，常常走进马识途的梦乡与他相见，谈笑风生。他们要求马识途一定要把他们的事迹写出来，要让新中国的年轻人知道他们为新中国的成立做出过怎样的贡献。如果不写，他们的故事很有可能就淹没在历史的长河中。这种感情、这种责任催促着马识途，使他下定决心即使受讽刺、受批评，也要勇敢地拿起笔写下去。

成都的夏天，晚上蚊子很多，那时没有纱窗，开夜车的马识途常被叮咬得受不了，很是妨碍思路。马识途的妻子王放为了让丈夫安心创作，特意在床上安了一张小桌，挂上电灯，放下蚊帐，让马识途坐在蚊帐里写作。但是蚊帐里闷热，妻子王放又为马识途安了一个小电扇驱热，总算使他有了一个相对好一点的开夜车环境。不过电扇的质量不好，总是嗡嗡地叫，十分打扰马识途的创作思路。最后，电扇只得被弃置不用。为了帮助马识途更好地创作，妻子王放不时进帐来给他扇扇子，每过一段时间还来给他茶杯添水，有时还要给丈夫煮两个荷包蛋来提精神。那个时候，正是三年困难时期，四川的灾情最是严重，平常家里连饭都吃不饱，每人一个月只有19斤粮食，家中还有三个孩子需要照顾，两个鸡蛋得来很不易。就这样，马识途一连开了180多个夜车，节假日也没休息，总算创作完成初稿。初稿完成，马识途如释重负，他感到从来没有的痛快。随后，马识途将书稿拿去给沙汀审阅，沙汀看后觉得不错，决定在《四川文学》上连载。

不久，四川省作家协会还就《清江壮歌》文稿专门组织了讨论会。与会嘉宾一致肯定了马识途这部作品，认为这部小说以马识途亲身经历的真实生活为基础，既歌颂了革命英雄主义，还反映了悲壮的革命斗争历史，充满了人情味，小说将故事性与抒情性融为一体，在传统章回小说的结构模式中又寓有时空交错的现代手法，情节曲折生动，语言清新流畅。

1961 年，小说《清江壮歌》引起了人民文学出版社的关注，尤其是社长兼总编韦君宜对这部小说情有独钟。因为她和马识途、刘蕙馨烈士是当年鄂豫皖苏区七里坪党训班的同学，曾和刘蕙馨一起做过地下工作，对于马识途、刘蕙馨有着很深的情谊。当她看到马识途写出的这部反映我党在恩施地区从事革命工作的小说后，力主由人民文学出版社来出版该书。很快，人民文学出版社派出编辑王仰晨前往成都与马识途商谈出版事宜。商定妥当后，王仰晨作为老编辑也谈了自己和韦君宜对这部小说的看法，譬如有两章需要砍掉，有两章需要改写，前后应该如何贯通得更好，如何收尾，特别是悲惨牺牲的结尾调子如何处理，都需要马识途再斟酌斟酌。老上级钱瑛看了《清江壮歌》后，也提出了自己的看法，她认为在以后的修改中，应该加强第一主人公何功伟的分量。

鉴于这些意见，马识途开始了小说修改。他准备用一年的时间从头改写，韦君宜也催促马识途抓紧改完，人文社急着出版。可马识途的日常工作相当繁重，他的修改只能在业余时间来做，想在一年内完成这部长篇的修改，着实困难很大。为此，韦君宜特地在马识途到北京开会时，带他见了周扬。韦君宜当面向周扬提出马识途修改小说的时间困难，希望周扬能同四川省委的李大章书记打声招呼，给马识途一定的创作时间。周扬听后，表示他会尽快与四川省委领导沟通此事，争取让小说早日出版。马识途回到四川后，李大章书记特意批给他每天半天的创作假，但要求马识途"工作任务不减，还要完成"。就这样，马识途利用下午和晚上时间，一章一章地重写，一年内完成了修改任务。马识途将书稿寄给人民文学出版社，人文社做了一些修改后很快打出清样。经马识途再次看过后，书稿基本定型。但这一年北戴河会议突然提出"以阶级斗争为纲"的口号，以及出现了"小说《刘志丹》事件"

和"利用写小说搞反党活动，是一大发明"的指示等，马识途又要对之前已经修改完成的书稿再次进行修改。自北戴河会以后，意识形态领域对文学作品中出现的"人性论""人情味""中间人物"开始大肆批判，沙汀特意嘱告马识途："《清江壮歌》中存在丰富的感情，又有童云这样的'中间人物'，这些都要加以修改。文中许多地方有痛哭流涕的场景，虽是人的正常情感流露，但也可能犯忌讳，建议要减。"韦君宜作为出版方和好友，也告诫马识途："犯嫌的地方都加以必要的改写，最后被屠杀的悲惨局面，一定要把调子提高一些，亮色一些。""现在不准流泪，你就暂时不流吧。"

基于这些建议，马识途对《清江壮歌》进行了诸多修改。

《清江壮歌》的发表与出版

1961 年，在马识途创作完成《清江壮歌》初稿后，时任成都市委书记米建书听闻老战友创作了一部反映中共地下党革命斗争的长篇小说，便联系他，希望能在当地《成都日报》连载此文，教育现在的年轻人不要忘记先烈为新中国诞生所做出的巨大牺牲与贡献，要珍惜得之不易的好生活。就这样，1961 年 5 月 21 日，《清江壮歌》率先在《成都日报》连载，截止到当年 12 月 14 日，共连载了 160 期。这一时期，小说《清江壮歌》成为成都街头巷尾大家争相阅读的文学作品。《成都日报》也因此大大增加了发行量。马识途认识的一位四川大学教授柯召告诉他，每天一到晚饭前，他必须要去门房那里取晚报，看连载的《清江壮歌》，他说他身边的许多教师和同学都如此。1961 年 7 月，《四川文学》在第七期也开始连载《清江壮歌》，直到 1962 年 7 月，共用 12 期连载《清江壮歌》。同一时期，湖北《武汉晚报》也来信，要求连载这部发生在湖北恩施的革命小说。

《清江壮歌》在报刊接连连载引起了人民文学出版社的注意。他们派人找到马识途提出要出版这本革命题材著作，同时，还对该书提出了修改意见。这些意见，马识途十分认可。根据各方意见，马识途开始修改小说，很快便将修改稿送交人民文学出版社，人文社收到后 1962 年便将清样打出寄给马识途。但自此之后，《清江壮歌》的出版陷入长期停滞状态。1962 年马识途前往北京开会并拜访自己的老领导、中纪委副书记钱瑛时，钱瑛当面建议马识途《清江壮歌》先不要出版，并讲了原因。马识途听后，对于是否出版该书也陷入了思考。虽然当时他心中很希望《清江壮歌》能够出版，但老领导所讲的现实政治原因又是他必须顾及的，考虑再三，马识途决定延迟出版。关于与钱瑛的那次见面，马识途后来有过详细记述：

《清江壮歌》第一版封面

　　1962 年，我去北京开会，照例我要到中纪委副书记我的老上级钱瑛的住处去看望她。她一见面就问我："你写的长篇小说《清江壮歌》出版了没有？"我说出版社送来清样，等我最后定稿，他们就要付印了。她说："还好，还没有付印，你千万不要拿去出版了。"我问为什么，她说她才从北戴河参加中央八届十中全会回来。"可不得了呀，"她很惊诧地说，"这次会上毛主席提出阶级斗争要年年讲月月讲，康生在会上告发了习仲勋，说他支持一个作家写的小说《刘志丹》，为高岗翻案。一下就挖出了一个西北反党集团。康生说以小说反党是一大发明。这本是康生说的，由于毛主席同意康生的话，就说成是毛主席的话，要普查反党小说，可紧张了。"我说："我写的是革命小说，你是清楚的呀。"她说："那个作家写的《刘志丹》也是革命小说呀，哪个不知道刘志丹是革命英雄？结果说是习仲勋反党集团支持写的反党小说，把一大批西北地区的老同志都网进反党集团里去了。没有人敢说话。"她强调地说:"看来写小说很危险,写革命小说一样危险,所以青年出版社为我出版的《俘虏的生还》刚印出来,我回北京马上就叫出版社全部销毁。"

她说罢从书架里取出一本小册子给我看,这正是她为纪念她那大革命时代为革命牺牲在南京雨花台的丈夫谭寿林而写的回忆录,她说她留了几本给熟人作个纪念,给我也留了一本。我粗看一下,谈的都是英勇革命斗争的事,一点问题也没有呀。我终于明白,她劝我不要出版《清江壮歌》完全是为我好。①

对于马识途迟迟不交的《清江壮歌》清样,人民文学出版社是一催再催,而马识途也是一拖再拖。直到 1966 年初,马识途才最终把清样交给出版社。编辑在文字上又做了些修改后,1966 年 3 月,《清江壮歌》由人民文学出版社正式出版。

---

① 马识途:《百岁拾忆》,北京:生活·读书·新知三联书店,2014 年。

《哥德巴赫猜想》手稿背后的故事

陈景润（1933—1996），福建福州人。我国当代著名数学家。1973年，在《中国科学》发表了"1+2"详细证明，引起世界巨大轰动。该证明被公认是对哥德巴赫猜想研究的重大贡献，是筛法理论的光辉顶点，国际数学界称之为"陈氏定理"。

　　1978年1月，《人民文学》杂志新年第1期发表了徐迟的报告文学《哥德巴赫猜想》。该文讲述了数学家陈景润不平凡的人生经历、"哥德巴赫猜想"的内容和发展的历史，以及陈景润是如何在"文化大革命"期间，在艰苦环境下通过顽强努力取得了"1+2"的证明过程。

　　《哥德巴赫猜想》一经发表，被《光明日报》《人民日报》相继转载。1978年2月16日，《光明日报》全文转载《哥德巴赫猜想》。当日的《光明日报》只有4个版面，为全文转载，《光明日报》拿出了两个半的版面从头

《光明日报》转载《哥德巴赫猜想》

版开始刊登。在编者按中，《光明日报》是这样写的：

> 我们高兴地向大家推荐《哥德巴赫猜想》一文。老作家徐迟同志深入科研单位写出的这篇激动人心的报告文学，热情讴歌了数学家陈景润在攀登科学高峰中的顽强意志和苦战精神，展示了陈景润对解决哥德巴赫猜想这一著名世界难题的卓越贡献。广大科学工作者和知识分子会从这里受到鼓舞，受到教育，受到鞭策，而普通读者则一定会为我们国家有这样优秀的科学家和这样出色的科研成果而感到骄傲和自豪。

《人民日报》转载《哥德巴赫猜想》

　　2月17日，《人民日报》再次全文转载《哥德巴赫猜想》，该文由此在全国引起轰动。

　　《哥德巴赫猜想》发表后不久，1978年3月18日，中共中央在北京召开了全国科学大会。在这次具有深远历史意义的大会上，邓小平同志提出了"科学技术是生产力"的著名论断。自此，"文革"结束后的中国迎来了科学的春天，中国的科学家和千千万万的知识分子迎来了充满希望的春天。对于《哥德巴赫猜想》的主人公陈景润，邓小平同志曾满怀深情地讲道："（陈景润）这样的科学家中国有一千个就了不得！对这样的科学家应该爱护、赞扬！"

　　随着报告文学《哥德巴赫猜想》的出现，中国迎来了一个新的解放思想浪潮。这部被称为"新时代报春鸟"的《哥德巴赫猜想》手稿现收藏在中国现代文学馆手稿库中。

该稿共 43 页，作者用蓝黑墨水在"人民文学 15×16"的稿纸上进行创作。每张手稿右上角均有页码标识，其中包括第 1—37 页、第 39—44 页。不知什么原因，该稿没有第 38 页。经笔者细读，并与《人民文学》上发表的《哥德巴赫猜想》对照，发现该稿第 37 页与第 39 页的内容前后连贯，很有可能是作者将第 38 页错标为第 39 页。

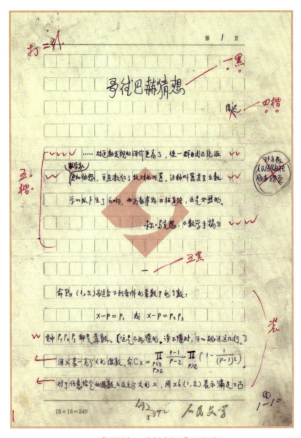

《哥德巴赫猜想》手稿

谈起徐迟写《哥德巴赫猜想》，还有几个有趣的故事要与大家分享。

1977 年 9 月 18 日，党中央决定在 1978 年召开全国科学大会。《人民文学》作为全国最有影响力的文学刊物，编辑们在探讨新年第 1 期选题时很自然地谈到了"科学"。要组一篇什么样的科学稿子呢？这时，不知谁提了一个故事：20 世纪 70 年代初，有个外国代表团访华，一美国专家点名要见大数学家陈教授。有关方面千方百计寻找，终于在"牛棚"里发现这个人，他取得了震惊世界的成果，竟然谁也不知道。此人就是陈景润，编辑纷纷补充自己听到的逸事：他是"白专"典型，有一回挨斗，他气得跳楼，不过这位数学家自杀还不忘算角度，结果连伤都没受；他是一个"科学怪人"，不刷牙不洗脸；有人说他财迷，棉袄都舍不得买，就用两个棉毛衫，里边装上棉花，一绷，随便缝几针就行。

经过激烈讨论，编辑们达成一致：就写陈景润吧！

那么，找谁来写呢？有人提到了徐迟。徐迟虽是一位诗人，但他做过新闻记者。1962年，他在《人民文学》上发表的人物特写《祁连山下》，反响比较大。于是，编辑周明打电话联系到在湖北省文联的徐迟。当时的徐迟已经准备退休，但当他在电话里听到《人民文学》邀请他来北京采写陈景润时，他很高兴，但也有些顾虑。在电话中，徐迟只说："试试看吧。"之所以有顾虑，一是他觉得自己对数学这门学科并不熟悉，也不是很懂；二是他听说陈景润是个"科学怪人"，尽管突破"哥德巴赫猜想"有贡献，成就是了不起的，但这样的"怪人"也不知道好不好采访。

很快，徐迟便来到了北京。到京后，他拜访了自己的北京亲友。亲友们听说徐迟要写陈景润，一致反对他写这个"怪人"。但徐迟的姐夫、解放军副总参谋长伍修权将军对此极为支持，他说道："写！陈氏定理了不起！"

在整个采访过程中，徐迟与陈景润有过三次见面。

他们第一次见面是在1977年的一个艳阳秋日。那天，《人民文学》编辑周明陪同徐迟到北京西郊中关村的中科院数学研究所。数学所党支部书记李尚杰接待了他们。李尚杰是一位深受科学家爱戴的军人干部，陈景润对他十分信赖。在办公室，李尚杰书记热情地向徐迟讲述了"小陈"钻研科学的故事。随后，他离开办公室，不久带来一个个头不高、面颊红扑扑、身着一套普通旧蓝制服的年轻人。这个年轻人一进门便和徐迟、周明等人热情握手，直说："欢迎你们，欢迎你们。"李尚杰向徐迟介绍："这就是小陈，陈景润同志。"

徐迟一行人没有想到这么快就能见到陈景润。李尚杰向陈景润说明了徐迟的身份和来意后，周明又特意向陈景润介绍说："我们《人民文学》特约徐迟同志来采访你攻克'哥德巴赫猜想'难关、登攀科学高峰的事迹，准备写一篇报告文学，在《人民文学》上发表。"

《人民文学》发表《哥德巴赫猜想》

　　陈景润听后紧紧握住徐迟的手说："徐迟，噢，诗人，我中学时读过你的诗。哎呀，徐老，你可别写我，我没有什么好写的。你写写工农兵吧！写写老前辈科学家吧！"徐迟笑了，为了缓解气氛，便对他说："我来看看你，不是写你，我是来写科学界的，来写'四个现代化'的，你放心好了。"陈景润笑了，天真地说："那好，那好，我一定给你提供材料。"

　　随后，在聊天过程中，徐迟问陈景润"哥德巴赫猜想"攻关最近进展如何。陈景润说："到了最后关头，但也正是难度最大的阶段。"接着，他告诉徐迟，不久前他收到国际数学联合会主席的一封邀请函，请他去芬兰参加国际数学学术会议，并做 45 分钟的学术报告。他说，据主席在信中介绍，出席本次会议的有世界各国的学者 3000 多人，但确定做学术报告者仅十来名，其中，亚洲只有两名，一个是日本学者，另一个便是他自己。他觉得事关重大，便将此信交给了数学所和院领导。当时，中国科学院的领导接见了他和李尚杰书记，关切地对他说："你是大数学家，国家很尊重你，这封信是写给你的，由你考虑去还是不去，考虑好了，你可以直接回信答复，告诉我一声就是了。"这使陈景润很受感动。领导这么信赖他，科学院这么关心他，他从内心里感激！回到所里，经过一番认真考虑，并做了一些调查研究，陈景润很快写了一封回信。信里写了三点内容：

第一，我国一贯重视发展与世界各国科学家之间的学术交流和友好关系，因此，我感谢国际数学联合会主席先生的盛情邀请；

第二，世界上只有一个中国，就是中华人民共和国，台湾是中国不可分割的一个省，而目前台湾占据着数学联合会的席位，因此，我不能参加；

第三，如果驱逐了台湾代表，我可以考虑出席。

这，出乎我们的意料。他绝不像传说中的那样"傻"，那样"痴"，而是一个很有政治头脑的科学家。

此时，徐迟动情地悄声对周明说："周明，他多可爱，我爱上他了！就写他了！"

往后的一个星期，徐迟在数学所展开密集采访，他白天黑夜都排满了采访日程。他重点采访了许多著名的数学家，其中有陈景润的老师，有陈景润的同学，也有陈景润现在的同事。有讲陈景润好的，也有对陈景润有看法的，各方面意见徐迟都认真倾听。他说："这样才能做到客观地全面地判断一件事物、一个人。"这期间，他花了很多功夫硬"啃"陈景润的学术论文。周明曾问徐迟："好懂吗？"他摇摇头说："不好懂，但是要写这个人必须对他的学术成就了解一二。虽然对于数学，不可能都懂，但对数学家本人总可以读懂。"为弄懂陈景润的学术论文，徐迟还特地找到数学所的年轻研究员杨乐、张广厚，和他们一起归纳出了陈景润感兴趣的三个问题：哥德巴赫猜想是怎么回事？猜想的题目怎么写，答案怎么写？"1+2"的突破在哪里？

第二次与陈景润见面，徐迟有准备地提出了这三个问题。这次，陈景润话也多了起来。他不管徐迟懂不懂，直接就把解决这三个问题的数学公式写给徐迟看。在这次见面中，陈景润还与徐迟谈了一些他的个人经历与研究历程。徐迟没想到陈景润为了自己的梦想，付出了如此巨大的代价。听到后来，徐迟掉泪了。他在心中得出了这样一个结论：陈景润是那种为了数学可以抛弃一切的人。

第三次见面，则是在陈景润的小屋中。之前在采访中，徐迟表示很想到陈景润的"家"中看看，他认为如果不看这间小屋，势必缺少对陈景润攻关环境的直接感受。但陈景润却一再拒绝。

为了满足徐迟的这个要求，李尚杰书记用了一个"阴谋诡计"。有一天，周明和徐迟、李尚杰三人一同上了陈景润所住的88号楼。李尚杰先去敲门，他说要找陈景润谈点事。因为是领导，他自然被陈景润放进屋里。周明和徐迟则在过了10分钟后才去敲门，只说找李书记有急事。陈景润还未反应过来，李尚杰书记便抢先开了门，周明和徐迟就这样不容分说地挤进了屋。徐迟环顾了这间由茶水间改成的宿舍，6平方米的小屋，一张单人床，床上的褥子只用蚊帐包着。墙角放了两个鼓鼓囊囊的麻袋，一个装的是他的换洗衣服，另一个全是计算题手稿和废纸。办公桌上除了中间常用的一小片地方，其余桌面落满了灰尘。在交谈中，陈景润说他有时都不用桌子，他习惯将床板的一角褥子撩起，坐个小板凳，趴在床上思考和演算。

就这样，徐迟经过深入采访、梳理、思考和提炼，反复斟酌，几番修改，很快将报告文学《哥德巴赫猜想》创作完成，并于1978年以醒目的标题，刊发在《人民文学》1月号头条。

《哥德巴赫猜想》问世后，立即引起读者热烈反响。陈景润也成为享誉中国的大数学家。在《哥德巴赫猜想》发表后不久，全国科学大会召开，成为中国改革开放的先声。随着改革开放大幕的徐徐拉开，中国迎来了属于自己腾飞的春天。

从一部手稿谈"史铁生与足球"

史铁生（1951—2010），北京人，我国当代著名作家、散文家。他的文学创作与他的生命完全融合在一起，他虽身体残缺，却用作品说出了最为健全而丰满的思想。代表作有《我与地坛》《务虚笔记》《病隙碎笔》等。

这是一篇发表在《人民文学》1984年第5期，以"足球"为题的馆藏小说手稿，作者史铁生。该稿共20页，8000字，"1984年3月26日"创作完成。在最后一页，史铁生写下了自己的通信地址：北京东城区雍和宫大街26号。

全稿可能因创作比较顺利，并没有较大改动。编辑只是在两处进行了删改。

1.第8页第二段，作者在"两个人笑起来，小刚的笑声很高，希望这气氛能延缓下去"后，原写有一句"否则到了体育场……"，后编辑将该句删除。

2.第14页第三段，作者在"'要不然歇会儿吧，'小刚说，也不愿意把气氛弄僵"后，原本紧接着的一句是"以前两个人翻过脸，为了足球的事"。编辑对该句进行了调整，改为"以前两个人为了足球的事翻过脸"。

该小说讲述了两个坐轮椅的球迷山子和小刚，因有一张球票，相约到体育场去看一支法国足球队来华比赛的故事。在去的路上，他们讨论着第十二届世界杯上的球队与球星，笑谈着给他们这张票的朋友二华怕老婆的趣事，小山不时地询问小刚与女朋友的进展。虽然他们身有残疾，但对足球的热爱，让他们对生活充满了希望，对未来充满了热情。

在这部小说中，山子与小刚虽因身体缺陷面临着常人难以承受的生活困境及精神困苦，但因他们有着对足球的热爱、对生活的追求、对困难的不屈，使得小说整体气氛并不压抑，反而充满了温情和明亮的色彩。

在该稿档案中，还附有一页"人民文学稿笺"。上面写有四位编辑的审稿意见。审稿笺作为手写时代书稿能否发表的编辑部书面材料，对于研究该小说发表过程有着重要的史料价值。

编辑意见是责编朱伟3月27日写下的。

这是个真正的短篇结构。

　　小说从宽阔的生活之流中截取看球这一个点，细微地开掘出了一对残废青年复杂的内心波澜。小说似小桥流水，缓缓流来，又缓缓流去，读来委婉动人。作品致力于写人物对话，通过对话，基本勾勒出了人物个性。有些残废人的孤独感和凄凉感，但基调还是明朗的，此稿有史铁生的味儿，史铁生因为自己身残，作品一般都带点儿孤独感和凄凉感，委婉凄凉之美。作者没在我刊发过作品，此篇无论从扶植作者还是从我刊的面貌出发，似都可考虑留用。

　　当否，望复审。

　　　　　　　　　　　　　　　　　　　　　　朱　27/3

通过落款时间可知，该稿在史铁生 3 月 26 日创作完成后，他至迟第二天便将手稿交给了《人民文学》编辑部。责编朱伟 3 月 27 日看完该稿后，当天便在审稿笺上写下了自己的编辑意见：考虑留用。

后依审稿程序，该文转至小说编辑组组长王扶审阅。

3 月 28 日，王扶二审后，在审稿笺上写下了自己的意见：

> 同意以上意见，写出了这对残废青年苦涩中又充满了对生活的
> 热爱和希望。
>
> 　　　　　　　　　　　　　　　　　　王扶　3.28

同日，《人民文学》编辑部副主任崔道怡收到小说《足球》，三审后，他在审稿笺上写下自己的审稿意见：

> 同意以上意见，拟发五月号获奖作者特辑。
>
> 　　　　　　　　　　　　　　　　　　崔道怡　3.28

3 月 29 日，负责四审的《人民文学》副主编刘剑青阅读该稿后，在审稿笺上写下了自己的终审意见：

> 同意。
>
> 　　　　　　　　　　　　　　　　　　刘剑青　29/3

阅读审稿笺可知：小说《足球》只用了三天便被《人民文学》编辑部决定采用，并准备刊发在同年 5 月特辑上。这是史铁生第一次在《人民文学》发表文学作品。后来，该文被安排在 5 月特辑第三篇的位置发表。

这一期《人民文学》共刊发了 8 篇小说。开篇之作是刘绍棠的小说《京门脸子》（中篇小说），第二篇是石定的《水妖》，第三篇是史铁生的《足球》，

紧随其后的是胡辛的《昌江情》、彭建明的《三老》以及刘舰平的《山问》，第七篇是女作家谌容的《大公鸡悲喜剧》，第八篇是叶蔚林的小说《菇母山故事》。对于这 8 篇小说，在"编者的话"中，《人民文学》编辑部做了简单扼要的阐述：

> 无论闭塞山村作怪的"水妖"，截瘫患者向往的足球，还是昌江母子洋溢的亲情，湘西老人关注的鸟与树，都能曲折映现时代变革的投影，热忱赞颂纯真健美的心灵，婉转发出珍重未来的呼声，令人可感可敬。

可见，编辑在审读《足球》小说后，从中读出了足球让残疾者山子和小刚对生活、对未来产生的美好憧憬，读到了作者史铁生对于足球的热爱。

史铁生 21 岁因病瘫痪，从此与轮椅相依相伴。生活的磨难不仅没有打垮这位年轻人，反而激起了他更大的勇气与热情。对于变故，对于无法改变的命运，史铁生有着自己的乐观见解：

> 所谓命运，就是说，这一出"人间戏剧"需要各种各样的角色，你只能是其中之一，不可以随意调换。①

正是史铁生这种不对命运低头、依旧对生活怀揣梦想的精神，让编辑们钦佩。

史铁生这种乐观、豁达的性格，其实与他的喜好有着很大关系。在其著名散文《我的梦想》中，史铁生曾说过自己有三大喜好：足球、文学与田径。对于这三大爱好，他还排了个座次，"其实我是第二喜欢足球，第三喜欢文学，第一喜欢田径……"

---

① 史铁生：《病隙随笔》，长沙：湖南文艺出版社，2017 年。

对于田径，对于因田径而喜爱的偶像美国田径运动员刘易斯，史铁生在《我的梦想》中有这样的设想：

> 我最喜欢并且羡慕的人就是刘易斯。他身高一米八八，肩宽腿长，像一头黑色的猎豹，随便一跑就是十秒以内，随便一跳就在八米开外，而且在最重要的比赛中他的动作也是那么舒展、轻捷、富于韵律……不怕读者诸君笑话，我常暗自祈祷上苍，假若人真能有来世，我不要求别的，只要求有刘易斯那样一副身体就好。我还设想，那时的人又会普遍比现在高了，因此我至少要有一米九以上的身材；那时的百米速度也会普遍比现在快，所以我不能只跑九秒九几。作小说的人多是白日梦患者。好在这白日梦并不令我沮丧，我是因为现实的这个史铁生太令人沮丧，才想出这法子来给他宽慰与向往。我对刘易斯的喜爱和崇拜与日俱增。相信他是世界上最幸福的人。我想若是有什么办法能使我变成他，我肯定不惜一切代价；如果我来世能有那样一个健美的躯体，今天这一身残病的折磨也就得了足够的报偿。

对于足球，史铁生虽然无法在绿茵场上尽情奔跑，但这丝毫不能阻止他对这项运动的热爱。曾经他还和同为作家的余华、马原、莫言等一起组队与文学青年比赛。当本队形势岌岌可危时，为挽回败局，史铁生还曾在关键时刻披挂上阵，为作家队镇守球门。对于史铁生的这一段"球员经历"，作家余华在《守门员莫言和史铁生》一文中有过详细描述：

> ……1990 年意大利世界杯期间。那时马原还在沈阳工作，他邀请我们几个去沈阳，给辽宁文学院的学生讲课。我们深夜看了世界杯的比赛，第二天起床后就有了自己是球星的幻觉，拉上几个马原在沈阳的朋友，在篮球场上和辽宁文学院的学生踢起了比赛。辽宁

文学院也很小，也是只有一个篮球场……我们原本安排史铁生在场边做教练兼拉拉队长，眼看着失球太多，只好使出绝招，让铁生当起了守门员。铁生坐在轮椅里守住篮球支架中间的空隙以后，辽宁的学生再也不敢射门了，他们怕伤着铁生。有了铁生在后面一夫当关万夫莫开，我们干脆放弃后场，猛攻辽宁学生的球门。可是我们技不如人，想带球过人，人是过了，球却丢了。最后改变战术，让身高1.85米的马原站在对方球门前，我们给他喂球，让他头球攻门。问题是我们的传球质量超级烂，马原的头常常碰不到球。虽然铁生在后面坐镇球门没再失球，可是我们在前面进不了球，仍然输掉了客场比赛。

虽然大比分失利，但作为"球员"的史铁生依旧非常开心。因为他喜爱足球，这种喜爱与胜负无关。

正因为以足球、田径为代表的运动带给了史铁生那样多的快乐与希望，所以他爱一切运动。对于这一点，他也曾专门撰文谈及：

> 也许是因为人缺了什么就更喜欢什么吧，我的两条腿一动不能动，却是个体育迷。我不光喜欢看足球、篮球以及各种球类比赛，也喜欢看田径、游泳、拳击、滑冰、滑雪、自行车和汽车比赛，总之我是个全能体育迷……如果这一天电视里有精彩的体育节目，好了，我早晨一睁眼就觉得像过节一般，一天当中无论干什么心里都想着它，一分一秒都过得愉快……

对于即将到来的比赛，史铁生那种憧憬的心情其实与手稿《足球》中的山子和小刚一样。在山子与小刚去球场的路上，他们其实也不知道自己能不能看上这场球，看门人能否让他们进去，进去之后还要面对怎样的情况。因为球场看台是那样高，球迷如果都站着看，他们怎么办。但为了圆自己的梦

史铁生《足球》手稿

想，他们愿意去"赌"，并一路憧憬着能亲自看下一届世界杯的现场比赛。
这种在正常人看来不切实际的憧憬，史铁生在手稿中却给予了"浓墨重彩"
的描写：

　　"下一届该是第十三届了吧？"

　　"第十三届在哪儿来着？"

　　"墨西哥。"

　　"对了，墨西哥。"

　　"不知道到时候电视台还转播不转播？"

　　"要是能上墨西哥去亲眼看一回，那还差不多。"

　　"下辈子吧。你不是说你下辈子是普拉蒂尼吗？"

　　"肯定。我下辈子肯定踢足球。"

"中国队就等着你了。"

两个人笑起来。

看一场球，对普通球迷而言，简直易如反掌。但对于行动不便的山子和小刚而言，却是那样的难。同样，对于只能坐在轮椅上的史铁生而言，去球场看球也是一个极难完成的心愿。但生性倔强的他，在现实中最终还是完成了这个"壮举"。在《足球内外》一文中，史铁生详细讲述了自己是如何在1995年夏天完成这个心愿的。

1995年夏，桑普多利亚足球队再次来华与中国国家男足比赛，他们渴望一洗1994年在北京工体2：4被中国国足击败的耻辱。当时，初步职业化的中国足球在工体缔造了至今仍被球迷津津乐道的"工体不败"神话。为了见证奇迹，作为铁杆球迷，史铁生终于亲临工体为中国队加油助威，当然是朋友们把他抬进了体育场。去之前，史铁生心里很是忐忑，他担心体育场不让轮椅进，平白葬送自己一个快乐的晚上。他的担心后来被证明是多余的，当工体守门人看见史铁生来看球时，确实表情惊讶，把他看了好一会儿，最后看门人竟然亲自为史铁生开道。当朋友们抬轿似的抬史铁生上楼梯时，一群看球的年轻球迷竟冲史铁生使劲鼓掌，大声喊道："嘿！哥们儿，行，有您这样儿的，咱中国队非赢不可！"坐到球场看台上，史铁生看到自己曾经来过的绿草蓬勃的工体，以前四周全是那种规规矩矩的观众，而现在却大不一样。工体就像盛装的舞台，观众席上五彩缤纷旗幡涌动，呐喊声、歌声、喇叭声……但稍显遗憾的是，因为无法站立，史铁生不大看得见绿草坪上正在进行的比赛。因为至少有80分钟，球迷们是站着看的，激动的情绪使他们根本坐不下来，所有座位都像是装了弹簧，人们往下一坐就反弹起来。史铁生后来回忆，他前面的一对年轻恋人曾不断回头向他表示歉意，他们似乎是在表达：

就像狂欢的队伍时而也注意一下路边掉队的老人，但是没办法，盛典正是如火如荼，我们不能不跟随着去呀。

史铁生对此表示非常理解。虽然那天自己只能这样看球，但他也非常满足了。因为他终于能亲临现场，坐在人群背后专心"倾听"着足球带给人们的欢乐。史铁生听出来多数来现场的人其实并不怎么懂足球，或者说并不像教练员和裁判员那样懂足球，但他们依旧狂欢。这时，技术和战术对观众而言都是次要的，"尽情欢乐"才是足球带给人们的真谛。在现代社会，人们生活充满着太多的疲惫与困苦。异化的现代人，快乐的时间真的很少。但球场却可以让人们找到本心的快乐。史铁生为此曾有过专门描述：

现代生活令人紧张，令人就范，常像让狼追着，没头苍蝇似的乱撞，身体拥挤心却隔离，需要有一处摆脱物欲、摆脱利害、摈弃等级、吐尽污浊、普天同庆的地方。人们选择了足球场，平凡的日子里只有这儿能聚拢这么多人，数万人从四面八方走来一处便令人感动，让人感受到一种象征，就像洛杉矶奥运会时的一首歌中所唱：We are the world。而在这世界上，当灾难休闲或暂时隐藏着，惟狂欢可聚万众于一心，于是那首歌接着唱道：We are the children。我们是世界，我们是孩子，那是说：此时此地世界并不欣赏成人社会的一切规则，惟以孩子的纯真参加进对自由和平等的祈祷中来，才有望走近那无限时空里蕴藏的梦想。①

正因对足球的狂热喜爱，史铁生还曾大胆设想："如果我是外星人，我选择足球来了解地球的人类。如果我从天外来，我最先要去看看足球，它浓缩着地上人间的所有消息。"在他的眼中，足球代表着美好，代表着希望，代表着热情与真诚。正如小说《足球》中所写：

---

① 史铁生：《足球内外》，《天涯》1996 年第 1 期。

跑得好累呀，突然眼前豁然开朗，看见了一片绿色的草坪。不，不，不，是一片辽阔的草原，他自己正在那踢球。踢得真不错，盘带，过人，连过了几个后卫，又过了守门员，直接把球带进了大门。他笑着在草原上奔跑……

正因足球拥有这样的魅力，它让史铁生对生活与生命一直充满着爱。